स्वाधीनता संग्राम के सुनहरे प्रसंग

स्वाधीनता संग्राम के सुनहरे प्रसंग

रूपनारायण

सत्साहित्य प्रकाशन, दिल्ली

प्रकाशक : सत्साहित्य प्रकाशन
694 (पहली मंजिल), चावड़ी बाजार, दिल्ली–110006
सर्वाधिकार : सुरक्षित / संस्करण : 2024 / मूल्य : पाँच सौ रुपए
मुद्रक : आर–टेक ऑफसेट प्रिंटर्स, दिल्ली ISBN 978-81-7721-384-3

SWADHEENATA SANGRAM KE SUNAHARE PRASANG
by Shri Roop Narain ₹ 500.00
Published by **SATSAHITYA PRAKASHAN**
694 (First Floor), Chawri Bazar, Delhi-110006

माताजी स्व. श्रीमती
सर्वति देवी को श्रद्धांजलि
सहित सादर समर्पित

आमुख

जिनके त्याग और बलिदानों के कारण आज देश स्वाधीन है उस पीढ़ी के इने-गिने प्रहरियों में से रूपजी हैं। वयोवृद्ध होने के बाद भी उनमें मैंने हमेशा, हर क्षण वह आग जलती पाई है जिससे इस देश के उस महायज्ञ की वेदी प्रज्वलित हुई थी। अंग्रेजों से तो हम स्वाधीन हुए, लेकिन अंग्रेजियत से नहीं। जबकि स्वाधीन तो हम हुए थे अंग्रेजियत के बंधनों से, उस भारत को मुक्त करने के लिए जिसमें विश्व को प्रकाश देने का सामर्थ्य रहा है। लेकिन हमारा सही रूप क्या है और खोटा रूप क्या है, हम उसकी पहचान ही भूलने-से लगे हैं। सही रूप जब उभरा, दुनिया हमसे आकर्षित हुई। जिस प्रकार से स्वाधीनता-संग्राम लड़ा गया, उसने भारत के सच्चे रूप को एक बार तो निखारकर अपने लोगों के और विश्व के सामने रख दिया। त्याग और बलिदान, सत्य और अहिंसा, सभी धर्मों के प्रति आदर-भाव, गरीब और कमजोर के प्रति कर्तव्य-भाव; शोषण, दमन और भ्रष्टाचार के प्रति तीव्र जागृति, भारतीयता के प्रति उत्साह और आग्रह—यह थी स्वाधीन भारत की प्राणशक्ति।

आज देशभक्ति को उसके मूल में ही खोखला कर देनेवाली जहरीली हवाएँ प्रचंड वेग से बह रही हैं। हम कितने कच्चे हैं, हमारे पैर कितने जल्दी उखड़ सकते हैं—किनके उखड़ रहे हैं, किनके जमे रहने के काबिल हैं—यह हमारे सामने है। हमारा सच्चा और खोटा रूप—दोनों हमारे सामने हैं। हमारा खोटा रूप हमारे अपनों को भी हमसे विमुख कर रहा है, तब दूसरों को भारत की संस्कृति और धर्म के प्रति आकर्षित करना तो दूर की बात रही। ऐसे में सच्ची राष्ट्रभक्ति और खोटी तथा मुखौटाचारी राष्ट्रभक्ति के बीच भेद को कैसे पहचानें ? कैसे हमारी आनेवाली पीढ़ियाँ देशभक्ति

की सच्ची प्रेरणा पा सकें, अपने भीतर वही आग किस प्रकार जलती रख सकें, ताकि अपने स्वार्थ से ऊपर उठकर अपने सच्चे धर्म के लिए बलिदान करने की राष्ट्र में शक्ति बरकरार रहे ! सच्ची राष्ट्रभक्ति के लिए जलने वाला तत्त्व तो सभी में होता है, किंतु उसे प्रज्वलित करनेवाली आँच, चिनगारी तो अपने पूर्वजों के ऐसे कर्मों से हमारा नाता जुड़ा रहने पर मिलती है।

रूपजी ने उस आँच को जिंदा रखने के लिए, देश के प्रति अपने अदम्य प्रेम के कारण यह पुस्तक तैयार की है। लगभग नब्बे वर्ष की उम्र के पास पहुँचे दैहिक स्वास्थ्य ने करवट लिया, तब भी उनके कर्तव्य-भाव के उत्साह ने जवाब नहीं दिया। वे काम करते रहे। उनके भीतर की देशभक्ति ने हम जैसे अनेक लोगों को प्रेरणा दी है। यह पुस्तक किसी लेखकीय प्रयास का प्रमाण नहीं है; यह देश के प्रति निरपेक्ष प्रेम का प्रसाद है।

—राजीव वोरा

लेखकीय

यह पुस्तक युवा पीढ़ी के लिए है; क्योंकि भारत की युवा पीढ़ी किनको देखकर आगे बढ़ेगी—यह सवाल हमारे सामने है। आज के युवा के पैर अपनी जमीं से उखड़ रहे हैं। आज उनके सामने जो कुछ हो रहा है वही वे देखते रहे, सुनते रहे और उन्हीं से प्रेरित होते रहे तो देश के लिए कोई सुनहरे भविष्य की आशा नहीं बनती। लेकिन हम क्यों अपनी युवा पीढ़ियों को केवल वर्तमान में ही बाँध रहे हैं ? मेरा और आपका वर्तमान तो राष्ट्र का वर्तमान नहीं होता। राष्ट्र के वर्तमान में मेरा—आपका भूतकाल भी शामिल है। किसी प्रजा को राष्ट्र बनने के लिए प्रेरित करनेवाले हम उन्हीं की भूमि के होते हैं। एक कृतज्ञ प्रजा के लिए भी जरूरी है कि वह उन्हें न भूले जिन्होंने अपना सबकुछ समस्त प्रजा तथा राष्ट्र के स्वाभिमान और कल्याण के लिए न्योछावर कर दिया। जब अपने स्वार्थ के लिए समस्त राष्ट्र को न्योछावर कर देनेवालों में आज सत्ता और धन की दौड़ लगी है तब हमारे बच्चों के सामने उनकी चरित्र-गाथाओं को रखना जरूरी है जिन्होंने अपना सबकुछ न्योछावर करके देश को बचाया और बनाया।

इस पुस्तक में दिए हुए प्रसंग किस्से या इतिहास नहीं हैं। ये गाथाएँ हैं—गाथाएँ जो संस्कृति बनाती हैं, प्रजा को प्रेरणा देती हैं। इन्हें लिखने का काम मैं नहीं कर सकता था, क्योंकि लिखना मेरा काम नहीं है; लेकिन 'गांधीमार्ग' के संपादक श्री राजीव वोरा ने यह काम मुझसे करवाया। उनके प्रेम, आग्रह, प्रयास और उत्साह का ही यह परिणाम है। लिखते समय श्री विष्णु प्रभाकरजी का मार्गदर्शन मुझे मिलता रहा, जिसके लिए उनके प्रति कृतज्ञ हूँ। पुस्तक की पांडुलिपि टाइप करने की सुविधा देने हेतु सन्निधि संस्था के श्री रमेश भारद्वाज तथा श्री सुरिंदर सिंह का और संदर्भ-साहित्य उपलब्ध कराने हेतु गांधी संग्रहालय की कु. कांता ठाकरान का आभारी हूँ।

इन सुनहरे प्रसंगों की पांडुलिपि को भाषाई और संपादकीय की दृष्टि से देखे जाने में श्री महेंद्र कुलश्रेष्ठ और श्री देवेंद्र नायक ने काफी मेहनत की है, जिसके लिए उनके प्रति तथा कुछ विशेष प्रसंगों से संबंधित जानकारी एकत्रित करने में सहायता करने के लिए आई.एन.ए. के कैप्टन एस.एस. यादव, अंदमान कारावास में रहे श्री विश्वनाथ माथुर तथा श्री आर्यभूषण भारद्वाज का बहुत आभारी हूँ। और अंत में हम सब उनके प्रति कृतज्ञ हैं, जो इन गाथाओं के नायक हैं।

मैं अपनी माताजी स्व. श्रीमती सर्वति देवी के प्रति अश्रुपूरित नेत्रों से श्रद्धानत हूँ, जो स्वयं सन् 1931 और 1942 में जेल गईं और मुझे भारत माता से प्रेम करना सिखाया।

—रूपनारायण

सी-5/49, डी.डी.ए. फ्लैट,
ईस्ट ऑफ कैलाश
नई दिल्ली-110065

अनुक्रमणिका

पं. मोतीलाल नेहरू ने जब विदेशी वस्त्रों की होली जलाई

भारत की आजादी के संघर्ष में नेहरू-परिवार का अनुपम योगदान रहा है। मोतीलाल नेहरू अपने समय के एक बहुत बड़े वकील माने जाते थे। इलाहाबाद में उन्होंने अपना निवास-स्थान 'आनंद भवन' कांग्रेस को दान कर वहाँ राष्ट्रीय कांग्रेस का कार्यालय स्थापित कर दिया था। इस भवन का परिवर्तित नाम 'स्वराज भवन' रखा गया। उन्होंने अपने निवास के लिए एक नया भवन बनवाया, जो 'आनंद भवन' के नाम से ही विख्यात हुआ।

पंडित मोतीलाल नेहरू अपने आरंभिक जीवन में राष्ट्रीय कांग्रेस से जुड़े हुए थे, किंतु उनके समय की राष्ट्रीय कांग्रेस कोई ऐसी संस्था नहीं थी, जिसने आजादी के लिए कभी कोई संघर्ष प्रारंभ किया हो। उस समय की राष्ट्रीय कांग्रेस का नेतृत्व उन लोगों के हाथों में रहता था, जो अपने को 'लिबरल' या 'मॉडरेट' कहते थे। राष्ट्रीय कांग्रेस का कायाकल्प तो तब हुआ, जब महात्मा गांधी ने सन् 1917-18 में कांग्रेस में प्रवेश किया। गांधीजी ने सन् 1915 में दक्षिण अफ्रीका से भारत वापस लौटने पर भारत की तत्कालीन सामाजिक तथा राजनैतिक स्थिति का अध्ययन निकट से करने के पश्चात् ही कांग्रेस में प्रवेश किया था।

इस प्रसंग विशेष के संबंध में नेहरू-परिवार के बारे में इतना ही वर्णन करना उचित है कि पंडित मोतीलाल नेहरू की वकालत प्रसिद्धि की चरम सीमा पर पहुँच रही थी और यह परिवार हर प्रकार से समृद्धि के शिखर पर पहुँच चुका था। पंडित मोतीलाल नेहरू ऐसे प्रथम व्यक्ति थे, जिनके पास न केवल इलाहाबाद, बल्कि पूरे उत्तर प्रदेश में अपनी मोटरकार थी। इनके

घर में बहुत कीमती विदेशी सामान था। पहनने व ओढ़ने-बिछाने के सभी वस्त्र विदेशी होते थे, जो बहुत मूल्यवान होते थे। इनकी कोठी में बड़ी-बड़ी दावतें होती थीं, जिनमें गवर्नर सहित ऊँचे से ऊँचे अंग्रेज अधिकारी उपस्थित रहकर अपने को गौरवान्वित समझते थे। इनका निवास-स्थान इलाहाबाद नगर के सिविल लाइंस क्षेत्र में था, जहाँ उच्च अधिकारी वर्ग के ऑफिसर रहते थे और वहीं विख्यात इलाहाबाद हाई कोर्ट की विशाल बिल्डिंग भी थी।

इन पिता-पुत्र, मोतीलाल नेहरू व जवाहरलाल नेहरू में कौन सबसे पहले गांधीजी से प्रभावित हुआ, यह कहना कुछ मुश्किल है। मोतीलाल नेहरू राजनीति में तो थे, लेकिन उनकी राजनीति वह नहीं थी, जिसकी ओर उनके पुत्र लंदन से वापस आने पर आकर्षित हुए थे। गांधीजी का प्रभाव मोतीलालजी की तुलना में जवाहरलालजी पर अधिक था। इन दोनों पिता-पुत्र में राजनैतिक स्तर पर गंभीर मतभेद भी पैदा होते रहते थे, जो प्रायः गांधीजी की मध्यस्थता से दूर हो जाते थे।

सन् 1919 में जलियाँवाला कांड हुआ, जिसने पूरे देश की राजनीति में उथल-पुथल मचा दी। नेहरू-परिवार भी इस उथल-पुथल से वंचित नहीं रहा। भारत के राजनैतिक क्षितिज पर गांधीजी का उदय हुआ। दोनों पिता-पुत्र गांधीजी से प्रभावित हुए व निकट संपर्क में आए। जलियाँवाला कांड, जिसमें सैकड़ों निर्दोष लोग अंग्रेज फौज की गोलियों से मारे गए थे और हजारों जख्मी हुए थे, के विरोधस्वरूप राष्ट्रीय कांग्रेस ने असहयोग आंदोलन प्रारंभ किया, जिसका नेतृत्व महात्मा गांधी को सौंपा गया। इस असहयोग आंदोलन के अंतर्गत निर्णय लिया गया कि जिन व्यक्तियों को ब्रिटिश सरकार ने उपाधियाँ वगैरह दी थीं, उन्हें वापस किया जाएगा, वकील अदालतों का बहिष्कार करेंगे, विद्यार्थी महाविद्यालयों और विश्वविद्यालयों का बहिष्कार करेंगे, विदेशी वस्त्रों का बहिष्कार किया जाएगा तथा विदेशी वस्त्रों की होली जलाई जाएगी। केंद्रीय असेम्बली और प्रांतीय विधानसभाओं का भी बहिष्कार किया जाएगा तथा ब्रिटिश सरकार द्वारा आयोजित किए जानेवाले सार्वजनिक आयोजन इत्यादि का भी बहिष्कार किया जाएगा। इन कार्यक्रमों में भाग लेने के लिए कांग्रेस के हजारों कार्यकर्ताओं को गिरफ्तार कर उन्हें लंबी-लंबी सजाएँ देकर जेलों में डाल दिया गया। नेहरू-परिवार ने भी विदेशी वस्त्रों का बहिष्कार किया और उनके स्थान पर मोटे खद्दर के वस्त्रों का उपयोग प्रारंभ किया।

मोतीलालजी ने अपनी वकालत का धंधा भी छोड़ दिया, शाही जीवन त्याग दिया और उसके स्थान पर सादगी का जीवन जीने लगे। नेहरू-परिबार के जीवन में एक क्रांतिकारी परिवर्तन प्रारंभ हुआ। उस परिवार के साथ-साथ अन्य बड़े राष्ट्रीय नेता, जेसे–लाला लाजपत राय, देशबंधु चित्तरंजन दास, डॉ० सैफूद्दीन किचलू, मौलाना अबुल कलाम आजाद, डॉ० राजेंद्र प्रसाद, श्री चक्रवर्ती राजागोपालाचारी इत्यादि सभी प्रभावित हुए। इन सबने भी गांधीजी के नेतृत्व को स्वीकार कर पूर्णतया अपने आपको असहयोग आंदोलन की अग्नि में झोंक दिया।

जब असहयोग आंदोलन तूफान की गति से बढ़ रहा था, तब नवंबर, 1920 में गांधीजी इलाहाबाद आए और वे पंडित मोतीलाल नेहरू के मेहमान बने। अपने इस प्रवासकाल में गांधीजी ने अनेक सार्वजनिक सभाओं को संबोधित किया, जिनमें महिलाओं तथा विद्यार्थियों की सभाएँ भी शामिल थीं। गांधीजी की इन सभाओं में हजारों लोग उपस्थित रहते थे। गांधीजी ने इन सभाओं के द्वारा लोगों को विदेशी वस्त्रों के बहिष्कार, अदालतों के बहिष्कार, कॉलेजों के बहिष्कार इत्यादि कार्यक्रमों की आवश्यकता पर प्रकाश डाला और हजारों लोग गांधीजी की बातों से प्रभावित होकर असहयोग आंदोलन में भाग लेने को उत्सुक हुए।

गांधीजी जब मोतीलाल नेहरू के मेहमान थे, तब प्रसंगवश गांधीजी ने मोतीलाल नेहरू से पूछा कि अब तो आपका समस्त परिवार विदेशी वस्त्रों का त्यागकर खद्दर के वस्त्रों का उपयोग करने लगा है, किंतु आपने अपने विदेशी वस्त्रों का क्या किया ? मोतीलाल नेहरू ने उत्तर दिया कि हमारा परिवार तो अब विदेशी वस्त्र त्याग ही चुका है। ये विदेशी वस्त्र अब अलमारियों में बंद कर दिए गए हैं। तब गांधीजी ने मोतीलाल नेहरू से पूछा कि इन विदेशी वस्त्रों को अब अलमारियों में बंद रखने का क्या लाभ है ? मोतीलाल नेहरू और गांधीजी में जब यह चर्चा हो रही थी, तब जवाहरलाल नेहरू सहित परिवार के सभी सदस्य वहाँ उपस्थित थे। वे सभी उत्सुकता पूर्वक गांधीजी और मोतीलाल नेहरू की चर्चा सुन रहे थे। मोतीलालजी ने गांधीजी को उत्तर देते हुए कहा कि हमें तो इन विदेशी वस्त्रों को पहनना नहीं है। इन्हें अन्य लोगों को दे देंगे, जो उनके काम आ जाएँगे।

गांधीजी ने आश्चर्य से मोतीलालजी की ओर देखा और पूछा, 'पंडितजी, आप जिस चीज का बहिष्कार कर रहे हैं, वे अन्य लोगों के लिए कैसे उपयोगी हो सकती हैं ?

गांधीजी के इस प्रश्न पर नेहरू-परिवार के सभी सदस्य अगल-बगल झाँकने लगे! उन्हें कोई जवाब नहीं सूझा। गांधीजी के इस प्रश्न का कोई जवाब था ही नहीं। गांधीजी ने मोतीलालजी से कहा कि इन सभी विदेशी वस्त्रों में तुरत आग लगा देनी चाहिए। अंत में निर्णय यह हुआ कि अगले दिन सुबह नेहरू-परिवार अपने पूरे विदेशी वस्त्रों की होली जलाएगा। इस निर्णय का स्वागत नेहरू-परिवार के सभी सदस्यों ने किया, जिसमें पंडित मोतीलाल नेहरू के अतिरिक्त उनकी पत्नी श्रीमती स्वरूप रानी, पुत्र जवाहरलाल नेहरू व उनकी पत्नी कमला नेहरू, पंडितजी की दोनों पुत्रियाँ विजयलक्ष्मी पंडित व कृष्णा हठी सिंह और पंडितजी की पौत्री इंदिरा, जो उस समय कुछ ही वर्ष की थी, शामिल थे।

अगले दिन प्रातःकाल से ही नेहरू-परिवार के सभी सदस्यों ने अलमारियाँ खोलकर अपने सभी विदेशी वस्त्र आनंद भवन के प्रांगण में इकट्ठे करने शुरू कर दिए। इनमें वे वस्त्र भी शामिल थे, जो ब्याह-शादी के अवसर पर बतौर शगुन पहने जाते थे। तब सैकड़ों लोग विदेशी वस्त्रों की होली देखने के लिए आनंद भवन के पास जमा हो गए।

आनंद भवन के प्रांगण में इन विदेशी कपड़ों का एक ऊँचा ढेर जमा हो गया। नेहरू-परिवार के कर्मचारियों के पास जो विदेशी वस्त्र थे, वे भी उन्होंने इस ढेर में लाकर डाल दिए। अब सामने यह प्रश्न आया कि इन वस्त्रों की होली कौन जलाए ? मोतीलाल नेहरू ने गांधीजी से निवेदन किया कि यह शुभ कार्य आपके हाथों से होना चाहिए। गांधीजी ने मोतीलालजी के आग्रह को स्वीकार नहीं किया और कहा कि ये वस्त्र तो आपके ही हैं; आपको खुद ही इन वस्त्रों को अग्नि देनी चाहिए।

गांधीजी की सलाह को स्वीकार कर मोतीलाल नेहरू ने स्वयं इन वस्त्रों के ढेर को ज़लाना शुरू किया। आनंद भवन के बाहर खड़ी जनता ने महात्मा गांधी और मोतीलाल नेहरू की जय-जयकार के नारे लगाए। विदेशी कपड़ों की होली के चारों ओर खड़े होकर नेहरू-परिवार तालियाँ बजा-बजाकर प्रसन्न हो रहा था। उनके चेहरों पर किसी प्रकार का कोई मलाल नहीं था, बल्कि वे एक सुखद अनुभूति से पूरित थे।

ऐसी हजारों होलियाँ पूरे देश के विभिन्न भागों में जलाई गईं। ऐसी ही एक होली के समय सन् 1930 में जब मोतीलाल नेहरू ने दिल्ली में विदेशी वस्त्रों की होली जलाई तो इन पंक्तियों का लेखक भी उस समय

वहाँ उपस्थित था। यद्यपि उसकी आयु उस समय्र केवल 15-16 वर्ष की थी। यह होली मोतीलालजी ने यमुना नदी के किनारे राजघाट (वर्तमान राजघाट नहीं) पर ही जलाई थी, जिसमें दिल्ली के हजारों लोग उपस्थित थे। इस होली के लिए कांग्रेस के कार्यकर्ताओं ने दिल्ली के विभिन्न भागों से सैकड़ों-हजारों विदेशी वस्त्र जमा किए थे। वातावरण 'गांधीजी की जय' के नारों से गूँज रहा था।

□

ऐसे भी कुछ लोग थे

सन् 1930 में महात्मा गांधी के नेतृत्व में राष्ट्रीय कांग्रेस ने 'पूर्ण स्वतंत्रता' प्राप्त करने हेतु 'नमक-कानून भंग' व 'सविनय अवज्ञा भंग' आंदोलन प्रारंभ किया। इस आंदोलन का प्रारंभ महात्मा गांधी द्वारा 'दांडी मार्च' से किया गया। गांधीजी ने अपने साबरमती आश्रम के चुने हुए 78 सत्याग्रहियों के साथ पैदल ही दांडी की दिशा में यात्रा प्रारंभ की। यह यात्रा 12 मार्च की सुबह प्रारंभ हुई। इसका लक्ष्य समुद्र के किनारे दांडी स्थान पर पहुँचना था। वहाँ गांधीजी 6 अप्रैल को पहुँचे। उन्होंने एक मुट्ठी नमक बगैर टैक्स दिए उठाकर नमक-कानून भंग किया। इसके पश्चात् पूरे देश में भिन्न-भिन्न स्थानों पर नमक-कानून भंग किया जाने लगा। हजारों सत्याग्रही, जिनमें महिलाएँ भी थीं नमक-कानून भंग करने के अपराध में गिरफ्तार किए गए। उनको लंबी-लंबी सजाएँ देकर जेलों में भेज दिया गया।

नमक-कानून भंग करने के अतिरिक्त विदेशी कपड़ों की दुकानों पर धरने प्रारंभ हुए। विदेशी वस्त्रों की होली जलाई जाने लगी और शराब की दुकानों के समक्ष पिकेटिंग के कार्यक्रम भी प्रारंभ हुए, जिनमें हजारों लोगों ने भाग लिया। विद्यार्थी समुदाय भी इन कार्यक्रमों से अछूता नहीं रहा। उन्होंने भी इन सभी कार्यक्रमों में उत्साहपूर्वक भाग लिया।

इस प्रसंग में यहाँ कुछ ऐसे व्यक्तियों का विवरण दिया जा रहा है, जिन्होंने ब्रिटिश सरकार की सेवा में रहते हुए भी अनेक अवसरों पर राष्ट्रीय आंदोलनों की सहायता गुप्त रूप से करके मातृभूमि के प्रति कुछ अंशों में अपने कर्तव्य का पालन किया था।

प्रो. संपूरन सिंह टंडन—दिल्ली में विद्यार्थियों ने विशेष रूप से विदेशी वस्त्रों को इकट्ठा कर जगह-जगह उनकी होलियाँ जलाईं। इन विद्यार्थियों ने अपने अध्यापकों को भी विवश किया कि वे विदेशी वस्त्रों को त्यागकर

खद्दर आदि वस्त्रों का उपयोग प्रारंभ करें। ऐसा ही एक प्रसंग दरियागंज क्षेत्र में स्थित रामजस हाईस्कूल से जुड़ा हुआ है, जहाँ इन पंक्तियों का लेखक भी उस समय 9वीं कक्षा का विद्यार्थी था और जिसके इंग्लिश के शिक्षक श्री संपूरन सिंह टंडन थे। वे विदेशी कपड़े ही पहनते थे और नेकटाई व फेल्ट हैट लगाते थे। तब अनेक अध्यापकों ने विद्यार्थियों का आग्रह स्वीकार कर गांधी टोपी इत्यादि पहननी शुरू कर दी थी, लेकिन श्री टंडन अपनी जिद पर अड़े रहे। उन्होंने फेल्ट हैट सहित विदेशी वस्त्र त्यागने से इनकार कर दिया। परिणाम यह हुआ कि विद्यार्थियों ने उनकी क्लास का बहिष्कार कर उनसे पढ़ने से इनकार कर दिया। क्लास में आते थे और विद्यार्थियों के विरोध के कारण बगैर पढ़ाए ही वापस चले जाते थे। यह स्थिति लगभग एक सप्ताह तक चली। आखिर विवश होकर स्कूल के हेडमास्टर प्रभुदयाल निगम (जो सीताराम बाजार, कूचा माईदास के रहनेवाले थे) ने दखल दिया। वे क्लास में विद्यार्थियों को समझाने के लिए आए। विद्यार्थी हेडमास्टर साहब का बहुत सम्मान करते थे। हेडमास्टर साहब ने अनेक प्रकार से क्लास के विद्यार्थियों को समझाने का प्रयास किया कि वे श्री टंडन का बायकाट कर अपने भविष्य को खतरे में डाल रहे हैं। उन्होंने यह भी कहा कि जब श्री टंडन विदेशी वस्त्रों का त्याग नहीं कर रहे हैं तो यह उनकी कोई मजबूरी भी हो सकती है, जिस कारण वे हैट इत्यादि छोड़ने के लिए तैयार नहीं हैं, लेकिन विद्यार्थी तो 'गांधी की आंधी' में उड़ रहे थे। इसलिए उन्होंने हेडमास्टर साहब की सलाह को भी स्वीकार नहीं किया; विद्यार्थी श्री टंडन का बहिष्कार करने पर अड़े रहे।

अंत में हेडमास्टर साहब ने क्रोधित होकर विद्यार्थियों से कहा कि जो विद्यार्थी श्री टंडन से पढ़ना नहीं चाहते हैं, वे खड़े हो जाएँ। हेडमास्टर साहब गुस्से में थे। इसलिए विद्यार्थी भी कुछ सहम गए। अतः किसी ने भी खड़े होने की हिम्मत नहीं की और सब एक दूसरे का मुँह ताकने लगे। आखिर में इन पंक्तियों का लेखक खड़ा हुआ और कहा "मैं श्री टंडन से तब तक नहीं पढ़ूँगा, जब तक वे विदेशी वस्त्र पहनना बंद नहीं करेंगे।" हेडमास्टर साहब ने क्रोधित मुद्रा में हुक्म दिया कि मैं क्लास से बाहर निकल जाऊँ। हेडमास्टर साहब की आज्ञा का पालन करते हुए मैं अपनी जगह से उठकर क्लास रूम से बाहर जाने लगा तो उन्होंने पुनः हुक्म दिया कि मैं अपनी किताबें भी साथ लेकर बाहर जाऊँ। मैं अपनी किताबें लेकर

क्लास-रूम से बाहर निकल गया। बाकी विद्यार्थियों से फिर उन्होंने कहा कि और भी जो पढ़ना नहीं चाहते, वे उठकर बाहर जा सकते हैं। इसपर और भी चार-पाँच विद्यार्थी खड़े हो गए। उन्हें भी हेडमास्टर साहब ने बाहर निकाल दिया। अन्य विद्यार्थियों में भी अब कुछ हिम्मत आनी प्रारंभ हो गई। कुछ और विद्यार्थी खड़े हो गए और कहने लगे कि हम भी नहीं पढ़ेंगे। वे भी बाहर निकल गए। आहिस्ता-आहिस्ता लगभग आधी क्लास से अधिक खाली हो गई। अब केवल कुछ विद्यार्थी ही क्लास में बाकी रह गए। हेडमास्टर साहब ने अपना सिर पीट लिया और बड़बड़ाते हुए वे भी क्लास छोड़कर अपने कमरे में चले गए। जो विद्यार्थी क्लास छोड़कर बाहर चले गए थे, उन्होंने 'महात्मा गांधी की जय' के नारे लगाने शुरू कर दिए।

इसी प्रकार दसवीं क्लास के विद्यार्थियों ने भी श्री टंडन का बहिष्कार किया था, जिनका नेतृत्व रतनलाल गुप्ता व केशव प्रसाद आत्रेय कर रहे थे। उन्हें भी हेडमास्टर साहब ने क्लास से बाहर निकाल दिया था। हम जैसे विद्यार्थियों को एक अन्य टीचर श्री राम सिंह का समर्थन मिल रहा था, जो खुद खद्दर पहनते थे। श्री सिंह आजादी मिलने के उपरांत हिंदू महासभा के अध्यक्ष बने थे और सन् 1952 में जब प्रथम दिल्ली असेम्बली बनी, तब उसके सदस्य भी चुने गए थे।

श्री टंडन स्कूल के बोर्डिंग हाउस के वार्डन भी थे। कुछ दिनों पश्चात् गरमियों की छुट्टियाँ प्रारंभ हो गईं। दो महीने पश्चात् जब स्कूल पुनः खुला, तब अन्य सब टीचर तो दिखाई दिए, लेकिन श्री टंडन नहीं दिखे। इधर-उधर पूछताछ करने पर मालूम हुआ कि श्री टंडन तो फरार हो गए थे। जब पुलिस द्वारा उनके कमरे की तलाशी ली गई तो वहाँ से बम बनाने का सामान और बहुत सा क्रांतिकारी साहित्य मिला। पुलिस श्री टंडन को गिरफ्तार नहीं कर सकी, क्योंकि वे स्कूल की दीवार फांदकर भाग गए थे। वे पुलिस की पकड़ में नहीं आए। वे चंद्रशेखर आजाद की क्रांतिकारी पार्टी से जुड़े हुए थे और गुप्त रूप से क्रांतिकारी गतिविधियों में भाग लेते थे। वे विदेशी वस्त्र, हैट इत्यादि इसलिए पहनते थे कि पुलिस की निगाहों से बचे रह सकें। जब यह सब बातें विद्यार्थियों को मालूम हुईं तो हम सब विद्यार्थी श्री टंडन के प्रति अपने दुर्व्यवहार के लिए बहुत शर्मिंदा हुए, लेकिन वे तो स्कूल छोड़कर जा चुके थे। कुछ समय के पश्चात् यही श्री टंडन कानपुर में गिरफ्तार कर लिए गए। उनके पास से गोलियों से भरा एक रिवॉल्वर

बरामद किया गया। इस अपराध में उन्हें दो साल कारावास की सजा दी गई।

ऐसे थे श्री टंडन, जिनके प्रति दुर्व्यवहार करने के कारण अभी भी हमारा सिर शर्म से झुक जाता है।

लाला गणेशदास–लालाजी इंडियन जेल सर्विस के एक ऊँचे अफसर थे, लेकिन हमेशा ही इनकी सहानुभूति स्वतंत्रता-सेनानियों के प्रति से रहती थी। सन् 1930 में जब 'नमक-कानून भंग आंदोलन' प्रारंभ हुआ, तब वे दिल्ली डिस्ट्रिक जेल के डिप्टी सुपरिन्टेंडेन्ट थे। सैकड़ों कांग्रेसी सत्याग्रही गिरफ्तार होकर जेल में जा रहे थे। इनमें कुछ राष्ट्रीय स्तर के नेता भी थे, जैसे–सेंट्रल असेम्बली के भूतपूर्व अध्यक्ष श्री विट्ठलभाई पटेल (सरदार वल्लभभाई पटेल के भाई), पंडित मदनमोहन मालवीय, श्री आसफ अली आदि। लाला गणेशदास इन सभी की सेवा यथाशक्ति करते थे। इन्हें कोई कष्ट न हो, ऐसा प्रबंध करते थे। इनको तो सभी प्रकार की सुविधाएँ सरकार की ओर से भी प्राप्त थीं। इनके साथ 'ए' श्रेणी के बंदियों जैसा व्यवहार होता था, लेकिन सैकड़ों साधारण श्रेणी के सत्याग्रही भी जेल में जा रहे थे, जिन्हें कुछ भी सुविधा नहीं मिलती थी। लाला गणेशदास ऐसे साधारण सत्याग्रहियों को भी यथासंभव सुविधाएँ देने का प्रयास करते थे। वे खारी बावली बाजार में जाते और वहाँ के दुकानदारों से कहते कि दिल्ली जेल में सैकड़ों सत्याग्रही देशभक्त आए हुए हैं। उनके लिए बगैर दाम लिये खाने-पीने का सामान भेजने की व्यवस्था करो। लालाजी अपने साथ सभी सामान तांगों में भरकर लाते थे और सभी साधारण सत्याग्रहियों में बाँट देते थे। ऐसे थे लाला गणेशदास, जो ब्रिटिश सरकार की सेवा में तो थे, तथापि वे आजादी के आंदोलनों में पकड़े गए बंदियों की सेवा करना अपना सौभाग्य मानते थे। दिल्ली का डिप्टी कमिश्नर, जो अंग्रेज था, को जब इस बात की खबर मिली तो लालाजी को दिल्ली जेल से अन्यत्र स्थानांतरित कर दिया गया।

यही लाला गणेशदास सन् 1942 में 'भारत छोड़ो' आंदोलन प्रारंभ होने पर मुल्तान (जो अब पाकिस्तान में है) सेंट्रल जेल में भी उच्च अधिकारी थे। इस आंदोलन के अंतर्गत दिल्ली में जो लोग गिरफ्तार हुए थे, उनका पहला जत्था, जिसमें लगभग 20 बंदी थे, दिल्ली जेल से मुल्तान जेल में स्थानांतरित किया गया। मुल्तान जेल पहुँचने पर इस जत्थे के लोगों के साथ जेल के

अधिकारियों का जो संघर्ष प्रारंभ हुआ था, उसका व्यापक विवरण इसी पुस्तक में 'गांधी टोपी की इज्जत की रक्षा' शीर्षक के अंतर्गत दिया गया है। इस संघर्ष को टालने में भी लाला गणेशदास की प्रमुख भूमिका थी। लाला देशबंधु गुप्ता, जो इस जत्थे के नेता थे, की जान-पहचान लाला गणेशदास से तब से ही थी, जब वे सन् 1930 में दिल्ली जेल में डिप्टी सुपरिन्टेन्डेन्ट के ओहदे पर काम कर रहे थे। इस बार ब्रिटिश सरकार द्वारा बहुत सख्त नियम लागू किए गए थे और राजनैतिक बंदियों को किसी प्रकार की कोई भी सुविधा नहीं मिल रही थी। फिर भी लाला गणेशदास ने अपने अधिकार-क्षेत्र से बाहर जाकर राजनैतिक बंदियों की हर प्रकार से सहायता करने का प्रबंध किया। मुल्तान शहर में एक सेवा समिति के द्वारा राजनैतिक बंदियों की सुविधा के लिए फल, सब्जी व अतिरिक्त भोजन-सामग्री इत्यादि की व्यवस्था की गई।

दिल्ली से जो राजनैतिक बंदी मुल्तान जेल भेजे गए थे, उनके ठहरने की व्यवस्था 'चालीस चक्की बैरक' में की गई थी। लाला गणेशदास प्रायः बैरक में जाया करते थे। लाला देशबंधु गुप्ता ने गणेशदासजी से कहा कि पढ़ने के लिए कुछ अखबारों की व्यवस्था कीजिए। लाला गणेशदास ने उत्तर दिया कि सरकार की सख्त हिदायत है कि राजनैतिक बंदियों को किसी प्रकार का कोई भी अखबार नहीं दिया जाना चाहिए। और तो और पत्र-व्यवहार पर भी पाबंदी लगी हुई है। ऐसी हालत में आपको अखबार कैसे दिया जा सकता है ? लाला देशबंधु गुप्ता ने उनसे कहा कि आपकी मौजूदगी में हमें अखबार पढ़ने को न मिले, ऐसा तो नहीं होना चाहिए। लाला गणेशदास कुछ गंभीर हुए, उन्होंने कहा कि इसका एक ही रास्ता है कि जब वे बैरक में आएँगे तो अपने साथ 'मिलाप' या 'प्रताप' अखबार साथ लाएँगे। वे अखबार उनकी जेब में ऐसे रखे होंगे कि वह आधा जेब में होगा और आधा जेब से बाहर। लाला गणेशदास ने मेरी तरफ इशारा करते हुए देशबंधुजी से कहा कि यह उनकी जेब से अखबार निकाल लिया करे और वे उसकी चश्मपोशी करेंगे, लेकिन शर्त यह है कि अखबार पढ़ने के बाद उसे फौरन जला दिया जाएगा ताकि किसी को मालूम न हो कि यहाँ अखबार आया था।

लाला गणेशदास प्रतिदिन ही बैरक में आने लगे और इन पंक्तियों का लेखक मौका देखकर उनकी जेब से अखबार निकाल लिया करता। ऐसा

प्रतिदिन ही होता रहा, लेकिन एक गंभीर घटना के पश्चात् हमारा स्थानांतरण मुल्तान जैल से अंबाला सेंट्रल जेल में कर दिया गया।

मुल्तान जेल में हुए एक अन्य प्रसंग का जिक्र करना भी उचित प्रतीत हो रहा है। यह घटना उस समय की है, जब मुल्तान का अंग्रेज डिप्टी कमिश्नर जेल के निरीक्षण पर आया था। इन पंक्तियों का लेखक और उनके दो अन्य साथी चिरंजीत सिंह व इम्दाद सावरी एक कुएँ के पास चल रही रँहट के पास बैठकर अपने कपड़े धो रहे थे। समय सुबह लगभग दस बजे का था। इस लेखक ने देखा कि दूर से जेल अधिकारियों का एक दल आ रहा है, जिसमें एक अंग्रेज भी था और उसके सिर पर ऊँचा छत्र लगा हुआ था। अंग्रेज की शक्ल कई महीनों के उपरांत दिखाई दे रही थी। 'भारत छोड़ो आंदोलन' के कारण अंग्रेजों की शक्ल से ही नफरत पैदा होती थी। जब यह दल हमसे 10-15 गज की दूरी पर था, तब यकायक इस लेखक ने जोश में आकर ऊँची आवाज में अंग्रेजी में नारा लगाया 'अंग्रेजो भारत छोड़ो'। मेरे अन्य साथियों ने भी इस नारे को दो-तीन बार दोहराया, जिसे सुनकर वह दल वहीं रूक गया और अंग्रेज डिप्टी कमिश्नर हमें घूर-घूरकर देखने लगा। हमने फिर अंग्रेजी में ही एक और नारा लगाया–"अप-अप दि नेशनल फ्लैग, डाउन-डाउन दि यूनियन जैक'। अंग्रेज डिप्टी कमिश्नर को यह नारा बरदाश्त नहीं हुआ। जमीन पर अपने पाँव पटकते हुए वह अंग्रेजी में जोर से चिल्लाया–'हाऊ डेयर यू से डाउन डाउन दि यूनियन जैक' और वह एकदम बौखला उठा। तब हमारी आवाज़ सुनकर अन्य बंदियों ने भी जोर-जोर से यही नारा लगाना शुरू कर दिया। घबराहट में यह दल बगैर निरीक्षण पूरा किए वापस लौट गया। इस दल में लाला गणेशदास भी मौजूद थे। जेल से वापस जाते हुए डिप्टी कमिश्नर ने हिदायत दी कि हम तीनों के विरुद्ध अनुशासन-भंग की कड़ी काररवाई की जाए। जेल सुपरिन्डेन्टेन्ट ने अनुशासन-भंग के अपराध में हम तीनों के लिए एक सप्ताह की काल-कोठरी की सजा मुकर्रर की। हम तीनों को पकड़कर अलग-अलग तीन काल-कोठरियों में बंद कर दिया गया और पहरे पर पठान नंबरदार नियुक्त कर दिए गए।

इस सजा के विरोध में मुल्तान जेल में बंद राजनैतिक बंदियों की एक सभा हुई, जिसमें निर्णय लिया गया कि हमें काल-कोठरी से अविलंब मुक्त किया जाए। जब तक हम मुक्त नहीं किए जाएँगे, तब तक अन्य सभी बंदी

भूख हड़ताल पर रहेंगे। उस दिन किसी ने खाना नहीं खाया। जो खाना बनकर आया था, वह वैसे ही पड़ा रहा। सभा में यह भी निर्णय लिया गया कि जेल बंद होने के उपरांत रात्रि में सभी बंदी विरोधस्वरूप थालियाँ गिलास इत्यादि बजाएँगे। शाम हुई तो सभी बंदी बैरकों में बंद कर दिए गए। ठीक 8 बजे सभी ने अपनी-अपनी थाली बजानी शुरू कर दी। यह आवाज इतनी जोर से गूँज रही थी कि जेल से बाहर मुल्तान के नगरवासियों को सुनाई दे रही थी। सब घबराए कि यह क्या हो रहा है। जेल बंद होने के पश्चात् इस प्रकार की घंटियाँ या थाली पीटना कड़ा अपराध माना जाता है। इन थालियों की आवाज सुनकर जेल के सभी उच्चाधिकारी तुरत जेल में आए और विचार-विमर्श करने लगे कि इन थालियों के पीटने की आवाज कैसे बंद की जाए। अगर थाली पीटने की यह आवाज कुछ देर और जारी रही तो शहर की पुलिस इसको आपत्काल समझ जेल घेर लेगी। जेल अधिकारियों ने लाला गणेशदास को तैनात किया कि वे कैदियों से मिलकर थालियों को बजाना तुरत बंद कराएँ। लालाजी विभिन्न बैरकों में गए। उन्होंने बंदियों से अपील की कि रात्रि में थालियों को पीटना बंद करें। इस समस्या के निराकरण हेतु अगले दिन सुबह कोई कार्यवाही की जाएगी।

लाला गणेशदास के आग्रह पर सभी ने थालियाँ बजाना बंद कर दिया। अगले दिन सुबह नाश्ते का जो सामान आया, उसे भी बंदियों ने स्वीकार नहीं किया और पुनः आग्रह किया कि जिन तीन लोगों को कालकोठरी में बंद किया है, उन्हें तुरत छोड़ा जाए। जेल अधिकारियों की एक मीटिंग तुरत हुई, जिसमें लालाजी के इस सुझाव को स्वीकार किया गया कि सजा की अवधि एक सप्ताह से घटाकर केवल एक दिन ही निर्धारित कर दी जाए, ताकि संभावित गड़बड़ी को रोका जा सके। जेल अधिकारियों ने डिप्टी कमिश्नर से भी संपर्क किया और उसे इस स्थिति से अवगत कराया। परिणाम यह हुआ कि हम तीनों काल-कोठरियों से मुक्त हुए और अपनी-अपनी बैरक में वापस आ गए।

इस घटना के कुछ दिन पश्चात् जो बंदी दिल्ली से मुल्तान स्थानांतरित होकर आए थे, उन सभी को पुनः मुल्तान जेल से अंबाला जेल स्थानांतरित कर दिया गया। लाला देशबंधु गुप्ता को अंबाला जेल में न भेजकर मियाँवाली जेल में भेजा गया, जो अत्यंत ही खतरनाक जेल मानी जाती थी।

मलिक देवीदयाल व पं० ऋषिकेश—दिल्ली में ऐसे अनेक पुलिस ऑफिसर थे, जिनकी सहानुभूति गुप्त रूप से राष्ट्रीय आंदोलनों के प्रति रहा करती थी। ये प्रत्यक्ष रूप से तो इन आंदोलनों में भाग लेने में असमर्थ थे, किंतु छद्म रूप से वे इन आंदोलनों की सहायता अवश्य करते रहते थे। ऐसे ही लोगों में दिल्ली शहर के कोतवाल मलिक देवीदयाल व उनके सहायक पंडित ऋषिकेश भी थे। यद्यपि मलिकजी शहर कोतवाल थे, तथापि राष्ट्रीय आंदोलनों में जो सत्याग्रही इत्यादि गिरफ्तार किए जाते थे, उनसे उनका व्यवहार भद्रतापूर्ण रहता था। ऐसे सत्याग्रहियों के साथ वे बल-प्रयोग की इजाजत नहीं देते थे। उन्हें ससम्मान गिरफ्तार कर जेल भेज दिया जाता था। इन आंदोलनों में जो महिलाएँ गिरफ्तार होती थीं, उन्हें वे अपनी बेटियाँ और बहुएँ समझते थे। उन्हें गिरफ्तार करने के उपरांत उनके परिवारजनों को उनकी गिरफ्तारी की सूचना तुरत भेजते थे। ऐसी गिरफ्तार महिलाओं में से अनेक को वे वैसे ही छोड़ देते थे और कहते थे–"जाओ अपने घर, वापस फिर दुबारा नहीं आना।" लेकिन ये महिलाएँ उनकी बात सुनती नहीं थीं; कहती थीं कि हमें पकड़कर जेल भेजो। घर वापस जाने के लिए हम नहीं आए हैं। मलिक देवीलाल ऐसी महिलाओं का मुँह ताकने लगते और मुसकराकर कहते कि अब जैसी तुम्हारी मर्जी।

दिल्ली में जब 'नमक-कानून भंग' आंदोलन चल रहा था और मलिक देवीदयाल अपनी भद्रता के कारण आंदोलन को दबा नहीं पा रहे थे तो उनके स्थान पर एक अन्य पुलिस अधिकारी शेख अब्दुल वाहिद को कुछ समय के लिए नियुक्त किया गया, जिसने क्रूरतापूर्वक इस आंदोलन को कुचलने के पूरे प्रयास किए, किंतु वह भी सफल नहीं हो पाया। 'गांधी इर्विन पैक्ट' के अंतर्गत जब यह आंदोलन स्थगित किया गया, तब मलिक साहब को पुनः शहर कोतवाल नियुक्त किया गया।

इंस्पेक्टर करम सिंह—यह दिल्ली पुलिस के खुफिया विभाग में इंस्पेक्टर पद पर नियुक्त थे। इनके बारे में कहा जाता था कि दिल्ली और उसके पास में जो भी क्रांतिकारी गतिविधियाँ घटित होती थीं, उनकी जाँच का कार्य इनके सुपुर्द किया जाता था। यह एक लंबे-चौड़े सिख ऑफिसर थे। खुफिया विभाग में जाने से पूर्व वे दिल्ली नगर के हौजकाजी क्षेत्र के पुलिस स्टेशन के एस.एच.ओ. भी हुआ करते थे। इन पंक्तियों के लेखक के परिवार का पैतृक निवास-स्थान भी इसी क्षेत्र में था। इंस्पेक्टर करम सिंह

और इस लेखक का संबंध कब और कैसे स्थापित हुआ, उसे यहाँ वर्णित किया जा रहा है।

यह लेखक जब रामजस हाईस्कूल में दसवीं क्लास का विद्यार्थी था, तब से ही इसका संपर्क दिल्ली के कुछ क्रांतिकारियों से हो गया था। इनमें से दो थे–राम सिंह (जो दरियागंज में ही स्थित तत्कालीन कॉमर्शियल कॉलेज के विद्यार्थी थे) और श्रीकृष्ण (जिनकी माता श्रीमती आत्मादेवी सूरी दिल्ली कांग्रेस की प्रथम श्रेणी की महिला नेत्री भी थीं)। यह सन् 1930-31 की बात है। लगभग उसी समय प्रसिद्ध क्रांतिकारी एम.एन. राय भी अनेक वर्षों तक रूस, चीन, मेक्सिको आदि देशों में रहने के पश्चात् गुप्त रूप से भारत लौट आए थे। वे श्रमिक वर्ग को संगठित करने के काम में सक्रिय हो गए थे, ताकि उनकी सहायता से वैसी ही क्रांति भारत में भी आयोजित की जा सके जैसी बोल्शेविक क्रांति लेनिन के नेतृत्व में रूस में हुई थी। एम. एन. राय का निकट संबंध लेनिन से भी था, जो रूस की क्रांति के कर्णधार थे। एम.एन. राय के कुछ कार्यकर्ता दिल्ली में भी सक्रिय थे। उन्होंने लालकुआँ क्षेत्र, जहाँ आजकल हमदर्द दवाखाना स्थित है, के पास ही एक एकमंजिला छोटे से मकान में दफ्तर भी खोला था, जिसपर 'इंकलाबी टेलरिंग हाउस' का साईनबोर्ड टँगा रहता था। सन् 1930 में जब दिल्ली के कपड़ा मिलों में मजदूरों द्वारा हड़ताल की जा रही थी, तब मैं भी इनके संपर्क में आया था और इनके कार्यालय में भी कभी-कभी जाया करता था। एक दिन मैं अचानक इस टेलरिंग हाउस में पहुँचा, तो देखा कि उस मकान की तलाशी पुलिस द्वारा ली जा रही है। इंस्पेक्टर करम सिंह तलाशी ले रहे थे। सीढ़ियाँ चढ़कर जब मैं कमरे में पहुँचा, तब मुझे वहाँ देखकर इंस्पेक्टर करम सिंह ने मुझसे पूछा, 'तू यहाँ कैसे आया है ? तेरा नाम क्या है ?' मैंने जवाब दिया, "मैं अपनी कमीज लेने आया हूँ, जिसे मैंने यहाँ सिलने के लिए दी है। मेरा नाम रूपनारायण है।"

इंस्पेक्टर करम सिंह ने मुझे घूरकर देखा और पूछा, "तू कहाँ रहता है?" मैंने जवाब दिया, "चर्खेवालान में धर्मशाला भोलूमल के पास रहता हूँ।" मेरे उत्तर से वे शायद संतुष्ट नहीं हुए। उन्होंने फिर पूछा, "तेरी माँ अभी जेल से वापस आई है या नहीं ?" मैंने उत्तर दिया, "वह अभी वापस नहीं आई हैं। शायद जून महीने में वापस आएँगी।" मेरे उत्तर से वे शायद कुछ संतुष्ट हुए। उन्होंने फिर मुझसे कहा, "भाग जा यहाँ से। खबरदार, जो

दुबारा यहाँ आया।"

जिस दिन की यह घटना है, उस दिन मेरे घर में मेरे पास एक रिवॉल्वर, एक माऊजर पिस्तौल, कुछ कारतूस और बहुत सा क्रांतिकारी साहित्य था, जिसे मैंने अपने घर की एक अंधेरी कोठरी में छुपाकर रखा था। मुझे संदेह हुआ कि इंस्पेक्टर करम सिंह ने मेरे घर का पता मालूम कर लिया है और मुझे पहचान भी लिया है। इसलिए वह अवश्य ही मेरे घर पर छापा मारेगा और यदि तलाशी के दौरान सब चीजें पुलिस के हाथ लग गईं तो गज़ब हो जाएगा। मैं इसी सोच-विचार में घर लौटा और तुरत ही यह सब सामान एक छोटी सी गठरी में बाँधकर अपनी साइकिल के पीछे रखा और उसे किसी अन्यत्र सुरक्षित स्थान पर पहुँचाने की कोशिश में लग गया। समय सायं लगभग 5 बजे का होगा। गरमी के दिन थे। मैं यह सामान साइकिल में बाँधे अनेक स्थानों पर गया, लेकिन मेरा किसी से संपर्क नहीं हो पाया, जिसे मैं यह सामान सौंप सकूँ। एक घंटे से अधिक देर तक शहर का चक्कर लगाकर मैं तत्कालीन 'एडवर्ड पार्क' (जिसे अब नेताजी सुभाष पार्क कहा जाता है) में आकर बैठ गया और सोचने लगा कि आगे अब क्या किया जाए। उन दिनों एडवर्ड पार्क के चारों ओर ऊँचे-ऊँचे सरकंडों की खेती होती थी, जहाँ अँधेरा-सा रहता था और शायद वहाँ साँप-बिच्छू भी पलते थे। मैं इस सामान की पोटली वापस लेकर घर तो जा नहीं सकता था। मैंने सोचा कि इस पोटली को इन सरकंडों के बीच ऐसी जगह छुपाकर रख दिया जाए, जो बाहर से दिखाई नहीं दे। शाम हो रही थी और कुछ छुटपुटा अँधेरा भी शुरू हो गया था। मैंने सरकंडों में घुसकर इस पोटली को छुपाकर रख दिया और उसपर घास-फूस डाल दी, ताकि वह दिखाई नहीं दे, और फिर मैं बाहर निकल आया। मेरी योजना थी कि अगले दिन सुबह इस पोटली को यहाँ से निकालकर इसे अन्यत्र सुरक्षित रखने की व्यवस्था करूँगा। मैं साइकिल पर सवार होकर घर लौट आया। तब तक रात्रि के 8 बज रहे थे।

मेरे पिता लाला रामस्वरूप कपड़े का पैतृक व्यापार करते थे। वे प्रायः शाम के बाद घर वापस आकर ऊपरी मंजिल में भोजन इत्यादि के लिए चले जाया करते थे। नीचे की मंजिल का बड़ा कमरा बंद हो जाया करता था। उस दिन जब मैं घर पहुँचा तो पिताजी बड़े कमरे में ही बैठे हुए थे, जैसे किसी की प्रतीक्षा कर रहे हों। मैंने घर में प्रवेश कर अपनी साइकिल

चौक में रखी और ऊपर जाने लगा, तब पिताजी ने मुझे जोर से आवाज देकर अपने पास बुला लिया और पूछा, "तुम इतनी देर से कहाँ से आ रहे हो ?" मैंने उत्तर दिया, "मैं अपनी बड़ी बहन गुणवतीजी से मिलने कनॉट प्लेस गया था और वहीं से वापस आ रहा हूँ।" पिताजी ने गुस्से में मुझसे कहा, "गुणवती तो ऊपर आई हुई है, फिर तू कहाँ गया था ?" मेरा झूठ बोलना पकड़ा गया, फिर भी मैंने कहा, "यह तो मुझे कनॉट प्लेस पहुँचने पर ही पता चला कि वे यहाँ आईं हुई हैं, वरना मैं वहाँ क्यों जाता।" पिताजी ने मुझे अपने पास बिठाया और कहा, "अभी सरदार करम सिंह एक घंटा मेरे पास बैठकर वापस चले गए हैं और तुम्हारे बारे में उन्होंने सब कुछ मुझे बता दिया है।" मेरे पिताजी ने मुझसे यह भी कहा कि करम सिंह उन्हें जानते थे, इसलिए उन्होंने मुझे नहीं पकड़ा, वरना वे मुझे पकड़कर थाने में बंद कर देते। करम सिंह ने मेरे पिताजी से यह भी कहा कि यह अभी नई उम्र का लड़का है। इसे समझाओ और इसकी गतिविधियों पर कुछ अंकुश लगाओ।

पिताजी मुझसे जोर-जोर से बोल रहे थे। उनकी आवाज सुनकर मेरी बहन नीचे आई और मुझे अपने साथ ऊपर ले गई। पिताजी का डाँटना-फटकारना समाप्त हुआ, लेकिन मुझे रात भर नींद नहीं आई। मेरा ध्यान बराबर उस पोटली पर जमा रहा, जिसे मैं एडवर्ड पार्क में छुपा आया था। अगले दिन सुबह होते ही मैं अपनी साइकिल लेकर एडवर्ड पार्क पहुँच गया। वहाँ मुझे पोटली सुरक्षित मिली। मैंने मौका देखकर सरकंडों में से उसे निकाला और साइकिल पर बाँधकर राम सिंह की तलाश में निकल पड़ा। राम सिंह कॉमर्शियल कॉलेज के हॉस्टल में रहते थे। वह मुझे वहाँ मिल गए। उन्हें घटना से सविस्तार अवगत कराकर सभी सामान उन्हें सुपुर्द कर मैं निश्चिंत हो गया।

उन दिनों दिल्ली में रईसों की हवेलियों में प्रायः नाच-गानों की महफिलें होती रहती थीं, जहाँ पिताजी भी प्रायः जाते थे। वहीं उनकी भेंट सरदार करम सिंह से भी होती थी और दोनों एक दूसरे से परिचित हो गए थे। इस कारण ही सरदार करम सिंह को भी मालूम था कि मेरी माँ कांग्रेस के आंदोलन में जेल गई हुई थी। इंस्पेक्टर करम सिंह ने मेरे पीछे सी.आई.डी. का सिपाही लगा दिया, जो मेरे पीछे घूमने-फिरने लगा और मेरी गतिविधियों की रिपोर्ट इंस्पेक्टर करम सिंह को देने लगा। एक महीने के

पश्चात् इंस्पेक्टर करम सिंह पुनः मेरे पिताजी से मिले और उनसे कहा कि रूपनारायण अभी भी अपनी हरकतों से बाज नहीं आ रहा है। यह उन जगहों पर जाता रहता है, जिनपर पुलिस की निगरानी रखी जा रही है। उन्होंने पिताजी को सुझाव दिया कि वे मुझे मुंबई भेज दें, जहाँ मेरे मामा के लड़के लाला अलोपी प्रसाद फिल्म व्यवसाय से जुड़े हुए थे। बोलती फिल्मों का दौर शुरू हो चुका था और फिल्मों को देखने के लिए सिनेमाघरों के बाहर भारी भीड़ लग जाया करती थी। इस व्यवसाय से संलग्न लोग काफी धन कमा रहे थे। सरदार करम सिंह ने मेरे पिताजी से यह भी कहा कि उन्होंने अलोपी प्रसाद से भी बात कर ली है। वे मुझे मुंबई ले जाने के लिए सहमत हैं। सरदार करम सिंह ने पिताजी से कहा कि अगर मैं मुंबई चला जाऊँगा तो दिल्ली से दूर रहकर इन गतिविधियों से मुक्त हो जाऊँगा।

अंत में उनके दबाव के कारण मुझे लाला अलोपी प्रसाद के साथ मुंबई भेज दिया गया। मैं वहाँ उनके साथ चार वर्षों तक फिल्मी व्यापार से संबद्ध रहा। सन् 1933 के आते-आते सभी क्रांतिकारी गतिविधियाँ समाप्त हो चुकी थीं। इन गतिविधियों से संलग्न अनेक लोगों पर षड्यंत्रों के मुकदमे बनाकर उन्हें जेलों में भेज दिया गया था और शेष लोग राजनैतिक स्थिति में परिवर्तन होने के कारण निष्क्रिय हो गए थे। प्रत्यक्ष रूप से चंद्रशेखर आजाद से मेरी भेंट कभी नहीं हुई थी, लेकिन उन्होंने मुझे देखा था और उन्हें मेरे घर की भी जानकारी थी। उन्हें बताया गया था कि कठिनाई के समय मेरे ठिकाने का भी उपयोग हो सकता है और कुछ आर्थिक सहायता भी मिल सकती है। सन् 1938 में मेरा मन फिल्म व्यवसाय से ऊब गया। मैं वहाँ से मुक्त होकर राजनैतिक क्षेत्र में पुनः सक्रिय हो गया।

इस प्रसंग को लिखने का तात्पर्य केवल यही ही है कि कभी-कभी पुलिस के बड़े अफसर, जो ब्रिटिश सरकार के प्रति वफादार थे (जिनमें से सरदार करम सिंह भी एक थे और जिन्हें ब्रिटिश सरकार ने 'सरदार साहब' की उपाधि से सम्मानित किया था) भी अपनी मित्रता के भाव को निभाने के लिए ब्रिटिश सरकार के हितों की उपेक्षा करते थे। मैंने कभी क्रांतिकारी गतिविधियों से संबंधित किसी 'ऐक्शन' में कोई भाग नहीं लिया था। मेरा घर तो केवल स्टोर जैसा था, जहाँ सुरक्षा के लिए कभी-कभी पिस्तौल इत्यादि रख दिए जाते थे। बाद में मुझे यह भी पता चला कि शहीद

चंद्रशेखर आजाद को इलाहाबाद के अल्फ्रेड पार्क में पुलिस ने जब घेर लिया था, तो उनके पास वही माऊजर पिस्तौल थी, जो मेरे पास सुरक्षित रखी गई थी और उसी पिस्तौल से गोलियाँ चलाकर वे पुलिस से लड़ रहे थे। उनके पास से इस माऊजर पिस्तौल के अतिरिक्त एक और अन्य रिवॉल्वर भी पाया गया था।

कभी-कभी घटना-चक्र ऐसा चलता है कि जीवन की दिशा ही बदल जाती है। मेरे साथ भी ऐसा ही हुआ। फिल्म व्यवसाय से मुक्त होकर मैं दिल्ली में कांग्रेस की गतिविधियों से निकट से जुड़ गया। अनेक बार जेलों में भी गया। केवल मैं ही नहीं, मेरी माता (अब स्वर्गीया) श्रीमती सरबती देवी भी दो बार जेल गईं और उनके साथ उनकी पुत्रियाँ (मेरी बहनें) श्रीमती गुणवती देवी व श्रीमती शांति देवी को भी जेल जाने का सौभाग्य प्राप्त हुआ। इतने अंतराल के बाद मैं कभी-कभी सोचता हूँ कि यह सब परिवर्तन इंस्पेक्टर करम सिंह के कारण ही शायद हुआ था।

बड़े बाबू लाला गुरप्रसाद खन्ना—लाला गुरप्रसाद खन्ना सन् 1942 के कई वर्ष पहले से ही नई दिल्ली मिन्टो रोड क्षेत्र में स्थित गवर्नमेन्ट प्रेस के उच्चाधिकारियों में से एक थे। गवर्नमेन्ट प्रेस में इनकी कड़ी देखरेख में ही केंद्रीय सरकार का वार्षिक बजट तथा अन्य अत्यंत ही गोपनीय सरकारी कागजात की छपाई इत्यादि होती थी। ये सभी दस्तावेज़ अत्यंत ही महत्त्व के ये होते थे, जिनकी गोपनीयता हर हालत में सुरक्षित रखनी आवश्यक होती थी। यह सब काम लाला गुरप्रसाद खन्ना की अत्यंत ही कड़ी देखरेख में होता था। इन्हीं लालाजी के छोटे भाई श्री जुगलकिशोर खन्ना, चरखेवालान क्षेत्र के निवासी थे, जहाँ इन पंक्तियों के लेखक का भी पैतृक निवास-स्थान था। श्री जुगलकिशोर खन्ना उस समय दिल्ली प्रदेश कांग्रेस कमेटी के सचिव थे। सन् 1942 प्रारंभ हो चुका था और देश के राजनैतिक वातावरण में 'भारत छोड़ो' आंदोलन की गूँज प्रारंभ हो चुकी थी। पूरे देश में राजनैतिक माहौल धीरे-धीरे गरम हो रहा था। समस्त देश की निगाहें राष्ट्रीय कांग्रेस के उस अधिवेशन पर लगी हुई थीं, जो 7 व 8 अगस्त को मुंबई में होनेवाला था और जिसमें 'भारत छोड़ो' आंदोलन से संबंधित

प्रस्ताव पारित होने की आशा थी। महात्मा गांधी ने इस आंदोलन के संबंध में तत्कालीन साप्ताहिक 'हरिजन' में लगातार अनेक लेखों द्वारा वातावरण को और अधिक उत्सुकतापूर्ण बना दिया था। दूसरे विश्वयुद्ध की लपटें भारत के पड़ोसी देश बर्मा तक पहुँच चुकी थीं और ऐसी आशंका व्यक्त की जा रही थी कि किसी भी घड़ी जापान भारत पर भी आक्रमण कर सकता है। ब्रिटिश सरकार भी हर प्रकार से चौकन्नी थी। ऐसे संकट की घड़ी में ब्रिटिश सरकार भी संभावित जापानी हमले का मुकाबला करने के लिए तैयारियाँ कर रही थी। तत्कालीन वाइसराय लॉर्ड लिनलिथगो ने ब्रिटिश प्रधानमंत्री चर्चिल की सहमति से आंदोलन को कुचलने के लिए अत्यंत ही गोपनीय ढंग से सभी तैयारियाँ पूरी कर ली थीं। इन तैयारियों की जानकारी केवल कुछ ही अत्यंत महत्त्वपूर्ण सरकारी अधिकारियों तक सीमित रखी गई थी। इन तैयारियों में मुख्य रूप से निर्णय लिया गया था कि मुंबई अधिवेशन में 'भारत छोड़ो' प्रस्ताव पारित किए जाने के तुरत बाद ही महात्मा गांधी सहित सभी कांग्रेसी की नेताओं को गिरफ्तार कर जेलों में डाल दिया जाएगा और 'भारत छोड़ो' आंदोलन को कार्यरूप देने से रोका जाएगा। इसके विपरीत महात्मा गांधी सहित कांग्रेस के उच्चस्तरीय नेताओं की ऐसी धारणा थी कि प्रस्ताव पारित होने के उपरांत गांधीजी लॉर्ड लिनलिथगो से भेंटकर 'भारत छोड़ो' प्रस्ताव के सभी पहलुओं पर उनसे व्यापक चर्चा करेंगे। उसके पश्चात् ही कोई आंदोलन प्रारंभ होगा। इन नेताओं को ऐसी कोई आशंका नहीं थी कि प्रस्ताव पारित होते ही हर स्तर के सभी कांग्रेसी नेताओं को गिरफ्तार कर लिया जाएगा।

लाला गुरप्रसाद खन्ना केंद्रीय सरकार के सभी उच्चाधिकारियों से निकट से परिचित थे। उन्हें गुप्त रूप से यह सूचना मिल चुकी थी कि 'भारत छोड़ो' प्रस्ताव पारित होने के तुरत पश्चात् महात्मा गांधी सहित सभी नेताओं को गिरफ्तार करने की योजना पूरी कर ली गई है। खन्नाजी को उस समय हिंदुस्तान के प्रति अपनी जिम्मेवारी का एहसास हुआ। वह चिंतित हुए कि उनके पास जो सरकारी सूचना उपलब्ध है, उसकी जानकारी वे अपने छोटे भाई श्री जुगलकिशोर खन्ना को दें या नहीं। अंत में उन्होंने

यह निर्णय लिया कि भारत की आजादी के लिए इस अंतिम संघर्ष में ब्रिटिश सरकार की वफादारी की अपेक्षा भारत माता के प्रति उनकी जवाबदेही कहीं अधिक हैं। इसलिए उन्होंने अपने छोटे भाई जुगलकिशोर खन्ना को उक्त गुप्त सूचना से अवगत कराया और यह भी कहा कि यह सूचना अत्यंत ही गुप्त रूप से राष्ट्रीय कांग्रेस के उच्च नेताओं तक पहुँचाई जाए, ताकि कांग्रेस पर ब्रिटिश सरकार के हमले से पूर्व ही समुचित व्यवस्था कर ली जाए। श्री जुगलकिशोर खन्ना ने यह सूचना तत्कालीन दिल्ली प्रदेश कांग्रेस के अध्यक्ष श्री आसफ अली, जो उन दिनों राष्ट्रीय कांग्रेस की वर्किंग कमेटी के सदस्य थे, को दी।

इस आधिकारिक और गोपनीय सूचना के आधार पर श्री जुगल किशोर खन्ना ने कांग्रेस के मुंबई अधिवेशन में जाने से पूर्व ही दिल्ली प्रदेश कांग्रेस कार्यालय के सभी सामान–टाइपराइटरों, डुप्लीकेटिंग मशीन इत्यादि को गुप्त रूप से अन्यत्र सुरक्षित स्थान पर स्थानांतरित कर दिया और प्रदेश कांग्रेस कमेटी के जो रुपए बैंक में थे, वह सब बैंक से निकालकर उन लोगों तक पहुँचा दिया, जहाँ वह सुरक्षित रह सके और आवश्यकता पड़ने पर आंदोलन के काम आ सके। यह सब व्यवस्था पूरी करने के उपरांत वह मुंबई में आयोजित सम्मेलन में जाने के लिए 5 अगस्त की सुबह ही दिल्ली से प्रस्थान कर गए। मुंबई पहुँचकर खन्नाजी ने उक्त गुप्त सूचना गांधीजी सहित अन्य लोगों तक पहुँचाने का प्रयत्न किया, परंतु किसी ने उनकी इस सूचना पर अधिक ध्यान नहीं दिया; वे लोग निश्चिंत होकर सम्मेलन की व्यवस्था करने में व्यस्त रहे। श्री जुगलकिशोर खन्ना ने श्री ब्रजकिशन चांदीवाला के द्वारा यह सूचना गांधीजी तक भी पहुँचा दी थी। 7 व 8 अगस्त को मुंबई में सम्मेलन हुआ, जहाँ 'भारत छोड़ो' प्रस्ताव विशाल बहुमत से पारित कर सम्मेलन रात्रि के 11 बजे समाप्त हुआ। इस सम्मेलन में गांधीजी ने अपने भाषण में यह भी कहा था कि उन्हें 'भारत छोड़ो आंदोलन' शीघ्र प्रारंभ नहीं करना है, बल्कि वह दिल्ली जाकर वाइसराय लॉर्ड लिनलिथगो से इस प्रस्ताव के सभी पहलुओं पर व्यापक चर्चा करेंगे।

ऐसा हुआ नहीं। लाला गुरप्रसाद खन्ना ने जो गुप्त सूचना अपने छोटे

भाई जुगलकिशोर खन्ना को उपलब्ध कराई थी, वह पूरी तरह ठीक निकली और 9 अगस्त की सुबह से पूर्व ही गांधीजी सहित सभी कांग्रेसी नेताओं को और साथ ही देश भर के हजारों कांग्रेसी कार्यकर्ताओं को भी गिरफ्तार कर लिया। व्यापक स्तर पर लाठियों और गोलियों का उपयोग किया गया, जिसमें हजारों लोग शहीद हुए। इन सब घटनाओं का व्यापक उल्लेख इस पुस्तक में अन्यत्र 'भारत छोड़ो आंदोलन' शीर्षक के अंतर्गत किया गया है। यहाँ सिर्फ इतना ही कहना है कि लाला गुरप्रसाद खन्ना अपनी सरकारी व सुरक्षित नौकरी को खतरे में डालकर 'राजभक्ति' के स्थान पर 'देशभक्ति' को अधिक महत्त्वपूर्ण मानकर देश के प्रति अपनी निष्ठा व्यक्त करने में पीछे नहीं रहे।

□

भारतीय राजनीति की त्रिमूर्ति लाल, बाल व पाल

गांधीजी के प्रवेश से पूर्व उपरोक्त त्रिमूर्ति, अर्थात् लाल (पंजाब के लाला लाजपत राय), बाल (लोकमान्य बाल गंगाधार तिलक) व पाल (बंगाल के विपिनचंद्र पाल) भारत की राजनीति पर छाए हुए थे। पूरे देश में इन्हीं की चर्चा होती थी। कठिन समय में इन्होंने अपना महत्त्वपूर्ण नेतृत्व भारत को प्रदान किया था। इन तीनों विभूतियों का संक्षिप्त विवरण इस प्रसंग के अंतर्गत नीचे प्रस्तुत करने का प्रयास किया गया है–

लाला लाजपत राय—भारत के स्वतंत्रता-संग्राम में लाला लाजपत राय का विशिष्ट स्थान है। इनका जन्म पंजाब के फिरोजपुर जिले में ढुढ़ीका ग्राम में 28 जनवरी, 1865 को हुआ था। इनके पिता का नाम मुंशी राधाकृष्ण आजाद व माता का नाम गुलाब देवी था। इनके पिता एक स्कूल में अध्यापक थे। इनका परिवार साधारण श्रेणी का था। अध्यापक के रूप में अपने पिता का काफी प्रभाव इनपर था। सन् 1920 में श्री मुहम्मद अली जिन्ना ने लाला लाजपत राय को 'भारत माता के विशिष्ट पुत्रों में से एक' की संज्ञा दी थी। गांधीजी लाला लाजपत राय को 'एक संस्था' ही मानते थे।

लाला लाजपत राय बाल्यावस्था से ही आर्य समाज की गतिविधियों से निकट से जुड़े हुए थे। आर्य समाज के संस्थापक स्वामी दयानंद के विचारों का बहुत प्रभाव उनपर था। उनके समय में आर्य समाज पंजाब और हिंदुस्तान के अन्य भागों में तूफान की गति से बढ़ रहा था। लाला लाजपत राय सामाजिक नेता राजा राममोहन राय आदि से बहुत प्रभावित

हुए थे। उनके ओजपूर्ण भाषणों का प्रभाव चारों ओर फैल रहा था। स्वामी दयानंद और महात्मा गांधी के विचारों से प्रभावित होकर उन्होंने अछूतोद्धार में सक्रिय भाग लिया। उन्होंने अछूतों की शिक्षा के लिए सन् 1912 में एक विद्यालय की स्थापना भी की थी और चालीस हजार रुपए की राशि स्कूल के संचालन के लिए दान में दी थी। अंग्रेजी, हिंदी व उर्दू–तीनों भाषाओं का पर्याप्त ज्ञान उन्हें था। उन्होंने 'सर्वेन्ट्स ऑफ दि पीपल सोसायटी' की स्थापना सन् 1921 में की थी। इस सोसायटी के सदस्य समर्पित भाव से देश-सेवा की विभिन्न गतिविधियों से जुड़े हुए थे। यद्यपि राष्ट्रीय कांग्रेस की स्थापना सन् 1885 में हुई थी, किंतु वे कांग्रेस की गतिविधियों से 23 वर्ष की अल्प आयु में ही जुड़ गए और अगले 40 वर्षों तक वे कांग्रेस में सक्रिय रहे।

लाला लाजपत राय को 'पंजाब केसरी' कहा जाता था। वे तिलक के विचारों से अत्यंत ही प्रभावित थे। अपने सरकार-विरोधी भाषणों के कारण मई, 1907 में लाला लाजपत राय को गिरफ्तार कर मांडले जेल (रंगून) में निर्वासित कर दिया गया, जहाँ उन्हें 6 महीने तक एक छोटी सी कोठरी में बंद रखा गया। उन्हें सभी प्रकार की—लिखने-पढ़ने की—भी सामग्री से वंचित रखा गया। नवंबर महीने में उनका निर्वासन-काल समाप्त हुआ। वे पुनः जोश के साथ अपनी गतिविधियों में सक्रिय हो गए।

सन् 1914 में लाला लाजपत राय इंग्लैंड गए। जब प्रथम विश्वयुद्ध प्रारंभ हुआ तो वे इंग्लैंड से अमेरिका चले गए। वहाँ पहुँचकर उन्होंने अनेक सार्वजनिक सभाओं को संबोधित किया। उनके भाषणों को सुनने के लिए वहाँ बड़ी संख्या में लोग जमा होते थे। अमेरिका से वे जापान गए। वहाँ के अनेक विश्वविद्यालयों ने उन्हें भाषण देने के लिए आमंत्रित किया। चूँकि भारत वापस लौटना उनके लिए संभव नहीं था, इसलिए वे जापान से पुनः अमेरिका आ गए। जब वे अमेरिका में थे, तभी वहाँ उन्होंने 'इंडियन होमरूल लीग ऑफ अमेरिका' की स्थापना की और 'यंग इंडिया' नामक मासिक पत्रिका का प्रकाशन प्रारंभ किया।

जलियाँवाला हत्याकांड के समय वे अमेरिका में ही थे, जहाँ से वे 20 फरवरी, 1920 को भारत वापस लौटे। राष्ट्रीय कांग्रेस का जो अधिवेशन सन् 1920 में कोलकाता में आयोजित किया गया था, उसके अध्यक्ष वही

थे। भारत आकर उन्होंने पूरे देश का तूफानी दौरा प्रारंभ किया। इन यात्राओं का प्रमुख उद्देश्य 'तिलक स्वराज फंड' के लिए निर्धारित एक करोड़ रुपए की राशि जमा करना था। महात्मा गांधी के नेतृत्व में राष्ट्रीय कांग्रेस द्वारा प्रारंभ असहयोग आंदोलन में उन्होंने भाग लिया। फरवरी, 1922 में उन्हें गिरफ्तार कर दो वर्ष कारावास की सज़ा दी गई। 16 अगस्त, 1923 को उन्हें रिहा किया गया। वे जब जेल में ही थे, तभी देशबंधु चित्तरंजन दास और पंडित मोतीलाल नेहरू के संयुक्त प्रयासों से 'स्वराज्य पार्टी' स्थापित की गई, जिसका लक्ष्य असेम्बलियों के माध्यम से सरकारी गतिविधियों से असहयोग करना था। लालाजी भी 'स्वराज्य पार्टी' से जुड़ गए। वे केंद्रीय असेम्बली के लिए बगैर किसी विरोध के चुने गए।

ब्रिटिश सरकार ने सन् 1928 में 'साइमन कमीशन' की नियुक्ति इस उद्देश्य से की कि कमीशन भारत जाकर वहाँ की राजनैतिक समस्याओं का अध्ययन करेगा और ब्रिटिश सरकार को अपनी रिपोर्ट देगा। इस कमीशन के सभी (8) सदस्य अंग्रेज थे; इनमें किसी भारतीय को शामिल नहीं किया गया था। हिंदुस्तान के लोगों ने इस कमीशन का बहिष्कार किया और जहाँ-जहाँ यह कमीशन गया, वहाँ-वहाँ हड़तालें की गईं व काले झंडों से कमीशन का विरोध किया गया। इसी क्रम में 30 अक्टूबर, 1928 को जब यह कमीशन लाहौर पहुँचा तो वहाँ भी लाला लाजपत राय के नेतृत्व में जबरदस्त विरोध-प्रदर्शन आयोजित किया गया। इस विरोध-प्रदर्शन को भंग करने के लिए पुलिस ने भयंकर लाठी-चार्ज किया। सीनियर सुपरिन्टेन्डेन्ट ऑफ पुलिस स्कॉट की लाठियों से लाला लाजपत राय गंभीर रूप से घायल हुए। उसी दिन सायंकाल एक विशाल सार्वजनिक सभा आयोजित हुई, जिसमें पंजाब-केसरी लाला लाजपत राय ने गरजते हुए कहा, "हमारे ऊपर जिन लकड़ियों से प्रहार किया गया है, वे ब्रिटिश साम्राज्यवाद के ताबूत में कीलों का काम करेंगी।" लाला लाजपत राय पर जो लाठियों का प्रहार किया गया था, उसकी चोटों से गंभीर रूप से घायल होने के कारण 17 नवंबर, 1929 की सुबह उनका देहांत हो गया। यह ख़बर सुनकर हजारों लोग व्याकुल व व्यथित हुए। उनकी मृत्यु का बदला लेने के लिए भगत सिंह और उनके साथियों द्वारा पुलिस ऑफिसर सांडर्स का वध कर दिया गया। इस वध के अपराध में भगत सिंह, सुखदेव व राजगुरु को

फाँसी की सजा सुनाई गई। 23 मार्च, 1931 को उन्हें फाँसी दे दी गई। भगत सिंह और उनके दोनों साथियों की शहादत का असर पूरे देश में बिजली की तरह फैला और भारत की आजादी का संघर्ष अपनी मंजिल की ओर तीव्रता से आगे बढ़ा।

लोकमान्य बाल गंगाधर तिलक—लोकमान्य तिलक भारत की एक ऐसी ही विभूति थे, जो लोक-कल्याण और राष्ट्रोत्थान की कामना लेकर कर्म-क्षेत्र में आए और सामाजिक दुर्बलता दूर करने तथा विदेशी सत्ता के उन्मूलन हेतु जीवन-पर्यंत संघर्ष करते रहे। उनकी असाधारण प्रतिभा की प्रखर किरणों ने समस्त भारत में अपनी चमक फैलाई। उनसे जनता को नव-जागरण का संदेश मिला। 'स्वराज हमारा जन्मसिद्ध अधिकार है और हम इसे लेकर ही रहेंगे'—उनका यह उद्घोष भारत के कोने-कोने में गूँज गया। गणेश-उत्सव आदि समारोहों का आयोजन विशाल स्तर पर आयोजन करके उन्होंने जनसाधारण को संगठित किया। विश्वविख्यात 'गीता रहस्य' लिखकर उन्होंने समाज-उत्थान का मार्ग प्रशस्त किया और अपने ओजस्वी भाषणों तथा लेखों द्वारा जनता को राष्ट्रहित के लिए कर्तव्यारूढ़ किया। उनके अथक प्रयासों से देश भर में राष्ट्र-प्रेम की लहर दौड़ने लगी।

लोकमान्य तिलक का जन्म 23 जुलाई, 1856 को महाराष्ट्र में एक साधारण ब्राह्मण परिवार में हुआ था। तिलक के पिता का नाम गंगाधर रावजी था, जो अध्यापन का कार्य करते थे। बाल गंगाधर अपने पिता के एकमात्र पुत्र थे। उनमें विद्यार्थी जीवन से ही बुद्धिमत्ता के साथ-साथ स्वभाव में हठीलापन भी विद्यमान था। कक्षा में वे हमेशा पहला स्थान प्राप्त करते थे।

सन् 1879 में तिलक ने बी.ए., एल.एल.बी. की डिग्री प्राप्त की। जब उन्होंने सामाजिक व राजनीतिक क्षेत्र में प्रवेश किया, तब बंगाल में राजा राममोहन राय 'ब्रह्मसमाज' की स्थापना कर चुके थे। बंगाल में सुरेंद्रनाथ बनर्जी और मुंबई में दादाभाई नौरोजी सक्रिय थे। मद्रास में 'हिंदू' समाचार पत्र का प्रकाशन प्रारंभ हो चुका था। महाराष्ट्र में समाज-सुधारक भंडारकर, रानाडे व आगरकर प्रमुख थे।

भारत के लिए सन् 1897 बड़े संकट का वर्ष था। अकाल, महामारी और भूचाल—तीनों ने यहाँ आक्रमण किया था। अन्न का अभाव होने के कारण इसके दाम एकदम ऊँचे चढ़ गए थे। महामारी तथा अकाल के

कारण मृत्यु-संख्या निरंतर बढ़ रही थी। तिलक अपनी पूरी शक्ति के साथ इस दोहरे संकट के समय उठ खड़े हुए।

22 जून, 1897 की रात को रोग-निरोधक कार्य के संचालक रैन्ड नामक एक अंग्रेज आई.सी.एस. ऑफिसर और उसके साथी एक सैनिक ऑफिसर की हत्या सरकारी नीतियों के विरोध में गोलियों से कर दी गई। तिलक तथा कुछ अन्य लोग राजद्रोह में बंदी बना लिये गए। अदालत ने तिलक को 18 महीने के कारावास का दंड दिया। सामाजिक एवं राजनीतिक नेताओं को बंदी बनाए जाने की अपने ढंग की यह पहली घटना थी। पूरे देश में इस दंड के विरोध में आंदोलन प्रारंभ हुआ। विवश होकर सरकार ने कारावास की निश्चित अवधि समाप्त होने से पूर्व ही तिलक को रिहा कर दिया।

तिलक ने अपने विचारों के प्रचारार्थ 'केसरी' और 'मराठा' नामक दो साप्ताहिक पत्रिकाओं का प्रकाशन आरंभ किया। 'केसरी' के द्वारा इनके राष्ट्रीय विचार गाँव-गाँव तक फैले। राष्ट्र को पहली बार सही अर्थ में तिलक के रूप में एक लोकनायक मिला और जनता ने उसका स्वागत हृदय से किया। तत्कालीन बड़ौदा और कोल्हापुर राज्यों का प्रबंध वहाँ के दीवानों के हाथों में था। इन दीवानों के कुप्रबंध की कड़ी आलोचना 'केसरी' में की गई। कोल्हापुर के दीवान ने 'केसरी' पर मानहानि का मुकदमा चलाया। तब तिलक तथा आगरकर को चार महीने के कारावास की सजा दी गई। जब वे जेल से रिहा हुए तो इन दोनों का जबरदस्त स्वागत हजारों लोगों ने किया।

सन् 1905 में कांग्रेस का विकास प्रारंभ हुआ। उस वर्ष जब बनारस में कांग्रेस का अधिवेशन हुआ तो बंगाल में विदेशी माल के बहिष्कार तथा स्वदेशी विचार का आंदोलन प्रारंभ हो चुका था। बनारस के अधिवेशन में तिलक भी उपस्थित थे। सन् 1907 में सूरत में कांग्रेस के ऐतिहासिक अधिवेशन में 'नरम' और 'गरम' दलों में झगड़ा हुआ तथा तिलक के नेतृत्व में 'गरम दल' कांग्रेस से अलग हो गया। तिलकजी ने अपने पत्रों 'केसरी' तथा 'मराठा' के द्वारा ब्रिटिश सरकार की नीतियों की धज्जियाँ उड़ाईं और अनेक ओजपूर्ण लेख लिखे। इससे सरकार बौखला उठी। उसने लोकमान्य तिलक पर राजद्रोह का मुकदमा चलाया और उन्हें निर्वासित कर मांडले (रंगून) जेल भेज दिया गया। इस सजा का विरोध पूरे देश ने एक स्वर से

किया। 52 वर्ष की आयुवाले अपने सर्वाधिक प्रिय एवं सम्मानित नेता के प्रति इस अमानुषिक व्यवहार के विरुद्ध देश भर में हड़तालें हुईं। विद्यार्थियों ने स्कूल व कॉलेज छोड़ दिए। मुंबई के मजदूर भी छह दिनों तक हड़ताल पर रहे। देश के मजदूरों की यह पहली राजनैतिक हड़ताल थी। 6 वर्ष जेल में रखने के पश्चात् तिलक को 17 जून, 1914 को गुप्त रूप से पूना लाकर रात के अंधेरे में रिहा कर दिया गया।

मांडले से तिलक के वापस आने के लगभग 6 महीने के पश्चात् ही गांधीजी दक्षिण अफ्रीका से भारत वापस आए। सन् 1915 में तिलक का ग्रंथ 'गीता रहस्य' प्रकाशित हुआ। एक सप्ताह में ही उनकी इस पुस्तक की पाँच हजार प्रतियाँ बिक गईं। सन् 1915 में गोखले तथा फिरोजशाह मेहता के निधन के फलस्वरूप देश को बड़ा धक्का लगा। उस समय तिलक का प्रभाव इतना अधिक बढ़ गया था कि अंग्रेज उन्हें अपने शासन का सबसे बड़ा शत्रु मानने लगे थे। तिलक ने सन् 1915 में कांग्रेस में पुनः प्रवेश किया। सन् 1916 के लखनऊ अधिवेशन में श्रीमती एनी बेसेंट, बाल गंगाधर तिलक और विपिन चंद्र पाल के जोरदार भाषणों के कारण एक नए राजनीतिक वातावरण का निर्माण प्रारंभ हुआ। सितंबर, 1917 में कांग्रेस अधिवेशन के सभापति पद के लिए श्रीमती एनी बेसेंट का नाम स्वीकार किया गया। सन् 1919 में कांग्रेस का जो अधिवेशन अमृतसर में हुआ, उसमें तिलक भी सम्मिलित हुए। जलियाँवाला बाग कांड के पश्चात् इस सम्मेलन का महत्त्व बहुत अधिक बढ़ गया था। अमृतसर अधिवेशन में ही जलियाँवाला बाग के हत्याकांड के विरोध में असहयोग आंदोलन प्रारंभ करने का निर्णय लिया गया था। असहयोग आंदोलन का समर्थन करते हुए तिलक ने महात्मा गांधी से कहा था, "असहयोग का कार्यक्रम मुझे पसंद है, पर इसमें जिस आत्मत्याग की आवश्यकता है, उसके लिए हमारे देशवासी तैयार होंगे, इसमें मुझे संदेह है। यदि आप जनता का ध्यान अपनी ओर खींच सकें तो मुझे आप अपना समर्थक पाएँगे। मैं आंदोलन की सफलता चाहता हूँ।"

उनका यह आशीर्वाद प्राप्त कर गांधीजी ने अपना असहयोग आंदोलन प्रारंभ करने का निश्चय किया था, किंतु आंदोलन प्रारंभ होने से पूर्व ही एक अगस्त, 1920 को तिलक परलोक सिधार गए। पूरा देश लोकमान्य की

मृत्यु से बिलख उठा। लाखों लोगों ने उनकी अंतिम यात्रा में भाग लिया। गांधीजी और जवाहरलाल नेहरू भी उसी दिन सुबह मुंबई पहुँचे थे, जहाँ उन्हें सत्याग्रह प्रारंभ करना था, लेकिन सत्याग्रह के स्थान पर लोकमान्य तिलक की शव-यात्रा में उन्होंने भाग लिया। सायं तक यह विशाल जुलूस चौपाटी पहुँचा और सूर्यास्त के प्रकाश में लोकमान्य तिलक की चिता धधक उठी। उनका पार्थिव शरीर पंचतत्त्वों में विलीन हो गया।

विपिन चंद्र पाल–विपिन चंद्र पाल का कहना था–"धर्म की दृष्टि से व्यक्तिगत रूप से मैं न हिंदू हूँ और न मुसलमान। मौटे तौर पर मैं हिंदू तथा मुसलमान–दोनों होने का सच्चा दावा कर सकता हूँ। हमारा स्वराज्य न हिंदू होगा और न मुसलमान होगा; वह भारतीय स्वराज्य होगा।" भारतीय राजनीति के आकाशदीप विपिन चंद्र पाल अपने सार्वजनिक जीवन के 50 वर्ष से भी अधिक समय तक समाजसेवा व राष्ट्रवादी गतिविधियों में संलग्न रहे। वे एक प्रख्यात राष्ट्रवादी एवं समाज-सुधारक थे। महर्षि अरविंद उनका परिचय 'राष्ट्रवाद के सशक्त मसीहा' के रूप में देते थे। राष्ट्रीय कांग्रेस द्वारा स्वराज्य को अपना लक्ष्य मानने से बहुत पहले विपिन चंद्र पाल ने उस आदर्श का प्रचार साहसपूर्वक किया था। बंगाल के विभाजन के विरोध में उन्होंने सत्याग्रह तथा अंग्रेजी वस्तुओं के बहिष्कार का आह्वान किया था। समाज-सुधारक के रूप में उन्होंने छुआछूत, बालविवाह, सतीप्रथा आदि सामाजिक कुप्रथाओं का विरोध किया था। वे भारत में पुनर्जागरण आंदोलन के नेता थे। उनका जीवन समकालीनों के लिए दर्पण के समान था।

उनका जन्म 7 नवंबर, 1858 को सिलहट जिले के पोइल गाँव (जो अब बंगलादेश में है) में एक मध्यमवर्गीय परिवार में हुआ था। इनके पिता रामचंद्र एक जमींदार थे। वे उस क्षेत्र के एक जाने-माने व्यक्ति थे। यद्यपि वे वैष्णव मत में आस्था रखते थे, लेकिन उनके धार्मिक विचारों में हिंदू तथा इसलाम धर्मों का समन्वय था।

विद्यार्थी जीवन में उन्हें स्कूल में पहनने के लिए एक पतलून व एक कोट दिया जाता था तथा एक साल के लिए एक जोड़ी जूते। ये जूते सामान्यतः 5-6 महीने चलते थे। इस कारण वर्ष के शेष महीने उन्हें बिना जूते के ही रहना पड़ता था। जब विपिन चंद्र स्कूल में थे, तब उनकी भेंट

सुंदरी मोहनदास से हुई, जो कोलकाता के प्रेसीडेंसी कॉलेज के विद्यार्थी थे। उनका यह संपर्क जीवनपर्यंत चला। स्कूल की शिक्षा समाप्त कर विपिन ने कोलकाता विश्वविद्यालय में प्रवेश लिया। उस समय से उन्हें सरकार की ओर से दस रुपए प्रतिमाह की छात्रवृत्ति मिलनी प्रारंभ हुई।

वर्ष 1875-78 में कॉलेज में विपिन चंद्र की पढ़ाई के समय राष्ट्रवाद की लहर प्रारंभ हुई। मधुसूदन दत्त तथा बंकिमचंद चटर्जी के साहित्यिक प्रभाव, 'ब्रह्मसमाज' द्वारा प्रतिपादित सामाजिक एवं धार्मिक स्वतंत्रता के आदर्श व सुरेंद्रनाथ बनर्जी द्वारा प्रचारित राष्ट्रवाद के विचारों ने इनके जीवन और चरित्र के निर्माण में योगदान दिया। विपिन चंद्र नियमित रूप से सुंदरी मोहनदास के साथ 'ब्रह्मसमाज' की साप्ताहिक सभाओं में जाते। 'ब्रह्मसमाज' की गतिविधियों से प्रभावित होते हुए भी वे 'ब्रह्मसमाज' में औपचारिक रूप से शामिल नहीं हुए। अपने कठोर व्यवहार के कारण विपिन चंद्र के पिता ने अपनी वसीयत में से उनका नाम निकाल दिया। विपिन चंद्र को फेफड़े के रोग ने घेर लिया और वे सिलहट छोड़ कोलकाता आ गए। उन्हें स्वस्थ होने में एक वर्ष लग गया। सुंदरी मोहनदास ने इस बीमारी के समय उनकी बहुत सेवा की। दिसंबर, 1881 में विपिन चंद्र ने नृत्यकली देवी से विवाह कर लिया। वे सन् 1883 में कोलकाता से प्रकाशित एक अंग्रेजी साप्ताहिक 'बंगाल पब्लिक ओपीनियन' में नियुक्त किए गए। सन् 1887 में लाहौर से प्रकाशित 'ट्रिब्यून' के उप-संपादक के पद पर वे नियुक्त हुए। उनके लेखों से लाहौर के विचारशील लोग बहुत प्रभावित हुए, लेकिन वे अधिक समय तक वहाँ नहीं रहे। सन् 1888 में उन्होंने लाहौर छोड़ दिया। उनकी पत्नी नृत्यकली का निधन सन् 1890 में हो गया। एक वर्ष पश्चात् विपिन चंद्र ने एक विधवा बृजमोहनी देवी, जो सुरेंद्रनाथ बनर्जी की दूर की बहन थी, से विवाह किया।

सन् 1898 में छात्रवृत्ति प्राप्त कर वे धर्मशास्त्रों के अध्ययन के लिए इंग्लैंड गए। वह समय उन्होंने इंग्लैंड में राजनैतिक प्रचार करने में लगाया। इंग्लैंड से वे सन् 1900 में भारत लौटे और स्वतंत्रता-आंदोलन में कूद पड़े। 15 अप्रैल, 1906 को बंगाल के उग्रवादी और क्रांतिकारी राष्ट्रभक्त अपनी एकता दिखाने के लिए एकजुट हुए। तब 'वंदे मातरम्' का नारा लगाने पर पुलिस ने उन्हें पीटा। इस घटना से विचलित होकर विपिन चंद्र पाल ने

एक मित्र से आर्थिक सहायता के रूप में पाँच सौ रुपए प्राप्त कर 'वंदे मातरम्' समाचार-पत्र प्रकाशित किया। इसके कुछ सप्ताह बाद ही 'वंदे मातरम्' का नारा पूरे बंगाल में गूँज उठा और इस समाचार-पत्र को व्यापक ख्याति मिली। रवींद्रनाथ ठाकुर और अरविंद घोष के साथ विपिन चंद्र पाल ने राष्ट्रवादी सिद्धांतों का प्रचार प्रारंभ किया। विपिन चंद्र ने मोतीलाल नेहरू द्वारा संस्थापित तथा इलाहाबाद से प्रकाशित दैनिक 'इंडिपेन्डेन्ट' तथा साप्ताहिक 'डेमोक्रेट' का संपादन किया और सुरेंद्रनाथ बनर्जी द्वारा संस्थापित 'बंगाली' का संपादन किया। साथ ही वे 'मॉडर्न रिव्यू', 'अमृत बाजार पत्रिका', 'स्टेट्समैन' आदि समाचार-पत्रों में नियमित रूप से लिखते भी रहे। जब वे 'वंदे मातरम्' पत्र के संपादक थे, तब एक आपत्तिजनक लेख लिखने के कारण उन्हें छः मास कारावास की सजा हुई थी।

लोकमान्य बालगंगाधर तिलक और लाला लाजपत राय के साथ विपिन चंद्र पाल ने उग्रवादी दल का नेतृत्व किया। वे उदारवादी दल को चुनौती देने में सफल हुए। इसलिए इस समय को 'लाल, बाल, पाल का युग' कहा जाता है।

विपिन चंद्र पाल ने खिलाफत आंदोलन से जुड़े असहयोग आंदोलन का भी विरोध किया। वे प्रायः विभिन्न मुद्दों पर चित्तरंजन दास का भी विरोध करते थे। सांप्रदायिक समस्या को लेकर मौलाना मुहम्मद अली से भी उनका विरोध था। वे 20 अगस्त, 1908 को पुनः इंग्लैंड गए और नवंबर, 1911 में भारत लौट आए। 'स्वराज्य' में प्रकाशित एक आपत्तिजनक लेख के अभियोग में उन्हें बंदी बना लिया गया। तब उन्हें मुंबई की जेल में एक मास कारावास की सजा भुगतनी पड़ी। विपिन चंद्र पाल, एन्नी बेसेन्ट तथा बालगंगाधर तिलक होमरूल आंदोलन से जुड़ गए और सन् 1916 में कांग्रेस में पुनः शामिल हो गए।

राजनैतिक विचारों में टकराव के कारण चित्तरंजन दास और विपिन चंद्र पाल सन् 1923 में कोलकाता से स्वतंत्र रूप से विधानसभा के लिए चुने गए। विधानसभा में उन्होंने अपने राष्ट्र से संबंधित सभी विषयों पर अनेक भाषण

दिए। पाल वामपंथियों में भी चरम वामपंथी थे। उनके अंतिम दशक का अधिकांश जीवन दुःखमय रहा। गरीबी की समस्या बढ़ती रही। 'दि स्टेट्समैन' के शब्दों में–उनके तलवे चाटनेवालों ने ही उनका तिरस्कार किया। फिर भी वे सदा सिद्धांतों पर अटल रहे और वे उनके लिए लड़ते रहे।

50 वर्षों तक सार्वजनिक जीवन जीने के पश्चात् विपिन चंद्र पाल का देहांत 74 वर्ष की आयु में 20 मई, 1932 को हो गया।

□

'गोवा-मुक्ति' अभियान

यद्यपि 15 अगस्त, 1947 को हिंदुस्तान को दो भागों (भारत और पाकिस्तान) में बाँटकर भारत छोड़कर अंग्रेज इंग्लैंड वापस चले गए थे, तथापि भारत के कुछ भाग पर फ्रांस व पुर्तगाल के साम्राज्यवादियों का कब्जा बना हुआ था। फ्रांस के साम्राज्यवादी भी शीघ्र ही अंग्रेजों का अनुसरण करते हुए अपने अधिकार-क्षेत्र के पांडिचेरी को आजाद कर फ्रांस वापस चले गए थे। पांडिचेरी वह सुप्रसिद्ध स्थान था, जहाँ महर्षि अरविंद राजनीति से मुक्त होकर 'अरविंद आश्रम' में निवास कर रहे थे। संसार के अनेक देशों के सैकड़ों श्रद्धालु इस आश्रम में आकर बस गए थे।

लेकिन पुर्तगाल के साम्राज्यवादियों को अभी ऐसी समझ नहीं आई थी कि वे भी इंग्लैंड व फ्रांस का अनुसरण करते हुए अपने अधिकार-क्षेत्र गोवा आदि को मुक्त कर पुर्तगाल वापस चले जाएँ। उस समय पुर्तगाल फौजी तानाशाह सालाजार के अधिकार में था, जहाँ बर्बरतापूर्वक आजादी की भावनाओं को कुचला जा रहा था। सन् 1448 में वास्को द गामा तीन जहाजों में 160 यात्रियों सहित भारत में कालीकट के समीप उतरा था। कालीकट के राजा ने उन सभी का स्वागत किया। भारत में पुर्तगालियों के आगमन के समय विजयनगर हिंदू शासकों के अधिकार में था। पुर्तगालियों ने 25 नवंबर, 1510 को गोवा द्वीप तथा आसपास के कुछ अन्य द्वीपों पर अपनी सत्ता स्थापित की। पुर्तगाली उपनिवेशवादियों ने अनेक हिंदुओं को प्रलोभन द्वारा ईसाई धर्म में शामिल कर लिया। जिन लोगों को ईसाई धर्म में परिवर्तित किया गया था, वे इन पुर्तगाल साम्राज्यवादियों के समर्थक बन गए, लेकिन इस क्षेत्र के अधिकतर निवासी हिंदू धर्म को ही मानते रहे। इन पुर्तगाली शासकों ने बड़ी संख्या में हिंदू और बौद्ध मंदिर नष्ट किए।

जहाँ अन्याय होता है, वहाँ उसका प्रतिकार भी प्रारंभ हो जाता है।

पुर्तगालियों के चंगुल से गोवा की मुक्ति के लिए संघर्ष निरंतर जारी रहा। इस संघर्ष का इतिहास लगभग 300 वर्ष पुराना है। इसलिए इस पुराने इतिहास को न दोहराकर हम वहाँ के इस मुक्ति-आंदोलन का वर्णन प्रारंभ करते हैं, जब अंग्रेज साम्राज्यवादियों ने भारत छोड़कर इंग्लैंड वापस जाने का निर्णय ले लिया था। यह आंदोलन जून, 1946 में समाजवादी नेता डॉ० राममनोहर लोहिया के नेतृत्व में प्रारंभ हुआ। इस आंदोलन का तात्कालिक लक्ष्य गोवा में नागरिक स्वतंत्रता स्थापित करना था। गोवा में किसी प्रकार की कोई भी नागरिक स्वतंत्रता नहीं थी। पुर्तगालियों के अत्याचारों, दमन और शोषण को गोवा-निवासी चुपचाप सहन कर रहे थे। उन्होंने भारतीयों की तरह न तो पुर्तगाली सत्ता के विरुद्ध कोई अवज्ञा आंदोलन छेड़ा और न ही अपने अधिकारों के लिए कोई संगठित प्रयास किया। गोवा-निवासी तो भारत में ब्रिटिश सत्ता के विरुद्ध आंदोलनों के केवल मूक साक्षी बने रहे, लेकिन भारत में राजनैतिक घटनाक्रम तेजी से बदल रहा था, जिससे प्रभावित होकर गोवा-निवासियों में भी अपने भविष्य को लेकर मनोमंथन प्रारंभ हुआ। जब हिंदुस्तान में सन् 1942 में 'भारत छोड़ो आंदोलन' प्रारंभ हुआ, तब इस आंदोलन में गोवा मूल के अनेक कार्यकर्ताओं ने भी भाग लिया था, जिनमें से एक थे पीटर अल्वारेस। वे भारत में समाजवादी आंदोलन से निकट से जुड़े हुए थे। उन्होंने बाद में गोवा के स्वतंत्रता-संग्राम में महत्त्वपूर्ण भूमिका निभाई। वे अनेक वर्षों तक गोवा नेशनल कांग्रेस के अध्यक्ष व गोवा-मुक्ति संघर्ष के प्रमुख प्रवक्ता रहे।

18 जून, 1946 को मटगाँव नगरपालिका के मैदान में हजारों लोग डॉ० राममनोहर लोहिया और उनके दो मित्र अस्सोलना और डॉ० जुलियाँव मिनेजिस की प्रतीक्षा कर रहे थे। डॉ० लोहिया और उनके मित्र घोड़ा-गाड़ी से उतरे और लोगों की भीड़ की तरफ बढ़े। ठीक उसी समय गोवा प्रशासन के पुलिस अधिकारी भी डॉ० लोहिया की ओर लपककर आगे आए। उन्होंने डॉ० लोहिया से कहा कि आप इसी घोड़ा-गाड़ी से तुरत वापस चले जाएँ। उन्होंने यह भी कहा कि किसी प्रकार का कोई भाषण देने से पूर्व आपको स्थानीय पुलिस से आज्ञा लेनी होगी। डॉ० लोहिया ने जवाब दिया, "मुझे इस फासिस्ट कानून को तोड़ना है। इसलिए मैं भाषण अवश्य दूँगा।"

डॉ० लोहिया का यह कड़ा रूख देखकर पुर्तगाली पुलिस कप्तान मिरांद का खून खौल उठा और उसका हाथ अपने रिवॉल्वर पर पहुँच

गया। डॉ० लोहिया ने फुर्ती दिखाई। उन्होंने तुरत उसका रिवॉल्वरवाला हाथ पकड़ा और एक ओर कर दिया तथा सभा-स्थल की ओर बढ़कर और उन्होंने भाषण शुरू कर दिया। जब वे भाषण कर रहे थे, तब एक अन्य यूरोपीय पुलिस कमिश्नर आया और उन्हें गिरफ्तार कर थाना ले गया।

डॉ० लोहिया का सत्याग्रह और उनकी गिरफ्तारी गोवा के समकालीन राजनैतिक इतिहास की अद्‌भुत घटना थी। डॉ० लोहिया और मिनेजिस की गिरफ्तारी की खबर मटगाँव शहर में बिजली की तरह फैल गई। हजारों लोग जमा होकर पुर्तगाली प्रशासन के विरुद्ध नारे लगाने लगे और इन गिरफ्तारियों के विरोध में जुलूस बनाकर निकल पड़े। इतनी बड़ी भीड़ को देखकर स्थानीय प्रशासन भी घबरा उठा। पुलिस कमिश्नर ने डॉ० लोहिया से अनुरोध किया कि वे लोगों को समझाएँ और उन्हें घर जाने की सलाह दें, लेकिन डॉ० लोहिया ने नागरिक-स्वतंत्रता के इस संघर्ष को जारी रखने का आह्‌वान लोगों से किया। डॉ० लोहिया की गिरफ्तारी की सूचना मिलते ही समूचे गोवा में हड़ताल हो गई। गोवा के इतिहास में यह पहली हड़ताल थी, जो लोगों की स्वयं की प्रेरणा से हुई थी। डॉ० लोहिया और जुलियाँव मिनेजिस को पुलिस ने मोटर में बैठाकर गोवा की राजधानी पणजी भेंज दिया। इन नेताओं की गिरफ्तारी के विरोध में पणजी की महिलाओं ने एक जुलूस निकाला, जिसका नेतृत्व श्रीमती जगनलाल शाह कर रही थीं। पुलिस ने उन्हें भी गिरफ्तार कर लिया।

19 जून को दोपहर में पुलिस ने डॉ० लोहिया को गोवा से निर्वासित करने के लिए उन्हें कुले स्टेशन ले जाने को प्रयास किया, लेकिन इसकी खबर लोगों को लग गई। जेल के बाहर बड़ी संख्या में लोग जमा हो गए, जिन्हें तितर-बितर करने के लिए पुलिस ने लोगों पर लाठियाँ चलाईं, परंतु लोग जमे रहे। जेल से रिहा होने के पश्चात् डॉ० लोहिया और मिनेजिस टैक्सी से मटगाँव के लिए रवाना हुए।

26 जून, 1946 को नई दिल्ली में अपनी प्रार्थना-सभा में गांधी ने गोवा में डॉ० लोहिया की गिरफ्तारी पर अपनी चिंता व्यक्त की। गांधीजी ने कहा कि डॉ० लोहिया ने पुर्तगाल की पुलिस के हुक्म को नहीं मानकर नागरिक-स्वतंत्रता की दिशा में, विशेष रूप से गोवा के लोगों की सेवा की है। गांधीजी ने चेतावनी दी कि गोवा आजाद भारत में यहाँ के कानूनों की अवहेलना कर अपना अलग अस्तित्व नहीं बनाए रख सकेगा, लेकिन

जवाहरलाल नेहरू गोवा के मोर्चे पर डॉ० राममनोहर लोहिया की गतिविधियों से संतुष्ट नहीं थे। उनका मानना था कि अभी पूरे देश की शक्ति हिंदुस्तान की आजादी के मोर्चे पर केंद्रित है। ऐसे समय में हमें छोटी लड़ाइयों पर ध्यान नहीं देना चाहिए। उनका यह भी मानना था कि ब्रिटिश सत्ता के खत्म होने के साथ ही पुर्तगाली सत्ता भी अपने आप खत्म हो जाएगी, लेकिन बाद के हालात ने पंडित नेहरू की इस धारणा को गलत साबित किया।

पंडित नेहरू की इस मान्यता से प्रभावित होकर ही गोवा प्रशासन ने नागरिक-स्वतंत्रता के इस आंदोलन को शक्ति से दबाने का फैसला कर लिया। इसके प्रथम शिकार हुए डॉ० त्रिश्तांव द ब्रागांस द कुन्हा। वे गिरफ्तार कर लिये गए और आग्वाद किले की जेल में बंद कर दिए गए। कुन्हा ने गोवा में कांग्रेस कमेटी स्थापित की थी। वे कुछ वर्षों तक अखिल भारतीय कांग्रेस कमेटी के सदस्य भी रहे। 12 अगस्त, 1947 को भारतीय कांग्रेस की कार्यसमिति ने गोवा की स्थिति पर एक प्रस्ताव पारित किया। इसमें स्पष्ट शब्दों में कहा गया–"गोवा भारत का भाग रहा है और भारत का भाग बना रहेगा। अतः उसे भी भारत की आजादी में हिस्सेदारी मिलनी चाहिए। स्वतंत्र भारत में गोवा की भावी स्थिति का फैसला किसी बाहरी ताकत की मर्जी से नहीं, बल्कि गोवावासियों की सहमति से ही होगा।"

उसी दिन डॉ० कुन्हा को 8 साल की कैद और उनके निर्वासन के विरोध में आयोजित एक सभा में मुंबई प्रदेश के वरिष्ठ नागरिक नेता श्री एस.के. पाटिल ने जोरदार शब्दों में एलान किया कि भारत स्वतंत्र होने के 24 घंटे के भीतर गोवा भी स्वतंत्र हो जाएगा। इसके जवाब में पुर्तगाल की सालाजार सरकार ने घोषित किया कि गोवा पुर्तगाल का अभिन्न अंग है। वह पुर्तगाल के ही अधीन रहेगा; कोई भी शक्ति गोवा को पुर्तगाल से अलग नहीं कर सकेगी।

20 जून, 1946 को जब डॉ० राममनोहर लोहिया को छोड़ा गया था, तभी उन्होंने पुर्तगाल शासन को चेतावनी देते हुए कहा था, "अगर तीन महीनों में गोवावासियों को नागरिक स्वतंत्रताएँ नहीं दी गईं तो मैं फिर गोवा आऊँगा और सत्याग्रह करूँगा।

गोवा के युवक-युवतियों ने डॉ० लोहिया के आह्वान को व्यर्थ नहीं जाने दिया। सरकारी दमन और उत्पीड़न के उपरांत भी गोवा की नवजागृत

युवा पीढ़ी ने पुर्तगाली दमन का सामना अद्भुत साहस से किया। 18 जुलाई को नागरिक स्वातंत्र्य-आंदोलन का एक महीना पूरा हो रहा था। उस दिन मटगाँव में सुबह से ही प्रभातफेरियाँ, तिरंगे झंडों और 'जय हिंद' नारों की धूम थी। उस दिन लोहिया मैदान में एक सार्वजनिक सभा आयोजित करने का कार्यक्रम रखा गया, लेकिन सशस्त्र सैनिकों ने लोगों को सभा-स्थल पर जाने से रोका। तब एक विशाल जुलूस निकाला गया, जिसपर पुलिस ने लाठियाँ चलाईं। इससे लोग उत्तेजित हो गए और राष्ट्रीय नारे लगाने लगे। पुलिस ने फिर बर्बरता से लाठियाँ चलाईं। 21 जुलाई, 1946 को मटगाँव में तिरंगे झंडे के साथ जुलूस निकाला गया, जिसमें युवतियाँ भी शामिल थीं। उसका नेतृत्व कुमारी ललिता कंटक कर रही थी, जिसके हाथ में राष्ट्रीय ध्वज था। पुलिस ने इन लड़कियों के साथ भी मारपीट की।

पुर्तगाली सरकार ने आंदोलन को कुचलने और लोगों को डराने के उद्देश्य से गोवा के प्रमुख नेताओं पर फौजी अदालत में मुकदमे दायर किए। इन नेताओं में डॉ० कुन्हा, लक्ष्मीकांत भेंब्रे, पुरुषोत्तम काकोडकर, रामकृष्ण हेगड़े और जुझे इनासियु दे लोयॉल थे। फौजी अदालत ने उन सभी को चार साल के निर्वासन और 15 साल तक राजनैतिक अधिकारों से वंचित करने का दंड दिया।

2 सितंबर, 1946 को भारत में पंडित जवाहरलाल नेहरू के नेतृत्व में अंतरिम राष्ट्रीय सरकार स्थापित हुई। इससे गोवा नेशनल कांग्रेस में भी सक्रियता आई। उसने आंदोलन छेड़ने का निर्णय लिया। लक्ष्मीकांत भेंब्रे ने प्रथम सत्याग्रही बनने का संकल्प लिया। उन्होंने प्रशासन को सूचित किया कि वे 18 सितंबर, 1946 को मटगाँव के लोहिया मैदान में दिन के 4 बजे नागरिक स्वतंत्रता के पक्ष में भाषण देंगे। पुलिस ने लोहिया मैदान पहुँचने से पहले ही उन्हें गिरफ्तार कर लिया। उनके विरुद्ध लोगों को भड़काने के आरोप लगाकर उनको 4 वर्ष निर्वासन और 15 वर्षों के लिए राजनैतिक अधिकारों से वंचित करने की सजा दी गई। वे गोवा स्वतंत्र होने के पश्चात् ही 8 मई, 1962 को अन्य गोवावासी राजबंदियों के साथ स्वदेश लौटे।

9 अगस्त, 1946 को काकोडकर को भी 'पुर्तगाल मुर्दाबाद' के नारे लगाने के अपराध में 9 साल का कालापानी और 15 साल के लिए राजनैतिक अधिकारों से वंचित करने का दंड दिया गया। गोवा में 25

सितंबर को गोवा नेशनल कांग्रेस की कार्यसमिति के सदस्य पांडुरंग पु. शिरोडकर को गिरफ्तार कर लिया गया। वे एक एडवोकेट और पत्रकार थे। उनपर सैनिक अदालत में मुकदमा चलाया गया। उनको 4 महीने कैद की सजा दी गई।

अपने पूर्व निर्णय के अनुसार डॉ० राममनोहर लोहिया 29 सितंबर, 1946 को दोपहर के समय गोवा के कुले रेलवे स्टेशन पर पहुँचे। जैसे ही वहाँ ट्रेन रूकी, वहाँ तैनात पुर्तगाली पुलिस ने ट्रेन को घेर लिया। डॉ० लोहिया अन्य तीन साथियों के साथ गाड़ी से उतरे। उनके ये साथी थे पुणे नगर कांग्रेस के सचिव शांतिनायक, छायाकार तथा लेखक आर.वी. पंडित और संयुक्त प्रांत कांग्रेस कमेटी के सदस्य योगेंद्र सिंह। पुलिस ने इन सभी को गिरफ्तार कर लिया और आधी रात को डॉ० लोहिया आग्वाद किले की जेल में पहुँचा दिए गए। जिस कोठरी में उन्हें रखा गया, वह दस फुट लंबी और छः फुट चौड़ी थी। कोठरी में कोई खिड़की नहीं थी। सितंबर-अक्तूबर में गोवा में काफी गरमी रहती है। शांतिनायक, आर.वी. पंडित और योगेंद्र सिंह को पहली गाड़ी से कैसलरॉक के पास ले जाकर रिहा कर दिया गया।

लोहिया की इस दूसरी गिरफ्तारी के विरोध में गोवा में एक बार फिर जन-जागृति की लहर शुरू हुई। कई स्थानों पर प्रदर्शन हुए, अनेक जगहों पर जुलूस निकाले गए, जिनमें विद्यार्थियों ने उत्साहपूर्वक भाग लिया। 2 अक्तूबर, 1946 को गांधीजी ने अपने जन्म-दिवस पर प्रार्थना सभा में कहा, "गोवा में जो कुछ हो रहा है, उसके बारे में आज मैं फिर कुछ कहूँगा। गोवा एक छोटा सा टापू है, यह भारत का अभिन्न भाग है। खबर आई है कि डॉ० राममनोहर लोहिया को वहाँ पहुँचते ही गिरफ्तार कर लिया गया है। उनको कोठरी में तनहा कैद रखा गया है। कुछ दिन पहले श्री काकोडकर को नागरिक-स्वतंत्रता का झंडा उठाने के कारण गिरफ्तार किया गया और उनको 9 साल कैद की सजा दी गई है। डॉ० लोहिया एक विद्वान आदमी हैं। मैं उनके विचारों से अलग राय रख सकता हूँ, लेकिन इसका मतलब यह नहीं कि मैं उनके मामले से अछूता रहूँ। किसी भारतीय से यह कहना कि तुम गोवा में नहीं घुस सकते, उतना ही अपमानजनक कार्य है, जितना कोई मुझसे यह कहे कि मैं भारत के किसी खास हिस्से में नहीं जा सकता। गोवा वैसे ही भारत का एक भाग है, जैसे कश्मीर अथवा अन्य राज्य भारत के भाग हैं। यह बरदाश्त के बाहर है कि डॉ० लोहिया से

गोवा में एक विदेशी की तरह बरताव हो और उनको वहाँ जाने के अधिकार से वंचित रखा जाए। डॉ० लोहिया 8 अक्टूबर की मध्य रात्रि को रिहा किए गए। एक बार फिर पुर्तगाली शासन ने भारतीय सीमा में ले जाकर उन्हें छोड़ दिया। साथ ही यह भी घोषणा कर दी कि वे 5 वर्षों तक गोवा में प्रवेश नहीं कर सकेंगे। आग्वाद किले में 8 दिनों तक कैद रहकर और दूसरी बार गोवा से निर्वासित होकर लोहिया बेलगाँव पहुँचे। वे तुरत गोवा जाकर इस प्रतिबंध को तोड़ना चाहते थे, किंतु गोवा के कार्यकर्ताओं ने उनसे कुछ महीने की मोहलत ली।

विख्यात गोमंतकी लेखक लक्ष्मणराव सरदेसाई ने 18 अक्टूबर, 1946 को पूना में तथा मधुकर माडेकर, डॉ० विनायक मयंकर, व्यंकटेश वेरेकर और डॉ० नारायण भेंब्रे ने गोवा के विभिन्न स्थानों में सत्याग्रह किया।

एक ओर गांधीजी अपने ढंग से डॉ० लोहिया और गोवा के देशभक्तों का हौसला बढ़ा रहे थे, तो दूसरी ओर गोवा नेशनल कांग्रेस के सत्याग्रही जगह-जगह पर सत्याग्रह कर रहे थे। एक सत्याग्रही फ्रैंक आंद्राद ने सिर्फ 'जय हिंद' का नारा लगाया था। उन्होंने जैसे ही जोर से 'जय हिंद' कहा, अन्य लोगों ने पूरे जोश के साथ हाथ उठाकर 'जय हिंद' कहा। पुलिस ने आंद्राद और भीड़ पर लाठियाँ चलानी शुरू कर दीं। आंद्राद को इतना पीटा गया कि वे वहीं बेहोश हो गए। अगले दिन आंद्राद को गोवा के एकमात्र हिंदू जज डॉ० राव की अदालत में पेश किया गया। वहाँ आंद्राद गांधी टोपी पहनकर आए थे। सरकारी वकील ने तमककर आंद्राद से कहा, "गांधी टोपी उतारो।" लेकिन जज महोदय ने आंद्राद को गांधी टोपी उतारने का आदेश देने से इनकार कर दिया।

सन् 1947 में भारत में स्वतंत्रता का सूर्य उदित हुआ। उत्साह, उल्लास और उमंगों के ज्वार के साथ ही देश के बँटवारे से हिंसा और घृणा का दावानल धधक उठा, बेशुमार लोगों की शहादत, अनगिनत अत्याचारों के प्रतिकार और तरह-तरह की कुर्बानियों के बाद आया था वह ऐतिहासिक क्षण, लेकिन गोवा के पुर्तगाली शासन ने भारत की स्वाधीनता से उत्पन्न राजनैतिक संकट का सामना करने के लिए नई रणनीति अपनाई। 15 अगस्त को गोवावासी पुर्तगाल की मुक्ति के लिए किसी प्रकार का कोई जुलूस व प्रदर्शन नहीं कर सकें, इसके लिए गोवा प्रशासन ने 15 अगस्त से पूर्व ही गोवा के अनेक नेताओं को गिरफ्तार कर लिया था। इसके उपरांत

भी पणजी में स्थित भारतीय कांसुलेट में तिरंगा झंडा फहराया गया। उस आयोजन में भाग लेकर हजारों लोगों ने स्वतंत्र भारत के प्रति अपनी आस्था व्यक्त की।

स्वतंत्र भारत के प्रधानमंत्री जवाहरलाल नेहरू की ऐसी नीति थी कि गोवा की मुक्ति के प्रश्न को केवल कूटनीतिक प्रयासों के द्वारा ही हल किया जाना चाहिए। इसकी मुक्ति के लिए किसी प्रकार की सीधी कार्यवाही के पक्ष में वे नहीं थे। उस समय तक गोवा का आंदोलन धीरे-धीरे चला, लेकिन वह शनैः शनैः शिथिल होता रहा। इसका बड़ा कारण यह था कि इस आंदोलन का नेतृत्व करनेवाले अधिकतर निष्ठावान कार्यकर्ता पुर्तगाली जेलों में लंबी अवधि की सजाएँ काट रहे थे। उनका स्थान लेने के लिए साहसी और समर्पित लोग आगे नहीं आए थे। केवल गांधीजी ने ही 1946-47 में गोवा-मुक्ति के लिए लोहिया तथा 'गोवा नेशनल कांग्रेस' के प्रयासों का स्वागत किया था। गांधीजी के निधन से गोवा की मुक्ति का प्रश्न दो सरकारों के बीच का मामला बनकर रह गया। पुर्तगाली सरकार गोवा में अपनी सैनिक शक्ति बढ़ाने में निरंतर लगी हुई थी। सन् 1947 में केवल 861 पुर्तगाली सैनिक थे, जबकि सन् 1949 में उनकी संख्या बढ़कर 3447 हो गई।

7 व 8 जनवरी, 1950 को मुंबई में गोवा नेशनल कांग्रेस का दूसरा राजनैतिक सम्मेलन हुआ, जिसका उद्घाटन सोशलिस्ट नेता जयप्रकाश नारायण ने किया। तब अपने भाषण में उन्होंने गोवा के लोगों का आह्वान किया कि वे अपने सभी मतभेद भुलाकर पुर्तगाल शासन के विरुद्ध प्रभावशाली संघर्ष प्रारंभ करें।

दादरा और नगर हवेली मुंबई के उत्तर में चारों ओर से भारतीय क्षेत्र से घिरे दो छोटे-छोटे पुर्तगाली उपनिवेश थे। नगर हवेली पर पुर्तगाल ने सन् 1783 में और दादरा में सन् 1785 में कब्जा किया था। दादरा और नगर हवेली पुर्तगाली दासता से सन् 1954 में मुक्त हुए। इसका श्रेय 'यूनाइटेड फ्रंट ऑफ गोवंश' को जाता है। 22 जुलाई को दादरा को मुक्त कराने का अभियान शुरू हुआ। कुछ उत्साही कार्यकर्ता 21 जुलाई की रात

को ही दादरा में घुस गए। इस फ्रंट के नेता फ्रांसिस मास्करन्हस तथा वामन नारायण देसाई थे। इनके पास केवल दो बंदूकें, एक रिवॉल्वर और 5-6 लाठियाँ थीं। इन स्वतंत्रता-सेनानियों ने पुलिस चौकी को घेर लिया और पुलिसवालों को आत्मसमर्पण करने का आदेश दिया। पुलिस ने स्टेनगन से स्वतंत्रता-सेनानियों पर अंधाधुंध गोलियाँ चलानी शुरू कीं, जिससे एक स्वतंत्रता-सेनानी घायल हो गया। अंततः स्वतंत्रता-सेनानियों ने पुलिस चौकी पर कब्जा कर लिया।

अगले दिन सुबह 9 बजे 'यूनाइटेड फ्रंट ऑफ गोवंश' के प्रमुख मास्करन्हस ने कचहरी के सामने सभी लोगों की उपस्थिति में तिरंगा झंडा लहराया। पुलिस चौकी में टँगे तानाशाह सालाजार का चित्र हटाकर वहाँ महात्मा गांधी का चित्र लगा दिया गया। 28 जुलाई की रात के समय नगर हवेली पर स्वतंत्रता-सेनानी द्वारा अधिकार करने का प्रयास प्रारंभ हुआ। नगर हवेली में 66 पुर्तगाली पुलिसकर्मी मौजूद थे। वे सभी हथियारों से लैस थे। स्वतंत्रता-सेनानी गुप्त रूप से 12 बंदूकें, 6 पिस्तौलें तथा दो राइफलें अपने साथ लेकर गए थे। इन पुलिसकर्मियों ने स्वतंत्रता-सेनानियों पर अंधाधुंध गोलियाँ चलानी शुरू की। रात अंधेरी थी और जोर से बारिश हो रही थी। स्वतंत्रता-सेनानियों ने पुर्तगालियों को आदेश दिया—"समर्पण कर दो, नहीं तो मारे जाओगे।" पुर्तगाली पुलिस के सिपाही घबरा गए और उन्होंने आत्मसमर्पण कर दिया। स्वतंत्रता-सेनानियों ने पुर्तगाली पुलिस के सभी हथियार अपने कब्जे में ले लिये। इस प्रकार नगर हवेली भी पुर्तगाली शासन से मुक्त हुआ। वहाँ राष्ट्रीय ध्वज फहराया गया। 10 अगस्त तक नगर हवेली और दादरा क्षेत्र के सभी गाँव और कसबे स्वतंत्र हो गए थे।

12 जून, 1961 को दादरा और नगर हवेली की संयुक्त पंचायत ने प्रस्ताव पारित किया कि इस क्षेत्र को भारत में शामिल कर लिया जाए। इसे 16 अगस्त को भारत सरकार ने स्वीकार कर लिया और दादरा-नगर हवेली भारतीय गणराज्य के केंद्रशासित क्षेत्र बन गए।

इस बीच भारत में भी गोवा की मुक्ति के लिए वातावरण गरमा रहा था। भारत के अनेक नगरों में गोवा-मुक्ति सहायक समितियाँ गठित की गईं। इनके प्रमुख केंद्र मुंबई तथा पूना में थे। सत्याग्रह का सिलसिला 15 अगस्त, 1954 से प्रारंभ हुआ। मुंबई सरकार ने भारतीय सत्याग्रहियों को गोवा में प्रवेश करने पर पाबंदियाँ लगा रखी थीं। भारत की सीमा पारकर

गोवा में प्रवेश करने के लिए 1200 प्रशिक्षित सत्याग्रही तैयार थे, लेकिन मुंबई की पुलिस ने उन्हें गोवा में प्रवेश करने से रोक दिया। फिर भी कुछ सत्याग्रही लुक-छिपकर 15 अगस्त को दीव पहुँच गए। इन सत्याग्रहियों को कुचलने के लिए पुर्तगालियों ने गोलियाँ चलाईं। 28 अगस्त को गोवा नेशनल कांग्रेस के स्वयंसेवकों ने फोंडा में सत्याग्रह किया। 15 अगस्त को सत्याग्रहियों ने तेरेखोल के किले को 24 घंटों में पुर्तगालियों से मुक्त करा लिया। 16 सितंबर को सत्याग्रहियों का एक जत्था भारतीय सीमा को पारकर तेरेखोल पर तिरंगा झंडा फहराने के लिए आगे बढ़ा। इन सत्याग्रहियों को पुर्तगाली पुलिस ने बर्बरतापूर्वक लाठियों और बंदूकों के कुंदों से मारा और उन सबको गिरफ्तार कर उनपर मुकदमे चलाए गए तथा 8 वर्षों के कारावास की सजा दी गई। 2 अक्टूबर को गांधी जयंती के अवसर पर गोवा की जनता ने अपने को स्वतंत्र नागरिक मानते हुए अपने-अपने घरों और दुकानों पर राष्ट्रीय ध्वज फहराए। जगह-जगह आम सभाएँ की गईं और घोषणा की गई कि आज से गोवा पुर्तगालियों का गुलाम नहीं है। पुर्तगालियों के दमन से बचने के लिए गोवा, दमन और दीव के हजारों लोगों को भारत में शरण लेनी पड़ी। गोवा क्षेत्र से अत्याचारों के कारण 23616 पुरुष, महिलाएँ व बच्चे सुरक्षा के लिए भारत में आए थे।

गोवा में भारतीय गणतंत्र दिवस के अवसर पर जिन क्षेत्रों में सत्याग्रह हुए, वे थे—पेंडवे, पीर्ण, कायसूव, शिवोली, पणजी तथा काणकोण। इस सत्याग्रह में 2000 से अधिक सत्याग्रही गिरफ्तार हुए। सत्याग्रह प्रारंभ होने से पूर्व 17 फरवरी, 1955 को डॉ० पुंडलीक गायतोंडे गिरफ्तार किए गए थे। एक वर्ष के पश्चात् इसी दिन गोवा नेशनल कांग्रेस द्वारा 'गायतोंडे दिवस' मनाया गया। उस दिन गोवावासियों ने जगह-जगह सत्याग्रह किया। उसी दिन गोवा की दो तरुणियों—विलासनी प्रभु व कुमारी शशिकला पोडारकर ने साहस का परिचय देते हुए मटगाँव के नगरपालिका भवन पर तिरंगा झंडा फहराकर जोर-जोर से 'जय हिंद' का जयघोष किया। करीब दस मिनट के बाद पुलिस आई और दोनों को गिरफ्तार कर ले गई। सैनिक अदालत ने उन दोनों को चार वर्ष के सश्रम कठोर कारावास की सजा दी

और 15 वर्षों के लिए राजनैतिक अधिकारों से वंचित कर दिया। 6 अप्रैल, 1955 को सत्याग्रह करने के अभियोग में श्रीमती सुधा जोशी, श्रीमती अंबिकाबाई दांडेकर, कुन्ही देवी पेंगणीकर तथा शालिनी लोलेकर को पुलिस ने गिरफ्तार करके पीटा। इन सभी को 10 वर्ष कारावास की सजा दी गई।

गोवा महाराष्ट्र तथा दमन व दीव गुजरात के पड़ोस में थे। इसलिए इन दोनों राज्यों के राजनैतिक दलों, विशेषकर प्रजा सोशलिस्ट पार्टी ने गोवा की आजादी की दिशा में अधिक सक्रियता से भाग लिया। भारत सरकार पर दबाव डालने के लिए लोकसभा के सदस्यों की एक सर्वदलीय समिति भी गठित की गई। इसके सदस्य थे—आचार्य जे०बी० कृपलानी, स्वामी परमानंद तीर्थ, निर्मलचंद्र चटर्जी, फ्रैंक एंथॉनी, आर.एन. देशमुख, हीरेंद्र मुखर्जी, सरदार हुकुम सिंह, एस.एस. मोरे, टी.एन. सिंह, सुचेता कृपलानी और रेणु चक्रवर्ती। इसके साथ ही प्रारंभ हुआ गोवा-मुक्ति आंदोलन का एक नया अध्याय। प्रजा सोशलिस्ट पार्टी के नेता एन.जी. गोरे (नाना साहब) ने 18 मई, 1955 को गोवा में सत्याग्रह करने की घोषणा की। उस सत्याग्रह की खबर पढ़कर महाराष्ट्र के वयोवृद्ध स्वतंत्रता-सेनानी बापट भी पीछे नहीं रह सके। 70 वर्ष के इस युवा सेनापति के आने की सूचना मिलते ही सीमा-पार के गोवा प्रशासन में हड़कंप मच गया। 18 मई को इस सत्याग्रही जत्थे ने गोवा में प्रवेश किया। ये सत्याग्रही मुश्किल से दो फर्लांग ही चले होंगे कि पुलिस ने तुरत हवाई फायर किए और पुर्तगाली पुलिस ने उन्हें रोका। पुलिस कर्मचारी सत्याग्रहियों पर टूट पड़े और उन्हें बुरी तरह से मारने लगे। सेनापति बापट के सिरपर दो गहरे जख्म हुए। उन्हें बचाने के प्रयास में नाना साहब गोरे उनपर लेट गए। पुलिस ने उनको भी निर्दयता से पीटा। पिटते-पिटते नाना साहब गोरे भी बेहोश हो गए। इस जत्थे के 54 लोगों में से 13 को भारत में वापस धकेल दिया गया और बाकी को पकड़कर जेल में बंद कर दिया गया। नाना साहब गोरे को दस वर्ष सश्रम कारावास की सजा दी गई।

शिरूभाऊ लिमये के नेतृत्व में 64 सत्याग्रहियों का जत्था 24 मई को सत्याग्रह में भाग लेने के लिए रवाना हुआ। ये सत्याग्रही दो बजे करंझोल पहुँचे। इन लोगों के पास तिरंगा झंडा भी था। पुलिस के कहने पर तिरंगा

झंडा पुलिस के हवाले न करने पर इन सबको लाठियों व बंदूकों के कुंदों से पीटा गया। अनेक सत्याग्रहियों के हाथ-पाँव टूट गए और वे हमेशा के लिए अपंग हो गए।

देश भर में गोवा-मुक्ति के लिए अद्‌भुत उत्साह था। लगता था कि भारत में एक बार फिर राष्ट्रीय आंदोलन का दौर लौट आया है। जगह-जगह दिल्ली सहित गोवा-मुक्ति संघर्ष की शाखाएँ स्थापित हो रही थीं। 4 जून, 1955 को 75 सत्याग्रहियों के जत्थे ने आत्माराम पाटील के नेतृत्व में गोवा में प्रवेश किया। जत्थे के नेता को गिरफ्तार कर बाकी सबको निर्दयतापूर्वक पीटकर भारत की सीमा में वापस धकेल दिया गया। 10 जून को भारतीय कम्युनिस्ट पार्टी के राजाराम पाटील के नेतृत्व में 58 सत्याग्रहियों की टुकड़ी ने भी सत्याग्रह किया। 16 जून को एक अन्य (95 सत्याग्रहियों का) जत्था, जिसके नेता हिंदू महासभा के महामंत्री बी.जी. देशपांडे और समाजवादी नेता विनायक कुलकर्णी थे, ने गोवा में प्रवेश किया। बी.जी. देशपांडे और विनायक कुलकर्णी को गिरफ्तार कर लिया गया और बाकी सबको मार-पीटकर भारतीय सीमा में धकेल दिया गया। 25 जून को जनसंघ के प्रमुख नेता जगन्नाथ जोशी को दस वर्ष कारावास की सजा दी गई। 25 जुलाई को समाजवादी नेता मधु लिमये को भी दस साल सश्रम कारावास की सजा दी गई। उपरोक्त सभी घटनाओं से प्रभावित होकर 17 जुलाई, 1955 को प्रधानमंत्री नेहरू ने पत्रकारों से बातचीत करते हुए कहा, "गोवा पर पुर्तगाल की सत्ता का बने रहना अब दुनिया भर में सबसे अधिक लज्जास्पद घटना है।"

इस बीच गोवा में घोषणा की गई कि 15 अगस्त, 1955 को हजारों की संख्या में भारतीय स्वयंसेवक गोवा में शांतिपूर्वक प्रवेश करेंगे। यह भी घोषणा की गई कि ये निहत्थे सत्याग्रही स्वाधीनता-दिवस पर गोवा में प्रवेश कर भारत का राष्ट्रीय ध्वज लहराएँगे और उस क्षेत्र को मुक्त क्षेत्र घोषित कर देंगे। ये सत्याग्रही अपने जीते जी वहाँ से भारतीय ध्वज नहीं उतरने देंगे। यह सत्याग्रह तब तक चलता रहेगा, जब तक गोवा पुर्तगाल से स्वतंत्र नहीं हो जाता।

13 अगस्त को गोवा में 158 सत्याग्रहियों ने प्रवेश किया। इन सभी को पुलिस ने मार-पीटकर तेरेखोल के पास छोड़ दिया। एक दूसरा जत्था, जिसमें 100 सत्याग्रही थे, पत्रादेवी की ओर चला। पुर्तगाली पुलिस ने इस जत्थे पर गोलीबारी शुरू की, जिसमें सत्याग्रही बाबूराव थोराड वहीं शहीद

हो गए। नित्यानंद शाह के पेट में गोली लगी। फलतः उनकी भी मृत्यु वहीं हो गई। ये दोनों शहीद पूरे देश में गोवा-मुक्ति के लिए आत्मबलिदान के प्रबल प्रतीक बन गए।

15 अगस्त को 3150 सत्याग्रही भेजने की तैयारी की गई थी। 15 अगस्त को सुबह अनेक मार्गों से सत्याग्रहियों ने गोवा में प्रवेश प्रारंभ किया। पुर्तगाली पुलिस ने इन सत्याग्रहियों पर गोलियाँ चलाकर उनका स्वागत किया। ये निःशस्त्र सत्याग्रही, जिनके हाथों में तिरंगे झंडे थे, 'जय हिंद' नारे के साथ आगे बढ़ रहे थे। एक जत्थे के नेता तुलसीदास बालकृष्ण हिरवे थे, जो 'हिरवे गुरुजी' के नाम से विख्यात थे। एक पुर्तगाली सैनिक ने उनपर गोली चलाई। फलतः वे वहीं शहीद हो गए। एक अन्य सत्याग्रही शेषनाथ नानाभाई वाडेकर भी गोलियों से शिकार होकर शहीद हो गए। 15 अगस्त को सबसे बड़ा रक्तरंजित सत्याग्रह बांद्रा सीमा पर स्थित पत्रादेवी के निकट हुआ। इस जत्थे में 642 सत्याग्रही थे, जिनका नेतृत्व कॉमरेड विष्णुपंत चितले और भारतीय जनसंघ के बसंतराव ओक कर रहे थे। इन सत्याग्रहियों को गोवा सीमा में प्रवेश करने से रोकने के लिए बड़ी संख्या में पुर्तगाली सिपाही नियुक्त किए गए थे। पूरे जोश के साथ इन सत्याग्रहियों ने सीमा में प्रवेश किया। पुर्तगाली पुलिस ने अपनी बंदूकें उठाईं और गोलियाँ चलाने लगी। बसंतराव ओक को तीन गोलियाँ लगीं। वे गिर पड़े, लेकिन उन्होंने अपने हाथ से राष्ट्रीय झंडा नहीं छोड़ा। एक अन्य महिला सत्याग्रही आगे बढ़ी। उन्होंने ओक से झंडा लेकर अपने हाथ में थाम लिया। यह महिला थी सागर (मध्य प्रदेश) की सहोदरा देवी राय। 40 वर्षीया सहोदरा देवी राष्ट्रीय झंडा लिये हुए बिजली की गति से दौड़ीं। तभी पुर्तगाली सिपाहियों ने उनपर गोलियाँ छोड़ीं। एक गोली उनकी दाईं बाँह में आरपार हो गई, लेकिन उन्होंने ध्वज नहीं गिरने दिया; बाएँ हाथ से झंडा लहराती रहीं। सहोदरा देवी के पास एक अन्य सत्याग्रही कर्नल सिंह खड़ा था। सहोदरा देवी के जख्मी होकर गिरते ही वह अपनी कमीज के बटन खोलकर बंदूकधारी सैनिकों की ओर बढ़ा। उसने उनको ललकारकर कहा, "कायरो, अब चलाओ गोलियाँ। मेरे सीने पर चलाओ गोलियाँ।" पुर्तगाली फौजियों ने गोलियों से उसकी छाती छलनी कर डाली और वह वहीं शहीद हो गए। इनके अलावा दो अन्य सत्याग्रही भी वीर गति को प्राप्त हो गए। उनके नाम थे—मधुकर चौधरी व राजभाऊ महाकाल।

15 अगस्त को सत्याग्रहियों का एक अन्य जत्था कैसलरॉक स्टेशन से आगे बढ़ा। इस जत्थे में 174 सत्याग्रही थे, जिनका नेतृत्व मथुरा के त्यागी बाबा कर रहे थे। ये सत्याग्रही 'भारत माता की जय' के नारे लगा रहे थे। उनके जवाब में पुर्तगाली सैनिकों ने तड़ातड़ गोलियाँ बरसानी शुरू कीं। इसमें कितने सत्याग्रही शहीद हुए, उनकी सही संख्या मालूम नहीं हो सकी। वापस लौट रहे सत्याग्रही अपने केवल तीन मृतक साथियों–बापूलाल होटलवाले, एस.आर. रमन तथा नाथूशाह बाजीराव को साथ ला सके। 7 अन्य सत्याग्रहियों के शव गोवा की सीमा में ही रह गए। उन सत्याग्रहियों के नाम थे–विजयवाड़ा के जगमोहनराव छपराल, कोलकाता के मनोज गुप्ता, वृंदावन के बृजनंदन शर्मा व शिवशंकर भड़साली तथा मध्य प्रदेश के घनश्याम भरबरें, कल्याण शर्मा और आर.बी. निगम।

15 अगस्त, 1955 अक्षरशः 'बलिदान दिवस' ही था। गोवा की तरह ही दमन में भी सत्याग्रह हुआ। वहाँ 2000 सत्याग्रहियों के एक विशाल जत्थे ने दमन की सीमा में प्रवेश किया। उन सत्याग्रहियों के नेता थे ईश्वरलाल देसाई। दमन की सीमा में उन सत्याग्रहियों ने पाँव रखे ही थे कि दूसरी ओर से गोलियों की बौछार शुरू हो गई। सबसे पहले रामगिरि साधू काझी शहीद हुए। 15 अगस्त, 1955 के बलिदानी पर्व की यह कहानी संपूर्ण कहानी नहीं है। ये घटनाएँ तो केवल कुछ झलकियाँ मात्र ही हैं।

"आप कब तक सत्याग्रह करते रहोगे ?" सत्याग्रहियों से आचार्य कृपलानी ने सीधा सवाल किया। सबके सब अवाक् रह गए। उपस्थित लोगों में से किसी एक ने जवाब दिया, "जब तक गोवा स्वतंत्र नहीं हो जाता।" कृपलानीजी ने तुरत फटकारा, "कौन नहीं जानता है कि आप लोग पंडितजी की खोखली बातों के शिकार हुए हैं।" 15 अगस्त, 1955 की गौरवशाली सामूहिक बलिदान-गाथा के उपरांत आचार्य कृपलानी और गोवा विमोचन सहायक समिति के नेताओं में हुई यह बातचीत देश की राजनीति के एक कलंकित पहलू को उजागर करती है। कृपलानीजी ने दो टूक शब्दों में सलाह दी, "तुम लोगों ने चार महीनों तक सत्याग्रहियों के जत्थे भेजे। उनमें से अनेक शहीद हुए और सैकड़ों जख्मी हुए। तुम लोग अब इसे रोको। पंडितजी कुछ भी करनेवाले नहीं हैं।"

इस सत्याग्रह को रोकने की दृष्टि से भारत सरकार के इशारे पर मुंबई के तत्कालीन मुख्यमंत्री श्री मोरारजी देसाई ने सत्याग्रहियों को गोवा

में प्रवेश करने की मनाही कर दी थी। उन्होंने अपनी पुलिस को आदेश दिया था कि किसी भी हालत में इन सत्याग्रहियों को गोवा में प्रवेश करने से रोका जाए। इन सत्याग्रहियों का आखिरी जत्था, जिसमें 82 सत्याग्रही थे, 19 अगस्त की शाम को प्रजा समाजवादी नेता मधु दंडवते के नेतृत्व में पुनः गोवा में प्रविष्ट हुआ। उस जत्थे में दिनकर सक्रियकर, केशव गोरे तथा प्रभा कुंठे भी थे। इन सबको बर्बरतापूर्वक पीटकर भारत की सीमा में धकेल दिया गया। दंडवते तो इतने घायल हो गए थे कि उनको इलाज के लिए अस्पताल में भर्ती होना पड़ा। तदुपरांत गोविसस की ओर से घोषणा की गई कि अब आखिरी जत्था 2 अक्टूबर को भेजा जाएगा, जिसमें पाँच सौ सत्याग्रही होंगे, किंतु कृपलानीजी ने इस जत्थे को गोवा में प्रवेश नहीं की सलाह दी।

सत्याग्रह-कार्यक्रम स्थगित करने के उपरांत 'आजाद गोमंतक दल' (आगोद) गठित किया गया। इस दल का ध्येय सशस्त्र संघर्ष द्वारा गोवा को आजाद कराना था। आगोद ने 26 नवंबर को गोवा के भीतर चांदेल पुलिस चौकी पर हमला किया। पुलिस चौकी के सिपाहियों ने आत्मसमर्पण कर दिया। वहाँ से आगोद को 13 बंदूकें, 12 पिस्तौलें, एक स्टेनगन तथा भारी मात्रा में कारतूस प्राप्त हुए। आगोद ने इस क्षेत्र को मुक्त क्षेत्र घोषित कर दिया। इसके चार दिन पश्चात् ही (30 नवंबर को) एक अन्य चौकी पर हमला कर वहाँ के शस्त्रास्त्र भी अपने कब्जे में ले लिये। इसके पश्चात् आगोद ने लोहे की एक खान पर धावा बोलकर वहाँ से बहुत सारा गोला-बारूद और डायनामाइट लूट लिया। आगोद के कार्यकर्ताओं ने 'आजाद गोवा रेडियो' का भी संचालन प्रारंभ किया, जहाँ से गोवा की आजादी के समर्थन में कार्यक्रम निरंतर प्रसारित किए जाते थे। 30 नवंबर, 1955 को आगोद के कार्यकर्ताओं ने 'गोवा लिबरेशन आर्मी' (गोलिआ) स्थापित की। गोलिआ के अलाकमान के सदस्य—उर्सेलिनु आल्मेद, आगस्टस, अल्वारेस, शिवाजी देसाई, माधव राणे और जयसिंहराव राणे थे। बाद में बालकृष्ण भोसले, विट्ठल पडवलकर और बाबूराव मलिथ भी गोलिआ से जुड़ गए। गोलिआ आर्मी ने 19 फरवरी, 1957 को लोहे की सबसे बड़ी खान पर हमला किया। सुबह 5 बजे तक सभी क्रांतिकारी छिपकर बैठे रहे। उन्होंने टेलीफोन का भी कनेक्शन काट दिया। खान के बिजलीघर को बम से उड़ा दिया। इस खान का संचालन चौघुले ब्रदर्स द्वारा किया जा

रहा था। उस कंपनी का एक क्रूजर और 12 ट्रक भी नष्ट कर दिए गए। इन विस्फोटों की आवाज दूर-दूर तक पहुँच रही थी। लगभग 3 घंटों तक इस खान पर गोलिआ के सैनिकों का कब्जा रहा। इस बीच गोवा का कुख्यात पुलिस कमिश्नर मोंतेरो दौड़ते-दौड़तै घटना-स्थल पर पहुँचा। उसके साथ गोवा की पुलिस का एक बहुत बड़ा जत्था भी था। इस संघर्ष में 'गोवा लिबरेशन आर्मी' के सभी क्रांतिकारी शहीद हो गए। इस संघर्ष में अनेक पुर्तगाली सिपाही भी मारे गए।

सन् 1961 के दिसंबर की रात थी। रात अभी बीती भी नहीं थी कि गोवा-भारत सीमा पर तोपें दनदनाने लगीं। बारूदी धुएँ का गुबार उठा और आकाश पर छा गया। यह साधारण गोलाबारी नहीं थी। सन् 1510 में स्थापित पुर्तगाली शासन से गोवा को मुक्त कराने हेतु यह भारतीय सेना के अभियान की घोषणा थी। शांतिपूर्ण उपायों और अनगिनत सत्याग्रहियों के आत्म-बलिदान की उपेक्षा करनेवाले पुर्तगाली प्रशासन से गोवा को मुक्त कराने के लिए भारतीय सेना का 'ऑपरेशन विजय' शुरू हो गया था। 17-18 दिसंबर, 1961 की रात्रि को भारतीय सेना ने सभी ओर से गोवा में प्रवेश किया। इस अभियान में 'पहला पैरा पंजाब बटालियन', 'दूसरा पैरा मराठा बटालियन', '63वीं पैदल बटालियन' और 'दूसरी सिख लाईट इन्फेंटरी बटालियन' ने भाग लिया। भारतीय सेना की इन टुकड़ियों में होड़ लगी हुई थी कि कौन सबसे पहले गोवा की राजधानी पणजी पर कब्जा करे। भारतीय सेना की इन टुकड़ियों ने रास्ते में आए सभी अवरोधों को दूर कर सभी स्थानों से पुर्तगाली झंडे उखाड़ दिए और वहाँ राष्ट्रीय तिरंगा झंडे फहराए दिए। सबसे पहले 50वीं पैरा बिग्रेड की एक टुकड़ी पणजी पहुँची। उसने पुलिस स्टेशन और कस्टम कचहरी पर कब्जा कर लिया। एक अन्य टुकड़ी ने मटगाँव पर तथा एक और टुकड़ी ने वास्को पर अधिकार कर लिया। भारतीय सेना ने गोवा की सीमा में प्रवेश करने के 40 घंटे के भीतर ही गोवा को पुर्तगालियों से आजाद करा लिया। पुर्तगाली प्रशासन ने आत्मसमर्पण कर दिया और जनरल कैंडेथ गोवा के सैनिक प्रशासक नियुक्त किए गए।

पणजी में 19 दिसंबर, 1961 को दोपहर 2 बजे पुर्तगाल के जनरल गवर्नर ने भी आत्मसमर्पण कर दिया। गोवा में भारत सरकार ने बहुत विवश होने के पश्चात् ही सैनिक कार्यवाही करने का निर्णय लिया था। भारत के

स्वतंत्र होने से लेकर अब तक शांतिपूर्ण प्रयत्नों, राजनयिक उपायों और अंतरराष्ट्रीय दबाव के जरिए गोवा को मुक्त कराने की नीतियों के विफल होने के पश्चात् ही यह सैनिक काररवाई की गई थी।

देश के लगभग सभी राजनैतिक विचारधाराओं के लोगों ने गोवा-मुक्ति अभियान का स्वागत किया। 15 अगस्त, 1947 को अंग्रेज भारत छोड़कर चले गए थे। उसके बाद फ्रांसीसी भी चुपचाप पांडिचेरी से चले गए थे, लेकिन गोवा की मुक्ति के संघर्ष के लिए लगातार 14 वर्षों तक संघर्ष करना पड़ा और अंततः 19 दिसंबर, 1961 को पुर्तगाली प्रशासन का भी अंत हुआ। इस प्रकार गोवा, दमन व दीव भी मुक्त होकर विशाल भारत में विलीन हो गए और गोवा की मुक्ति का अभियान सफलतापूर्वक संपन्न हुआ। जो संघर्ष 18 जून, 1946 को समाजवादी नेता डॉ० राममनोहर लोहिया द्वारा प्रारंभ किया गया था, उसका अंत 19 दिसंबर, 1961 को हुआ।

□

राष्ट्रीय उद्घोष : वन्दे मातरम्

'वन्दे मातरम्' उद्घोष का इतिहास एक सौ वर्ष से भी अधिक पुराना है। 19वीं शताब्दी के अंत में बंगाल के मुसलिम शासकों के क्रूरतापूर्ण व्यवहार के विरोध में प्रख्यात उपन्यासकार बंकिमचंद्र चट्टोपाध्याय ने 'आनंदमठ' नामक एक उपन्यास लिखा, जिसमें पहली बार 'वन्दे मातरम्' गीत छपा, जो पूरे एक पृष्ठ का था। इस गीत में मातृभूमि की प्रशंसा की गई थी। यह गीत संस्कृत व बंगला भाषा में था। चूँकि यह गीत विस्तारपूर्वक लिखा गया था, इसलिए समूचा गीत अधिक लोकप्रिय नहीं हो पाया, किंतु 'वन्दे मातरम्' उद्घोष का सबसे अधिक उपयोग सन् 1905 में हुआ, जब तत्कालीन गवर्नर जनरल लॉर्ड कर्जन ने 'बाँटो और राज करो' की नीति का अनुसरण करते हुए बंगाल को दो टुकड़ों में विभाजित करने की घोषणा की और इस विभाजन को 'बंग-भंग' की संज्ञा दी गई। लॉर्ड कर्जन की इस नीति का जबरदस्त विरोध हुआ। उस समय विदेशी वस्तुओं के बहिष्कार और स्वदेशी वस्तुओं के उपयोग के आंदोलन के साथ-साथ 'वन्दे मारतम्' उद्घोष को भी व्यापक रूप से जनसाधारण ने अपनाया। इसके बाद अंग्रेजों के विरुद्ध जो भी आंदोलन इस देश में प्रारंभ हुआ, उन सभी में 'वन्दे मातरम्' जन-जन की वाणी (नारा) बन गया। बंगाल से प्रारंभ होकर यह उद्घोष पूरे देश में व्यापक रूप से फैल गया।

अखिल भारतीय राष्ट्रीय कांग्रेस ने भी 'वन्दे मातरम्' उद्घोष को अपनाना आरंभ किया। समय के साथ-साथ और परिस्थितियों के अनुसार 'वन्दे मातरम्' गीत में अनेक बार संशोधन किए गए और अंत में इसके विस्तार को घटाकर केवल चार पंक्तियों तक सीमित कर दिया गया। कांग्रेस अधिवेशनों का प्रारंभ भी इसी 'वन्दे मातरम्' गायन से प्रारंभ होता था और ऐसे अधिवेशनों की समाप्ति पर भी यह गाया जाता था। अतः इसे

एक राष्ट्रीय मान्यता प्राप्त हुई। कांग्रेस के अधिवेशनों और सम्मेलनों में सभी वर्गों तथा धर्मों के लोग शामिल होते थे। वे सभी लोग खड़े होकर इस गीत के प्रति अपना सम्मान प्रकट करते थे। अंततः यह हमारा राष्ट्रीय गीत बन गया।

15 अगस्त, 1947 को जब देश आजाद हुआ, तब 14-15 अगस्त की मध्य रात्रि में सत्ता के हस्तांतरण के लिए तत्कालीन केंद्रीय असेम्बली का एक विशेष अधिवेशन आयोजित किया गया, जिसका प्रारंभ 'वन्दे मातरम्' के गायन से हुआ। यह राष्ट्रीय गीत बहुत ही मधुर कंठ से श्रीमती सुचेता कृपलानी द्वारा प्रस्तुत किया गया। इस विशेष अधिवेशन का अंत भी इसी गीत के साथ हुआ। असेम्बली के कक्ष में उपस्थित सभी सदस्यों ने इस गायन में श्रद्धापूर्वक भाग लेकर इस उद्घोष के प्रति अपना सम्मान प्रगट किया और पूरा हाल 'वन्दे मांतरम्' के उद्घोष से लगातार गूँजता रहा।

स्वतंत्रता-प्राप्ति के उपरांत जब भारत का संविधान निर्मित हो रहा था, तब उस समय यह प्रश्न उपस्थित हुआ कि 'वन्दे मातरम्' गीत को सरकारी स्तर पर राष्ट्रीय गीत का दर्जा दिया जाए या किसी अन्य 'गीत' को राष्ट्रीय गीत माना जाए। तत्कालीन संगीतकारों का यह मानना था कि 'वन्दे मातरम्' गीत को लयबद्ध करना कुछ कठिन है। अतः इसके अतिरिक्त किसी अन्य गीत को 'राष्ट्रीय गीत' के रूप में अपनाया जाए। अंत में 'जन-गण-मन' को ही अपनाया गया। वैसे तो संविधान-सभा के अधिकतर सदस्य 'वन्दे मातरम्' को ही राष्ट्रीय गीत मानते थे, क्योंकि यह गीत जनता के मानस पर छाया हुआ था, लेकिन जवाहरलाल नेहरू के विशेष आग्रह पर 'जन-गन-मन' को ही राष्ट्रीय गीत के रूप में स्वीकार किया गया, लेकिन साथ-साथ 'वन्दे मातरम्' गीत को भी अनिवार्य माना गया। केवल तत्कालीन मुसलिम लीग ही इस गीत का विरोध करती रही।

पिछले कुछ समय से 'वन्दे मातरम्' के गायन पर कुछ विवाद उत्पन्न हो रहा है। विवाद मुख्यतः यह है कि इस गायन से मूर्ति-पूजा का भाव प्रकट होता है और जो संप्रदाय मूर्ति-पूजा के विरोधी हैं, वे इसकी उपेक्षा करने लगे हैं। यह उपेक्षा यहाँ तक बढ़ रही है कि राष्ट्रीय अवसरों पर 'वन्दे मातरम्' गान की शुरुआत होती है तो ऐसे लोग राष्ट्रीय गायन के प्रति अपना सम्मान प्रकट नहीं करते। वे या तो अनुपस्थित रहते हैं या इसका बहिष्कार कर रहे हैं। यह तो संभव है कि इस राष्ट्रीय गीत को वहाँ

उपस्थित सभी लोग गाएँ नहीं, लेकिन वे शांत तो रह सकते हैं और खड़े होकर अपना सम्मान तो प्रकट कर ही सकते हैं। इस गीत के प्रति उपेक्षा का भाव अब उन स्कूलों में भी दिखाया जा रहा है, जिनमें कुछ संप्रदाय विशेष के विद्यार्थी शिक्षा ग्रहण करते हैं।

आजादी की लड़ाई के दौरान लाखों पुरुषों, महिलाओं एवं बच्चों को 'वन्दे मातरम्' का उद्घोष करने के कारण अंग्रेजों ने गिरफ्तार किया, उन्हें पुलिस द्वारा निर्दयतापूर्वक लाठियों से पीटा गया और उन्हें जेलों की यातनाएँ सहनी पड़ीं। सैकड़ों देशभक्त इस महामंत्र का उच्चारण करते हुए हँसते-हँसते फाँसी के फंदे पर झूलकर शहीद हो गए। यह उद्घोष उनकी कुर्बानियों के कारण इस देश को उनसे विरासत में प्राप्त हुआ है। अतः इस 'वन्दे मातरम्' को सुरक्षित रखने का दायित्व हम सभी देशवासियों का है।

उपरोक्त संदर्भ में यह कहना उचित ही लगता है कि कांग्रेस के अधिवेशनों में सभी वर्गों एवं संप्रदायों के लोग बिना किसी भेदभाव के उत्साहपूर्वक इस गीत के गायन के समय अपना सम्मान प्रकट करते थे। मौलाना अबुल कलाम आजाद, जो कांग्रेस के अध्यक्ष रहे थे, भी इस गीत के दौरान खड़े रहकर अपना सम्मान प्रकट करते थे। सरहदी गांधी, जो पाँच वक्त की नमाज पढ़ना आवश्यक समझते थे, भी खड़े रहकर इस गीत के प्रति अपना सम्मान प्रकट करते थे। आज की परिस्थिति में जब और जहाँ भी यह गीत गाया जाता है, वहाँ बिना किसी भेदभाव के सभी व्यक्तियों को खड़े होकर अपना सम्मान प्रकट करना जरूरी माना जाना चाहिए।

□

गांधीजी को जब छह वर्ष की कारावास की सजा दी गई

यह प्रसंग सन् 1922 का है, जब महात्मा गांधी को राजद्रोह के अभियोग में छह वर्ष कारावास की सजा दी गई थी। यह प्रसंग सन् 1914 से आरंभ होता है, जब प्रथम विश्वयुद्ध आरंभ हुआ था। उस युद्ध में अंग्रेजों की विजय हुई। भारत के लोगों ने उस युद्ध में विजय के लिए धन-जन से–हर प्रकार से अंग्रेजों की सहायता की थी। लाखों लोग फौज में भरती हुए थे। इस आशा तथा विश्वास के साथ कि युद्ध की समाप्ति पर ब्रिटिश सरकार हिंदुस्तान को अपने पंजे से मुक्त कर इसकी आजादी के लिए पहल करेगी, किंतु युद्ध की समाप्ति पर इस आशा के विपरीत ब्रिटिश सरकार अपने पंजों को अधिक से अधिक मजबूती से जमाने के लिए नए प्रयास प्रारंभ करने के लिए आवश्यक भूमिका तैयार करने लगी। ऐसी चहल-पहल को दबाने के लिए तत्कालीन ब्रिटिश सरकार ने रौलेट ऐक्ट पारित किया, जिसके अंतर्गत हर प्रकार के जन-आंदोलन को कुचलने के प्रयास प्रारंभ हो गए। गांधीजी और राष्ट्रीय कांग्रेस के अन्य नेतागण भी अंग्रेजों की इन कुचालों का सक्रिय विरोध प्रारंभ करने की योजना बनाने लगे।

सर्वप्रथम यह निर्धारित किया गया कि 6 अप्रैल, 1919 को पूरे देश में हड़ताल रहेगी, कारोबार बंद रहेंगे और सार्वजनिक सभाएँ आयोजित कर उनके द्वारा रौलेट ऐक्ट का विरोध किया जाएगा। इस विरोध को प्रदर्शित करने के कारण ही अमृतसर में जलियाँवाला बाग में 13 अप्रैल को निहत्थे नगरवासियों, जिनमें महिलाएँ तथा बच्चे भी शामिल थे, पर फौज ने बर्बरतापूर्वक गोली चलाकर सैकड़ों लोगों को जान से मार दिया। इस

गोली-कांड से समूचे देश में अंग्रेजों के खिलाफ एक अपूर्व वातावरण निर्मित हुआ। महात्मा गांधी तथा राष्ट्रीय कांग्रेस ने इस बर्बरता गोली-कांड के विरोध में असहयोग तथा सामूहिक सविनय अवज्ञा आंदोलन प्रारंभ करने की घोषणा कर दी। इस आंदोलन को व्यापक जनाधार देने हेतु इसके साथ खिलाफत के प्रश्न को भी जोड़ा गया, जिससे मुसलिम समुदाय विशेष रूप से भावनात्मक स्तर पर जुड़ा हुआ था। इस असहयोग आंदोलन द्वारा भारतवासियों से अपील की गई कि वे हर प्रकार से ब्रिटिश सरकार से असहयोग प्रारंभ करें। जिन भारतवासियों को अंग्रेजों ने उपाधियाँ दी थीं, उन उपाधियों को वापस किया जाने लगा, वकीलों ने अदालतों का व छात्रों ने स्कूल और कॉलेजों का बहिष्कार किया। व्यापक स्तर पर विदेशी वस्त्रों की होली जलाई गई तथा शराब की दुकानों के विरुद्ध पिकेटिंग का कार्यक्रम प्रारंभ किया गया। इन सभी कार्यक्रमों को आयोजित करने के संबंध में हजारों सत्याग्रहियों को गिरफ्तार किया गया और उन्हें जेल की लंबी-लंबी सजाएँ भी दी गईं। जब यह आंदोलन प्रारंभ हुआ था, तब गांधीजी ने यह घोषणा की थी कि सत्य और अहिंसा पर आधारित इस आंदोलन, के नतीजे के रूप में एक वर्ष में भारत स्वतंत्र हो जाएगा।"

समूचे देश में चारों ओर विशाल स्तर पर यह आंदोलन चला। जब यह पराकाष्ठा की ओर तेजी से बढ़ रहा था और अंग्रेज सरकार आंदोलन की सफलता से घबराई हुई थी, तब यकायक उत्तर प्रदेश के गोरखपुर जिले में चौरी-चौरा नामक स्थान पर, जहाँ एक शांतिपूर्ण जुलूस निकल रहा था, पुलिस ने बिना कारण लाठियों से हमला किया, जिसके प्रतिक्रियास्वरूप उत्तेजित भीड़ ने स्थानीय पुलिस थाने को घेर लिया और उसमें आग लगा दी। फलतः 21 सिपाही जलकर मर गए। यह कांड 4 फरवरी, 1922 को हुआ। इस हत्या-कांड से गांधीजी बहुत विचलित हुए। उन्होंने असहयोग आंदोलन और सविनय अवज्ञा आंदोलन को वापस लेने का एलान कर दिया। गांधीजी के इस निर्णय से अनेक क्षेत्रों में हलचल हुई, लेकिन अंत में गांधीजी के इस आदेश का पालन हर स्तर पर किया गया और यह आंदोलन समाप्त हो गया।

ब्रिटिश सरकार की बर्बरतापूर्ण नीतियों के विरोध में गांधीजी ने तत्कालीन साप्ताहिक पत्रिका 'नवजीवन' में तीन लेख लिखे, जिनको अंग्रेज सरकार ने विद्रोहात्मक माना और गांधीजी को 10 मार्च, 1922 को रात्रि 10 बजे

अहमदाबाद में गिरफ्तार कर उन्हें साबरमती जेल भेज दिया। इस पत्रिका के संचालक श्री शंकरलाल बैकर को भी गांधीजी के साथ गिरफ्तार किया गया और उन्हें भी साबरमती जेल भेजा गया।

18 मार्च, 1922 को अहमदाबाद के सर्किट हाउस में महात्मा गांधी और शंकरलाल बैकर पर राजद्रोह के अभियोग में मुकदमा प्रारंभ हुआ। इस न्यायालय के न्यायाधीश न्यायमूर्ति एस.आर. ब्रुमफील्ड और सरकारी वकील सर जे.टी. स्ट्रोंगमैन थे। जब गांधीजी ने न्यायालय में प्रवेश किया तो न्यायाधीश के अतिरिक्त सभी उपस्थित लोगों ने खड़े होकर गांधीजी का अभिवादन किया। न्यायालय खचाखच भरा हुआ था और अनेक गण्यमान्य व्यक्ति वहाँ उपस्थित थे। न्यायमूर्ति श्री ब्रुमफील्ड ने मुकदमे की कार्यवाही प्रारंभ करते हुए सरकारी वकील को आदेश दिया कि गांधीजी पर सरकार द्वारा लगाए गए अभियोग को पढ़कर सुनाया जाए। सरकारी वकील ने 'नवजीवन' में प्रकाशित उन लेखों का उल्लेख किया, जिन्हें महात्मा गांधी ने लिखा था और सरकार ने उन्हें राजद्रोहात्मक घोषित किया था।

न्यायमूर्ति ब्रुमफील्ड ने गांधीजी से पूछा, "सरकार ने आपपर जो अभियोग लगाया है, उसकी सफाई में आपको क्या कुछ कहना है ?" उस समय पूरे न्यायालय में एक अजीब किस्म की उत्सुकता छाई हुई थी और उपस्थित निगाहें महात्मा गांधी की ओर देख रही थीं। गांधीजी ने न्यायाधीश को संबोधित करते हुए कहा, "सरकारी वकील ने मुझपर जो आरोप लगाए हैं, मैं उन सबको स्वीकार करता हूँ।" और उन्होंने अपना एक लिखित वक्तव्य पढ़ना प्रारंभ किया। उसमें उन्होंने उन सब कारणों का उल्लेख किया, जिनसे विवश होकर उन्होंने वे लेख लिखे थे। गांधीजी ने यह भी कहा कि 'अंग्रेज सरकार अपने स्वार्थों की पूर्ति के लिए हिंदुस्तान के निवासियों का हर प्रकार से शोषण कर रही है। इस शोषण का अंत तब ही हो पाएगा, जब ब्रिटिश सरकार हिंदुस्तान को आजाद घोषित कर यहाँ से इंग्लैंड वापस चली जाएगी। अंत में गांधीजी ने न्यायाधीश महोदय से यह भी कहा कि 'मेरी यह भी प्रार्थना है कि कानून के अंतर्गत इन गंभीर अपराधों के लिए जो सजा निश्चित है, वह अधिक-से-अधिक सजा मुझे दी जाए। मैं किसी प्रकार की दया की प्रार्थना नहीं कर रहा हूँ। यदि जज महोदय मुझे बेगुनाह समझते हैं तो मैं उनसे विनयपूर्वक निवेदन करूँगा कि वे अपना पद त्यागकर मेरे साथ वही काम करें, जो मैं खुद कर रहा हूँ और

जिसका अपराधी मुझे माना गया है।'

गांधीजी जब न्यायालय के सम्मुख बयान दे रहे थे, तब न्यायाधीश की निगाहें उन्हीं पर टिकी हुई थीं। सरकारी पक्ष के वकीलों सहित जो अन्य लोग न्यायालय में उपस्थित थे, सबने ही आश्चर्यचकित होकर गांधीजी के इस बयान को सुना।

न्यायाधीश ब्रुमफील्ड ने सरकारी वकील से पूछा कि इस मुकदमे में आपको क्या कुछ और कहना है? सरकारी वकील ने उत्तर दिया कि गांधीजी ने स्वयं ही उन अपराधों को स्वीकार कर लिया है, जो उनके विरुद्ध लगाए गए हैं और राजद्रोह के कानून के अंतर्गत अधिक-से-अधिक सजा दिए जाने की माँग भी की है। इसके उपरांत उन्हें कुछ और नहीं कहना है। सरकारी वकील ने कहा कि कानून के अंतर्गत ऐसे अपराध की सजा अधिक-से-अधिक छह वर्ष निश्चित की गई है।

न्यायमूर्ति ब्रुमफील्ड ने बहुत ही गंभीर मुद्रा में गांधीजी को संबोधित करते हुए कहा, "आपने मेरा काम बहुत सहज कर दिया है, क्योंकि आपने स्वयं ही अपने को अपराधी स्वीकार कर लिया है और अधिक-से-अधिक सजा की माँग की है। अतः मैं आपको छह वर्ष कारावास की सजा देता हूँ।" किंतु न्यायाधीश महोदय ने यह भी कहा, "यदि सरकार किसी कारणवश इन छह साल की अवधि से पहले ही आपको रिहा कर देती है तो इसपर किसी अन्य व्यक्ति को उतनी खुशी नहीं होगी, जितनी मुझे होगी।

इसके उपरांत गांधीजी ने न्यायाधीश महोदय, सरकारी वकील इत्यादि को धन्यवाद दिया और मुकदमे की कार्यवाही समाप्त घोषित हो गई। शंकरलाल बैंकर को दो वर्ष कारावास की सजा दी गई।

मुकदमे की समाप्ति के पश्चात् गांधीजी को साबरमती जेल भेज दिया गया। वहाँ से उन्हें 20 मार्च, 1922 को यरवदा जेल (पूना) स्थानांतरित कर दिया गया।

यरवदा जेल में गांधीजी को आए हुए अभी दो वर्ष भी पूरे नहीं हुए थे कि एक रात अचानक उनके पेट में बहुत जोर से दर्द होने लगा। जेल अधिकारियों ने तुरत सिविल सर्जन कर्नल मैडॉक को सूचित किया। वे फौरन जेल में आए और गांधीजी का निरीक्षण किया। उनका निर्णय था कि गांधीजी का एपेंडिक्स बहुत बढ़ गया है। तुरत उसका ऑपरेशन होना बहुत जरूरी है, नहीं तो उनके जीवन को खतरा पैदा हो सकता है।

डॉक्टर के निर्णय को गांधीजी की सहमति से स्वीकार कर जेल अधिकारियों ने रात में ही उन्हें सैसून हॉस्पिटल में स्थानांतरित कर दिया, जहाँ कर्नल मैडॉक ने उनका ऑपरेशन प्रारंभ किया। अभी ऑपरेशन बीच में ही था कि अचानक बिजली गायब हो गई। लालटेन की सहायता से ही ऑपरेशन पूरा किया गया। उसके बाद गांधीजी हॉस्पिटल में ही रहे, लेकिन बहुत कमजोर हो गए। परिस्थिति की विवशता के कारण अंग्रेज सरकार ने मजबूर होकर 5 फरवरी, 1924 को उन्हें जेल से रिहा कर दिया। इस प्रकार गांधीजी दो साल से कुछ कम ही समय तक कारावास में रहे, यद्यपि उनको छह वर्ष के कारावास की सजा दी गई थी। एक अर्थ में न्यायाधीश ब्रुमफील्ड की भी ऐसी ही कामना थी, जो पूरी हुई। गांधीजी की आकस्मिक रिहाई पर न्यायाधीश ब्रुमफील्ड की क्या प्रतिक्रिया हुई होगी, इसका उल्लेख कहीं उपलब्ध नहीं है, मगर उन्हें संतोष तो अवश्य ही हुआ होगा, क्योंकि उनकी मनोकामना पूरी हुई थी।

गांधीजी ने अपने अपराध को स्वीकार कर एक ऐसा अध्याय प्रारंभ किया, जिसका उदाहरण मुश्किल से ही मिलेगा। गांधीजी के इस मार्गप्रदर्शन के कारण ही हजारों कांग्रेसजनों, जो विभिन्न अवसरों पर आजादी के संघर्ष में पकड़े गए थे, ने गांधीजी का अनुसरण करते हुए अपने अपराधों को स्वीकार कर जेल जाना स्वीकार किया। न कोई वकील, न कोई दलील और न ही कोई अपील।

गांधीजी के उपरोक्त उदाहरण से नक्षत्र-मंडल में एक नया नक्षत्र उदित हुआ। वह नक्षत्र अभी भी हमारा मार्गप्रदर्शन कर रहा है। काश! हम इससे प्रकाश प्राप्त करने के योग्य होते।

□

नौसेना विद्रोह-1946

सन् 1945 में दूसरा विश्वयुद्ध समाप्त हो चुका था, जिसमें 'मित्र राष्ट्रों'—अमेरिका व इंग्लैंड की विजय हुई थी और जर्मनी व जापान बुरी तरह से हार गए थे। इस युद्ध में 'मित्र राष्ट्रों' की विजय में भारतीय फौजों का भी महत्त्वपूर्ण योगदान था। युद्ध के लिए भारत में लाखों लोग सिपाही के रूप में भर्ती किए गए थे। इनमें से हजारों लोग लड़ाई के विभिन्न क्षेत्रों में मारे भी गए थे। युद्ध की समाप्ति के पश्चात् ये सिपाही हिंदुस्तान वापस आ गए थे। ऐसे ही नौसेना (Navy) में जो लोग भर्ती किए गए थे, वे भी वापस गए थे। युद्ध की गरमा-गरमी में तो अनेक प्रकार की रियायतें बरती जाती हैं, लेकिन जब युद्ध समाप्त हो जाता है और शांति स्थापित हो जाती है, तब सिपाहियों से दुर्व्यवहार शुरू हो जाता है, लेकिन हिंदुस्तान में जो नौसैनिक वापस आए थे, उनके साथ पहले ही से दुर्व्यवहार चल रहा था, जिसके कारण नौसेना में बेचैनी प्रारंभ होने लगी थी। उसके प्रत्यक्ष लक्षण भी दिखाई देने लगे थे, लेकिन विजय में मस्त अंग्रेज अधिकारी इन लक्षणों की अनदेखी कर रहे थे। फलतः भारतीय नौसैनिकों की बेचैनी उभरकर सामने प्रगट होने लगी।

इस बेचैनी का पहला विस्फोट फरवरी, 1946 में हड़ताल के रूप में मुंबई में प्रगट हुआ, लेकिन सरकार ने अपने प्रचार-माध्यमों से इस विस्फोट की उपेक्षा की और कहा कि यह तो केवल बेहतर खाने की माँग के लिए की गई हड़ताल है। सेना-संहिता में हड़ताल भी विद्रोह मानी जाती है, परंतु वास्तव में यह ऐसी हड़ताल नहीं थी। यह तो नौसैनिकों का अपने अफसरों और प्रशासन के विरुद्ध एक अहिंसक प्रदर्शन था; इसमें किसी प्रकार की कोई हिंसा निहित नहीं थी। नौसैनिकों के इस कदम से ब्रिटिश अधिकारियों को बड़ा गहरा धक्का लगा। भारतीय सैनिकों को अनेक शिकायतें थीं।

भारतीय और ब्रिटिश सैनिकों के बीच हर दृष्टि से भेदभाव किया जाता था—भोजन, निवास, चिकित्सा-सुविधा, वेतन, यात्रा-सुविधा और प्रशिक्षण; साथ-साथ लड़ाई के मोर्चे पर भी। ब्रिटिश नौसैनिकों को गरम और ताजा भोजन दिया जाता था, जबकि भारतीय नौसैनिकों को सूखा भोजन मिलता था, जो लगभग कुत्तों के खिलाए जानेवाले बिस्कुटों के समान होता था। ऐसा ही भेदभाव युद्ध के मोर्चे पर भी किया जाता था। युद्ध के दौरान नौसैनिकों की भर्ती में बहुत अधिक वृद्धि हुई थी। पढ़े-लिखे युवक भी नौसेना भी भर्ती हुए थे। ऐसे भारतीय नौसैनिकों को प्रशिक्षण प्राप्त करने के लिए अफसरों की गाली-गलौच सहन करनी पड़ती थी। इन नए भर्ती होनेवालों को इस प्रकार की गाली-गलौच और गंदी भाषा का प्रयोग अपमानजनक लगता था। नौसेना के अधिकारियों को इस स्थिति का पता अच्छी तरह था, किंतु इसके बावजूद भारतीय नौसैनिकों की स्थिति सुधारने की दिशा में किसी प्रकार की कोई कार्यवाही नहीं की गई थी।

जब ये भारतीय नौसैनिक बर्मा में थे, तब उन्हें आजाद हिंद फौज (I.N.A.) और नेताजी सुभाष चंद्र बोस के बारे में जानकारी मिली थी। इससे भारतीय नौसैनिकों में एक नई भावना पैदा हुई थी। उन्होंने यह सोचना शुरू किया कि वे किस उद्देश्य के लिए लड़ रहे हैं? निश्चित ही वे अपने देश के लिए नहीं लड़ रहे थे। मुंबई वापस आने पर उन्होंने गुपचुप बातें शुरू कर दीं। कुछ नौसैनिकों ने भूमिगत काम करना भी शुरू किया, विशेष रूप से 'तलवार' जहाज के भारतीय नौसैनिकों ने। पहली दिसंबर, 1945 को 'नौसेना दिवस' मनाने का आयोजन किया गया। अधिकारी वर्ग इस आयोजन को बड़ी धूमधाम से मनाना चाहता था। एच.एम.आई.एस. 'तलवार' को झंडियों और ब्रिटिश झंडों से सजाया गया था। कुछ भारतीय नौसैनिकों ने आपस में गुप्त रूप से निर्णय लिया कि वे इस उत्सव को भंग करेंगे। रात के समय 'तलवार' जहाज पर कड़ी सुरक्षा रखी गई थी, किंतु 'तलवार' जहाज पर जो सजावट की गई थी, उसे सुबह होने तक बिलकुल नष्ट कर दिया गया और झंडे-झंडियाँ जलाकर इधर-उधर बिखेर दी गईं। पूरे जहाज पर बहुत आपत्तिजनक नारे लिख दिए गए। उदाहरणार्थ—'भारत छोड़ो', 'साम्राज्यवाद मुर्दाबाद', 'ब्रिटिश लोगों को मार दो' आदि। रात में जो कुछ भी किया गया, वह बड़े जोखिम का काम था। अधिकारियों ने इन अपराधियों का पता लगाने का प्रयत्न किया, परंतु वे विफल रहे। जो नौसैनिक इन

विद्रोहियों के साथ नहीं थे, उन्होंने भी उनके इस कार्य की सराहना की।

ऐसा ही अगला अवसर 2 फरवरी, 1946 को तब आया, जब कमांडर-इन-चीफ सर क्लाड अर्चिनलेक 'तलवार' का निरीक्षण करने के लिए आनेवाले थे। इस अवसर पर अधिकारियों ने विशेष सावधानी बरती कि 'नौसेना दिवस' वाली घटना फिर न हो जाए। इसके बावजूद विद्रोहपूर्ण पर्चे बैरकों की दीवारों पर चिपकाए गए, जिनमें 'भारत छोड़ो' तथा 'जय हिंद' के नारे लिखे गए थे। इस बार अधिकारियों ने वास्तविक अपराधियों का पता लगा लिया। बागी नौसैनिकों के नेता बी.सी. दत्त को गिरफ्तार कर लिया गया। उसका कोर्ट-मार्शल हुआ और उसे नौसेना से निकाल दिया गया। दत्त जब अपने सहयोगियों से मिलने के लिये एक दिन 'तलवार' पर गया तो वहाँ उसका स्वागत वीरों जैसा किया गया।

एक नौसैनिक आर.के. सिंह का विचार था कि नौसैनिकों को अब खुले तौर पर विद्रोह का रास्ता अपनाना चाहिए। उसने खुला विद्रोह करने का निश्चय भी किया। उसने अपना त्याग-पत्र प्रस्तुत किया, जिसके लिए उसका भी कोर्ट-मार्शल हुआ। मुकदमे में उसने अपना बचाव करने से इनकार कर दिया। उसने अपनी टोपी कमांडिंग ऑफिसर के सामने जमीन पर फेंकी और उसे ठोकर मारी, जिससे ब्रिटिश सम्राट् के प्रति घोर अपमान की भावना का संकेत मिलता था। सिंह को तीन महीने कैद की सजा दी गई। इससे नौसैनिकों में हलचल मच गई और इस प्रकार भूमिगत नौसैनिकों को बहुत समर्थन मिला। उच्च अधिकारियों की अवज्ञा की भावना तेजी से फैल रही थी। उच्च अधिकारीगण इसे महसूस कर रहे थे, परंतु रोकने में असमर्थ थे। फरवरी में एक 'हड़ताल समिति' गठित की गई और एक माँग-पत्र तैयार किया गया। इन माँगों में बेहतर सेवा-शर्तों व अच्छे भोजन के अतिरिक्त कुछ राजनैतिक मुद्दे भी शामिल किए गए थे—जैसे 'सभी राजनैतिक बंदियों और आई.एन.ए. के कैदियों की रिहाई' इत्यादि। नौसैनिकों की इन माँगों और शिकायतों के समाचार विस्तृत रूप से विभिन्न समाचार-पत्रों में प्रकाशित हुए। पहले यह आंदोलन केवल 'तलवार' के नौसैनिकों तक ही सीमित था, परंतु 19 फरवरी को इन सैनिकों ने कैसल बैरक के नौसैनिकों से संपर्क किया। कैसल बैरक के नौसैनिक भी पहले से असंतुष्ट थे।

'तलवार' के नौसैनिकों ने 19 फरवरी को खाने से इनकार कर दिया। इस हड़ताल को मुंबई की तटीय बैरकों में रहनेवाले। ये सब प्रदर्शन करते

हुए फ्लौरा फाउण्टेंन के पास जमा हो गए। शाम तक नौसेना के लगभग 24 जहाजों पर कोई सैनिक नहीं रहा। वे सब प्रदर्शन में शामिल होने के लिए अपने-अपने जहाज से चले गए थे। अधिकतर जहाजों से 'यूनियन जैक' झंडा उतार दिया गया और इनमें से कई जहाजों पर कांग्रेस का झंडा फहरा दिया गया। इन प्रदर्शनकारियों ने मुंबई के भीड़वाले क्षेत्रों में यातायात रोक दिया। ट्रेनें चलनी बंद हो गईं। इस आंदोलन से जो जहाज प्रभावित हुए, वे थे–एच.एम.आई.एस. 'अवध', 'लाहौर', 'फिरोज', 'नीलम', 'अकबर' और कई अन्य। 20 फरवरी को यह विद्रोह बहुत अधिक फैल गया, जिससे कई हजार नौसैनिकों की वफादारी बहुत प्रभावित हुई। इस हड़ताल का तात्कालिक कारण था "तलवार" के कमांडिंग अफसर का अपमानजनक व्यवहार। उसका स्थानांतरण कर दिया गया और 20 तारीख को ही उसके स्थान पर एक अन्य ब्रिटिश अफसर को नियुक्त किया गया, परंतु नौसैनिक इससे संतुष्ट नहीं हुए। उनकी माँग थी कि भारतीय अफसर को नियुक्त किया जाए। आंदोलन के नेता बी.सी. दत्त, जिसे गिरफ्तार किया गया था, को भी सद्भावना की दृष्टि से 20 फरवरी को छोड़ दिया गया। परिस्थिति अधिक गंभीर हो रही थी, इसलिए फौज के सैनिकों को नौसेना जहाजों की रक्षा के लिए तैनात किया गया। मुंबई के नौसैनिकों की हड़ताल कोलकाता, कराची, मद्रास और दिल्ली में भी फैल गई। विद्रोहियों के नियंत्रण में 20 जहाज थे। फौजी सैनिकों ने नौसैनिकों पर गोली चलाई और विद्रोही नौसैनिक अपने जहाजों में ही नजरबंद कर दिए गए। इससे सैनिकों में व्यापक असंतोष उत्पन्न हो गया। शाम तक 'तलवार' सेना के हवाले कर दिया गया।

सरकार ने इस परिस्थिति से निबटने के लिए ब्रिटिश सैनिकों को तैनात किया और हड़तालियों पर गोलियाँ चलानी शुरू की गईं। हड़तालियों ने गोलियों का जवाब गोलियों से दिया। विद्रोहियों ने जनता से और राजनैतिक दल कांग्रेस, मुसलिम लीग, साम्यवादी दलों आदि से अपील की कि वे उनके उद्देश्यों का समर्थन करें। वायु सेना के एक हजार से अधिक सैनिक भी इस हड़ताल में शामिल हो गए। उन्होंने नौसेना हड़तालियों के साथ अपनी सहानुभूति व्यक्त की। कराची, कोलकाता, मद्रास और अन्य स्थानों के नौसैनिकों ने भी विद्रोह किया। यह नौसैनिक विद्रोह लगभग उसी समय हुआ, जिस समय कोलकाता और अन्य स्थानों पर आई.एन.ए.

के मुकदमों के संबंध में गड़बड़ी हो रही थी। 19 मार्च, 1946 को नौसैनिकों की हड़ताल और विद्रोह खुले रूप में शुरू हो गया।

ब्रिटिश अफसरों के अधीन कुछ भारतीय सैनिकों को 12 मार्च को कैसल बैरक के विद्रोही नौसैनिकों पर नियंत्रण करने हेतु भेजा गया। ब्रिटिश कमांडर के आदेश पर इन भारतीय सैनिकों ने 200 गज की दूरी से कैसल बैरक के नौसैनिकों पर गोली चलाई, परंतु विद्रोहियों ने जवाब में गोली नहीं चलाई और लाउडस्पीकरों द्वारा अपील की कि भारतीय सैनिकों को अपने भारतीय साथियों पर गोली नहीं चलानी चाहिए। भारतीय सैनिकों ने गोली चलानी तत्काल बंद कर दी।

सरदार पटेल ने 21 मार्च को एक अपील जारी की, जिसमें उन्होंने भारतीय नौसैनिकों और ब्रिटिश सैनिकों के बीच सशस्त्र झड़पों की निंदा की। उन्होंने नौसैनिकों को आश्वासन दिया कि उनकी शिकायतों को दूर कराने के लिए उन्हें पूरी सहायता दी जाएगी। उन्होंने यह भी कहा कि केंद्रीय असेम्बली में कांग्रेसी सदस्य इन नौसैनिकों की ओर से आवाज उठाएँगे। उन्होंने नौसैनिकों से अपील की कि वे धैर्य रखें और शांतिपूर्ण रहें। मुंबई में नौसैनिकों और सेना के बीच कई बार गोलियाँ चलीं। 21 तारीख को दोनों दलों के बीच छह घंटे तक गोलियाँ चलती रहीं। सरदार पटेल की अपील के बाद अन्य नेताओं ने भी 23 तारीख को उनकी शिकायतें दूर कराने का आश्वासन दिया। सरदार पटेल ने एक और अपील जारी की, जिसमें उन्होंने नौसैनिकों से हथियार डालने को कहा। उन्होंने इस बात पर चिंता व्यक्त की कि मुंबई नगर में तनाव पैदा हो गया है और कई लोग मारे गए हैं तथा संपत्ति भी नष्ट हुई है। राष्ट्रीय कांग्रेस के अध्यक्ष मौलाना अबुल कलाम आजाद कमांडर-इन-चीफ से मिले। उसने मौलाना साहब को आश्वासन दिया कि किसी को भी तंग नहीं किया जाएगा और उनकी उचित शिकायतों को दूर किया जाएगा। सरदार पटेल के कहने पर नौसैनिकों ने हड़ताल समाप्त कर दी। लियाकत अली और जिन्ना ने भी ऐसी अपील जारी की थी। इस हड़ताल और उससे पैदा हुई गड़बड़ी के दौरान मुंबई में लगभग 200 व्यक्ति मारे गए थे। उनमें से अधिकतर व्यक्ति असैनिक थे। नौसैनिकों ने कई जहाजों को हानि पहुँचाई। कराची में नौसैनिकों ने 'हिंदुस्तान' नामक जहाज को भारी हानि पहुँचाई। केंद्रीय विधानसभा में कांग्रेस पार्टी के नेता श्री आसफ अली ने 23 तारीख

को एक निंदा-प्रस्ताव पेश किया। लगभग सभी गैर-सरकारी भारतीय सदस्यों ने उस प्रस्ताव का समर्थन किया। उस प्रस्ताव के उत्तर में युद्ध सचिव फिलिप मैशन ने बयान दिया, जिसमें घटनाओं का विवरण दिया गया था। उन्होंने यह भी सूचित किया कि सरकार की यह नीति है कि बदले की भावना से किसी के विरुद्ध अनुचित ढंग से कोई कार्यवाही नहीं की जाएगी। श्री आसफ अली ने कहा कि जो कुछ भी हुआ, उसके लिए नौसैनिकों को दोषी कहना गलत होगा। श्री लियाकत अली ने सैनिकों की सेवाओं में भेदभाव बरतने की निंदा की। उन्होंने यह भी कहा कि सरकार के रवैये से इस बात की पुष्टि होती है कि जब तक कोई गड़बड़ी नहीं की जाए, तब तक सरकार सोती रहती है। प्रस्ताव के पक्ष में 74 मत और विरोध में 40 मत पड़े।

वास्तव में कांग्रेस को नौसैनिकों से पूरी सहानुभूति थी, परंतु वह सेना की अनुशासनहीनता को प्रोत्साहित नहीं करना चाहती थी। कांग्रेस को पता था कि शीघ्र ही सरकार की सत्ता उसके हाथों में आएगी और उस समय अनुशासित सेनाओं की आवश्यकता होगी। साम्यवादी दल ने मुंबई और कुछ अन्य स्थानों पर सार्वजनिक विद्रोह फैलाने का प्रयास किया। मुंबई में एक सप्ताह तक अराजकता फैली रही। कपड़े की कई मिलें बंद रहीं। कांग्रेस ने प्रयास कया कि ये कपड़ा मिलें शीघ्र खुलनी चाहिए। 24 तारीख से इन मिलों ने पुनः काम करना शुरू कर दिया। सरकारी आँकड़ों के अनुसार, सैनिक और असैनिक 210 व्यक्ति मारे गए तथा 1017 व्यक्ति घायल हुए। करोड़ों रुपए की संपत्ति नष्ट हुई। इन सबके कारण देश की राजनैतिक स्थिति और अधिक गंभीर हो गई थी, जिसने अंग्रेजों को भारत को स्वतंत्र करने की दिशा में शीघ्र आवश्यक कदम उठाने के लिए विवश किया।

□

'भारत छोड़ो' आंदोलन व 'अगस्त क्रांति'–1942

सन् 1857 में पहला स्वतंत्रता-संग्राम प्रारंभ हुआ, जिसमें व्यापक स्तर पर अंग्रेजों के विरुद्ध सशस्त्र संघर्ष हुआ, लेकिन इसका क्षेत्र सीमित था। अंग्रेजों के विरुद्ध यह संघर्ष दिल्ली, हरियाणा, उत्तर प्रदेश, बिहार व मध्य प्रदेश के कुछ क्षेत्रों तक सीमित रहा। देश के अन्य क्षेत्रों से भारी मात्रा में अंग्रेजों की सहायता के लिए शीघ्र ही मदद पहुँच गई और यह संघर्ष दबा दिया गया। आजादी के इस संघर्ष को सैनिकों द्वारा 'बगावत' की संज्ञा दी गई। 9 अगस्त, 1942 को अंग्रेजों के खिलाफ देशव्यापी स्वतंत्रता-संग्राम प्रारंभ हुआ था। उत्तर से लेकर दक्षिण और पूर्व से पश्चिम तक भारत का कोई भी भाग इस संघर्ष से अछूता नहीं रहा। लाखों-करोड़ों लोगों ने इस संघर्ष में भाग लिया। हजारों लोग फौज और पुलिस की गोलियों से मारे गए। तब ऐसा लगा कि शीघ्र ही अंग्रेजी साम्राज्य को भारत से खदेड़कर हिंद महासागर में डुबोकर उसका अंत कर दिया जाएगा, किंतु ऐसा नहीं हुआ। फिर भी इस संघर्ष तथा कुछ अन्य अनुकूल परिस्थितियों के कारण ब्रिटिश साम्राज्यवाद का अंत नजदीक दिखाई देने लगा था। 15 अगस्त, 1947 को बर्तानवी सरकार का अंत हो ही गया, यद्यपि इसके लिए देश को काफी भारी कीमत चुकानी पड़ी।

सितंबर, 1939 में दूसरा विश्वयुद्ध प्रारंभ हुआ। प्रारंभ में यह युद्ध 'मित्र राष्ट्रों', जिनमें इंग्लैंड और फ्रांस थे, तथा 'धुरी राष्ट्रों', जिनमें जर्मनी और इटली शामिल थे, इन दो शक्तियों के बीच सीमित रहा, लेकिन प्रारंभ से ही युद्ध का पलड़ा 'मित्र राष्ट्रों' के विरुद्ध ही था। जर्मनी की फौजों ने फ्रांस सहित यूरोप के सभी देशों पर अधिकार कर लिया था और ऐसे ही

इटली की फौजें उत्तरी अफ्रीका में आगे बढ़ रही थीं। जर्मनी की फौजें ठीक इंग्लैंड के किनारे इंग्लिश चैनल तक पहुँच चुकी थीं। अचानक जर्मनी ने रूस पर हमला कर रूस की सेनाओं को राजधानी मास्को तक पीछे खदेड़ दिया था। युद्ध में जर्मनी को जबरदस्त सफलता मिल रही थी। तभी अचानक जापान ने भी इंग्लैंड और अमेरिका के विरुद्ध युद्ध की घोषणा कर दक्षिण पूर्व एशिया के अनेक देशों पर अपना कब्जा कर लिया। परिस्थितिवश अमेरिका को भी 'मित्र राष्ट्रों' की सहायता के लिए युद्ध में कूदना पड़ा और यह युद्ध विश्वव्यापी हो गया।

जब यह युद्ध प्रारंभ हुआ तो ब्रिटिश सरकार ने बगैर किसी पूर्व सलाह-मशविरे के हिंदुस्तान को भी इस युद्ध की आग में झोंक दिया। तब हिंदुस्तान के वायसराय लॉर्ड लिनलिथगो थे और 11 में से 8 प्रांतों में राष्ट्रीय कांग्रेस की सरकारें स्थापित थीं। बर्तानवी सरकार के प्रतिनिधि लॉर्ड लिनलिथगो के इस एकतरफा फैसले के विरोध में कांग्रेस की सभी सरकारों ने त्याग-पत्र दे दिए और ब्रिटिश सरकार के युद्ध-प्रयासों का विरोध किया। यद्यपि राष्ट्रीय कांग्रेस के नेताओं की सहानुभूति 'मित्र राष्ट्रों' के प्रति थी, लेकिन उनका कहना था कि सहायता तभी संभव हो सकेगी, जब हिंदुस्तान को स्वतंत्र राष्ट्र घोषित किया जाए। ब्रिटिश सरकार ने राष्ट्रीय कांग्रेस की उपेक्षा कर अपने युद्ध-प्रयास जारी रखे।

युद्ध में जापान के शामिल होने और उसकी लगातार सफलता से युद्ध ने एक नया मोड़ ले लिया। जापान ने दक्षिण पूर्व एशिया के सभी देशों पर अपना अधिकार कर हिंदुस्तान के पड़ोसी देश बर्मा पर भी कब्जा कर लिया। राष्ट्रीय कांग्रेस के दृष्टिकोण से यह ऐसी स्थिति थी, जिसकी उपेक्षा करना संभव नहीं था। जापानी हवाई जहाजों ने कोलकाता महानगर में भी दो-चार बम गिराए, जिससे कोलकाता-निवासियों में भगदड़ मच गई और हजारों-लाखों लोग देश के अन्य भागों में जाने के लिए भागने लगे। मौलाना अबुल कलाम आजाद उस समय राष्ट्रीय कांग्रेस के अध्यक्ष थे। महात्मा गांधी तथा राष्ट्रीय कांग्रेस के अन्य नेता–पंडित जवाहरलाल नेहरू, सरदार वल्लभभाई पटेल, खान अब्दुल गफ्फार खाँ, गोविंद वल्लभ पंत आदि सभी नेताओं की भी यही राय थी कि यदि जापान को हिंदुस्तान पर हमला करने से रोकना है तो इसका एकमात्र उपाय है कि अंग्रेज तुरत भारत छोड़कर चले जाएँ, क्योंकि भारत में अंग्रेजों की मौजूदगी जापान को

उत्साहित कर रही है कि वह हिंदुस्तान पर हमला कर दक्षिणपूर्व एशिया के अन्य देशों के समान भारत पर भी अपना अधिकार जमा ले। इस विकट स्थिति का अवलोकन करने के लिए राष्ट्रीय कांग्रेस की वर्किंग कमेटी की एक मीटिंग 14 जुलाई, 1942 को वर्धा में हुई, जिसमें इस परिस्थिति का निकट से अवलोकन कर निर्णय लिया गया कि ऑल इंडिया कांग्रेस कमेटी की एक विशेष बैठक मुंबई में शीघ्र ही आयोजित की जाए, जिसमें इस परिस्थिति पर गंभीरतापूर्वक व्यापक विचार-विमर्श के पश्चात् अंग्रेजी साम्राज्य को हिंदुस्तान से बाहर खदेड़ने के लिए कोई आवश्यक निर्णय लिया जाए।

'भारत छोड़ो' प्रस्ताव पारित

मौलाना अबुल कलाम आजाद की अध्यक्षता में 7 व 8 अगस्त, 1942 को कांग्रेस का विशेष अधिवेशन मुंबई के गवालिया टैंक मैदान में प्रारंभ हुआ, जिसमें ऑल इंडिया कांग्रेस कमेटी के लगभग 1200 सदस्य उपस्थित थे। इन सदस्यों के अतिरिक्त हजारों लोग दर्शक के रूप में भी सम्मेलन में उपस्थित थे। मौलाना आजाद ने अपने अध्यक्षीय भाषण में युद्ध से संबंधित परिस्थिति पर अपने विचार व्यक्त करते हुए कहा कि यदि हिंदुस्तान को संभावित जापानी हमले से बचाना है तो उसका एक ही तरीका है कि अंग्रेजों से कहा जाए कि वे तुरत भारत छोड़ कर चले जाएँ। मौलाना आजाद के इन विचारों का स्वागत हजारों उपस्थित लोगों ने तालियाँ बजाकर किया। पंडित जवाहरलाल नेहरू ने ऐतिहासिक 'भारत छोड़ो' प्रस्ताव प्रस्तुत किया। पंडित नेहरू ने अपने एक घंटे के भाषण में इस लंबे प्रस्ताव के सभी पहलुओं पर प्रकाश डाला। इस प्रस्ताव का सरदार पटेल, पंडित गोविंद वल्लभ पंत आदि सभी नेताओं ने समर्थन किया। दो दिन की व्यापक चर्चा के पश्चात् यह प्रस्ताव भारी मतों से स्वीकृत किया गया।

□

स्वतंत्रता-संग्राम का अनूठा प्रसंग विश्वविख्यात 'दांडी यात्रा', 1930

अखिल भारतीय कांग्रेस कमेटी का वार्षिक अधिवेशन सन् 1928 के दिसंबर महीने के आखिरी सप्ताह में मद्रास (चेन्नई) में हुआ। सम्मेलन के अध्यक्ष पंडित मोतीलाल नेहरू थे। उस सम्मेलन में भारत की आजादी से संबंधित एक प्रस्ताव प्रस्तुत किया गया, जिसमें आजादी का लक्ष्य 'औपनिवेशिक स्वराज्य' निर्धारित किया गया था। सम्मेलन में उपस्थित युवा वर्ग, जिसका नेतृत्व जवाहरलाल नेहरू और सुभाषचंद्र बोस कर रहे थे, ने इस प्रस्ताव का विरोध डटकर किया। उनका कहना था कि आजादी का लक्ष्य 'पूर्ण स्वराज्य' निर्धारित किया जाना चाहिए, न कि औपनिवेशिक स्वराज्य। गंभीर चर्चा के पश्चात् महात्मा गांधी ने हस्तक्षेप करते हुए उपस्थित प्रतिनिधियों से आग्रह किया कि ब्रिटिश सरकार को हमें एक वर्ष का अवसर और देना चाहिए कि वे भारत को औपनिवेशिक स्वराज्य देने की दिशा में पहल करें। इस एक वर्ष की अवधि के पश्चात् भारत की आजादी का लक्ष्य 'पूर्ण स्वराज्य' माना जाएगा। गांधीजी के इस आग्रह को स्वीकार करते हुए पूर्वानुसार ही प्रस्ताव पारित किया गया।

प्रस्तावित एक वर्ष की अवधि में ब्रिटिश सरकार ने उपरोक्त दिशा में कोई भी अनुकूल कार्यवाही नहीं की। सन् 1929 के दिसंबर महीने के अंतिम सप्ताह में कांग्रेस का अगला वार्षिक अधिवेशन लाहौर (जो अब पाकिस्तान में है) में आयोजित हुआ, जिसके अध्यक्ष पंडित जवाहरलाल नेहरू थे। इस अधिवेशन में युवा वर्ग बहुत बड़ी संख्या में उपस्थित था, उक्त सम्मेलन में घोषित किया गया कि भारत की आजादी का लक्ष्य अब पूर्ण स्वराज्य है और इसे प्राप्त करने के लिए व्यापक संघर्ष प्रारंभ करने का

निर्णय भी लिया गया। यह भी निर्णय लिया गया कि आगामी 26 जनवरी पूरे देश में 'स्वतंत्रता दिवस' के रूप में मनाया जाए और उसके समर्थन में हजारों की संख्या में प्रस्ताव पारित किए जाएँ। इस सम्मेलन में ही महात्मा गांधी को इस लक्ष्य की प्राप्ति के लिए अधिकार दिया गया और उनसे निवेदन किया गया कि वे उपरोक्त प्रस्ताव को कार्यान्वित करने की दिशा में व्यापक संघर्ष का कार्यक्रम निर्धारित करें। पूरे देश से यह भी आह्वान किया गया कि इस संघर्ष में अधिक-से-अधिक लोग भाग लेकर इसे सफल बनाएँ और अंग्रेज सरकार को भारत छोड़ने के लिए विवश करें।

गांधीजी लाहौर अधिवेशन की समाप्ति के पश्चात् साबरमती आश्रम वापस आए और उन्होंने संघर्ष प्रारंभ करने के लिए एक व्यापक कार्यक्रम बनाकर देश के सामने प्रस्तुत किया। इस कार्यक्रम का आरंभ 'नमक कानून को तोड़ना' से निर्धारित किया गया। गांधीजी का कहना था कि नमक पर टैक्स एक ऐसा अनुचित कर है, जिसका व्यापक विरोध किया जाना चाहिए। इस कानून को तोड़ने की दिशा में गांधीजी ने यह भी एलान किया कि वे आगामी 12 मार्च को साबरमती आश्रम से पैदल यात्रा प्रारंभ करेंगे और उन्होंने दांडी तक पहुँचने का कार्यक्रम घोषित किया। दांडी समुद्र के किनारे वह स्थान है, जहाँ समुद्र के पानी से नमक का निर्माण सरकारी परमिट द्वारा किया जाता था और जो नमक बनता, उसपर टैक्स वसूल किया जाता था। कार्यक्रम के अनुसार 12 मार्च की सुबह 6.30 बजे यात्रा प्रारंभ हुई, जिसमें उनके द्वारा चुने हुए 78 अन्य सत्याग्रही भी शामिल हुए। यह पैदल यात्रा पूरे 24 दिनों तक चली और कुल 241 मील का सफर पूरा कर 5 अप्रैल की सुबह यह यात्रा दांडी पहुँच गई। इस ऐतिहासिक यात्रा में गांधीजी ने विभिन्न स्थानों पर 35 पड़ाव डाले और सार्वजनिक सभाओं को संबोधित किया। इस यात्रा के कुछ मुख्य पड़ावों का संक्षिप्त विवरण निम्नानुसार है

12 मार्च, 1930

सुबह 6.30 बजे साबरमती आश्रम से गांधीजी ने प्रस्थान किया। हजारों अहमदाबाद-निवासियों ने गांधीजी और उनके साथियों पर फूलों की वर्षा की। आश्रम की बहनों ने गांधीजी को तिलक लगाया। यात्रा प्रारंभ होने से पूर्व गांधीजी ने आश्रमवासियों को संबोधित करते हुए उनसे कहा

कि उनकी अनुपस्थिति में भी आश्रम का दैनिक कार्य पूर्वनिर्धारित कार्यक्रमानुसार चलना चाहिए। उन्होंने यह भी घोषणा की कि "वे अब साबरमती आश्रम में बगैर स्वराज्य लिये वापस नहीं लौटेंगे।" देश-विदेश के सैकड़ों पत्रकार वहाँ उपस्थित थे। यह पद-यात्रा आश्रम से चली और उसका पहला पड़ाव असलाली में हुआ, जहाँ गांधीजी ने इसपर प्रकाश डाला कि नमक कानून का विरोध क्यों किया जा रहा हैं। उन्होंने कहा कि 'नमक को सभी मनुष्य अपने उपयोग में लाते हैं और जानवरों को भी नमक दिया जाता है। प्रतिवर्ष अंग्रेज सरकार 5 करोड़ रुपए टैक्स में वसूल करती है, जिसका यह तात्पर्य हुआ कि जानवरों को भी टैक्स देना पड़ता है। यह कर अन्यायपूर्ण है और इसे तुरत समाप्त किया जाना चाहिए।

13 मार्च, 1930—नवागाँव

यहाँ पहुँचकर अपने भाषण में गांधीजी ने उपस्थित जनता से कहा कि सरकार कोई मनमाना बहाना ढूँढ़कर उन्हें कहीं भी पकड़ सकती है। उन्होंने इसे अपनी 'आखिरी लड़ाई' बताई और इस संघर्ष की सफलता के लिए उन्होंने अपने प्राणों को न्योछावर करने का निर्णय लिया।

17 मार्च, 1930—आनंद

उपरोक्त स्थान पर पहुँचकर गांधीजी ने उपस्थित लोगों को बताया कि 70 हजार गोरे सिपाही, कुछ सिख, पठान, गुरखों व मराठों की सहायता से ब्रिटिश सरकार इस देश पर हुकूमत कर रही है। और इनके बल पर ही देश के करोड़ों लोगों को अपमानित किया जा रहा है। इस अपमान का अंत तुरत होना ही चाहिए।

18 मार्च, 1930—बोरसद

गांधीजी ने अपने भाषण में यहाँ कहा कि एक समय था, जब वे इस साम्राज्य के प्रति पूर्ण रूप से वफादार थे और अन्य लोगों को भी वफादारी का पाठ पढ़ाते थे, लेकिन अंत में मेरी आँखों के सामने पड़ा वह परदा हट गया है, भ्रम टूट गया है और मैं समझ गया हूँ कि यह साम्राज्य वफादारी के लायक नहीं है और हमारा धैर्य खत्म हो गया है। हमें इस राज्य के जुए को निकाल फेंकना चाहिए। स्वराज्य प्राप्त करने के लिए जो भी कष्ट

उठाने पड़ें, उन्हें उठाने के लिए हम तैयार हैं। इस स्वराज्य को प्राप्त करना हमारा धर्म है, अधिकार है।

26 मार्च, 1930–अंकले वर

गांधीजी ने अंकलेश्वर पहुँचकर कहा—सरकार घी पर कर ले, यह बात समझ में आती है। शराब के ठेकों पर भी कर लगाया जा सकता है। किंतु यह सरकार इतनी चतुर और राक्षसी है कि गरीब से गरीब जो चीज खाते हैं, उसपर भी टैक्स लगाती है। यदि सरकार नमक पर लगे कर को रद्द नहीं करती है तो यह टैक्स राक्षसी है। उसे नहीं दिया जाना चाहिए।

3 अप्रैल, 1930–नवसारी

यहाँ पहुँचकर गांधीजी ने बताया कि यह स्थान पारसी भाइयों का मुख्य नगर है। यह पारसी समुदाय बहुत उदार है, जिसकी ख्याति दुनिया में सब जगह पहुँची हुई है। पृथ्वी के इतिहास में ऐसी उदारता किसी अन्य जाति में दिखाई नहीं देती। दादाभाई नौरोजी का परिवार स्वतंत्रता-संग्राम से बहुत निकट से जुड़ा हुआ है और दादाभाई की पौत्रियाँ इस संघर्ष में भाग लेने के लिए लगभग पागल हो रही हैं। शराब की बुराइयों की चर्चा करते हुए गांधीजी ने बताया कि प्रति वर्ष 25 करोड़ रुपए नष्ट करके हम अपनी बरबादी कर रहे हैं। इस बुराई के परिणामस्वरूप हमारे कितने ही सुखी परिवार नष्ट-भ्रष्ट हो गए हैं।

5 अप्रैल, 1930–दांडी

इस दिन गांधीजी दांडी पहुँचे, जो इस यात्रा का अंतिम पड़ाव था। वहाँ पर उन्होंने विशाल जन-समूह को संबोधित करते हुए कहा कि कल नमक-कर कानून की सविनय अवज्ञा की जाएगी। पूरे भारत में व्यापक सविनय अवज्ञा शुरू हो, जिसके द्वारा नमक-कर समाप्त किया जा सके। अब जब तक सरकार थक नहीं जाती, तब तक जहाँ-जहाँ नमक बनाना संभव हो, वहाँ-वहाँ जिस तरह हमारे पूर्वज नमक बनाया करते थे, उस

तरह हमें घर-घर में नमक बनाना है और उसे जगह-जगह बेचना है। यह काम इस हद तक करना है कि सरकार के गोदामों में पड़ा नमक बेकार हो जाए। यदि देश की जनता सचमुच जाग्रत हो चुकी होगी तो नमक-कर किसी हालत में भी जारी नहीं रह सकेगा।

6 अप्रैल, 1930—दांडी

इस दिन सुबह गांधीजी ने समुद्र में स्नान किया और जो नमक समुद्र के किनारे पड़ा हुआ था, उसमें से एक मुट्ठी नमक बगैर कर चुकाए उठाया और नमक कानून तोड़ने की रस्म पूरी की। वहाँ उपस्थित हजारों लोगों ने भी गांधीजी की देखा-देखी थोड़ा-थोड़ा नमक उठाया और 'नमक कानून तोड़ दिया' के गगनभेदी नारे लगाए। जैसी अपेक्षा की जाती थी, नमक कानून तोड़ने पर भी गांधीजी को गिरफ्तार नहीं किया गया। गांधीजी ने पूरे देश को आमंत्रित किया कि नगर-नगर और गाँव-गाँव में जहाँ भी संभव हो, नमक बनाया जाए। उस नमक की बिक्री भी बगैर टैक्स दिए की जानी चाहिए।

उसी दिन गांधीजी ने एक सार्वजनिक सभा को संबोधित करते हुए कहा कि राष्ट्रीय सप्ताह का शुभारंभ आज हो रहा है। उन्होंने विश्वास जाहिर किया कि आज देश के कोने-कोने में सत्याग्रह प्रारंभ किया जाएगा। उन्होंने यह भी कहा कि दांडी में प्राकृतिक नमक अधिक नहीं है, क्योंकि सरकारी कर्मचारियों ने समय रहते हुए उसे नष्ट कर दिया है। आज प्रातःकाल जब हमने नमक उठाया तो स्वयं मेरे हाथ नमक की अपेक्षा कीचड़ अधिक आई और उसको धोकर साफ करने के पश्चात् मुझे केवल दो तोले ही अच्छा नमक मिला, जो दिन भर की मेरी जरूरत के लिए काफी है।

गांधीजी ने कहा कि वे जेल जाने के बिलकुल इच्छुक नहीं हैं। फिर भी सरकार जब चाहे, मुझे गिरफ्तार कर सकती है, क्योंकि सरकार की निगाहों में सबसे बड़ा अपराधी तो मैं ही हूँ।

गांधीजी गिरफ्तार किए गए

दांडी में नमक-कानून तोड़ने के उपरांत भी गांधीजी गिरफ्तार नहीं किए गए थे। इसलिए उन्होंने अपनी यात्रा जारी रखी और वे जहाँ भी गए, आंदोलन के विभिन्न पहलुओं पर प्रकाश डालते रहे। आखिर में सरकार ने 5

मई की मध्य रात्रि में गांधीजी को कराड़ी नामक स्थान पर, जब वे एक झोपड़ी में सोए हुए थे, गिरफ्तार कर लिया। उस समय वहाँ स्थानीय मजिस्ट्रेट के अतिरिक्त पुलिस सुपरिन्टेन्डेन्ट और 20 सशस्त्र सिपाही मौजूद थे। गिरफ्तारी के वारंट पर मुंबई के गवर्नर सर फेड्रिक साइक्स के हस्ताक्षर थे। गांधीजी को गिरफ्तार कर मोटर द्वारा यरवदा जेल (पूना) में ले जाया गया, जहाँ उनपर किसी प्रकार का मुकदमा चलाए बगैर उन्हें अनिश्चित काल के लिए नजरबंद कर दिया गया।

व्यापक आंदोलन प्रारंभ

गांधीजी की गिरफ्तारी से पूरे देश में सत्याग्रह प्रारंभ हो गया। शराब की दुकानों पर पिकेटिंग शुरू हुई। विदेशी कपड़ों की होली जलाई गई। जगह-जगह नमक कानून तोड़ा गया, जिसमें हजारों लोगों ने महिलाओं तथा युवाओं सहित भाग लेकर आजादी के आंदोलन को अपना प्रबल समर्थन प्रदान किया। इस आंदोलन में एक लाख सत्याग्रहियों को गिरफ्तार किया गया, जिसमें महिलाओं की संख्या भी लगभग पाँच हजार थी। राष्ट्रीय स्तर के सभी नेताओं को गिरफ्तार कर उन्हें लंबे-लंबे कारावास की सजाएँ दी गईं।

□

जयप्रकाश नारायण जब जेल से फरार हो गए

वास्तव में यह प्रसंग सितंबर, 1939 से ही प्रारंभ हो जाता है, जब दूसरा विश्वयुद्ध शुरू हो गया था। युद्ध के प्रारंभ में विश्वयुद्ध के प्रति राष्ट्रीय कांग्रेस का रवैया साफ नहीं था, किंतु कांग्रेस सोशलिस्ट पार्टी, जो कांग्रेस के अंतर्गत रहकर ही स्वाधीनता-संग्राम में सक्रिय थी, उसका रूख बहुत स्पष्ट था। सोशलिस्ट नेता जयप्रकाश नारायण तथा उनके अन्य सहयोगियों की यह मान्यता थी कि यह युद्ध साम्राज्यवादी है और राष्ट्रीय कांग्रेस को इस युद्ध का सक्रिय विरोध करना चाहिए। महात्मा गांधी और पं० जवाहरलाल नेहरू की नीति लगभग इसके विपरीत थी। वे युद्ध का विरोध भी करते थे, किंतु मित्र राष्ट्रों की विजय भी चाहते थे। इस ढुलमुल रवैये के कारण ही राष्ट्रीय कांग्रेस कोई स्पष्ट निर्णय लेने में विफल रही थी। कांग्रेस सोशलिस्ट पार्टी इस संबंध में बिलकुल स्पष्ट थी और वह इस युद्ध का विरोध कर रही थी। पार्टी का यह भी मानना था कि यह ठीक समय है, जब भारत को अपनी स्वतंत्रता के लिए संघर्ष प्रारंभ करना चाहिए। नेताजी सुभाषचंद्र बोस का भी यही मत था कि यह उपयुक्त अवसर है, जब अंग्रेजी साम्राज्यवाद के विरुद्ध व्यापक संघर्ष आरंभ कर भारत को स्वतंत्र कराया जाए।

कांग्रेस सोशलिस्ट पार्टी की नीति के अनुसार ही जयप्रकाश नारायण और उनके अन्य सहयोगी डॉ० राममनोहर लोहिया, आचार्य नरेंद्र देव, अच्युत पटवर्धन इत्यादि पूरे देश में भ्रमण कर युद्ध का विरोध कर रहे थे। इस विरोध के फलस्वरूप ही सर्वप्रथम जयप्रकाश नारायण को उनकी युद्ध-विरोधी गतिविधियों के कारण फरवरी, 1940 में जमशेदपुर में गिरफ्तार

कर हजारीबाग जेल भेज दिया गया। वे 9 महीने के पश्चात् जेल से मुक्त किए गए। उनकी युद्ध-विरोधी गतिविधियाँ निरंतर जारी रहीं और उन्हें फिर दूसरी बार मुंबई में गिरफ्तार कर देवली कैंप जेल भेज दिया गया। जयप्रकाशजी के अतिरिक्त अन्य समाजवादी व कम्यूनिस्ट नेताओं को भी उनकी युद्ध-विरोधी गतिविधियों के कारण गिरफ्तार कर देवली कैंप जेल में नजरबंद कर दिया गया था। उस जेल से जयप्रकाशजी और उनके साथी कांग्रेस पर निरंतर दबाव डालते रहे कि राष्ट्रीय कांग्रेस को इस साम्राज्यवादी युद्ध के विरोध में सशक्त संघर्ष तुरत प्रारंभ करना चाहिए।

जब जयप्रकाशजी देवली कैंप जेल में थे, तब उनकी पत्नी प्रभावतीजी प्रायः उनसे भेंट करने जाया करती थीं। दोनों पति-पत्नी में वैचारिक मतभेद रहता था। प्रभावतीजी तो गांधीजी के साथ आश्रम में रहती थीं। इसलिए वे पूर्णतया गांधीजी के विचारों से प्रभावित थीं। एक बार जब प्रभावतीजी जयप्रकाशजी से भेंट करने जेल में गईं, तब जयप्रकाशजी ने छुपाकर कागजों का एक बंडल प्रभावती को देना चाहा। प्रभावती ने सकुचाते हुए इस बंडल को थामने में हिचकिचाहट जाहिर की। वहाँ उपस्थित सी.आई.डी. के लोगों ने इसे भाँप लिया और उन्होंने कागजों का बंडल जयप्रकाशजी से छीनकर अपने कब्जे में ले लिया। उस बंडल में अनेक अत्यंत महत्त्वपूर्ण तथा गोपनीय पत्र शामिल थे, जो उन्होंने कांग्रेस सोशलिस्ट पार्टी के नेताओं के नाम लिखे थे। उन पत्रों में जयप्रकाशजी ने कांग्रेस तथा गांधीजी की युद्ध के प्रति जो नीति थी, उसका घोर विरोध किया था और पार्टी के कार्यकर्ताओं को सलाह दी थी कि वे तुरत भूमिगत हो जाएँ और इस युद्ध के विरोध में व्यापक संघर्ष प्रारंभ करने की योजना बनाकर उसको कार्यान्वित करें।

अंग्रेज सरकार ने इन गोपनीय पत्रों को प्रकाशित कर दिया। इस प्रकार व्यापक स्तर पर युद्धविरोधी योजनाएँ बनाकर उनको कार्यान्वित करने की दिशा में अंग्रेज सरकार ने स्वयं ही पार्टी कार्यकर्ताओं तथा आम जनता तक जयप्रकाशजी के संदेश को फैलाने में मदद की।

कालांतर में जयप्रकाशजी और अन्य सभी राजनैतिक बंदी, जो देवली कैंप जेल में नजरबंद थे, उन सभी को अपने-अपने प्रदेशों की जेलों में स्थानांतरित कर दिया गया, जहाँ उनके अनेक साथी पहले ही से जेलों में रह रहे थे। अंत में परिस्थिति की जटिलता के कारण कांग्रेस और महात्मा

गांधी को भी सन् 1942 में युद्ध के विरोध में सक्रिय कदम उठाने के लिए विवश होना पड़ा और 8 अगस्त, 1942 को मुंबई में राष्ट्रीय कांग्रेस के अधिवेशन में पारित ऐतिहासिक 'भारत छोड़ो' प्रस्ताव की मूल भावनाओं को कार्यरूप देने के लिए व्यापक संघर्ष छेड़ने का एलान किया गया। इस विशेष अधिवेशन को संबोधित करते हुए गांधीजी ने देशवासियों का आह्वान किया कि इस संघर्ष की सफलता के लिए 'करेंगे या मरेंगे', मगर 'देश को स्वतंत्र करेंगे,' की भावना से काम करना होगा। इस प्रस्ताव के पारित होते ही 9 अगस्त की सुबह गांधीजी सहित सभी अन्य नेताओं को गिरफ्तार कर लिया गया तथा व्यापक स्तर पर पूरे देश में हजारों कांग्रेस कार्यकर्ताओं को भी गिरफ्तार कर उन्हें नजरबंद कर दिया गया। अतः यह संघर्ष स्वयं ही प्रारंभ हो गया। गांधीजी ने अपने भाषण में यह भी कहा था कि "आज से हर नागरिक अपने को स्वतंत्र समझे। वह स्वयं ही अपना नेता है। आजादी प्राप्त करने के लिए उसे किसी अन्य नेतृत्व का इंतजार नहीं करना होगा।"

समस्त देश में भयंकर संघर्ष प्रारंभ हो गया। मिलों में हड़तालें प्रारंभ हो गईं, लोगों ने डाकखानों और अन्य महत्त्वपूर्ण सरकारी केंद्रों में आग लगानी शुरू कर दी, टेलीफोन लाइनें तोड़ दी गईं, रेल की पटरियों को भी जगह्ह-जगह उखाड़ने के प्रयास किए गए और अनेक कचहरियों तथा थानों पर कब्जा कर उनपर राष्ट्रीय तिरंगा झंडे फहरा दिए गए। इस संघर्ष में युवाओं, विद्यार्थियों और मिल के मजदूरों का विशेष योगदान था। ऐसा लगा कि पूरे देश में ब्रिटिश सरकार को जड़ से उखाड़कर फेंकने के प्रयास हो रहे हैं। जब यह संघर्ष प्रारंभ हुआ तो ब्रिटिश सरकार घबरा गई थी। अंत में ब्रिटिश सरकार ने इस संघर्ष को हर प्रकार से कुचलने के प्रयास प्रारंभ कर दिए। इस दिशा में व्यापक फौज और पुलिस का इस्तेमाल किया गया। कहीं-कहीं इस संघर्ष को कुचलने के लिए हवाई जहाजों द्वारा बम भी बरसाए गए। एक माह के पश्चात् यह संघर्ष ढीला होना प्रारंभ हो गया।

उस समय जयप्रकाश नारायण हजारीबाग जेल में नजरबंद थे। वे तत्कालीन स्थिति से बहुत बेचैन रहते थे। उन्होंने निर्णय लिया कि किसी भी कीमत पर उनको जेल से बाहर जाकर इस संघर्ष का नेतृत्व कर उसे शक्ति प्रदान करनी चाहिए, मगर यह हो कैसे ? हजारीबाग जेल तो चारों ओर से घने जंगलों से घिरी हुई थी और जेल से बाहर निकलना असंभव

था। जयप्रकाशजी और उनके निकट के अत्यंत ही विश्वसनीय कुछ सहयोगियों ने निर्णय लिया कि उन्हें हर हालत में जेल की दीवारों को लांघ कर फरार हो जाना चाहिए। जेल की दीवारें तो 22 फीट ऊँची थीं। उनको लाँघकर कैसे बाहर निकला जाए–यह प्रश्न उनके सामने उपस्थित था। जेल की चारों ओर सुरक्षा की व्यवस्था रहती थी, इसलिए इन दीवारों को फांदना बहुत ही कठिन था। जयप्रकाशजी और उनके साथी ऐसे मौके का इंतजार करते रहे, जब जेल की दीवार को फांदना कुछ संभव हो सके। कुछ दिनों के पश्चात् दीपावली आनेवाली थी। दीपावली का उत्सव तो अमावस्या को मनाया जाता है, जब घोर अंधेरा रहता है।

दीपावली आई। जेल में तब अन्य बंदी दीपावली का उत्सव मना रहे थे। जेल के सुरक्षाकर्मियों को भी इस उत्सव में भाग लेने के लिए आमंत्रित किया गया था। इस कारण सुरक्षा व्यवस्था में कुछ ढिलाई आ गई थी। जयप्रकाशजी और उनके अन्य पाँच साथी–योगेंद्र शुक्ला, रामनंदन मिश्र, सूरज नारायण सिंह, शालिग्राम तथा गुलाबचंद इसी मौके का इंतजार कर रहे थे। वे तुरत जेल के उस स्थान पर पहुँचे, जहाँ कुछ अंधेरा था। सभी एक दूसरे के कंधों पर खड़े होकर और धोतियों की रस्सी बनाकर उसके सहारे दीवार फांदकर जेल से बाहर निकलने में सफल हो गए। जेल अधिकारियों को किसी प्रकार की भी कोई ऐसी जानकारी नहीं मिली, जिससे उन्हें पता चलता कि ये कैदी जेल फांदकर भाग जाने की योजना बना रहे थे।

अगले दिन सुबह जब कैदियों की गिनती हुई, तब उन्हें पता लगा कि गत रात्रि में पाँच कैदी जेल से फरार हो गए। सभी बड़े अफसर अचंभे में थे कि यह सब कैसे हो गया?

जेल फांदकर पाँचों व्यक्ति अंधेरी रात में ही जंगल में चलते रहे। जयप्रकाशजी के पाँव में दर्द रहता था। इसलिए उनको चलने में कठिनाई हो रही थी। तब वे अन्य साथियों के कंधों और हाथों का सहारा लेकर कुछ चल पाते थे। दो रातें और एक दिन बगैर आराम किए लगातार चलने के पश्चात् वे एक छोटी सी बस्ती में पहुँचे, जहाँ उन्हें कुछ खाने को मिला।

अखबारों और रेडियो के माध्यम से यह सूचना प्रसारित की गई कि जयप्रकाश नारायण और उनके पाँच अन्य साथी हजारीबाग जेल से दीवार फांदकर फरार हो गए हैं। जयप्रकाश नारायण को जीवित या मृत पकड़ने

पर सरकार द्वारा 10 हजार रुपए बतौर इनाम देने की घोषणा भी की गई। चारों ओर से उन्हें पकड़ने के लिए पुलिस के दस्ते तैनात किए गए, किंतु वे लुक-छिपकर और भेष बदलकर बनारस तक पहुँचने में सफल रहे।

बनारस उस समय संघर्ष का प्रमुख केंद्र था। वहीं से उन्होंने आगे जाने के लिए कार्यक्रम बनाया। एक-एक करके जयप्रकाशजी के सभी साथी, जो उनके साथ जेल से फरार हुए थे, पुलिस द्वारा भिन्न-भिन्न स्थानों से पकड़ लिये गए। केवल जयप्रकाश नारायण ही बाकी बचे थे, जो पुलिस की आँखों में धूल झोंककर देश के भिन्न-भिन्न स्थानों पर जाकर 'भारत छोड़ो आंदोलन' को शक्ति प्रदान करते रहे। उन्होंने अनेक भूमिगत नेताओं से संपर्क किया, जिनमें अच्युत पटवर्धन, आचार्य जुगल किशोर, डॉ० केशकर, आर.आर. दिवाकर, श्रीमती अरुणा आसफ अली, श्रीमती सुचेता कृपलानी और डॉ० राममनोहर लोहिया प्रमुख थे।

जयप्रकाश नारायण ने भूमिगत सक्रिय कार्यकर्ताओं के नाम 'पाँच खुले पत्र' लिखे, जिसमें 'भारत छोड़ो आंदोलन' के अनेक महत्त्वपूर्ण मुद्दों पर प्रकाश डालते हुए उनसे आग्रह किया कि यह संघर्ष भारत को अंग्रेजी साम्राज्यवाद से मुक्त कराने का आखिरी प्रयास है और इसको हर हालत में सफल बनाना है। जयप्रकाशजी मुंबई, कोलकाता व अन्य प्रमुख स्थानों में जाकर कार्यकर्ताओं से मिले और उन्हें आगे की कार्यवाही के लिए उनका मार्गप्रदर्शन किया।

भूमिगत रहते हुए ही गुप्त रूप से जयप्रकाश नारायण व राममनोहर लोहिया ने सरकार की प्रशासकीय व्यवस्था व युद्ध-प्रयासों को भंग करने के उद्देश्य से 'छापामार दस्ते' के गठन व उनके प्रशिक्षण की योजना बनाई तथा उसे कार्यरूप भी दिया। भारत-नेपाल सीमा के निकट एक उपयुक्त स्थान का चयन भी कर लिया गया। सूरज नारायण सिंह को इस प्रशिक्षण शिविर का मुख्य अधिकारी नियुक्त किया गया। जयप्रकाशजी व लोहियाजी ने लगभग एक मास तक शिविर में रहकर प्रशिक्षणार्थियों, जिनकी तायदाद तीस से अधिक थी, का मार्गप्रदर्शन किया। नेपाल सरकार को जब इस योजना की सूचना मिली तो उसने भारत सरकार के अनुरोध पर इन दोनों भूमिगत नेताओं को गिरफ्तार कर पुलिस हवालात में बंद कर दिया, ताकि अगले दिन उन्हें भारत सरकार के अधिकारियों के सुपुर्द किया जा सके। 'छापामार दस्ते' के लोगों को जब इसकी सूचना मिली तो उन्होंने इन्हें

हवालात से छुड़ाने की योजना बनाकर उसी रात्रि में ऊँघ रहे सुरक्षा कर्मचारियों को धर दबोचा तथा हवालात का ताला तोड़कर इन दोनों नेताओं को छुड़ाकर ले भागे और फिर उन्हें सुरक्षित स्थान पर पहुँचा दिया। इस आकस्मिक घटना के पश्चात् प्रशिक्षण शिविर तोड़ दिया गया।

जयप्रकाशजी गुप्त रूप से दिल्ली आए। यहाँ कुछ दिन भूमिगत रहने के पश्चात् उन्होंने पंजाब जाने का निर्णय लिया। किन्हीं सूत्रों से पुलिस को यह सूचना मिल गई कि जयप्रकाशजी दिल्ली में ही हैं। पुलिस ने उनको पकड़ने के लिए अनेक स्थानों पर छापे मारे, किंतु जयप्रकाश नारायण 18 सितंबर, 1943 की रात्रि में फ्रंटीयर मेल में प्रथम श्रेणी के डिब्बे में बैठकर लाहौर के लिए रवाना हो गए। अगले दिन सुबह जब ट्रेन अमृतसर पहुँची तो उनके डिब्बे में एक अंग्रेज और दो सिखों ने प्रवेश किया। जयप्रकाशजी ने अनुमान लगाया कि ये भी कोई यात्री हैं, जो यात्रा कर रहे हैं। उन्होंने उनपर कोई संदेह नहीं किया। जब ट्रेन अमृतसर से चलकर लाहौर की ओर जा रही थी तो डिब्बे में आए यात्रियों ने जयप्रकाशजी को पकड़कर उनके दोनों हाथों में जंजीरें डाल दीं, ताकि वे भाग नहीं सकें। इनमें से एक, जो अंग्रेज था, लाहौर के सीनियर पुलिस सुपरिन्टेन्डेन्ट विलियम रॉबिन्सन थे और साथ के दो सिख उनके मातहत पुलिस ऑफिसर थे। इन लोगों ने जयप्रकाशजी की तलाशी ली। उन्हें यह जानकर आश्चर्य हुआ कि जयप्रकाश नारायण ने अपनी सुरक्षा के लिए किसी प्रकार का हथियार अपने पास नहीं रखा था। लाहौर पहुँचने से पहले ही ट्रेन को मुगलपुरा स्टेशन पर रोककर जयप्रकाश नारायण को उतार लिया गया और उन्हें कड़ी सुरक्षा के बीच कार द्वारा लाहौर के शाही किले में ले जाया गया, जहाँ वे 16 महीने तक रखे गए। शाही किले में अत्यंत ही खतरनाक व्यक्तियों को रखा जाता था, जहाँ उनपर बहुत सख्ती की जाती थी। जयप्रकाश नारायण को भी वहाँ अनेक प्रकार से यातनाएँ दी गईं। अनेक दिनों तक उन्हें सोने नहीं दिया जाता था और उन्हें अकेले ही कोठरी में रखा जाता था। इतनी सख्तियों के उपरांत भी पुलिस जयप्रकाश नारायण से किसी बात का पता नहीं लगा सकी। जब जयप्रकाश नारायण शाही किले में बंद थे, तब वहाँ डॉ० राममनोहर लोहिया भी थे, मगर दोनों में से किसी को भी एक-दूसरे के बारे में कोई खबर नहीं थी। शाही किले में रहते हुए ही जयप्रकाश नारायण ने लाहौर हाई कोर्ट के चीफ जस्टिस को पत्र

लिखकर उन अमानुषिक व्यवहारों से उन्हें अवगत कराया। उनके साथ किए जा रहे थे। जयप्रकाशजी के एक बैरिस्टर मित्र पार्दीवाला मुंबई से लाहौर आए, ताकि वे हाईकोर्ट में जयप्रकाश नारायण के केस की पैरवी कर सकें, किंतु उन्हें भी पुलिस ने गिरफ्तार कर मुंबई वापस भेज दिया।

लाहौर के शाही किले में 6 महीनों के पश्चात् जयप्रकाश नारायण व डॉ० राममनोहर लोहिया को आगरा सेंट्रल जेल में स्थानांतरित कर दिया गया। जब ये दोनों आगरा जेल में थे, तभी एक ब्रिटिश पार्लियामेन्टरी डेलीगेशन भारत आया हुआ था। उस डेलिगेशन के सदस्य भी जयप्रकाशजी और लोहियाजी से भेंट करने के लिए आगरा जेल गए थे। भारत सरकार के तत्कालीन गृहसचिव सर रेजिनेल्ड मैक्सवेल जयप्रकाश नारायण व लोहिया से भेंट करने आगरा जेल ही गए थे, जहाँ हिंसा और अहिंसा के प्रश्न पर इन दोनों नेताओ से उनकी लंबी चर्चा हुई थी।

अभी जयप्रकाशजी और लोहियाजी आगरा जेल में ही थे, तभी भारत को स्वतंत्र करने की दिशा में ब्रिटिश सरकार का 'कैबिनेट मिशन' दिल्ली आया था। गांधीजी ने कैबिनेट मिशन के सदस्यों को भी सुझाव दिया कि उन्हें जयप्रकाश नारायण से भी मिलना चाहिए। जयप्रकाश नारायण और डॉ० राममनोहर लोहिया को 11 अप्रैल, 1946 को आगरा जेल से मुक्त कर दिल्ली पहुँचाया गया, जहाँ कैबिनेट मिशन के सदस्यों ने उनसे भेंट कर स्वतंत्रता के संबंध में उनके दृष्टिकोण को समझने का प्रयास किया।

कुछ दिन जयप्रकाश नारायण दिल्ली रहकर पटना के लिए रवाना हुए। जिस ट्रेन में जयप्रकाशजी सफर कर रहे थे, वह जब पटना स्टेशन पर पहुँची, तब हजारों लोगों ने गगनभेदी नारों द्वारा उनका अभूतपूर्व स्वागत किया। देश के भिन्न-भिन्न स्थानों से जयप्रकाश नारायण को आमंत्रित किया जाने लगा और उनके स्वागत में विशाल समारोह आयोजित कर उन्हें ''अगस्त-क्रांति' का जननायक' संबोधित किया जाने लगा। इसके बाद ही एक प्रखर राष्ट्रीय नेता के रूप में उनकी पहचान बनने लगी।

□

महान् क्रांतिकारी नेता शहीद चंद्रशेखर आजाद

मजिस्ट्रेट : "तुम्हारा नाम क्या है ?"

अभियुक्त : "आजाद।"

मजिस्ट्रेट : "पिता का नाम क्या है ?"

अभियुक्त : "गांधी।"

मजिस्ट्रेट : "रहते कहाँ हो ?"

अभियुक्त : "जेलखाने में।"

अभियुक्त का नाम चंद्रशेखर था। महात्मा गांधी द्वारा संचालित असहयोग आंदोलन में मात्र 15 वर्ष की आयु में भाग लेने के कारण उसे सन् 1921 में 5 कोड़ों की सजा दी गई। चूँकि अभियुक्त की उम्र कम थी, इसलिए उसे कारावास की सजा न देकर केवल कोड़े मारने की सजा ही दी गई थी। चंद्रशेखर को जेल में भेजा गया, ताकि वहाँ उसे बाँधकर कोड़े मारने की व्यवस्था की जा सके। एक जल्लाद को नियुक्त कर उसे कोड़े मारने का हुक्म दिया गया। चंद्रशेखर की नंगी पीठ पर जब पहला कोड़ा मारा गया, तब उसने जोर से 'भारत माता की जय' का उद्घोष किया। जब दूसरा कोड़ा मारा गया, तो उसने और भी अधिक जोर से 'महात्मा गांधी की जय' का उद्घोष किया। तीसरा कोड़ा मारने पर उतनी ही ऊँची आवाज में 'वन्दे मातरम्' का चौथा कोड़ा मारने पर पुनः 'भारत माता की जय' का और अंतिम (पाँचवाँ) कोड़ा मारने पर उसने पुनः 'महात्मा गांधी की जय' का उद्घोष जोर से किया। सजा पूरी होने पर जब चंद्रशेखर को टिकटिकी से उतारा गया, तब भी वह मुसकरा रहा था, यद्यपि उनकी पीठ से निरंतर खून टपक रहा था और अनेक जगह से खाल उखड़ गई थी। ऐसे थे वीर

चंद्रशेखर, जिन्होंने इसके पश्चात् पीछे नहीं देखा, बल्कि अंग्रेजों की गुलामी से भारत माता को स्वतंत्र कराने के लिए जबरदस्त संघर्ष प्रारंभ कर दिया और तभी से उनके नाम के साथ 'आजाद' शब्द जुड़ गया। वे अब 'चंद्रशेखर आजाद' के नाम से प्रसिद्ध हुए। यह प्रसंग सन् 1921 का है। असहयोग आंदोलन की समाप्ति के पश्चात् देश के अनेक भागों में क्रांतिकारी गतिविधियाँ प्रारंभ हो गईं थीं। इन गतिविधियों के मुख्य केंद्र बंगाल, उत्तर प्रदेश व पंजाब रहे।

चंद्रशेखर आजाद का जन्म सन् 1906 में भाबरा ग्राम में हुआ था, जो अब जिला झाबुआ, मध्य प्रदेश में है। उनके पिता का नाम पं० सीताराम तिवारी व माता का नाम जगरानी देवी था। चंद्रशेखर आजाद ने व्यवस्थित ढंग से कहीं शिक्षा प्राप्त नहीं की। प्रारंभिक शिक्षा काशी विद्यापीठ (बनारस) में हुई, जहाँ उन्होंने हिंदी और कुछ संस्कृत सीखी। क्रांतिकारी गतिविधियों में संलग्न होने के कारण उन्होंने अपना गाँव छोड़ दिया, जहाँ उनकी माँ अकेली ही एक टूटी-फूटी झोपड़ी में रहती थीं। उनके पिता का निधन तो उनके बचपन में ही हो गया था। उनकी माँ ने मेहनत-मजदूरी करके चंद्रशेखर की परवरिश की थी। यद्यपि बौद्धिक स्तर पर चंद्रशेखर आजाद में विशेष प्रतिभा नहीं थी, मगर उनमें गजब की संगठन-शक्ति थी। उन्होंने सन् 1925 में अपना घर छोड़ दिया था और उसके पश्चात् वे अपने घर वापस नहीं लौटे।

प्रारंभ में चंद्रशेखर आजाद ने उत्तर प्रदेश में बहुत कम समय में ही एक क्रांतिकारी संगठन गठित किया। इस संगठन में सरदार भगत सिंह, सुखदेव, राजगुरु, भगवान दास माहौर, सदाशिवराव मल्कापुरकर, विश्वनाथराव वैशम्पायन, शिव वर्मा, जयदेव कपूर, विजय कुमार सिन्हा, यशपाल, प्रो० नंदकिशोर निगम, कुंदनलाल, कांशीराम, राजेंद्रपाल सिंह वारियर, सुरेंद्र पांडे, भगवती चरण वोहरा, दुर्गा भाभी, सुशीला दीदी, डॉ० गया प्रसाद, हंसराज वायरलैश, सुखदेव राज, सुशीला आजाद, प्रकाशवती, महावीर सिंह, बटुकेश्वर दत्त, अजय घोष, ब्रह्मदत्त, सत्गुरू दयाल अवस्थी, योगेंद्र शुक्ल, मणि बनर्जी, यतींद्रनाथ सान्याल, कमलनाथ तिवाड़ी, गजानंद सदाशिव पोद्दार, मणींद्र शर्मा, वीरेंद्र पांडे, संपूरन सिंह टंडन, भवानी सिंह, विमल प्रसाद जैन, भागीरथ लाल, चौधरी रामधन सिंह, रणवीर गहलौत, रुद्र दत्त,

मास्टर छैल बिहारी, मास्टर रुद्र नारायण सिंह, मनमोहन बनर्जी, रामकृष्ण खत्री आदि सक्रिय थे। इन सबके सहयोग से एक सुगठित क्रांतिकारी दल बन गया। यद्यपि इस दल में चंद्रशेखर आजाद से कहीं ज्यादा पढ़े-लिखे व विद्वान व्यक्ति थे, लेकिन ये सभी चंद्रशेखर आजाद का लोहा मानकर उनके एक इशारे पर हर प्रकार का जोखिम भरा कार्य करने हेतु हमेशा तैयार रहते थे। इस कारण उन्हें इस दल का सर्वोच्च नेता माना जाता था।

चंद्रशेखर आजाद और उनके साथियों ने बम बनाने का प्रशिक्षण लिया और बंदूक, रिवॉल्वर, पिस्तौल इत्यादि चलाने में भी दक्षता प्राप्त की। आजाद स्वयं एक अचूक निशानेबाज थे। बम बनाने के लिए दिल्ली तथा कानपुर में किराए पर मकान लिये गए, जहाँ हर प्रकार के विस्फोटक पदार्थ इकट्ठे किए गए। बनारस में दामोदर स्वरूप सेठ का घर भी क्रांतिकारी गतिविधियों का केंद्र था। प्रारंभ में इस दल का नाम 'हिंदुस्तान रिपब्लिकन एसोसिएशन' रखा गया। इसका उद्देश्य अंग्रेजों के चंगुल से हिंदुस्तान को मुक्त करने तक सीमित रखा गया। कुछ समय पश्चात् यह नाम बदलकर 'हिंदुस्तान सोशलिस्ट रिपब्लिकन आर्मी' रखा गया। उसका उद्देश्य आजादी के उपरांत 'समाजवादी प्रजातंत्र की स्थापना' घोषित किया गया।

इस दल की गतिविधियों के लिए सदैव ही धन की तंगी रहती थी, लेकिन अधिक आवश्यकता पड़ने पर डकैतियों द्वारा धन जमा करने का प्रयास किया जाता था। पहली बड़ी डकैती सन् 1926 में काकोरी स्टेशन के समीप चलती रेल, जिसमें सरकारी धन ले जाया जा रहा था, में डाली गई, जिसे 'काकोरी षड्यंत्र केस' के नाम से जाना जाता है और जिसमें पं० रामप्रसाद बिस्मिल, अशफाक उल्ला खाँ, राजेंद्र लाहिरी व ठाकुर रोशन सिंह को फाँसी की सजा दी गई थी, किंतु जब दल की गतिविधियों का अधिक विस्तार हुआ तो दूसरी बड़ी डकैती सन् 1929 में दिल्ली के चांदनी चौक में स्थित गाड़ोदिया बैंक में डाली गई, जिसे 'दिल्ली षड्यंत्र केस' के नाम से जाना जाता है। चंद्रशेखर आजाद ने इन दोनों डकैतियों में सक्रिय भाग लिया, किंतु वे गिरफ्तार नहीं किए जा सके; उन्हें फरार घोषित किया गया। इसी प्रकार लाहौर में अंग्रेज पुलिस सुपरिन्डेन्टेन्ट सान्डर्स की हत्या की गई। इस प्रकरण में सरदार भगत सिंह, सुखदेव और राजगुरु को फाँसी की सजा दी गई। उस केस में अन्य क्रांतिकारियों के अतिरिक्त

चंद्रशेखर आजाद भी शामिल थे। वे अपने अन्य साथियों को जोखिम भरा कार्य सौंपने से पहले खुद घटना-स्थल पर उपस्थित रहते थे। आजाद की योजना के अनुसार, सन् 1929 में भगत सिंह व बटुकेश्वर दत्त द्वारा केंद्रीय असेम्बली में बम फेंका गया था तथा यशपाल व हंसराज द्वारा सन् 1929 में ही वायसराय लॉर्ड इर्विन की ट्रेन को बम से उड़ाने का प्रयास किया गया था। वे इतने निडर थे कि बड़ी से बड़ी जोखम भरी स्थिति का मुकाबला भी अत्यंत धैर्य से करते थे। उनपर उनके साथियों का इतना भरोसा था कि उन्होंने हमेशा ही उनके आदेश का पालन निस्संकोच किया।

चंद्रशेखर आजाद ने घोषणा की थी कि वे कभी पुलिस की गिरफ्त में नहीं आएँगे और वे पुलिस से लड़ते-लड़ते ही मरेंगे। वे हमेशा अपने साथ गोलियों से भरी हुई पिस्तौल और रिवॉल्वर रखते थे। पुलिस उनको गिरफ्तार करने के लिए निरंतर प्रयास करती रही, किंतु हमेशा ही विफल रही। वे प्रायः गुनगुनाया करते थे : "दुश्मन की गोलियों का हम सामना करेंगे, आजाद ही रहे हैं, आजाद ही रहेंगे।"

27 फरवरी, 1931; अल्फ्रेड पार्क, इलाहाबाद

इस दिन चंद्रशेखर आजाद अपने एक अन्य साथी सुखदेव राज के साथ सुबह 10 बजे अल्फ्रेड पार्क, इलाहाबाद में मौजूद थे और भावी कार्यक्रम के संबंध में आपस में सलाह-मशविरा कर रहे थे। गुप्त रूप से पुलिस को यह सूचना मिली कि चंद्रशेखर आजाद अल्फ्रेड पार्क में मौजूद हैं। पुलिस ने अल्फ्रेड पार्क की घेराबंदी चारों और से कर ली, ताकि चंद्रशेखर आजाद निकलकर भाग नहीं सकें। इस पुलिस दस्ते का इन्चार्ज पुलिस सुपरिन्डेन्टेन्ट नॉट बावर और उनके सहायक ठाकुर विश्वेश्वर सिंह थे। पुलिस ने चारों ओर से गोली चलानी शुरू की, जिसका जवाब चंद्रशेखर आजाद ने गोलियों से ही दिया। वे एक पेड़ की आड़ से पुलिस पर लगातार गोली चलाते रहे। उनकी गोलियों से पुलिस के ये दोनों अधिकारी भी घायल हुए। चंद्रशेखर आजाद तब तक गोलियाँ चलाते रहे, जब तक उनके पास सिर्फ एक गोली बची। उसे उन्होंने अपने पूर्व निश्चय के अनुसार अपने मस्तिष्क में मारकर प्राण त्याग दिए।

इस संघर्ष में आजाद के आदेशानुसार सुखदेव राज घटना-स्थल से भाग निकलने में सफल हुए।

चंद्रशेखर आजाद की मृत्यु का समाचार पूरे इलाहाबाद में आग की तरह कुछ क्षणों में ही फैल गया। हजारों लोग घटना-स्थल की ओर दौड़ पड़े, लेकिन पुलिस ने उन्हें तब तक घटना-स्थल पर पहुँचने से रोके रखा, जब तक आजाद के मृत शरीर को पुलिस अपनी गाड़ियों में रखकर पुलिस लाइन नहीं ले गई। जिस पेड़ की आड़ लेकर चंद्रशेखर आजाद गोलियाँ चला रहे थे, उस पेड़ को जड़ से उखाड़कर फेंक दिया गया था। इसके बावजूद शहीद-स्थल का दर्शन करने और स्मृतिस्वरूप वहाँ से एक चुटकी मिट्टी उठाने के लिए नगर निवासियों में होड़ लगी रही। बाद में भिन्न-भिन्न स्थानों से हजारों लोग 'शहीद-स्थल' का दर्शन करने और वहाँ श्रद्धांजलिस्वरूप फूल चढ़ाने के लिए निरंतर आते रहे।

चंद्रशेखर आजाद की माँ को तो अपने एकमात्र पुत्र के निधन का समाचार बहुत दिनों तक मिला ही नहीं और जब मिला तो माँ को विश्वास ही नहीं हुआ कि उनका बेटा मर गया है। चंद्रशेखर ने दरअसल उनसे वायदा किया था कि वे शीघ्र ही उनसे मिलने आएँगे, किंतु अंग्रेजी साम्राज्यवाद के दलालों ने उनका यह वायदा पूरा नहीं होने दिया। आजादी मिलने के पश्चात् भी चंद्रशेखर की माँ अपने गाँव में टूटे-फूटे झोपड़े में नितांत असहाय अवस्था में ही रहती रहीं। जब बुढ़ापे में उनका निधन हुआ तो किसी को खबर तक भी नहीं मिली; यूँ ही गुमनामी में मर गईं। यह भी कहा जाता है कि मरने से पहले कुछ आर्थिक सहायता की अपेक्षा से वे दिल्ली भी आईं थीं, किंतु यहाँ से मायूस होकर वे अपने गाँव वापस चली गईं, वहीं ग्रामवासियों ने मृत्यु के उपरांत उनका दाह-संस्कार कर दिया।

ऐसे परमवीर चंद्रशेखर आजाद को कृष्णा इंकलाबी के शब्दों में भारतवासियों का सादर नमन—

'चढ़े जो दारो–रसन पे हँसकर
हुए जो कुर्बां वतन पे हँसकर
जिन्होंने लाखों ही ज़ख्म खाए
वतन की खातिर बदन पे, हँसकर'

□

पठान क्रांतिकारी शहीद हरि किशन

लाहौर में सन् 1939 में राष्ट्रीय कांग्रेस के अधिवेशन, जिसकी अध्यक्षता पं० जवाहरलाल नेहरू ने की थी, में पूर्ण स्वतंत्रता का जो प्रस्ताव पारित किया गया था, उसमें घोषित उद्देश्य की प्राप्ति के लिए महात्मा गांधी के नेतृत्व में व्यापक स्तर पर सविनय अवज्ञा आंदोलन प्रारंभ हुआ था, जिससे पूरे देश में आजादी प्राप्त करने हेतु लोगों में हलचल प्रारंभ हो गई थी। बंगाल में चटगाँव (जो अब बंगलादेश में है), में क्रांतिकारियों ने सरकारी शस्त्रागार पर कब्जा कर वहाँ एक समानांतर 'आजाद सरकार' स्थापित करने का प्रयास किया था। इसी क्रम में सीमा प्रांत के मर्दान जिले के निवासी हरि किशन व उनके साथियों ने पंजाब के तत्कालीन गवर्नर सर जियोफ्रे डीमौन्मरैन्सी पर गोली चलाकर उनकी हत्या की कोशिश भी की थी, जिसमें वे सफल नहीं हो पाए थे।

वीर हरि किशन का जन्म सीमा प्रांत के जिला मर्दान (अब पाकिस्तान में है) में हुआ था। उनके पिता का नाम श्री गुरदास मल था, जो अपने जिले के प्रमुख देशभक्त माने जाते थे। वे स्वयं एक अचूक निशानेबाज़ थे। उन्होंने अपने पुत्र हरि किशन को भी निशानेबाज़ी की शिक्षा देकर उसे भी एक अचूक निशानेबाज़ बना दिया। हरि किशन जब 20 वर्ष के थे, तब से ही उन्हें देशभक्ति की शिक्षा अपने पिता से मिलने लगी थी। लाहौर षड्यंत्र केस की कार्यवाही लाहौर में चल रही थी। उसके मुख्य अभियुक्त सरदार भगत सिंह थे। इस षड्यंत्र केस की खबरें अखबारों में निरंतर प्रकाशित होती रहती थीं, जिन्हें पढ़कर हरि किशन ने भगत सिंह इत्यादि क्रांतिकारियों से प्रेरणा प्राप्त की और मात्र 22 वर्ष की आयु में हरि किशन ने हँसते-हँसते फाँसी के फंदे को चूमकर वीरगति प्राप्त की।

भारत की स्वतंत्रता का इतिहास शहीदों के रक्त से रंजित है। भारत

के लोग अमर शहीद भगत सिंह, यतींद्रनाथ दास और कुछ अन्य शहीदों के वीरतापूर्ण कार्यों की याद तो कर लेते हैं, पर ऐसी अनेक और भी हुतात्माओं के बारे में उनकी जानकारी नहीं के बराबर ही है, जिन्होंने राष्ट्र के लिए अपने प्राणों को उत्सर्ग कर दिया था। न तो उनकी समाधियाँ या स्मारक बने हैं और न ही उनकी स्मृति में कोई गीत गाए जाते है। शहीद हरि किशन भी ऐसे ही व्यक्तियों में से एक हैं।

वह 'अग्नियुद्ध' का समय था और देश का वातावरण तूफानी हो चला था। नवयुवकों में क्रांति की भावनाएँ उदित हो रही थीं। हरि किशन भी उनसे अछूते नहीं रह सके थे। न्यायाधीश के सामने भगत सिंह द्वारा दिए गए वक्तव्य ने हरि किशन के उर्वर मस्तिष्क पर जबरदस्त प्रभाव डाला और उन्हें यह विश्वास हो चला कि जब शक्तिशाली अंग्रेजी शासन समाप्त करने के लिए बलिदानी नवयुवकों द्वारा संचालित शक्तिशाली क्रांतिकारी आंदोलन, जिसमें देश के अन्य युवक अपनी जान पर खेलकर भारत को स्वतंत्र कराने हेतु आगे बढ़ रहे हों तो वे स्वयं क्यों पीछे रह सकते थे ?

अपने इस मनोभाव को कार्यरूप देने हेतु उन्होंने अपने एक रिश्तेदार श्री चमनलाल कपूर के द्वारा पंजाब के क्रांतिकारियों से संपर्क किया, जिनमें 'मिलाप' समाचर-पत्र के संपादक श्री रणवीर तथा श्री दुर्गादास खन्ना (आजादी के उपरांत खन्नाजी पंजाब विधानपरिषद् के अध्यक्ष निर्वाचित हुए थे) प्रमुख थे। इन तीनों ने मिलकर तत्कालीन पंजाब के गवर्नर का वध तब करने का निर्णय लिया, जब वे पंजाब विश्वविद्यालय के दीक्षांत समारोह में भाग लेने के लिए डॉ० एस. राधाकृष्णन के साथ आनेवाले थे, लेकिन डॉ० राधाकृष्णन को किसी प्रकार की कोई शारीरिक हानि पहुँचाना उनका उद्देश्य नहीं था। वे तो केवल अंग्रेजी साम्राज्य के प्रतीक गवर्नर को ही अपनी गोलियों का निशाना बनाना चाहते थे।

इस निर्णय को कार्यान्वित करने के लिए 23 दिसंबर, 1930 को हरि किशन ने प्रथानुसार गाउन पहना और एक मोटी पुस्तक के अंदर पिस्तौल छिपाए समारोह भवन में जा पहुँचे। जैसे ही गवर्नर अपने भाषण की समाप्ति के पश्चात् भवन छोड़कर बाहर जाने लगे, वैसे ही हरि किशन ने एक कुरसी पर खड़े होकर उनपर गोलियाँ चला दीं। एक गोली गवर्नर की बाँह में लगी और दूसरी गोली उनकी पीठ को भेदती हुई बाहर निकल गई। जिस कुरसी पर हरि किशन खड़े हुए थे, वह कुरसी कुछ टेढ़ी होने के

कारण हिल रही थी, इसलिए गोलियों का निशाना ठीक नहीं लगा था। ड्यूटी पर तैनात एक पुलिस ऑफिसर हरि किशन को पकड़ने के लिए दौड़ा, लेकिन हरि किशन ने उसे गोली मारकर वहीं मार गिराया। जब हरि किशन की पिस्तौल की सभी गोलियाँ समाप्त हो गईं, तब पिस्तौल पुनः भरने का प्रयास वे करने लगे। तभी अन्य पुलिस अधिकारियों ने उन्हें धर दबोचा और उन्हें गिरफ्तार कर सभा भवन से सीधे लाहौर के शाही किले ले गए, जहाँ उन्हें काल-कोठरी में बंद कर सभी प्रकार की अमानुषिक शारीरिक यातनाएँ दी गईं। हरि किशन के पिता को अपने बेटे की शिनाख्त के लिए जब जेल ले जाया गया तो उन्होंने अपने पुत्र हरि किशन से पुश्तो भाषा में पहला प्रश्न यह किया कि तुम्हें तो मैंने अचूक निशानेबाज बनाया था। फिर तुम्हारी गोली ठीक निशाने पर क्यों नहीं लगी ? हरि किशन ने मुसकराते हुए जवाब दिया कि हिलती कुरसी ने दगा दे दी थी, इस कारण निशाना चूक गया, जिसके लिए मैं बहुत शर्मिंदा हूँ और मुझे आपसे माफी माँगनी है।

हरि किशन और उनके तीन अन्य साथी श्री रणवीर, श्री दुर्गादास खन्ना व श्री चमनलाल कपूर, जो घटना के उपरांत पकड़ लिये गए थे, उन चारों पर सेशन्स कोर्ट में मुकदमा चला और उन चारों को ही 26 जनवरी, 1931 को मृत्युदंड की सजा दी गई। लाहौर हाईकोर्ट में अपील करने पर हरि किशन की सजा तो कायम रखी गई, लेकिन अन्य तीन अभियुक्तों को पर्याप्त सबूत के अभाव में छोड़ दिया गया। इस वीर पठान क्रांतिकारी को 9 जून, 1931 की सुबह मियाँवाली जेल (जो अब पाकिस्तान में है) में फाँसी दे दी गई। उल्लेखनीय है कि जिस दिन हरि किशन को फाँसी की सजा सुनाई गई थी और जिस दिन उन्हें फाँसी के तख्ते पर चढ़ाया गया, इस बीच की अवधि में उनका वजन 11 पौंड बढ़ गया था और जब उन्हें फाँसी-घर की ओर ले जाया जा रहा था तो वे हँसते-हँसते 'इंकलाब जिंदाबाद' का नारा लगाते हुए बगैर किसी झिझक के बढ़ रहे थे।

जेल अधिकारियों के पूछने पर शहीद हरि किशन ने अपनी अंतिम इच्छा जाहिर करते हुए कहा था कि उनकी मृत्यु के उपरांत उनके शरीर को उसी स्थान पर जलाया जाए, जहाँ शहीद भगत सिंह, सुखदेव तथा राजगुरु की अंत्येष्टि की गई थी, किंतु अंग्रेज सरकार ने इस अंतिम इच्छा का निरादर करते हुए उनके पार्थिव शरीर को उनके परिवारजनों को भी

नहीं सौंपा; पुलिस ने स्वयं ही एक अज्ञात स्थान पर ले जाकर उनकी अंत्येष्टि कर दी। उसके बाद उनकी अस्थियाँ भी उनके परिवारजनों को नहीं दीं।

विदेशी शासन मात्र हरि किशन की बलि से ही संतुष्ट नहीं हुआ। उसने हरि किशन के पिता श्री गुरुदास मल पर भी षड्यंत्रकारी होने का आरोप लगाकर उनपर मुकदमा चलाया। अपने पुत्र की शहादत के 28 दिन पश्चात् मर्दान की अदालत में सुनवाई के दौरान पुलिस द्वारा शारीरिक यातनाएँ दिए जाने के कारण उनकी भी मृत्यु हो गई थी। पिता-पुत्र दोनों ही भारत की आजादी के लिए शहीद हो गए।

□

दिल्ली लॉर्ड हार्डिंग बम केस के चार शहीद

बाँटो और राज करो' की नीति का अनुसरण करते हुए भारत में ब्रिटिश सरकार के प्रतिनिधि लॉर्ड कर्जन ने सन् 1905 में घोषणा की कि तत्कालीन बंगाल प्रांत को दो भागों में विभाजित किया जाएगा। एक भाग हिंदूबाहुल्य होगा, जिसकी राजधानी कोलकाता में होगी और दूसरा भाग मुसलिम बाहुल्य होगा, जिसकी राजधानी ढाका में स्थापित की जाएगी।

अंग्रेज सरकार की इस नीति का घोर विरोध प्रारंभ हुआ। बंगाल के हिंदू-मुसलमान दोनों की ही कभी यह माँग नहीं थी कि उनके प्रदेश को धर्म के आधार पर दो विभिन्न प्रदेशों में विभाजित किया जाए। इस अपमानजनक नीति के विरोध में जबरदस्त आंदोलन प्रारंभ हुआ और यहीं से क्रांतिकारी गतिविधियाँ भी प्रारंभ हुईं। व्यापक स्तर पर विदेशी वस्तुओं का बहिष्कार आयोजित किया गया। भारत के अन्य नेताओं ने भी इस प्रस्तावित विभाजन का विरोध किया। गोपालकृष्ण गोखले आदि उदारवादी नेताओं ने भी ब्रिटिश सरकार से आग्रह किया कि वह इस अनैतिक नीति के द्वारा बंगाल के लोगों की भावनाओं से खिलवाड़ न करे। अंततः व्यापक विरोध के कारण ब्रिटिश सरकार को अपनी वह योजना वापस लेनी पड़ी, किंतु साथ-साथ उसने यह भी घोषणा की कि कोलकाता, जो हिंदुस्तान की राजधानी थी, को वहाँ से हटाकर अब दिल्ली ले जाया जाएगा। यह एक प्रकार की सजा थी, जो बंगाल के निवासियों को दी जा रही थी। बंगाल के क्रांतिकारियों ने इसे अपना घोर अपमान माना और दिल्ली में जो क्रांतिकारी थे, उनसे मिलकर इस योजना का सक्रिय विरोध करने का निर्णय लिया गया।

सन् 1911 में 'दिल्ली दरबार' का आयोजन किया गया, जिसमें उपस्थित

रहने के लिए जॉर्ज पंचम् इंग्लैंड से दिल्ली आए थे। दरबार के अवसर पर पूरे भारत के राजे-महाराजे, नवाब इत्यादि भी दिल्ली आए थे। यहाँ आकर उन्होंने ब्रिटिश राज्य के प्रति अपनी वफादारी के प्रतीकस्वरूप बर्तानिया के बादशाह को बहुमूल्य भेंटें देकर अपनी गुलामी का सबूत पेशकर गौरव का अनुभव किया था। इस अवसर पर ही जॉर्ज पंचम ने घोषणा की कि अब हिंदुस्तान की राजधानी दिल्ली रहेगी। लॉर्ड कर्जन के बाद लॉर्ड हार्डिंग को नया गवर्नर जनरल नियुक्त किया गया।

उनके दिल्ली आगमन के अवसर पर 23 दिसंबर, 1912 को उनके सम्मान में एक बहुत बड़े शाही जुलूस का कार्यक्रम बनाया गया। लॉर्ड हार्डिंग दिल्ली रेलवे स्टेशन पर उतर कर एक बड़े हाथी पर सवार हुए। उनके साथ में उनकी पत्नी भी थी। इस हाथी को सोने-चांदी के झूलों से सजाया गया था। लॉर्ड हार्डिंग के सिर पर मखमल का एक बहुत बड़ा छत्र भी शोभायमान था। जुलूस को रेलवे स्टेशन से प्रारंभ होकर टाउन हॉल की बगल से मुड़कर और घंटाघर के पास से चांदनी चौक होतें हुए लाल किले में प्रवेश करना था। इस तमाम मार्ग को व्यापक स्तर पर सजाया गया था। जुलूस के साथ बहुत से बैंड-बाजे थे। सुरक्षा का काफी जबरदस्त प्रबंध था। इस जुलूस की शोभा देखने के लिए हजारों नगर-निवासी चांदनी चौक की पटरियों और घरों की छतों पर बैठे हुए थे। जब यह जुलूस घंटाघर से बढ़कर कटरा धूलिया और मोती बाजार के सामने आया तो वहाँ से लॉर्ड हार्डिंग पर एक बम फेंका गया। इस बम से लॉर्ड हार्डिंग को तो चोट कम लगी; वे बाल-बाल बच गए, मगर हाथी का महावत और एक अंगरक्षक मारे गए। इस घटना से चारों ओर भगदड़ मच गई। हाथी को सड़क के बीच में बैठाकर लॉर्ड हार्डिंग और उनकी पत्नी को उतार लिया गया और उनके स्थान पर किसी अन्य गोरे ऑफिसर को बैठा दिया गया। जुलूस जैसे-तैसे लाल किले पहुँचकर समाप्त हुआ। लॉर्ड हार्डिंग को अस्पताल भेजा गया, जहाँ उनकी चिकित्सा की गई। इस आकस्मिक बम कांड से जन-साधारण में दहशत का पैदा होना स्वाभाविक था। पुलिस ने चारों ओर से उन लोगों को घेर लिया, जो जुलूस देखने के लिए आए थे। वे भूखे-प्यासे रात तक अपनी-अपनी जगह बैठे रहे। उन्हें अपने घर तब ही वापस जाने दिया गया, जब उनकी तलाशी वगैरह ले ली गई। वस्तुतः पुलिस को संदेह था कि जो लोग धूलिया कटरा और मोती बाजार के पास जुलूस देखने के लिए जमा हुए थे, उन्हीं में से ही किसी ने बम फेंका होगा।

दिल्ली की पुलिस को बहुत कोशिश करने के उपरांत भी यह पता नहीं चल सका कि वह बम किसने फेंका था और इसके पीछे कौन षड्यंत्रकारी थे ? एक साल तक पुलिस ने दिल्ली, बनारस व कोलकाता, जो क्रांतिकारी गतिविधियों के प्रमुख केंद्र थे, के अनेक स्थानों पर छापे मारे व तलाशियाँ लीं, लेकिन सब बेकार रहा। संदेह के आधार पर सैकड़ों बेगुनाह लोगों को गिरफ्तार भी किया गया, लेकिन पुलिस को किसी प्रकार का कोई सुराग नहीं मिल सका।

अचानक कोलकाता से कुछ सुराग पुलिस को मिले कि उस बम-कांड के पीछे जो षड्यंत्र रचा गया था, उसमें रासबिहारी बोस का प्रमुख हाथ था। रासबिहारी बोस ने ही दिल्ली आकर यहाँ के क्रांतिकारियों के साथ मिलकर इस षड्यंत्र की योजना बनाई थी। दिल्ली-निवासी लाला हरदयाल स्वयं एक बड़े क्रांतिकारी थे और दिल्ली छोड़कर अमेरिका में जा बसे थे। वहाँ उन्होंने भारत को अंग्रेजों की दासता से मुक्त कराने के लिए 'गदर पार्टी' का गठन किया था और वहीं से 'गदर' नाम की एक पत्रिका निकालते थे। इस पत्रिका के द्वारा लाला हरदयाल ने मोटे तौर पर इस कांड की प्रशंसा की थी। इस पत्रिका में एक लेख प्रकाशित हुआ था, जिसके माध्यम से भी पुलिस को इस षड्यंत्र के कुछ अतिरिक्त सूत्र मिले थे। बहुत खोज-बीन करने के पश्चात् इस षड्यंत्र के संबंध में मास्टर अमीरचंद, भाई बालमुकुंद, मास्टर अवध बिहारी, बसंत कुमार विश्वास, मुंशी गणेशीलाल खस्ता, चरणदास, बलराज, लक्ष्मी नारायण शर्मा और लाला हनुमंत सहाय को गिरफ्तार किया। इन सभी को इस षड्यंत्र-केस में अभियुक्त बनाया गया। रासबिहारी बोस को गिरफ्तार नहीं किया जा सका, क्योंकि वे पुलिस की आँखों में धूल झोंककर भारत छोड़कर जापान पहुँचने में सफल हो गए थे, जहाँ उन्हें राजनैतिक संरक्षण प्रदान किया गया था। जापान में बसकर भी रासबिहारी बोस निष्क्रिय नहीं रहे। वहाँ रहते हुए भी भारत की आजादी के लिए वे संघर्ष करते रहे। दूसरे विश्वयुद्ध में जब नेताजी सुभाषचंद्र बोस जापान पहुँचकर 'आजाद हिंद फौज' का गठन कर रहे थे, तब भी रासबिहारी बोस ने नेताजी की बहुत सहायता की थी।

उपरोक्त सभी अभियुक्तों पर दिल्ली के सेशन्स कोर्ट में लॉर्ड हार्डिंग पर बम फेंकने के आरोप में मुकदमा चलाया गया। यह मुकदमा एक वर्ष

तक चलता रहा और मास्टर अमीरचंद, भाई बालमुकंद और मास्टर अवध बिहारी को मृत्यु-दंड दिया गया। बसंत कुमार विश्वास, लाला हनुमंत सहाय और कुछ अन्य अभियुक्तों को आजीवन कारावास की सजा दी गई। सरकार द्वारा इस फैसले के खिलाफ हाई कोर्ट में अपील की गई। इस अपील में बसंत कुमार विश्वास, जिन्हें आजीवन कारावास की सजा दी गई थी, की कारावास की सजा बदलकर उन्हें भी मृत्यु-दंड की सजा दी गई और लाला हनुमंत सहाय आदि की सजा आजीवन कारावास से घटाकर 7 साल कर दी गई। इसी मुकदमे में गणेशीलाल खस्ता और लक्ष्मीनारायण शर्मा को बरी कर दिया गया था, लेकिन उन्हें दिल्ली से बनारस भेज दिया गया, जहाँ उन्हें किसी अन्य मुकदमे में फँसाकर सजा दी गई।

मास्टर अमीरचंद, भाई बालमुकुंद तथा मास्टर अवध बिहारी को दिल्ली जेल में 8 मई, 1915 को फाँसी के तख्ते पर चढ़ा दिया गया और बसंत कुमार विश्वास को अगले दिन (9 मई, 1915 को) अंबाला केंद्रीय जेल में फाँसी दे दी गई। पुरानी दिल्ली जेल तो अब तोड़ दी गई है। अब उसके स्थान पर मौलाना आजाद मेडिकल कॉलेज स्थापित किया गया है। पुरानी दिल्ली जेल में जिस स्थल पर इन तीनों शहीदों को फाँसी दी गई थी, उस स्थल पर इनके सम्मान में अब एक 'स्मृति-स्तंभ' स्थापित किया गया है।

प्रसंगवश यहाँ यह लिखना भी उचित होगा कि भाई बालमुकुंद, जिनका विवाह उनकी शहादत से कुछ ही समय पहले हुआ था, उनकी 17 वर्षीय पत्नी रामरखी जब उनसे भेंट करने जेल गईं, तब उन्हें यह मालूम हुआ कि उनके पति को जो रोटी खाने के लिए दी जाती थी, उसमें मिट्टी मिली होती थी और उन्हें जो बरतन दिए गए थे, वे लोहे के बने थे। जमीन पर बिछी तपड़ी पर वे सोते थे और ओढ़ने के लिए फटे-पुराने कंबल मिले हुए थे। जब वे घर वापस आईं तो उन्होंने अपनी रोटी में मिट्टी मिलाकर खाना शुरू कर दिया व अपने लिए लोहे के ही बरतनों का इस्तेमाल आरंभ कर दिया। वे जमीन पर टाट बिछाकर सोने लगीं। जिस दिन उनके पति भाई बालमुकुंद को फाँसी दी गई, उसके बाद से तो उन्होंने केवल एक ही समय नाम-मात्र कुछ खाकर शेष जीवन जिया और 28 दिनों के पश्चात् वे इस संसार से विदा होकर अपने पति की आत्मा से जा मिलीं।

□

महान् शहीद श्रीदेव सुमन

भारतीय जनक्रांति के महान् नायक अमर शहीद श्रीदेव सुमन का जन्म 25 मई, 1915 को आज के जिला टिहरी गढ़वाल व तत्कालीन टिहरी रियासत की पट्टी बमुंड के जोल ग्राम में पंडित हरिराम बड़ोनी व श्रीमती तारा देवी के घर में हुआ था। इनके पिता वैद्य व ज्योतिषी थे।

हैजे की महामारी में लोगों का इलाज करते हुए इनके पिता का निधन 36 वर्ष की अवस्था में ही हो गया था। उस समय सुमन मात्र तीन वर्ष के थे। इनके बड़े भाई कमलनयन सात वर्ष के, परशुराम पाँच वर्ष के व बहन गायत्री एक वर्ष की थी। परिवार की आर्थिक स्थिति ठीक न होने के कारण इनकी माता ने भैंस पालकर बच्चों को पाला-पोसा। सुमनजी सन् 1929 में टिहरी में मिडिल परीक्षा उत्तीर्ण करने के बाद उच्च शिक्षा प्राप्त करने हेतु देहरादून चले गए। वहाँ उन्होंने हिंदी की विशेष योग्यता-परीक्षा पास की और सनातन धर्म हाईस्कूल में अध्यापन करने लगे। सन् 1934 में पंजाब से 'भूषण', 1935 में 'प्रभाकर', 1936 में 'विशारद' और 1937 में 'साहित्यरत्न' की परीक्षाएँ उन्होंने उत्तीर्ण कीं। वे बचपन से ही हठी एवं धुन के पक्के थे। संगठन और नेतृत्व की अद्भुत शक्ति पहले से ही उनमें थी। वे साहित्यिक क्षेत्र में ही स्थापित होना चाहते थे, लेकिन उनके विचार क्रांतिकारी थे। सन् 1930 में गांधीजी के नमक-सत्याग्रह आंदोलन में भाग लेने पर उन्हें 14 दिनों तक जेल में रहना पड़ा। उस समय उनकी आयु 15 साल थी। जब वे देहरादून में विद्याध्ययन व साहित्य-रचना कर रहे थे, तब टिहरी रियासत में सामंतशाही के अत्याचार काफी बढ़ चुके थे। टिहरी रियासत की जनता दोहरी गुलामी में जी रही थी। एक गुलामी राजतंत्र की थी और दूसरी ब्रिटिश हुकूमत की। राजा को जनता की सुख-सुविधाओं से कोई सरोकार नहीं था। अशिक्षा, अंधकार व दमन-चक्र में पिसी हुई जनता

पशुवत् जीवन व्यतीत कर रही थी। राज्य में शिक्षा, दीक्षा और औद्योगिक विकास के नाम पर राजा उदासीन था। शिक्षा का प्रचार-प्रसार होने से राजा को क्रांति की आशंका थी। दैनिक जीवन में निजी प्रयोग हेतु लाई जानेवाली छोटी-छोटी वस्तुओं पर भी कर देना पड़ता था, जिसे वसूलने के लिए अत्यधिक आपत्तिजनक व्यवहार किया जाता था। पौन टोटी, बैगार आदि तरह-तरह के करों के बोझ से लदी जनता सामंतशाही से मुक्ति पाना चाहती थी। किसानों की मेहनत का एक बड़ा हिस्सा करों, दंडों व जुर्माने के रूप में राजदरबार में पहुँच जाता था। जनता शोषण और गरीबी के अंधेरे में जीने के लिए मजबूर थी, पर विरोध होने पर क्रूर दमन-चक्र चल पड़ता था।

श्रीदेव सुमन ने सामंतशाही अत्याचारों के खिलाफ जनता को जागृत करने का बीड़ा उठाया। जल्दी ही वे आंदोलन में सक्रिय हो गए और कम ही समय में आंदोलन की नेतृत्वकारी भूमिका में आ गए। उन्होंने पूरे देश का भ्रमण कर सामंतशाही अत्याचारों के खिलाफ जनता को जागृत किया। उनका उद्देश्य राजा को हटाना नहीं, बल्कि शासन में सुधार लाना था। वे राजा की छत्र-छाया में ही उत्तरदायी शासन चाहते थे।

टिहरी रियासत में किसी भी प्रकार के सामाजिक संगठन बनाने पर पाबंदी थी। सुमन ने 22 मार्च, 1936 को दिल्ली के प्रवासी गढ़वालियों को संगठित कर 'गढ़देश सेवा संघ' की स्थापना की। इस संघ के द्वारा गरीब गढ़वालियों की सेवा, सहायता और सुधार का एक विस्तृत कार्यक्रम उन्होंने प्रारंभ किया। इस संस्था की ओर से सन् 1938 में 'जागृति नाद' पुस्तिका प्रकाशित की गई, जिसका यथेष्ट प्रभाव गढ़वाली समाज पर पड़ा। 'सुमन सौरभ' के नाम से भी इनका कविता-संग्रह प्रकाशित हुआ। इसमें मुख्यतः देशभक्तिपूर्ण व सुधारक मनोवृत्ति की कविताएँ थीं। सन् 1938 में माँ तथा भाइयों के अत्यधिक आग्रह पर उन्होंने पडियार गाँव के सुसंस्कृत परिवार की सुशील कन्या विनयलक्ष्मी के साथ विवाह किया।

गढ़वाल के दोनों भागों की सीमा पर स्थित और गढ़वाल की पुरातन राजधानी श्रीनगर में गढ़वाल जिला कांग्रेस कमेटी द्वारा मई, 1938 में श्री प्रताप सिंह नेगीजी की अध्यक्षता में एक राजनैतिक सम्मेलन आयोजित किया गया, जिसमें पंडित जवाहरलाल नेहरू व श्रीमती विजया लक्ष्मी पंडित ने भी भाग लिया। उस सम्मेलन में श्रीदेव सुमन ने टिहरी गढ़वाल के

राजा द्वारा प्रजा पर किए जा रहे अत्याचारों के खिलाफ एक प्रस्ताव रखा, जो सर्वसम्मति से पास हो गया। टिहरी और गढ़वाल की एकता व अखंडता पर जोर देते हुए तब उन्होंने कहा था कि राजनैतिक सुविधा से खींची गई दीवारें हम भाइयों को विभाजित नहीं कर सकतीं। यदि गंगा हमारी होकर हमें आपस में मिलाने के बजाय दो हिस्सों में बाँटती है तो हम इस गंगा को भी पाट देंगे।

23 जनवरी, 1939 को देहरादून में उन्होंने 'टिहरी राज्य प्रजामंडल' की स्थापना की। इसके वे मंत्री बने। 17 व 18 फरवरी, 1939 को लुधियाना में 'अखिल भारतीय देशी राज्य लोक-परिषद्' का अधिवेशन हो रहा था। प्रजामंडल संयोजन समिति ने उन्हें अपना प्रतिनिधि चुनकर लुधियाना भेजा। उस सम्मेलन में उन्हें लोक-परिषद् की स्थायी समिति (स्टैंडिंग कमेटी) में हिमालय प्रांतीय देशी राज्यों के प्रतिनिधि के रूप में लिया गया। 24 वर्ष से भी कम उम्र के एक युवक के लिए यह एक बड़े गौरव की बात थी। उन्होंने जन-जागरण के साथ-साथ राष्ट्रीय स्तर के नेताओं से संपर्क करना शुरू कर दिया। वे महात्मा गांधी, नेहरू, पंत, मालवीय, टंडन, आचार्य नरेंद्र देव, डॉ० जाकिर हुसैन आदि विभूतियों के संपर्क में आए।

2 अप्रैल, 1939 को उन्हीं के प्रयत्नों से दिल्ली में हिमालय प्रांतीय प्रजा सम्मेलन हुआ, जिसके अध्यक्ष केंद्रीय एसेम्बली कांग्रेस पार्टी के नेता श्री भूलाभाई देसाई थे। उस सम्मेलन के अवसर पर हिमालय प्रांतीय राज्यों में कार्य करने के लिए एक उप-समिति नियुक्त की गई, जिसके प्रधान श्री बद्रीदत्त पांडे (एम.एल.ए.) और मंत्री सुमनजी चुने गए। उसके बाद ही 9 अप्रैल को दिल्ली में 'गढ़ सेवा संघ' की ओर से 'अखिल पर्वतीय सम्मेलन' हुआ।

एक बार महाराज ने उनकी योग्यता का जिक्र सुनकर उन्हें नरेंद्रनगर बुलाया और नौकरी करने पर जोर दिया, लेकिन उन्होंने उत्तर दिया–महाराज, मैं चाँदी के चंद टुकड़ों के लिए अपने जीवन का भावी विकास नहीं रोक सकता।

श्रीदेव सुमन ने टिहरी नरेश की दमनकारी प्रवृत्तियों के विरोध में जन-संपर्क किया। उनकी गतिविधियों के कारण टिहरी रियासत द्वारा राज्य में उनके प्रवेश करने और भाषण देने पर पूर्ण प्रतिबंध लगा दिया गया। इन प्रतिबंधों का उल्लंघन करने पर उन्हें अनेक बार जेल जाना

पड़ा। 9 मई, 1942 को रियासत के भीतर उन्हें गिरफ्तार किया गया व 11 मई को रियासत के बाहर मुनि-की-रेती (ऋषिकेश) लाकर छोड़ दिया गया। मजबूर होकर उन्होंने मसूरी, देहरादून, कि रियासत की सीमा से बाहर थे, से आंदोलन का संचालन जारी रखा। दिल्ली, मुंबई, लाहौर, लुधियाना, देहरादून और मसूरी शहर उनके कार्यक्षेत्र रहे। 22 नवंबर, 1942 को दो अन्य सत्याग्रहियों के साथ सुमन को देहरादून में गिरफ्तार किया गया और ब्रिटिश सरकार की सहायता से आगरा सेंट्रल जेल भेज दिया गया। उस जेल में सुमन 362 दिनों तक रहे। जेल में उन्होंने क्रांतिकारी गीत एवं लेख लिखे।

जेल से रिहा होने के बाद श्रीदेव सुमन गांधीजी से मिलने वर्धा गए। वहाँ पेशावर कांड के नायक श्री चंद्र सिंह गढ़वाली, जिन्होंने निहत्थे क्रांतिकारियों पर गोली चलाने से इनकार कर दिया था, पहले से मौजूद थे। उन्होंने सुमनजी की मुलाकात गांधीजी से करवाई और फिर पूरा सेवाग्राम घुमाया। श्रीदेव सुमन ने राष्ट्रपिता महात्मा गांधी के रचनात्मक कार्यों, व्यावहारिक जीवन एवं सच्चे सिद्धांतों को अपने जीवन में उतारा।

सुमनजी गांधीजी के अनुयायी थे। वे अनावश्यक संघर्ष नहीं चाहते थे। इसी दृष्टिकोण से उन्होंने टिहरी राज्य प्रजामंडल संस्था का पंजीकरण करवाने का निश्चय किया और मई, 1942 में संस्था के पंजीकरण हेतु आवेदन प्रस्तुत किया, परंतु अपमानजनक शर्तें लगाकर प्रजामंडल का पंजीकरण नहीं किया गया।

सुमनजी ने निश्चय किया कि अब मुझे रियासत के अंदर संघर्ष करना चाहिए। मेरा कार्य-क्षेत्र टिहरी है। यहीं कार्य करना और जनता के अधिकारों के लिए लड़ना व मरना मेरा कर्तव्य है। 30 दिसंबर, 1943 को उन्हें चंबा में गिरफ्तार किया गया। यह वही दिन था, जब उन्हें सार्वजनिक रूप से अंतिम बार देखा गया। उन्हें माफी माँगने व मुचलके देने के लिए बाध्य किया गया। तब उन्होंने दृढ़ता से उत्तर दिया, "अन्य राजबंदियों को तुमने दमन नीति से झुका लिया है, लेकिन मुझसे ऐसी आशा मत करो। मैं अपने मार्ग से तिल भर भी नहीं हटूँगा।" इसपर उन्हें बेंत लगाए गए और पैरों में पैंतीस सेर वजन वाली लोहे की बेड़ियाँ डाल दी गईं। खाने के लिए रेत व भूसे से मिश्रित रोटियाँ दी गईं, जो अन्य राजबंदियों को दी जाती थीं।

सुमन ने उन्हें खाने से इनकार कर दिया और कहा, "मेरे साथ मनुष्यों जैसा व्यवहार करो; इन रोटियों को तो जानवर भी नहीं खाएँगे।"

सुमनजी पर टिहरी नरेश व उनके शासन के खिलाफ घृणा, द्वेष व विद्रोह फैलाने का अभियोग लगाया गया और टिहरी राज्य दंडसंग्रह की धारा 124 (अ) के अंतर्गत राजद्रोह का मुकदमा दायर किया गया। सुमन ने मुकदमे की पैरवी स्वयं करते हुए इन आरोपों को निराधार करार दिया। उनका कहना था कि जिस राज्य की नीति अन्याय और अत्याचार पर आधारित हो, उसके विरुद्ध विद्रोह करना प्रत्येक व्यक्ति का कर्तव्य है।

3 मई, 1944 को श्रीदेव सुमन ने तीन माँगों को लेकर ऐतिहासिक आमरण अनशन शुरू कर दिया–

1. मुझे पत्र-व्यवहार करने व अपने सगे-संबंधियों से मिलने की सुविधा दी जाए।
2. मुझपर चलाए जा रहे झूठे मुकदमों की अपील राजा स्वयं सुनें।
3. 'टिहरी राज्य प्रजामंडल' को पंजीकृत कर उसे रियासत के अंदर जन-सेवा का मौका दिया जाए।

टिहरी जेल में राजतंत्र द्वारा दिया गया 209 दिनों का उत्पीड़न उन्होंने सहर्ष स्वीकार कर लिया। हिमालय की गोद में पले सुमन टूट गए, लेकिन झुके नहीं। टिहरी राजशाही अत्याचारों से रियासत की जनता को मुक्ति दिलानेवाले आजादी के रणबाँकुरे श्रीदेव सुमन सामंतशाही के विरुद्ध संघर्ष के दौरान 84 दिनों के आमरण अनशन के बाद 25 जुलाई, 1944 को सायं 4 बजे 28 वर्ष की उम्र में अपने प्राणों की आहुति देकर शहीद हो गए। उनका पार्थिव शरीर परिवारजनों को नहीं दिया गया। उसे एक बोरी में बंदकर रात के अंधेरे में चुपचाप भिलंगना नदी में डुबो दिया गया।

युवावस्था में बलिदान देनेवाले इस शहीद की कोई संतान नहीं है। 17 मार्च, 1986 को ऋषिकेश में इनकी पत्नी श्रीमती विनयलक्ष्मी सुमन का निधन हो गया।

31 दिसंबर, 1945 को उदयपुर में 'लोक परिषद्' के विशाल अधिवेशन की अध्यक्षता करते हुए पंडित जवाहर लाल नेहरू ने इस वीर सपूत को अपनी श्रद्धांजलि अर्पित की और कहा, "हमारे संग्राम में जो अनेक शहीद हुए हैं, उनमें से टिहरी राज्य के श्रीदेव सुमन के नाम का उल्लेख मैं विशेष तौर पर करना चाहता हूँ। हममें से अनेक लोग इस वीर और लगनशील

युवक को याद करते रहेंगे, जो उस राज्य की जनता की आजादी के लिए काम किया करते थे। राज्य के अधिकारियों ने जेल में उनके साथ जो व्यवहार किया, उसके कारण व्यावहारिक रूप में उनका प्राणांत कर दिया गया।"

श्रीदेव सुमन की स्मृति को ताजा रखने के लिए टिहरी नगर के आजाद मैदान में उनकी संगमरमर की एक मूर्ति की स्थापना की गई है, जिसका अनावरण स्व० लाल बहादुर शास्त्री ने किया है।

□

भगत सिंह और बटुकेश्वर दत्त ने जब सेंट्रल असेम्बली में बम फेंके

सन् 1929 भारत की आजादी के संग्राम में एक अत्यंत ही महत्त्वपूर्ण वर्ष माना जाता है। उसी वर्ष राष्ट्रीय कांग्रेस के लाहौर अधिवेशन में 'पूर्ण स्वतंत्रता' का प्रस्ताव पारित किया गया था और महात्मा गांधी के नेतृत्व में आजादी प्राप्त करने हेतु व्यापक आंदोलन प्रारंभ करने का निर्णय लिया गया था। इसके अतिरिक्त देश के अनेक स्थानों में क्रांतिकारी गतिविधियाँ भी प्रारंभ की गईं थीं। भारत में 'साइमन कमीशन' के आने पर उसका व्यापक बहिष्कार किया गया था। जब यह 'कमीशन' लाहौर पहुँचा, तब पंजाब-केसरी लाला लाजपत राय के नेतृत्व में एक बहुत बड़े प्रदर्शन का आयोजन किया गया, जिसमें पुलिस की बर्बरतापूर्ण लाठियों की मार से लालाजी गंभीर रूप से जख्मी हो गए थे और कुछ दिनों के पश्चात् उनकी मृत्यु हो गई थी। इस राष्ट्रीय अपमान और लालाजी की मृत्यु का बदला लेने के लिए भगत सिंह और उनके साथियों ने लाहौर के पुलिस सुपरिन्टेन्डेन्ट सांडर्स की हत्या गोलियों से कर दी थी।

इन सब गतिविधियों के कारण देश का माहौल काफी उत्तेजनापूर्ण हो गया था। क्रांतिकारी संगठन 'हिंदुस्तान सोशलिस्ट रिपब्लिकन आर्मी' जिसके सर्वोच्च नेता चंद्रशेखर आजाद थे, ने निर्णय लिया कि सेंट्रल असेम्बली में बम फेंककर ब्रिटिश सरकार को चेतावनी दी जाए कि भारत को तुरत आजाद किया जाए, वरना भयंकर सशस्त्र संघर्ष प्रारंभ किया जाएगा। भगत सिंह व बटुकेश्वर दत्त को इस काम की जिम्मेदारी दी गई।

तत्कालीन सेंट्रल असेम्बली, जिसके अध्यक्ष श्री विट्ठलभाई पटेल

(सरदार वल्लभभाई पटेल के बड़े भाई) थे, के सम्मुख अंग्रेज सरकार ने इन दो बिलों विचारार्थ प्रस्तुत किया था–

(1) ट्रेड डिस्प्यूट बिल (औद्योगिक विवाद विधेयक)

(2) पब्लिक सेफ्टी-बिल (जन-सुरक्षा विधेयक)

इन दोनों विधयकों को प्रस्तुत करने का अभिप्राय मजदूर आंदोलन को कमजोर करना और देश में आजादी प्राप्त करने के लिए चल रही गतिविधियों पर अंकुश लगाना था। जो चुने हुए प्रतिनिधि इस असेम्बली में आए थे, वे इन दोनों विधेयकों का विरोध कर रहे थे, लेकिन सरकारी पक्ष, जिसमें अधिकतर मनोनीत सदस्य थे, इन विधेयकों के पक्ष में थे। इन विधेयकों पर बहस कर उन्हें पारित करने के लिए 28 अप्रैल, 1929 का दिन तय किया गया था। इस तिथि को उपयुक्त अवसर मानकर तय किया गया कि भगत सिंह और बटुकेश्वर दत्त असेम्बली में उपस्थित रहकर बम फेंकने की योजना को कार्य रूप देंगे। असेम्बली में इन दोनों के प्रवेश के लिए पत्रकार के.सी. राय के माध्यम से प्रवेश-पत्रों की व्यवस्था की गई। वे दोनों असेम्बली हॉल में पहुँचकर दर्शक-दीर्घा में जाकर ऐसी जगह बैठ गए, जहाँ से बम आसानी से पूर्वनिर्धारित निशाने पर फेंके जा सकते थे।

जब इन बिलों पर बहस जारी थी और इन बिलों के औचित्य पर असेम्बली के अध्यक्ष श्री विट्ठलभाई पटेल अपना निर्णय देने के लिए उठ रहे थे, तभी भगत सिंह और बटुकेश्वर दत्त ने दो बम ऐसे स्थानों पर फेंके, जहाँ सरकारी पक्ष के सदस्य बैठे हुए थे। जब वहाँ वे बम गिरे, तब वह स्थान लगभग रिक्त था। बमों के फटने से जबरदस्त धमाका हुआ और संसद भवन में चारों ओर धुआँ फैल गया। इन बमों के गिरने से केवल दो-चार सदस्यों को ही मामूली सी चोटें आईं, फिर भी भयभीत होकर अनेक सदस्य इधर-उधर दौड़ने लगे। इस घबराहट में कुछ सदस्य गिर भी गए। बम फेंकने के साथ-साथ ही भगत सिंह और बटुकेश्वर दत्त ने दर्शक कक्ष से लाल रंग के पर्चे भी फेंके, जिनमें स्पष्ट किया गया था कि इन बमों के द्वारा अंग्रेज सरकार, जो बहरी और अंधी है, को राष्ट्रीय संकल्प सुनाने के लिए यह धमाका जरूरी हो गया था। भगत सिंह और बटुकेश्वर दत्त ने अपने स्थान से ही खड़े होकर नारे लगाए 'इंकलाब जिंदाबाद' और 'बर्तानवी साम्राज्यवाद मुर्दाबाद।' यदि वे चाहते तो दोनों निकल भागने का प्रयास कर सकते थे, किंतु उन्होंने ऐसा नहीं किया, बल्कि अपने स्थान पर खड़े

होकर बार-बार यही नारे लगाते रहे। अध्यक्ष महोदय ने सदन की कार्यवाही स्थगित कर दी और पुलिस ने भगत सिंह तथा बटुकेश्वर दत्त को गिरफ्तार कर लिया। इन दोनों को पहले संसद् मार्ग थाने में और वहाँ से चांदनी चौक कोतवाली ले जाया गया। इन बमों के धमाके से तमाम देश में भयंकर हलचल उत्पन्न होनी स्वाभाविक थी। सभी समाचार-पत्रों ने इस खबर को प्रमुखता से प्रकाशित किया। इन धमाकों की गूँज लंदन की पार्लियामेन्ट में भी सुनाई दी। दिल्ली पुलिस द्वारा आवश्यक तहकीकात के पश्चात् भगत सिंह और बटुकेश्वर दत्त के खिलाफ दिल्ली के सेशन्स कोर्ट में 7 मई, 1929 से मुकदमे की कार्यवाही प्रारंभ हुई। प्रसिद्ध राष्ट्रीय नेता बैरिस्टर आसफ अली को अभियुक्तों की ओर से सफाई के लिए वकील नियुक्त किया गया। सरकारी गवाहों के बयान के बाद न्यायाधीश महोदय ने अभियुक्तों से अपना-अपना बयान देने के लिए कहा।

भगत सिंह और बटुकेश्वर दत्त ने अपना एक लिखित बयान अदालत के सामने प्रस्तुत किया और उसे पढ़कर सुनाया भी। 9 जून, 1929 को अदालत के समक्ष दिया गया वह बयान ऐतिहासिक महत्त्व का दस्तावेज़ है, जो तत्कालीन राजनैतिक व सामाजिक परिस्थितियों का एक सुस्पष्ट मूल्यांकन है। क्रांतिकारियों के दृष्टिकोण व उनकी मनोभावना को समझने के लिए इसका अध्ययन आवश्यक है। इसलिए यह वक्तव्य बगैर किसी काट-छाँट के नीचे प्रस्तुत किया गया है–

हमने बम क्यों फेंके ?

हमारे विरुद्ध गंभीर अपराधों के आरोप लगाए गए हैं। हम इस समय अपने आचरण का स्पष्टीकरण करना चाहते हैं।

इस संदर्भ में निम्नलिखित प्रश्न उठते हैं–

(1) क्या सदन में बम फेंके गए थे ? यदि ऐसा हुआ तो इसका क्या कारण था ?

(2) निम्न न्यायालय ने जिस प्रकार आरोप लगाया है, वह सही है अथवा नहीं।

प्रथम प्रश्न के पूर्वार्द्ध के लिए हमारा उत्तर स्वीकारात्मक है, परंतु कुछ साक्षियों ने घटना का असत्य विवरण प्रस्तुत किया है। हम बम फेंकने का दायित्व स्वीकार करते हैं। अतः हम यह अपेक्षा करते हैं कि हमारे वक्तव्य

का सही मूल्यांकन किया जा सकेगा। उदाहरणार्थ–हम इस बात की ओर संकेत करना चाहते हैं कि सार्जेण्ट टेरी का यह कथन जानबूझकर बोला गया असत्य है कि उन्होंने हममें से एक के हाथ से पिस्तौल छीनी। वस्तुतः जिस समय हमने आत्मसमर्पण किया, उस समय हम दोनों में से किसी के पास पिस्तौल नहीं थी। जिन गवाहों ने यह कहा कि उन्होंने हमें बम फेंकते हुए देखा, उन्हें भी बेसिर-पैर का झूठ बोलने में कोई झिझक नहीं हुई। हमें आशा है कि जिन लोगों का ध्येय न्यायिक शुद्धता तथा निष्पक्षता की रक्षा करना है, वे इन तथ्यों से स्वयं निष्कर्ष निकालेंगे। हम यह भी स्वीकार करते हैं कि अभी तक सरकारी पक्ष ने औचित्य की रक्षा की है तथा न्यायालय ने न्यायपूर्ण रवैया अपनाए रखा है।

प्रथम प्रश्न के उत्तरार्द्ध का उत्तर कुछ विस्तार में देना होगा, ताकि हम उन प्रयोजनों और परिस्थितियों को पूर्ण और खुले रूप में स्पष्ट कर सकें, जिनके परिणामस्वरूप यह घटना हुई है, जिसने अब ऐतिहासिक स्वरूप ले लिया है। घटना के पश्चात् दोनों सदनों के संयुक्त अधिवेशन को संबोधित करते हुए लॉर्ड इर्विन ने यह कहा है कि हम लोगों ने बम फेंककर किसी व्यक्ति पर नहीं, वरन् एक व्यवस्था पर आक्रमण किया है। उस समय हमें तुरत यह आभास हुआ कि इस घटना के वास्तविक महत्त्व का सही मूल्यांकन किया गया है।

मानवमात्र के प्रति हमारा प्रेम किसी से भी कम नहीं है। अतः किसी व्यक्ति के प्रति द्वेष रखने का प्रश्न ही नहीं उठता। इसके विपरीत हमारी दृष्टि में मानव जीवन इतना अधिक पवित्र है कि उस पवित्रता का वर्णन शब्दों में नहीं किया जा सकता।

हम नम्रतापूर्वक यह दावा करते हैं कि हमने इतिहास, अपने देश की परिस्थिति तथा मानवीय आकांक्षाओं का गंभीरतापूर्वक अध्ययन किया है एवं हम पाखंड से घृणा करते हैं।

हमारा ध्येय उस संस्था के विरुद्ध व्यावहारिक प्रतिरोध प्रकट करना था, जिसने अपने आरंभ से केवल अपनी निरुपयोगिता का ही नहीं, वरन् हानि पहुँचाने की दूरगामी शक्ति का भी नग्न प्रदर्शन किया है। हमने जितना अधिक चिंतन किया, उतने ही अधिक हम इस परिणाम पर पहुँचे हैं कि इस केंद्रीय असेम्बली के अस्तित्व का प्रयोजन संसार के समक्ष भारतीय

दीनता और असहायता का प्रदर्शन करना है तथा यह अनुत्तरदायी एवं स्वेच्छाचारी शासन की दमनकारी सत्ता का प्रतीक बन गई है।

जनता के प्रतिनिधियों की राष्ट्रीय माँग को बार-बार रद्दी की टोकरी में फेंक दिया जाता रहा है। सदन द्वारा पारित पवित्र प्रस्तावों को तथाकथित भारतीय संसद् के फर्श पर निरादरपूर्वक पाँवों तले कुचला जाता रहा है। दमनकारी एवं स्वेच्छाचारी कानूनों के निवारण से संबंधित प्रस्तावों की सबसे अपमानपूर्वक उपेक्षा की गई तथा निर्वाचित प्रतिनिधियों ने जिन सरकारी कानूनों और प्रस्तावों को अस्वीकृत कर दिया, उनको भी सरकार द्वारा स्वेच्छाचारितापूर्वक स्वीकृति प्रदान की जा रही है।

संक्षेप में, ईमानदारी के साथ प्रयत्न करने पर भी हमारी समझ में यह नहीं आया है कि ऐसी संस्था का अस्तित्व किस प्रकार न्यायसंगत माना जा सकता है, जिसकी शानो-शौकत बनाए रखने के लिए भारत के करोड़ों लोगों के गाढ़े पसीने की कमाई व्यय की जाती है और इसके बाद भी जो सारहीन अभिनय और शैतानी से भरा षड्यंत्र मात्र बनकर रह गई है।

इसी प्रकार हम उन नेताओं की मनोवृत्ति के औचित्य को नहीं समझ पा रहे हैं, जो भारत की इस असहाय पराधीनता के पूर्वनियोजित प्रदर्शन पर सार्वजनिक समय और धन नष्ट कर रहे हैं। हम इस विषय में तथा ट्रेड डिस्प्यूट विधेयक प्रस्तुत किए जाने के समय श्रमिक आंदोलन के नेताओं की व्यापक गिरफ्तारियों पर गंभीरता से चिंतन करते रहे हैं। जब इस विषय पर होनेवाले विवाद की आँखों देखी जानकारी प्राप्त करने के लिए हम असेम्बली में आए तो हमारी यह धारणा और भी पुष्ट हो गई कि भारत के करोड़ों मेहनतकशों को एक ऐसी संस्था से कुछ भी प्राप्त नहीं हो सकता, जो शोषकों की दम घोंटनेवाली सत्ता और असहाय श्रमिकों की पराधीनता का एक खतरनाक स्मारक मात्र बनकर रह गई है।

अंततः समूचे देश के प्रतिनिधियों को इस प्रकार अपमानित किया गया है, जिसे हम 'अमानवीय' और 'बर्बर' कहते हैं। साथ ही देश के करोड़ों भूखे तथा दरिद्र लोगों को उनके मौलिक अधिकारों तथा आर्थिक हित के एकमात्र साधन से वंचित कर दिया गया है।

कोई भी ऐसा व्यक्ति, जिसके हृदय में मूक और पराधीन श्रमिकों की दुर्दशा के प्रति हमारी जैसी सहानुभूति है, इस दृश्य को शांतिपूर्वक नहीं देख सकता और जिसके हृदय में उन श्रमिकों के लिए करुणा है, जिन्होंने

उन शोषकों के आर्थिक ढाँचे के निर्माण के लिए मौन रहकर अपना जीवन-रक्त गिराया है, जिनकी सबसे अधिक समर्थक यह सरकार है। परिणामस्वरूप हमने गवर्नर जनरल की कार्यकारी परिषद् के भूतपूर्व विधि सदस्य स्वर्गीय श्री आर.एस. दास के उन शब्दों से प्रेरणा ग्रहण की, जो उन्होंने अपने पुत्र के नाम एक पत्र में लिखे थे और जिनका तात्पर्य यह था कि इंग्लैंड को उसके दुःस्वप्न से जगाने के लिए बम आवश्यक है। और हमनें उन लोगों की ओर से प्रतिरोध प्रकट करने के लिए असेम्बली के फर्श पर बम फेंका, क्योंकि हमारे पास अपनी हृदयविदारक व्यथा की अभिव्यक्ति का कोई दूसरा मार्ग नहीं रह गया है। हमारा एकमात्र ध्येय यह था कि हम बहरों को अपनी आवाज सुनाएँ और समय की चेतावनी उन लोगों तक पहुँचाएँ, जो उसकी उपेक्षा कर रहे हैं। यद्यपि भारतीय जाति ऊपर से एक शांत समुद्र की भाँति दिखाई दे रही है, तथापि भीतर ही भीतर एक भयंकर तूफान उफन रहा है। हमने उन लोगों को खतरे की चेतावनी दी है, जो सामने आनेवाली गंभीर परिस्थितियों की चिंता किए बिना सरपट दौड़े जा रहे हैं। हमने उस काल्पनिक अहिंसा की समाप्ति की घोषणा की है, जिसकी निरुपयोगिता के बारे में नई पीढ़ी के मन में किसी प्रकार का संदेह नहीं बचा है। हमने ईमानदारीपूर्ण सद्भावना तथा मानव जाति के प्रति अपने प्रेम के कारण उन भयंकर खतरों के विरुद्ध चेतावनी देने के लिए यह मार्ग चुना है।

हमने पिछले पैरा में 'काल्पनिक अहिंसा' शब्द का प्रयोग किया है। हम इसकी व्याख्या करना चाहते हैं। हमारी दृष्टि से बल-प्रयोग उस समय अन्यायपूर्ण होता है, जिस समय वह आक्रामक रीति से किया जाए और यह हमारी दृष्टि में हिंसा है, परंतु जब शक्ति का उपयोग किसी निहित (समाजसम्मत) उद्देश्य की पूर्ति के लिए किया जाए, तो वह नैतिक दृष्टि से न्यायसंगत हो जाता है। बल-प्रयोग का पूर्ण बहिष्कार कोरी काल्पनिक भ्रांति है। इस देश में एक नया आंदोलन उठ खड़ा हुआ है, जिसकी पूर्व सूचना हम दे चुके हैं। यह आंदोलन गुरु गोविंद सिंह और शिवाजी, कमाल पाशा और रज़ा खाँ, वाशिंगटन, गैरीबाल्डी, लाफायेते और लेनिन के कार्यों से प्रेरणा ग्रहण करता है।

हमें ऐसा लगा कि विदेशी सरकार और भारत के सार्वजनिक नेताओं ने इस आंदोलन की ओर से आँखें मूँद ली हैं तथा उनके कानों में इसकी

आवाज नहीं पड़ रही है। अतः हमें यह कर्तव्य प्रतीत हुआ कि हम ऐसे स्थान पर चेतावनी दें, जहाँ हमारी आवाज अनसुनी न रह सके।

हमारे मन में उन लोगों के प्रति कोई व्यक्तिगत द्वेष अथवा वैर नहीं था, जिनको इस घटना के दौरान मामूली चोटें आई हैं। इतना ही नहीं, असेम्बली में उपस्थित किसी भी व्यक्ति से हमें कोई व्यक्तिगत द्वेष नहीं था। हम तो यहाँ तक कह सकते हैं कि हम मानवीय जीवन को शब्दातीत रूप में पवित्र मानते हैं तथा किसी को चोट पहुँचाने की बजाय मानव जाति की सेवा के लिए हम अपने प्राण देने के लिए तत्पर हैं। हम साम्राज्यवादी सेनाओं के उन भड़ैत सैनिकों की भाँति नहीं हैं, जो हत्या करने में रस लेते हैं। इसके विपरीत हम मानव जीवन की रक्षा करने का प्रयत्न करेंगे। इसके बावजूद हम स्वीकार करते हैं कि हमने जानबूझकर असेम्बली भवन में बम फेंके। हमने असेम्बली भवन में जो बम फेंके, उनसे एक खाली बेंच को मामूली क्षति पहुँची और आधा दर्जन से भी कम लोगों को मामूली खरोंचें आईं। सरकार के वैज्ञानिकों ने इसे एक चमत्कार कहा है, परंतु हमारी दृष्टि में यह पूर्णतया एक वैज्ञानिक प्रक्रिया है। पहली बात तो यह कि दो बम डेस्कों और बेंचों के बीच की खाली जगह में फटे, दूसरी यह कि जो लोग विस्फोटवाली जगह से केवल दो फीट की दूरी पर थे, जैसे श्री शंकरराव तथा श्री जॉर्ज शुस्टर, उन लोगों को या तो बिलकुल ही चोट नहीं आई या केवल कुछ खरोंचे आईं। यदि बमों के भीतर पोटैशियम क्लोरेट और पिकरेट के प्रभावशाली तत्त्व भरे होते तो लकड़ी के अवरोधों को खंडित कर दिया होता तथा विस्फोट-स्थल से कई गज की दूरी पर बैठे बहुत-से लोग आहत हो गए होते। यदि उनके भीतर उससे भी अधिक प्रभावशाली विस्फोटक तथा विनाशकारी तत्त्व भरे होते तो वे केंद्रीय असेम्बली के अधिकतर सदस्यों की जीवन-लीला ही समाप्त कर सकते थे। हम यह भी कर सकते थे कि हम उन्हें सरकारी बॉक्स में फेंकते, जहाँ महत्त्वपूर्ण लोग बैठे थे। हम यह भी कर सकते थे कि उस समय अध्यक्ष-दीर्घा में बैठे हुए सर जॉन साइमन पर चोट करते, जिसके दुर्भाग्यपूर्ण कमीशन से देश के सभी विवेकवान लोग घृणा करते हैं, परंतु हमारा प्रयोजन यह सब नहीं था। बमों का निर्माण जिस प्रयोजन के लिए किया गया था, उन्होंने उससे अधिक काम नहीं किया। इसमें कोई चमत्कार नहीं था, हमने जानबूझकर यह ध्येय निश्चित किया था कि सभी लोगों का जीवन सुरक्षित रहे।

इसके पश्चात् हमने अपने कार्य के परिणामस्वरूप दंड प्राप्त करने के लिए स्वेच्छा से अपने-आपको प्रस्तुत कर दिया और साम्राज्यवादी शोषकों को यह बता दिया कि वे व्यक्तियों को कुचल सकते हैं, विचारों की हत्या नहीं कर सकते। दो महत्त्वहीन इकाइयों को कुचल देने से राष्ट्र नहीं कुचला जा सकता। हम इस ऐतिहासिक निष्कर्ष पर बल देना चाहते हैं कि फ्रांस में लेटर्स डे केटचेट तथा बेस्टाइल्स की घटनाओं से क्रांतिकारी आंदोलन को नहीं कुचला जा सका। फाँसी की रस्सी और साइबेरिया में बिछाई गई सुरंगें रूसी क्रांति की ज्वाला को नहीं बुझा सकीं। इसी प्रकार यह भी असंभव है कि अध्यादेश और सुरक्षा विधेयक भारतीय स्वाधीनता की लपटों को बुझा सकें। षड्यंत्रों का भेद खोजने, जोरदार शब्दों में उनकी निंदा करने तथा महत्तर आदर्शों का स्वप्न देखनेवाले सभी नौजवानों को फाँसी के तख्ते पर चढ़ा देने से 'क्रांति' की गति अवरुद्ध नहीं की जा सकती। यदि हमारी इस चेतावनी की उपेक्षा नहीं की गई तो यह जीवन की हानि और व्यापक उत्पीड़न को रोकने में सहायक सिद्ध हो सकती है। यह चेतावनी देने का भार हमने स्वयं अपने कंधों पर लिया और अपने कर्तव्य का पालन किया।

निम्न न्यायालय में हमसे पूछा गया था कि हम 'क्रांति' से क्या समझते हैं? इस प्रश्न के उत्तर में हमें यह कहना है कि क्रांति में घातक संघर्षों का अनिवार्य स्थान नहीं है, न उसमें व्यक्तिगत रूप से प्रतिशोध लेने की ही गुंजाइश है। क्रांति बम और पिस्तौल की संस्कृति नहीं है। क्रांति से हमारा प्रयोज़न यह है कि अन्याय पर आधारित वर्तमान व्यवस्था में परिवर्तन होना चाहिए। उत्पादक अथवा श्रमिक, समाज के अत्यंत आवश्यक तत्त्व हैं, तथापि शोषक लोग उन्हें उनके श्रम के फलों और मौलिक अधिकारों से वंचित कर देते हैं। एक ओर सबके लिए अन्न उगानेवाले कृषक सपरिवार भूखों मर रहे हैं, सारी दुनिया के बाजारों में कपड़े की पूर्ति करनेवाले बुनकर अपने और अपने बच्चों के शरीर को ढाँपने के लिए पूरे वस्त्र प्राप्त नहीं कर पाते; भवन-निर्माण, लोहारी और बढ़ईगिरी के कामों में लगे लोग शानदार महलों का निर्माण करके भी गंदी बस्तियों में रहते और मर जाते हैं। दूसरी ओर पूँजीपति, शोषक और समाज पर घुन की तरह जीनेवाले लोग अपनी सनक पूरी करने के लिए करोड़ों रुपए पानी की तरह बहा रहे हैं। ये भयंकर विषमताएँ और विकास के अवसरों की कृत्रिम समानताएँ समाज को अराजकता

की ओर ले जा रही हैं। यह परिस्थिति सदैव नहीं रह सकती। यह स्पष्ट है कि वर्तमान समाज-व्यवस्था एक ज्वालामुखी के मुखपर बैठकर आनंद मना रही है और शोषकों के अबोध बच्चे भी करोड़ों शोषितों के बच्चों की भाँति एक खतरनाक खाई के कगार पर खड़े हैं। यदि सभ्यता के ढाँचे को समय रहते नहीं बचाया गया तो वह नष्ट-भ्रष्ट हो जाएगा। अतः क्रांतिकारी परिवर्तन की आवश्यकता है। जो लोग इस आवश्यकता को अनुभव करते हैं, उनका यह कर्तव्य है कि वे समाज को समाजवादी आधारों पर पुनर्गठित करें। जब तक यह नहीं होगा और एक मनुष्य के द्वारा दूसरे मनुष्य का तथा एक राष्ट्र के द्वारा दूसरे राष्ट्र का शोषण होता रहेगा, जिसे 'साम्राज्यवाद' कहा जा सकता है, तब तक उससे उत्पन्न होनेवाली पीड़ाओं और अपमानों से मानव जाति को नहीं बचाया जा सकता। युद्ध मिटाने तथा सार्वभौमिक शांति के युग का सूत्रपात करने के बारे में की जानेवाली समस्त चर्चाएँ कोरा पाखंड हैं। 'क्रांति' से हमारा प्रयोजन अंततः एक ऐसी सामाजिक व्यवस्था की स्थापना करना है, जिसको इस प्रकार के घातक खतरों का सामना न करना पड़े और जिसमें सर्वहारा वर्ग की प्रभुता को मान्यता दी जाए इसका परिणाम यह होगा कि विश्व संघ मानव जाति को पूंजीवाद के बंधन तथा युद्ध से उत्पन्न होनेवाली बरबादी और मुसीबतों से बचा सकेगा।

इस आदर्श से प्रेरणा ग्रहण करके हमने एक समुचित और काफी जोरदार चेतावनी दी है। यदि इसकी भी उपेक्षा कर दी जाती है तथा वर्तमान शासन-व्यवस्था नवोदित प्राकृतिक शक्तियों के मार्ग को अवरुद्ध करने का काम जारी रखती है तो एक भीषण संघर्ष का उत्पन्न होना निश्चित है, जिसके परिणामस्वरूप समस्त बाधक तत्त्वों को उठाकर फेंक दिया जाएगा तथा सर्वहारा वर्ग का आधिपत्य स्थापित होगा, जिससे क्रांति के लक्ष्य की उपलब्धि प्राप्त की जा सके। 'क्रांति' मानव जाति का जन्मजात अधिकार है। स्वतंत्रता सभी मनुष्यों का एक ऐसा जन्मसिद्ध अधिकार है, जिसे किसी भी स्थिति में छीना नहीं जा सकता। श्रमिक वर्ग समाज का वास्तविक आधार है। लोकप्रभुता की स्थापना श्रमिकों का अंतिम ध्येय है। इन आदर्शों तथा इस अवस्था के लिए हम उन सब कष्टों का स्वागत करेंगे, जो हमें न्यायालय द्वारा दिए जाएँगे। क्रांति की इस वेदी पर हम अपना यौवन धूपबत्ती की भाँति जलाने के लिए सन्नद्ध हुए

हैं। इतने महान ध्येय के लिए कोई भी बलिदान बड़ा नहीं माना जा सकता। हम क्रांति के उत्कर्ष की प्रतीक्षा संतोषपूर्वक करेंगे।

'इंकलाब जिंदाबाद!', 'ब्रिटिश साम्राज्यवाद मुर्दाबाद!' इन नारों के पश्चात् अभियुक्तों का वक्तव्य समाप्त हुआ।

कोर्ट में जो व्यक्ति उपस्थित थे, उन सभी ने इस बयान को तन्मय होकर सुना। कोर्ट के कक्ष में इतनी खामोशी रही कि अगर कहीं एक सुई भी गिर जाती तो उसकी आवाज भी सुना जा सकता था। अभियुक्तों के बयान के पश्चात् 12 जून, 1929 तक के लिए अदालत की कार्यवाही स्थगित कर दी गई।

12 जून, 1929 को अदालत की कार्यवाही पुनः शुरू हुई। उस दिन कोर्ट द्वारा निर्णय सुनाया जानेवाला था। सुरक्षा के काफी कड़े प्रबंध किए गए थे। अदालत के परिसर में सैकड़ों लोग जमा हो गए थे। दोनों अभियुक्तों भगत सिंह और बटुकेश्वर दत्त को अदालत के सम्मुख प्रस्तुत किया गया। अदालत में उपस्थित सभी लोग उत्सुकता से फैसले का इंतजार कर रहे थे, लेकिन भगत सिंह और बटुकेश्वर दत्त में किसी प्रकार की किंचित मात्र भी घबराहट नहीं थी। वे प्रसन्नचित्त दीख रहे थे। यद्यपि उनके हाथों में हथकड़ियाँ पड़ी थीं, फिर भी वे हाथ उठाकर लोगों का अभिवादन स्वीकार कर रहे थे। जज महोदय ने गंभीर स्वर में अपना फैसला सुनाते हुए दोनों अभियुक्तों को आजीवन कालापानी की सजा सुनाई। उसके बाद अदालत की कार्यवाही समाप्त कर दी गई। सज़ा के उपरांत इन दोनों ने पुनः 'इंकलाब जिंदाबाद' का उद्घोष किया।

अपनी इस सजा के विरोध में दोनों अभियुक्तों ने किसी प्रकार की कोई अपील करने से इनकार कर दिया। भगत सिंह और बटुकेश्वर दत्त–दोनों ही लाहौर षड्यंत्र केस में भी अभियुक्त थे, इसलिए दोनों को दिल्ली से स्थानांतरित कर लाहौर जेल भेज दिया गया। लाहौर षड्यंत्र केस की समाप्ति के पश्चात् बटुकेश्वर दत्त को पर्याप्त सबूत के अभाव में बरी कर दिया गया। उन्हें सन् 1930 में अंडमान (कालापानी) भेज दिया गया, जहाँ से उन्हें सन् 1937 में भारत वापस बुला लिया गया और सन् 1938 में उनको रिहा कर दिया गया। भगत सिंह और उनके दो साथी सुखदेव व राजगुरु को लाहौर षड्यंत्र केस में फाँसी की सजा दी गई। उन्हें 23 मार्च, 1931 को संध्या 7 बजे लाहौर जेल में ही फाँसी दे दी गई थी।

बटुकेश्वर दत्त का संक्षिप्त परिचय

बटुकेश्वर दत्त, जिन्हें बी.के. दत्त के संक्षिप्त नाम से भी जाना जाता है, का जन्म सन् 1908 में कानपुर में हुआ था। इनके पिता का नाम गोर्था बिहारी दत्त था। वे दवाओं की एक कंपनी में सेवारत थे। बटुकेश्वर दत्त ने कानपुर से ही मैट्रिक की परीक्षा पास की थी और दर्जी का काम भी सीखा था। कानपुर में ही वे भगत सिंह आदि के घनिष्ठ संपर्क में आ गए थे। बटुकेश्वर दत्त ने सन् 1942 में 'भारत छोड़ो' आंदोलन में भी भाग लिया। तब उन्हें गिरफ्तार कर नज़रबंद कर दिया गया था। आजादी के उपरांत वे पटना में रहने लगे। सन् 1962 में वे एक घटना में गंभीर रूप से घायल हो गए। इलाज के लिए ऑल इंडिया इंस्टिच्यूट ऑफ मेडिकल साइंसेज (नई दिल्ली) में वे दाखिल किए गए। वहीं 19 जुलाई, 1965 को उनका निधन हो गया। उनकी अंत्येष्टि फीरोजपुर में भगत सिंह की समाधि के निकट पूरे राजकीय सम्मान के साथ की गई।

□

बीसवीं सदी का प्रथम शहीद खुदीराम बोस

30 अप्रैल (बुधवार), 1908 को मुजफ्फरपुर में खुदीराम बोस द्वारा किया गया बम-प्रहार वस्तुतः बीसवीं सदी में क्रांति का प्रथम शंखनाद था। मुजफ्फरपुर में बम-विस्फोट का स्वर भारत की तत्कालीन राजधानी कोलकाता में लंबे अर्से तक गूँजता रहा, जिसने तत्कालीन अंग्रेजी शासन को हिला दिया। इस बम-बिस्फोट का सूत्र कोलकाता के क्रांतिकारियों में निहित था। बनारस से प्रकाशित प्रख्यात हिंदी साप्ताहिक पत्र 'भारत जीवन' के 11 मई, 1908 के अंक में खुदीराम बोस द्वारा किए गए बम-प्रहार का समाचार प्रकाशित हुआ था, जो यहाँ उद्धृत है–

बीबी पर बम

"बिहार प्रदेश में मुजफ्फरपुर नगर है। वहीं बम का गोला छूटा है। कैनेडी साहब वहाँ के प्रधान बैरिस्टर हैं। गत 30 अप्रैल की बात है। उनकी पत्नी अपनी पुत्री के साथ घोड़ेगाड़ी पर जा रही थीं, तभी गाड़ी पर बम का गोला आ फूटा और माता, पुत्री तथा साईस–तीनों के प्राण चले गए। खुदीराम नामक एक बंगाली युवक मुजफ्फरपुर से कुछ दूर रेलगाड़ी पर पकड़ा गया। वही इस बम को छोड़नेवाला था। उसकी उक्ति है कि मैं किंग्सफोर्ड साहब को मारने आया था, किंतु चूक हुई और बेचारी बीबियों के प्राण चले गए। कहते हैं कि किंग्सफोर्ड साहब पीछे छिपे रहते हैं। शोक है कि भारतवर्ष में ऐसे-ऐसे उत्पात होने लगे।"

मुजफ्फरपुर जिला के बेनी स्टेशन पर शुक्रवार, 8 मई, 1908 की दोपहर में खुदीराम बोस पकड़े गए। वह कोलकाता वापस जा रहे थे।

गिरफ्तार होने के पश्चात् जिलाधिकारी के समक्ष उन्होंने जो बयान दिया था, वह भी 'भारत जीवन' के 11 मई, 1908 के अंक में प्रकाशित हुआ था, जो इस प्रकार है–

"मुजफ्फरपुर के जज मि० किंग्सफोर्ड साहब जब कलकत्ते में थे, तब आपने देशी समाचार-पत्रों, बाबू विपिन चंद्र पाल तथा अन्यान्य लोगों के साथ बड़ा अनर्थ किया था। उसी अनर्थ की जलन को बुझाने के लिए मैं कलकत्ते से यहाँ किंग्सफोर्ड को मार डालने के लिए आया था। मैं और बाबू दिनेशचंद्र–दो व्यक्ति कलकत्ते से आए हैं। हम दोनों अपने साथ एक बम का गोला तथा तीन तमंचे लाए थे। तमंचे इस कारण लाए थे कि यदि बम के गोले से किंग्सफोर्ड साहब नहीं मरेंगे तो तमंचे की गोली से उन्हें मार देंगे।"

30 अप्रैल, 1908 की यह घटना थी। जज किंग्सफोर्ड, उनकी पत्नी और मिसेज कैनेडी एक साथ मुजफ्फरपुर क्लब में खेल रहे थे। सन् 1885 में बना यह क्लब मुख्यतः अंग्रेज अधिकारियों के लिए आरक्षित था। रात्रि के लगभग आठ बजे थे। सब लोग खेल समाप्त कर अपने-अपने बंगले की ओर चले। खुदीराम बोस और दिनेशचंद्र मुजफ्फरपुर क्लब के बाहर जज किंग्सफोर्ड पर प्रहार कर उनकी हत्या कर देने के लिए रात्रि के अंधकार और एकांत में प्रतीक्षा कर रहे थे। किंग्सफोर्ड के बदले धोखे से बैरिस्टर कैनेडी की पत्नी की घोड़ागाड़ी पर बम फेंक दिया गया। घोड़ागाड़ी जलने लगी। मिसेज कैनेडी, उनकी पुत्री और साईस–तीनों का प्राणांत बम-बिस्फोट से हो गया।

जब खुदीराम गिरफ्तार हुए थे, तब उसके साथ दो तमंचे थे। एक तमंचा खाली था और दूसरा भरा हुआ। उनके पास पैंतीस कारतूस भी पाए गए थे–तीस रुपए के नोट और एक चेन समेत घड़ी भी थी। रेलवे की समय-सारणी के कुछ पन्ने और नक्शे आदि के कुछ टुकड़े भी उनके पास से मिले थे। पकड़े जाने के पूर्व खुदीराम को यह मालूम नहीं था कि किंग्सफोर्ड के बदले उन्होंने मिसेज कैनेडी, उनकी पुत्री तथा घोड़ेगाड़ी के साईस को मार डाला था। उनके मारे जाने की बात सुनकर उन्होंने दुःख प्रकट किया था। उन्होंने घोड़ेगाड़ी पर बम चार-पाँच हाथ की दूरी से फेंका था। बम तंबाकू के ढक्कनदार टिन के समान था।

खुदीराम बोस की अवस्था लगभग अठारह वर्ष की थी। वह पश्चिम

बंगाल के मेदनीपुर जिला के निवासी थे। उन्हें देखने से किसी को यह विश्वास नहीं होता था कि उन्होंने बमगोला छोड़ने का साहस किया होगा। खुदीराम बोस के कारण मुजफ्फरपुर का वातावरण भावना के स्तर पर उद्वेलित था। जनमानस पर उसकी गहरी छाप पड़ गई थी।

'भारत जीवन' ने 18 मई, 1908 के अंक में मुजफ्फरपुर कांड पर 'कलकत्ते में कोलाहल' शीर्षक से लंबा तथ्यात्मक संपादकीय आलेख लिखा था और बताया था कि मुजफ्फरपुर हत्या-कांड के अभियोग में कोलकाता में धर-पकड़ हुई, कतिपय लोग गिरफ्तार किए गए और न्यायाधीश के समक्ष उपस्थित किए गए। कोलकाता का वातावरण अत्यधिक अशांत हो गया था। श्री अरविंद घोष भी 48 ग्रे स्ट्रीट, कोलकाता स्थित अपने निवास से गिरफ्तार किए गए थे और उन्हें हथकड़ियाँ पहनाई गई थीं। वे 'वन्दे मातरम्' पत्र के संपादक थे, क्रांतिकारी योद्धा थे और कालांतर में चिंतक और कवि के रूप में अपने को विश्व-स्तर पर स्थापित कर लिया था। श्री अरविंद और अनेक क्रांतिकारियों पर मुकदमे चले, उन्हें सरकार ने कठोर दंड दिए।

खुदीराम बोस के साथी दिनेशचंद्र (जिनका मूल नाम प्रफुल्ल चंद्र चाकी था) पकड़ में नहीं आ सके थे। वह वहाँ से निकल आए थे। उन्होंने अपना कार्य संपन्न कर मुजफ्फरपुर से समस्तीपुर तक गोपनीय ढंग से पदयात्रा की थी। वह समस्तीपुर स्टेशन पर टिकट लेकर एक ट्रेन पर चढ़े। उसी गाड़ी से मुजफ्फरपुर के सरकारी वकील शिवचंद्र मुखोपाध्याय का पौत्र नंदलाल मुखोपाध्याय भी जा रहा था, जो पुलिस सब-इंसपेक्टर था। मुजफ्फरपुर में दो अंग्रेज स्त्रियों की हत्या की चर्चा ट्रेन के सहयात्रियों से वह कर रहा था। दिनेशचंद्र उस हत्या का वर्णन सुनने में बहुत दत्तचित्त थे और बीच-बीच में तत्संबंधी अनेक प्रश्न भी कर देते थे। इससे नंदलाल को संदेह हुआ कि इस विषय में उसकी इतनी उत्कंठा का कारण क्या है ? गाड़ी जब मोकामा स्टेशन पहुँची तो दिनेशचंद्र ने वहाँ से हावड़ा तक का टिकट लिया। इससे नंदलाल के संदेह में अभिवृद्धि हुई। तब उसने रेलवे पुलिस के इंस्पेक्टर से अपने संदेह को व्यक्त किया। उसे पकड़ने के प्रयत्न किए गए। दिनेश दौड़कर भागे। एक कॉन्स्टेबल ने उसे पकड़ लिया। दिनेश ने अपने दुपट्टे के भीतर एक पिस्तौल छिपा रखी थी। उस पिस्तौल से उन्होंने उस कॉन्स्टेबल पर दो बार गोलियाँ चलाईं, जो उस कॉन्स्टेबल

के कंधे पर से निकल गईं। तब दिनेश ने अपने ऊपर गोली मारकर आत्महत्या कर ली। खुदीराम बोस और दिनेशचंद्र राय को पकड़ने के लिए पुलिसवालों को सरकार द्वारा यथेष्ठ नकद पुरस्कार दिए गए।

मुजफ्फरपुर में खुदीराम बोस के द्वारा जो बम-बिस्फोट हुआ था, उस अभियोग की पहली बार सघन जाँच-पड़ताल मुजफ्फरपुर के जिलाधिकारी के न्यायालय में 21 मई, 1908 को सुबह सात बजे से बारह बजे रात्रि तक होती रही। मुजफ्फरपुर नगर में उत्तेजना का वातावरण था। जिलाधिकारी के न्यायालय-कक्ष के आसपास लोगों की भीड़ अप्रत्याशित रूप से बढ़ गई थी। हर व्यक्ति की हार्दिक इच्छा खुदीराम बोस को देखने की थी। जन-साधारण की भीड़ उसकी एक झलक के लिए बेताब थी। वह पुलिस के संरक्षण में न्यायालय लाए गए थे। उनमें चिंता और तनाव नहीं, उत्साह था, निर्लिप्त आनंद था।

खुदीराम बोस द्वारा निष्पादित बम-प्रहार की पृष्ठभूमि में किशोरी मोहन बनर्जी नामक एक व्यक्ति बताया गया था, जो कोर्ट ऑफ वार्ड्स के अधीन मुजफ्फरपुर की महथा रियासत का मैनेजर नियुक्त किया गया था। मुजफ्फरपुर के तत्कालीन आरक्षी अधीक्षक आर्मस्ट्रांग के साक्ष्य में यह तथ्य रेखांकित किया गया था।

मजिस्ट्रेट ने खुदीराम बोस और किशोरी मोहन बनर्जी पर दोषारोपण कर दिया। भारतीय दंड संहिता की धारा 302 और 114 के अनुसार खुदीराम पर और 201 धारा के अंतर्गत किशोरी मोहन बनर्जी पर आरोप लगाया गया। किशोरी मोहन बनर्जी की जमानत-याचिका दायर की गई, जो अस्वीकृत कर दी गई। पुनः सेशन्स जज मिस्टर किंग्सफोर्ड के न्यायालय में उसकी जमानत-याचिका स्वीकृत हुई। पाँच-पाँच हजार रुपयों की दो जमानतें और उतनी ही राशि की दो अन्य जमानतें लिये जाने पर याचिका स्वीकृत हुई। जमानत उनके दो वकील सुरेंद्रनाथ सेन और उपेंद्रनाथ सेन ने ली थी।

खुदीराम के अभियोग पर विचार का दायित्व पटना के अतिरिक्त सत्र न्यायाधीश मिस्टर कार्नडफ को प्रदान किया गया था। सोमवार 8 जून, 1908 को मुजफ्फरपुर में यह अभियोग प्रारंभ हुआ। उनकी सुरक्षा का विशेष प्रबंध सरकार ने किया था।

न्यायाधीश ने दंडविधि की धारा 302 पढ़कर खुदीराम बोस को सुनाई

और उनसे पूछा कि तुम अपराधी हो या नहीं ? खुदीराम ने तत्क्षण उत्तर दिया—"हाँ, मैं अपराधी हूँ।"

इसपर न्यायाधीश ने कहा कि यद्यपि अभियुक्त ने अपना अपराध स्वीकार कर लिया है, तथापि विचार विधिसंगत करना उचित होगा।

न्याय की प्रक्रिया का नाटक चलता रहा। शनिवार 13 जून, 1908 को सुबह सात बजे मुजफ्फरपुर के सेशन्स जज की अदालत में खुदीराम बोस का मुकदमा पेश हुआ। न्याय की प्रक्रिया के अति संक्षिप्त नाटक के पश्चात् सेशन्स जज ने उसे फाँसी की सजा दे दी। खुदीराम बोस के अभियोग के साथ किशोरी मोहन बनर्जी का अभियोग भी न्यायालय में प्रस्तुत था। न्यायाधीश ने भारतीय दंड संहिता की धारा 494 के तहत किशोरी मोहन को बाइज्जत आरोपमुक्त कर दिया। 'भारत जीवन' के 29 जून, 1908 के अंक से ज्ञात होता है कि खुदीराम ने उच्च न्यायालय में अपील करने के लिए अपनी भाषा में अपने अभियोगविषयक पूरे विवरण स्वयं लिखे थे। यह अपील उच्च न्यायालय की सेवा में प्रेषित कर दी गई थी।

मुजफ्फरपुर कारागार में खुदीराम के साथ कठोरता का व्यवहार नहीं किया जाता था। दिन में उन्हें धोती-कुरता पहनने की अनुमति थी। उनके भोजन में भी कुछ परिवर्तन किया गया था। गीता पढ़ने की इच्छा व्यक्त करने पर कारागार अधीक्षक ने उन्हें इसकी एक प्रति प्रदान की थी।

न्यायालय में खुदीराम बोस द्वारा दिए गए बयान के अनुसार, वह मेदिनीपुर के निवासी थे। उनके माता-पिता, चाचा अथवा मामा नहीं थे। उनकी एक बड़ी बहन थी, विवाहित और अनेक संतानों की माँ। उनके बड़े बहनोई अमृतलाल राय थे, जो मेदिनीपुर के जज के हेड क्लर्क थे। उन्होंने एन्ट्रेस स्कूल में द्वितीय श्रेणी तक अध्ययन किया था। उक्त बम कांड के पूर्व दो-तीन वर्षों से उन्होंने पढ़ना-लिखना छोड़ दिया था। पढ़ाई-लिखाई छोड़कर उन्होंने स्वदेशी आंदोलन में कार्य करना प्रारंभ किया था, उसी समय से उनके बड़े बहनोई अमृतलाल राय ने उनका परित्याग कर दिया था। उनकी एक सौतेली माँ भी थी, जो अपने भाई के साथ कहीं रहती थी, किंतु उसका पता-ठिकाना भी उन्हें नहीं मालूम था। उसके पिता का निधन मुजफ्फरपुर बम-कांड के दस-ग्यारह वर्ष पूर्व ही हो गया था।

खुदीराम मुकदमे की कार्यवाही से सर्वथा निर्लिप्त थे। रंगपुर के वकील सतीशचंद्र चक्रवर्ती ने अदालत में खुदीराम बोस से कुछ प्रश्न किए

थे। उक्त वकील के प्रश्न और खुदीराम के उत्तर के कतिपय अंश यहाँ उद्धृत किए गए हैं–

प्रश्न–तुम किसी को देखना चाहते हो ?

उत्तर–हाँ, मैं एक बार मेदिनीपुर देखना चाहता हूँ। अपनी बहन, उनके लड़कों और लड़कियों को देखना चाहता हूँ।

प्रश्न–तुम्हारे मन में कुछ दुःख हैं ?

उत्तर–नहीं, कुछ नहीं।

प्रश्न–अपने किसी आत्मीय के पास संवाद भेजना अथवा उनमें से किसी को अपनी सहायता करने हेतु बुलाना चाहते हो ?

उत्तर–नहीं, उनके पास कोई संवाद भेजने की मेरी चाह नहीं है। हाँ, यदि वे इच्छा करें तो आ सकते हैं।

प्रश्न–जेल में तुम्हारे साथ कैसा व्यवहार होता है ?

उत्तर–एक प्रकार से भला ही होता है। जेल का खाना अच्छा नहीं है, मुझे अच्छा नहीं लगता, इसी से मेरा शरीर खराब हो गया है। इसके सिवाय और कुछ खराब व्यवहार नहीं होता। एक सुनसान घर में मुझको fnu-रात बंद किए रहते हैं, केवल एक बार स्नान के निमित्त मुझको बाहर आना पड़ता है। अकेले रहते-रहते मैं थक गया हूँ। मुझे कोई संवाद-पत्र या पुस्तक पढ़ने नहीं देते, यदि मिलता तो बहुत अच्छा होता।

प्रश्न–तुम्हारे मन में कुछ भय होता है ?

(भय की बात सुनकर खुदीराम हँस पड़े। उन्होंने हँसते हुए ही उत्तर दिया) क्यों भय करूँगा ?

प्रश्न–तुमने गीता पढ़ी है ?

उत्तर–जी हाँ, पढ़ी है।

प्रश्न–क्या तुम जानते हो कि हम कई वकील तुम्हें बचाने के लिए रंगपुर से आए हैं, लेकिन तुमने तो पहले ही अपने को अपराधी स्वीकार कर लिया है ?

निर्भय हो खुदीराम ने मस्तक ऊपर करके पूछा–क्यों ? स्वीकार न करूँ ?

यह सुनकर सब लोग स्तंभित हो गए। सतीश बाबू बोले–"खुदीराम! भगवान का स्मरण करो।"

विभिन्न दलीलों के आधार पर खुदीराम के वकील कालीदास बसु ने

यह सिद्ध करने का प्रयास किया कि बम दिनेश ने छोड़ा था, खुदीराम ने नहीं। उन्होंने यह सिद्ध कर दिया कि अभियुक्त नाना प्रकार के उद्देश्यों से मिथ्या बोलकर अपने ऊपर अपराध ले लेते हैं। कतिपय घटनामूलक बाहरी प्रमाणों पर निर्भर होकर खुदीराम दोषी प्रमाणित नहीं किया जा सकता।

जज ने उपर्युक्त तर्क को अस्वीकार करते हुए मिस्टर कैनेडी की पत्नी और भगिनी की हत्या के अपराध में खुदीराम बोस को फाँसी देने का फैसला सुनाया।

जज ने खुदीराम से पूछा—तुम्हें जो दंडाज्ञा हुई है, सो समझ गए ?··· यदि तुम हाई कोर्ट में अपील करना चाहते हो तो जेल के सुपरिन्टेन्डेन्ट के द्वारा सात दिनों के अंदर अपील करनी होगी। तुम बिना व्यय किए विचार की एक-एक प्रति पाओगे।

खुदीराम बोले—यहाँ सबके समक्ष मुझे कुछ कहना है।

जज—अब और समय नहीं है, मैं सुनना नहीं चाहता।

खुदीराम—मुझे यदि कहने दिया जाए तो मैं यह समझाकर बतला सकता हूँ कि बम किस प्रकार बनाया गया था।

जज ने हुक्म किया—अपराधी को जेल में ले जाओ।

खुदीराम बोस की फाँसी के फैसले के विरुद्ध अपील की गई, किंतु यह अपील हर स्तर पर अस्वीकृत हो गई और 11 अगस्त, 1908 को प्रातःकाल छः बजे खुदीराम बोस को मुजफ्फरपुर कारागार परिसर में फाँसी दे दी गई। फाँसी के क्षणों में भी वह सानंद थे। उन्होंने किसी प्रकार की कायरता का परिचय नहीं दिया। वह वस्तुतः वीर पुरुष थे। उन्होंने हँसते-हँसते मृत्यु का वरण किया। यह देशभक्त थे। उन्होंने पूर्ण रूप से निर्भय होकर अपने प्राणों का उत्सर्ग कर दिया। उनकी अंतिम इच्छा मृत्यु के पूर्व चतुर्भुज मंदिर का प्रसाद ग्रहण करने की थी। इस प्रकार, उनके धार्मिक और आध्यात्मिक संस्कार अत्यंत प्रबल थे।

खुदीराम की फाँसी का जो समाचार 'भारत जीवन' के 17 अगस्त, 1908 के अंक में प्रकाशित हुआ था, वह इस प्रकार है—

'खुदीराम को फाँसी'

मुजफ्फरपुर, 11 अगस्त

आज ठीक छह बजे प्रातःकाल में खुदीराम को फाँसी दे दी गई।

खुदीराम को कोठरी से हाथ बाँधकर लाया गया। जब वह पटरे के

नजदीक पहुँचा तो उसकी आँखें ढाँप दी गईं। आते समय वह कुछ भी हिचकता न था, साहसपूर्वक झटपट पटरे पर चला गया। उसके चेहरे पर खुशी झलकती थी। बिना एक शब्द कहे वह पटरे पर चढ़ गया और दिलेरी के साथ खड़ा रहा। इसके उपरांत उसके गले में फाँसी लगा दी गई। सुपरिन्टेन्डेन्ट ने मृत्यु का वारंट पढ़कर सुनाया, इशारा किया गया और बस काम तमाम।

डिस्ट्रिक्ट मजिस्ट्रेट, सुपरिन्टेन्डेन्ट, पुलिस के डिप्टी सुपरिन्टेन्डेन्ट और सैनिक पुलिस उस समय वहाँ उपस्थित थे। दो यूरोपियन, दो बंगाली और दो बिहारी महाशय दर्शक थे। बाहर सड़कों पर पुलिस का पहरा था। बाहरी लोग जेल के अहाते में नहीं जा पाए थे। आठ बजे से कुछ पहले जेल के सुपरिन्टेन्डेन्ट ने कफनियों को बुलाया। शव उतारकर जेल के अहाते में लाया गया। वहाँ से दस मिनट के भीतर दो बंगाली डॉक्टरों द्वारा बाहर ले जाकर बाबू कालीदास वकील और विलाप करनेवालों को दे दिया गया। श्मशान तक पुलिस कांस्टेबल श्रेणीबद्ध होकर शव के साथ-साथ गए थे। दो सिपाही आगे-आगे भीड़ हटाते जाते थे। पुलिस के सुपरिन्टेन्डेन्ट और इंस्पेक्टर तथा बारह सिपाही घाट तक गए थे। ज्यों ही चिता में आग लगायी गई, उन्होंने अपनी राह पकड़ी। छह सिपाही, सब इंस्पेक्टर और कोतवाल अंत तक वहाँ रहे। खुदीराम की दाह-क्रिया उसके स्वजातियों द्वारा गंडकी नदी के किनारे संपन्न की गई।

खुदीराम की फाँसी के पूर्व दिन उसके वकील बाबू कालीदास मजिस्ट्रेट से अनुमति लेकर खुदीराम से भेंट करने गए थे, उस समय खुदीराम प्रसन्न थे। कुछ दिनों से वह बीमार रहने के कारण बहुत दुबले हो गए थे। खुदीराम ने बाबू कालीदास से कहा था कि मैं ऐसी निर्भयता से प्राण त्याग करूँगा, जैसी निर्भयता से पूर्वकाल की राजपूत स्त्रियाँ चितारोहण करती थीं। बाबू कालीदास से उन्होंने केवल यह इच्छा प्रकट की थी कि मृत्यु से पहले मुझे चतुर्भुज मंदिर का प्रसाद मिले। वह मृत्यु-भय से सर्वथा मुक्त थे। उन्होंने गीता का अध्ययन किया था। वह राष्ट्रभक्ति के विलक्षण उदाहरण थे। वह सत्य और निष्ठा के प्रतीक थे। वह बीसवीं शताब्दी के प्रथम शहीद थे।

□

सांप्रदायिक सौहार्द के लिए अमर बलिदानी : गणेश शंकर विद्यार्थी

भारत के स्वाधीनता संग्राम के इतिहास में गणेश शंकर विद्यार्थी का बहुत ऊँचा स्थान है। जैसी शहादत उन्होंने पाई, उससे विविध संप्रदायों पर आधारित इस राष्ट्र को एक ऊँचा आदर्श मिला, ऐसा आदर्श, जो इसकी एकता, अखंडता और प्रगति को अक्षुण्ण और अकाट्य बनाता है। वे साम्राज्यवादी शासन की गोली के शिकार नहीं हुए, सांप्रदायिक कलह की आग का मुकाबला करते हुए वीरगति को प्राप्त हुए। कानपुर में सन् 1931 में भड़के सांप्रदायिक दंगे को रोकने और उन्मादी लोगों को शांत करने के लिए वे उनके बीच घुसे और किसी उन्मादग्रस्त देशवासी के ही प्रहार का शिकार हो गए।

उनकी शहादत पर गांधीजी ने कहा था, "उनका रक्त वहं सीमेंट है, जो दोनों संप्रदायों को एक दूसरे से जोड़ेगा। कोई समझौता हम को वैसे एक नहीं कर सकता, जैसे गणेश शंकर विद्यार्थी की बहादुरी ने किया। इससे पत्थर से पत्थर हृदय भी मोम हो जाएगा। हमारे जीवन में विष इतना गहरा चला गया है कि विद्यार्थी जैसे महान्, आत्मोत्सर्गी और निपट वीरतापुंज का रक्त भी इसे दूर करने के लिए शायद काफी न हो। हम सबको इस महान आदर्श का अनुसरण करना चाहिए और अवसर आए तो ऐसे ही प्रयास करने चाहिए।"

गणेश शंकर विद्यार्थी एक बहुमुखी प्रतिभासंपन्न व्यक्ति थे, जिन्होंने अपनी समस्त क्षमताएँ स्वाधीनता संग्राम को भेंट कर रखी थीं। सन् 1927 में उन्होंने कानपुर में 'सूती मिल मजदूर सभा' स्थापित करके मजदूरों का संगठन बनाना शुरू किया। 'प्रताप' नामक हिंदी दैनिक प्रारंभ करके राष्ट्रवादी

विचारों का प्रचार किया। उनका कार्यालय भगत सिंह तथा उनके संगठन 'नौजवान भारत सभा' का केंद्र रहा। वे अनेक बार जेल गए। शहीद होने से पूर्व उसी वर्ष वे उत्तर प्रदेश कांग्रेस कमेटी के अध्यक्ष निवार्चित हुए थे।

गणेश शंकर विद्यार्थी का जन्म सन् 1890 में हुआ था। उनके पिता का नाम बाबू जयनारायण लाल और माता का नाम गोमती देवी था। उन्होंने सन् 1907 में मैट्रिक की परीक्षा पास की थी। बचपन में ही वे आजादी के संघर्ष से जुड़ गए थे। कहानियाँ, लेख इत्यादि लिखने में उनकी विशेष रुचि थी। इस कारण अनेक पत्र-पत्रिकाओं से वे निकट से जुड़ गए थे। सन् 1913 में उन्होंने अपना निजी पत्र 'प्रताप' प्रकाशित करना शुरू किया, जो प्रारंभ में साप्ताहिक था और सन् 1920 में दैनिक हो गया। इस पत्र की प्रतिष्ठा दूर-दूर तक थी और जन-साधरण इसे बहुत दिलचस्पी से पढ़ते थे। आजादी के आंदोलन से संबंधित-समाचार इस पत्र में प्रमुखता से प्रकाशित किए जाते थे। उनकी भाषा प्रायः उग्र रहा करती थी। अनेक बार अपनी निर्भीक व स्वतंत्र नीति के कारण इस अखबार से जमानतें माँगी गईं तथा मानहानि के अनेक मुकदमे इनके विरुद्ध चलाए गए, जिनमें जेल की सजाएँ भी दी गईं तथा जमानतें भी जब्त कर ली गईं। सन् 1930 में सत्याग्रह करने के अपराध में उन्हें गिरफ्तार कर एक साल कारावास की सजा दी गई। कुल मिलाकर पाँच बार उन्हें विभिन्न अवसरों पर जेल जाना पड़ा।

विद्यार्थीजी यद्यपि गांधीजी के विचारों से प्रभावित थे, फिर भी क्रांतिकारी गतिविधियों से जुड़े व्यक्तियों के साथ भी उनकी सहानुभूति रहती थी। वे समय-समय पर उनकी सहायता भी करते थे और उन्हें संरक्षण भी प्रदान करते थे। ऐसे क्रांतिकारियों में शचींद्रनाथ सान्याल, भगत सिंह, चंद्रशेखर आजाद और अशफाक उल्ला खाँ प्रमुख थे।

मार्च, 1931 में कानपुर में अचानक भयानक हिंदू-मुसलिम दंगे प्रारंभ हो गए। इस दंगे में 500 से अधिक लोग मरे, हजारों जख्मी हुए, करोड़ों की संपत्ति नष्ट कर दी गई और इस नगर के हिंदू तथा मुसलमान एक-दूसरे के खून के प्यासे हो गए। यह दंगा लगभग एक सप्ताह तक चला। इस झगड़े के दौरान विद्यार्थीजी ने अपने अन्य साथियों के साथ इस दंगे को शांत करने का अथक प्रयास किया। सैकड़ों हिंदुओं और मुसलमानों को असुरक्षित स्थिति से निकालकर सुरक्षित स्थानों पर पहुँचाया। यह कार्य वे

अपनी जान को खतरे में डालकर भी करते रहे। उनके साथियों ने अनेक बार समझाया भी कि वे अपनी जान को खतरे में डालकर ऐसे कार्यों से दूर रहें, लेकिन वे अपने निश्चय पर अडिग रहे। शहर में जगह-जगह लाशें पड़ी हुई थीं। उनको उठाकर उनकी अंत्येष्टि का प्रबंध उन्होंने किया।

25 मार्च, 1931 कानपुर के इतिहास में वह काला दिन था, जिस दिन विद्यार्थीजी हिंदूबहुल क्षेत्र से एक मुसलिम परिवार को सुरक्षित निकालकर मुसलिमबहुल क्षेत्र में पहुँचा रहे थे। तभी गुंडों द्वारा उनकी जघन्य हत्या कर दी गई। कई दिनों तक तो उनके परिवार को यह पता भी नहीं चला कि वे हैं कहाँ। 29 मार्च को लाशों के ढेर में से विद्यार्थीजी का पार्थिव शरीर मिला, जिसे उनके हाथ पर गुदे हुए नाम से पहचाना गया।

विद्यार्थीजी का दाह-संस्कार 29 मार्च की शाम को श्मशान घाट पर संपन्न हुआ। उनकी शव-यात्रा में हिंदू और मुसलमान—दोनों संप्रदायों के हजारों लोग विलाप करते हुए साथ-साथ चल रहे थे। हिंदु-मुसलिम सौहार्द्र की स्थापना के लिए भारत के इतिहास में विद्यार्थीजी का एक अनुपम स्थान है। महात्मा गांधी ने विद्यार्थीजी को श्रद्धांजलि अर्पित करते हुए कामना की थी कि उन्हें भी ऐसी ही मौत मिले। ऐसे बलिदानी गणेश शंकर विद्यार्थी को भारतवासियों का विनम्र प्रणाम।

हजारों साल नर्गिस अपनी बेनूरी पे रोती है,
बड़ी मुश्किल से होता है चमन में दीदावर पैदा।

□

शहीद मदनलाल ढींगरा

सन् 1857 की क्रांति विफल होने के उपरांत ब्रिटिश सरकार ने पूरे देश पर अपनी पकड़ मजबूत करने के अनेक प्रयास किए। स्थान-स्थान पर अनेक प्रतिष्ठित व्यक्तियों को प्रलोभन देकर अपने साथ मिलाया गया और अपने 'जी हजूरों' की संख्या बढ़ाने के लिए उन्हें अनेक उपाधियों से सुशोभित भी किया गया। बहुत से लोगों को 'सर' की उपाधि दी गई तो सैकड़ों लोगों को 'राय साहब', 'राय बहादुर', 'खान बहादुर', 'सरदार बहादुर' इत्यादि उपाधियों से सम्मानित किया गया। बड़े-बड़े जमींदारों को अपने साथ मिलाने के लिए उन्हें जमीनें व जागीरें भी प्रदान की गईं। ये सभी लोग अंग्रेज शासन की जय-जयकार किया करते थे।

ऐसे राजनैतिक व सामाजिक अनिश्चितता के वातावरण में मदनलाल ढींगरा का जन्म अमृतसर (पंजाब) में सन् 1887 में हुआ था। इनके पिता का नाम राय शिवदित्ता मल था, जो एक सफल डॉक्टर थे। उन्होंने सिविल सर्जन आदि पदों को भी सुशोभित किया था। यह पंजाब का एक समृद्ध परिवार था और प्रशासन में दूर-दूर तक उनकी पहुँच थी। अनेक उच्चाधिकारियों से उनका निकट का संपर्क था। इस परिवार के सभी लोग उच्च शिक्षाप्राप्त थे। मदनलाल ढींगरा के 6 भाई और एक बहन थी। वे सब भी उच्च शिक्षा प्राप्त कर उच्च स्थानों पर कार्यरत थे, लेकिन मदनलाल ढींगरा स्वयं कोई विशेष शिक्षा प्राप्त नहीं कर पाए। इनके पिता बहुत उग्र स्वभाव के व्यक्ति थे। परिवार के सभी सदस्य उनसे भयभीत रहते थे, लेकिन मदनलाल इस परिवार में बिलकुल ही भिन्न प्रकृति के थे। बचपन से ही वे हठी स्वभाव के थे और अपनी मनमानी करने के लिए अड़े रहते थे। इसलिए इन दोनों पिता-पुत्र में आपसी सौहार्द्र की नितांत कमी थी। अंततः उन्हें इंजीनियरिंग की उच्च शिक्षा प्राप्त करने हेतु सन् 1906 में इंग्लैंड भेज

दिया गया, जहाँ पहुँचकर उन्होंने एक इंजीनियरिंग कॉलेज में प्रवेश प्राप्त किया।

लंदन में उन दिनों क्रांतिकारी गतिविधियाँ प्रारंभ हो गई थीं। वहाँ का 'इंडिया हाउस' ऐसी गतिविधियों का प्रमुख केंद्र था। इन गतिविधियों के प्रमुख संचालक श्यामजी कृष्ण वर्मा और वीर सावरकर थे। इंडिया हाउस में प्रति सप्ताह मीटिंगें इत्यादि आयोजित की जाती थीं और समय-समय पर राष्ट्रीय महत्त्व के समारोहों का भी आयोजन किया जाता था। शनैः-शनैः मदनलाल ढींगरा भी इन समारोहों और मीटिंगों में भाग लेने के लिए इंडिया हाउस जाने लगे; विशेष रूप से वे सावरकर से अत्यंत निकट आ गए। महान क्रांतिकारी नेता सावरकर के विचारों का प्रभाव मदनलाल ढींगरा पर पड़ना स्वाभाविक था। सावरकर ने ही मदनलाल ढींगरा को पिस्तौल इत्यादि चलाने की शिक्षा का प्रबंध किया। कालांतर में मदनलाल ढींगरा भी क्रांतिकारी गतिविधियों से जुड़ गए।

इंग्लैंड में रहते हुए ढींगरा को भारत की दुर्दशा का आभास होने लगा। वे भारत को अंग्रेजी शासन से मुक्त कराने के लिए उतावले हो गए। सावरकरजी ने ढींगरा की निर्भीकता की परीक्षा अनेक प्रकार से ली। इस परीक्षा में ढींगरा सदैव ही सफल हुए। अपनी इस सोच के अनुसार ढींगरा ने यह निर्णय लिया कि भारत की दुर्दशा के लिए जिम्मेवार किसी अंग्रेज उच्चाधिकारी का वध कर इस दुर्दशा का बदला लिया जाए। अपने इस निर्णय को कार्यरूप देने के लिए उन्होंने एक पिस्तौल खरीदी और निशानेबाज़ी का अभ्यास प्रारंभ कर दिया। उनके ध्यान में दो ऐसे व्यक्ति थे, जिनमें से एक व्यक्ति का वध वे करना चाहते थे। प्रथम तो लॉर्ड कर्जन थे, जो भारत में वाइसराय रह चुके थे और जिन्होंने बंगाल को दो भागों में विभाजित करने की घातक योजना बनाई थी। दूसरे व्यक्ति लॉर्ड मोरले थे, जो तत्कालीन ब्रिटिश कैबिनेट में 'सेक्रेट्री ऑफ स्टेट फॉर इंडिया' के पद पर कार्य कर रहे थे। लॉर्ड मोरले ही हर प्रकार से भारत का शोषण करने हेतु योजना बनाया करते थे। इसीलिए ढींगरा उन दोनों को मारना चाहते थे। सावरकर भी ढींगरा की इस योजना से सहमत थे।

मदनलाल ढींगरा अपनी योजना को कार्यान्वित करने के लिए उपयुक्त अवसर की प्रतीक्षा करते रहे। इस प्रतीक्षा में लगभग 6 महीने का समय बीत गया। पहली जुलाई, 1909 को इंस्टिट्यूट ऑफ इंपीरियल स्टडीज़,

लंदन के जहाँगीर हॉल में एक सभा आयोजित की गई थी, जिसमें ये दोनों व्यक्ति उपस्थित रहनेवाले थे। मदनलाल ढींगरा ने यह अवसर अपने मनोभाव को कार्यरूप देने के लिए उपयुक्त समझा। वे इस सभा-स्थल पर पहुँच गए, जहाँ लगभग 200 भारतीय और अंग्रेज उपस्थित थे, लेकिन उपर्युक्त दोनों व्यक्तियों में से कोई भी उपस्थित नहीं था। शायद ढींगरा को मिली खबर सही नहीं थी। सभा में सर विलियम कर्जन वायली नाम के व्यक्ति उपस्थित थे। सर वायली लॉर्ड मोरले के पॉलिटिकल सेक्रेट्री थे। वे भी अपनी भारत-विरोधी नीतियों और कारनामों के लिए बहुत कुख्यात थे। सभा की समाप्ति पर रात्रि के 11 बजे जब सर वायली सभा-भवन से बाहर निकल रहे थे, तब मदनलाल ढींगरा ने अपनी पिस्तौल से लगातार चार गोलियाँ चलाकर उनकी हत्या कर दी। सर वायली की सहायता के लिए डॉ० कावस ललकाका नाम के एक पारसी व्यक्ति आगे बढ़े तो ढींगरा ने उनपर भी गोली चलाई, जिससे वह भी मर गए। इससे सभा में भगदड़ मच गई, लेकिन सभा में उपस्थित कुछ लोगों ने मदनलाल ढींगरा को पकड़ लिया और पुलिस को सुपुर्द कर दिया। पुलिस मदनलाल ढींगरा को गिरफ्तार कर ब्रिक्सटन जेल ले गई।

सर वायली और डॉक्टर ललकाका की हत्या के अभियोग में मुकदमा मदनलाल ढींगरा पर चलाया गया। ढींगरा ने अपनी सफाई के लिए कोई वकील नहीं रखा। जज के पूछने पर उन्होंने स्वीकार किया कि उन्होंने सर वायली की हत्या की थी, लेकिन डॉ. ललकाका की हत्या करने का कोई इरादा नहीं था। वे तो इत्तफाक से ही तब मारे गए, जब वे वायली को बचाने के लिए आगे बढ़े थे।

मदनलाल ढींगरा को मृत्युदंड की सजा दे दी गई। उन्हें 17 अगस्त, 1909 को फाँसी दे दी गई।

मदनलाल ढींगरा जब से इंग्लैंड गए थे, तब से ही उनका अपने परिवारजनों से बहुत ही कम संपर्क रहा। वे यदाकदा ही अपने परिवारजनों को पत्र लिखा करते थे। उनका परिवार अंग्रेज सरकार का वफादार था और उसने इस हत्या के लिए मदनलाल की निंदा भी की थी। मदनलाल ढींगरा के दो भाइयों, जो उस समय लंदन में उपस्थित थे, ने मदनलाल से मिलने का प्रयास किया, लेकिन उन्होंने मिलने से इनकार कर दिया, यह कह कर कि 'वे देशद्रोही हैं।' सावरकर और उनके अन्य साथियों ने

मदनलाल ढींगरा के इस कार्य की प्रशंसा हर प्रकार से की। उनका यह मानना था कि मदनलाल ढींगरा की शहादत भारत में अंग्रेजी शासन को हिलाने में एक सही कदम साबित होगी।

लंदन में सर वायली की हत्या के विरोध में एक सार्वजनिक सभा का आयोजन किया गया, जिसके अध्यक्ष सर आगा खाँ थे। उस सभा में सावरकर भी दर्शक गैलरी में उपस्थित थे। मदनलाल ढींगरा की भर्त्सना करते हुए एक प्रस्ताव सभा की स्वीकृति के लिए प्रस्तुत किया गया। सभा के अध्यक्ष ने घोषणा की कि यह प्रस्ताव सर्वसम्मति से पारित किया जाता है। इस अवसर पर सभा में उपस्थित लोगों में से एक व्यक्ति ने चिल्लाकर कहा, "मैं इस प्रस्ताव का विरोध करता हूँ। इसलिए यह प्रस्ताव सर्वसम्मति से पारित नहीं माना जाना चाहिए।" जिस व्यक्ति ने उस प्रस्ताव का विरोध किया था, उस व्यक्ति का नाम था विनायक दामोदर सावरकर।

□

वीर विनायक दामोदर सावरकर

आधुनिक भारत के इतिहास में केवल दो व्यक्ति ऐसे हुए हैं, जिन्हें 'लौहपुरुष' के नाम से संबोधित किया जाता है। प्रथम हैं सरदार वल्लभ भाई पटेल, जिन्होंने अपने प्रयासों से पाँच सौ से अधिक देशी रियासतों का विलयीकरण भारत में करके इस देश को एक अखंड भारत का रूप प्रदान किया। यदि ये ऐसा नहीं करते तो आधुनिक भारत की क्या दशा हुई होती, इसका अनुमान भी नहीं लगाया जा सकता। दूसरे 'लौहपुरुष' हैं विनायक दामोदर सावरकर, जिन्होंने अंग्रेजी साम्राज्यवाद से भारत को मुक्त कराने हेतु इतनी कुर्बानियाँ दीं और यातनाएँ सहीं, जिनकी गिनती करना भी मुश्किल है। आजादी के संघर्ष में वे ऐसे एकमात्र व्यक्ति थे, जिन्हें दो बार आजीवन कारावास की सजा दी गई, अर्थात् इन्हें पचास वर्ष जेल में रहने की सजा हुई।

सावरकरजी को देशभक्ति और क्रांतिकारी विचारधारा तो अपने परिवार से विरासत में मिली थी। न केवल उन्हें, बल्कि उनके बड़े भाई गणेश दामोदर सावरकर को भी आजीवन कारावास की सजा दी गई थी। उनके छोटे भाई नारायण दामोदर सावरकर को भी विभिन्न षड्यंत्र केसों में फँसाकर सजाएँ दी गई थीं। तीनों भाई भारत माता की आजादी के लिए संघर्षरत रहे।

ऐसे विनायक दामोदर सावरकर, जिन्हें संक्षिप्त रूप में 'वीर सावरकर' के नाम से जाना जाता है, का जन्म 18 मई, 1883 को महाराष्ट्र में हुआ था। उनके पिता का नाम दामोदर पंत और माता का नाम राधा बाई था। यह परिवार चितपावन ब्राह्मण था। प्रारंभिक शिक्षा के उपरांत उच्च शिक्षा के लिए उन्हें फर्ग्युसन कॉलेज (पूना) में दाखिल किया गया, किंतु अपनी क्रांतिकारी गतिविधियों के कारण उन्हें कॉलेज से निष्कासित कर दिया

गया। फिर भी मुंबई विश्वविद्यालय से बी.ए. की परीक्षा पास करने में वे सफल हो गए। वे जब तक पूना में रहे, हमेशा ही सामाजिक व क्रांतिकारी गतिविधियों से संलग्न रहे। वे महाराष्ट्र-केसरी लोकमान्य बालगंगाधर तिलक के संपर्क में भी रहे। कानून की शिक्षा प्राप्त करने के लिए वे सन् 1905 में लंदन गए और बैरिस्टरी की शिक्षा सफलतापूर्वक प्राप्त की। लंदन पहुँचने पर भी उन्होंने अपनी क्रांतिकारी गतिविधियाँ जारी रखी। इन गतिविधियों के प्रमुख केंद्र 'इंडिया हाउस' में वे श्यामजी कृष्ण वर्मा, भाई परमानंद, सेनापति बापट, मादाम भीकाजी कामा, लाला हरदयाल इत्यादि के निकट संपर्क में आए। इन सबके सामूहिक प्रयासों से 'इंडिया हाउस' एक ऐसा प्रसिद्ध केंद्र बना, जिससे भारत से गए हुए क्रांतिकारी ही नहीं, बल्कि ऐसे भी लोग जुड़े, जो भारतवासी तो नहीं थे, किंतु भारत की स्वतंत्रता के लिए किए जा रहे प्रयासों से उनकी सहानुभूति अवश्य थी। लंदन की पुलिस का जासूसी विभाग इस केंद्र पर कड़ी नजर रखे हुए था और इस केंद्र की गतिविधियों की सूचना से भारत सरकार को समय-समय पर सूचित करता रहता था।

अपने लंदन-प्रवास के समय सावरकरजी ने भारतवासियों व अंग्रेजों के बीच सन् 1857 में भारत की स्वतंत्रता के लिए हुए भयंकर युद्ध पर पुस्तक 'भारत का स्वतंत्रता संग्राम-1857' भी लिखी। इस युद्ध के संबंध में तब तक जितनी भी पुस्तकें प्रकाशित हुई थीं, उन सभी में इस युद्ध को मात्र 'सिपाही विद्रोह' की संज्ञा दी गई थी, लेकिन इस पुस्तक में सावरकरजी ने वास्तविक तथ्यों के आधार पर यह सिद्ध किया कि यह युद्ध आजादी प्राप्त करने के लिए किया गया था और इसे मात्र 'सिपाही विद्रोह' कहना तथ्यों का उपहास करना है। ब्रिटिश सरकार ने यह पुस्तक इंग्लैंड में कहीं भी प्रकाशित नहीं होने दी। छपने से पूर्व ही उसे जब्त कर लिया गया। इंग्लैंड के बाहर ही यह पुस्तक प्रकाशित हो सकी। भारत में इसके प्रवेश पर भी प्रतिबंध लगा दिया गया था। चोरी-चुपके ही इसकी कुछ प्रतियाँ भारत पहुँचाई जा सकीं। भारत के लोग इस पुस्तक को पढ़ने के लिए इतने उतावले थे कि यदि इसके अध्ययन के अपराध में उन्हें जेल की सज़ा भी हो तो वे उसे सहर्ष स्वीकार करने के लिए तैयार थे। स्वतंत्रता-प्राप्ति के पश्चात् ही यह पुस्तक भारत में प्रकाशित हो सकी। देश-विदेश की प्रायः सभी भाषाओं में इसका अनुवाद प्रकाशित हुआ है।

वीर सावरकर जब लंदन में थे, तभी भारत सरकार ने उनकी गिरफ्तारी के लिए एक वारंट जारी किया और ब्रिटिश सरकार से अनुरोध किया कि सावरकर को गिरफ्तार कर भारत वापस भेजा जाए, जहाँ उनपर सरकार के विरुद्ध विद्रोहात्मक आरोपों पर मुकदमा चलाया जा सके। यह वारंट उनकी कथाकथित उन गतिविधियों से संबंधित था, जो इंग्लैंड आने से पूर्व उनके द्वारा की गई थीं। सावरकर भारत वापस जाना नहीं चाहते थे, किंतु ब्रिटिश सरकार ने उन्हें गिरफ्तार कर भारत भेजने का प्रबंध किया। जिस जहाज से उन्हें भारत भेजा जा रहा था, वह लंदन से रवाना होकर फ्रांस के पास से गुजर रहा था। तब जहाज के इंजन में कुछ खराबी गई, तो ठीक कराने के लिए उसे फ्रांस के बंदरगाह मार्सेल्स की ओर मुड़ना पड़ा। जहाज अभी बंदरगाह से दूर ही था कि सावरकर एक शौचालय के रास्ते से समुद्र में कूद पड़े और तैरते हुए मार्सेल्स बंदरगाह तक पहुँचने का प्रयास किया। जहाज में उनकी निगरानी के लिए मौजूद पुलिस ने देखा कि सावरकर उनकी कैद से भागकर समुद्र में कूद पड़े हैं। पुलिस ने शोर मचाया और सावरकर पर गोलियों की बौछार कर दी, मगर किसी प्रकार सावरकर मार्सेल्स बंदरगाह में प्रवेश करने में सफल हो गए। उन्हें आशा थी कि फ्रांस की पुलिस कभी भी उन्हें इंग्लैंड की पुलिस के हवाले नहीं करेगी, किंतु दुर्भाग्य से ऐसा नहीं हुआ। इंग्लैंड की पुलिस उन्हें पकड़कर जहाज पर पुनः वापस लाने में सफल हो गई। अत्यधिक कड़ी सुरक्षा के बीच वे भारत पहुँचाए गए। यहाँ उनपर पूर्वनिर्धारित आरोपों पर मुकदमा चलाया गया और उन्हें आजीवन कारावास की सजा दी गई। उनपर एक अन्य मुकदमा भी चलाया गया। उसमें भी उन्हें आजीवन कारावास की सजा दी गई। इस प्रकार उन्हें कुल मिलाकर 50 वर्ष के कारावास की सजा दी गई।

सावरकरजी को जुलाई, 1911 में अंडमान (कालापानी) भेज दिया गया, जहाँ उनके बड़े भाई पहले से ही आजीवन कारावास की सजा काट रहे थे। सावरकरजी जब जेल में पहुँचे तो पहले से ही अनेक क्रांतिकारी वहाँ सजा भुगत रहे थे, जिनके साथ अत्यंत ही कठोर व्यवहार किया जाता था। सावरकरजी पर जेल में भी कड़ी निगरानी रखी जा रही थी और बहुत खूँखार मुसलमान पठान वार्डर निगरानी के लिए लगाए गए थे। बहुत निम्न श्रेणी का खाना सबको दिया जाता था, जिसे खाकर प्रायः सभी कैदी बीमार हो जाते थे। बीमारी की अवस्था में भी कोल्हू खींचने हेतु बैलों के

स्थान पर सावरकरजी को लगाया जाता था। नारियल के छिलके कूटने का काम दिया जाता था, जिससे हाथों में छाले पड़ जाते थे। इतनी कठिन मेहनत के उपरांत भी पूरा खाना नहीं मिलता था। सावरकरजी थोड़ी सी सुविधा प्राप्त करने हेतु भी भूख-हड़ताल कर बैठते थे। अनेक बार आत्महत्या का विचार भी उनके मन में आया, लेकिन वे किसी तरह अपना समय कविताएँ लिखकर काटते रहे। यद्यपि दोनों सावरकर बंधु एक ही जेल में थे, किंतु वे आपस में मिल नहीं पाते थे।

कालापानी में बंदियों पर किए जानेवाले अत्याचारों की खबरें भारत के समाचार-पत्रों में प्रायः छपा करती थीं। अनेक बार केंद्रीय असेम्बली में भी इस संबंध में प्रश्न पूछे गए। ऐसे अमानुषिक व्यवहार के विरोध में सार्वजनिक सभाएँ भी आयोजित की गईं, जिनमें प्रस्ताव भी पारित किए गए कि सावरकर बंधुओं को वापस बुलाया जाए। सावरकर बंधुओं को वापस भारत बुलाने के लिए इतना तीव्र आंदोलन प्रारंभ हुआ कि अंततः भारत सरकार को विवश होकर दोनों सावरकर बंधुओं को मई, 1920 में भारत वापस बुलाना पड़ा। बड़े भाई गणेश दामोदर सावरकर कालापानी में रहकर इतने बीमार हो गए थे कि भारत सरकार ने सजा पूरी होने से पहले ही सितंबर, 1922 में उन्हें रिहा कर दिया।

सावरकरजी के भारत वापस आने पर उन्हें रत्नागिरि जेल में रखा गया, जहाँ से वे सन् 1923 में यरवदा जेल (पूना) में स्थानांतरित कर दिए गए। सावरकरजी की रिहाई के लिए लंदन में अनेक सभाएँ भी आयोजित की गईं, जिनमें अनेक प्रस्ताव पारित किए गए। ऐसे ही भारत के प्रमुख नगरों में सार्वजनिक सभाएँ आयोजित कर उनकी रिहाई की माँग की गई। इस बढ़ते दबाव के कारण मुंबई के गवर्नर सर जॉर्ज लॉयड सावरकरजी से मिलने जेल में गए और उनसे लंबी बातचीत की। अंततः 6 जनवरी, 1924 को सावरकरजी को रिहा कर दिया गया, इस शर्त के साथ कि वे पाँच वर्षों तक रत्नागिरि नगर से बगैर जिलाधीश की आज्ञा के बाहर नहीं जाएँगे और राजनैतिक गतिविधियों में भाग नहीं लेंगे।

अपनी रिहाई के पश्चात् सावरकरजी के विचारों में राजनैतिक प्रश्नों के संबंध में परिवर्तन आना प्रारंभ हुआ। अपनी इस नई सोच के मुताबिक वे मानने लगे थे कि भारत मुख्यतः हिंदुओं का देश है और इसमें अन्य संप्रदायों के लोग, जैसे—मुसलमान और ईसाई निवास करते हैं, जिनकी

धार्मिक आस्था भारत से बाहर के देशों में है, उन्हें भारत का नागरिक होने के अधिकारों से वंचित करना चाहिए। इसलिए उन्होंने हिंदू महासभा को अपना आशीर्वाद दिया और हिंदुओं को एक शक्तिशाली संगठन के रूप में गठित करने का प्रयास प्रारंभ किया। इतना ही नहीं, उन्होंने गांधीजी और कांग्रेस की गतिविधियों का भी विरोध प्रारंभ कर दिया और भारत की स्वतंत्रता के लिए देश में चल रहे व्यापक आंदोलन से उन्होंने अपने को अलग कर लिया।

कालांतर में आजादी मिलने के उपरांत जब 30 जनवरी, 1948 को महात्मा गांधी की हत्या हुई तो अन्य अभियुक्तों के अतिरिक्त सावरकरजी को भी इस हत्या के षड्यंत्र में शामिल होने के आरोप में गिरफ्तार किया गया और दिल्ली के ऐतिहासिक लाल किले में मुकदमा चलाया गया। एक विशेष अदालत गठित की गई। श्री उमाचरण को इस अदालत का न्यायाधीश नियुक्त किया गया। इस अदालत के निर्णय के अनुसार जहाँ अन्य अभियुक्तों को मृत्युदंड, कारावास इत्यादि की सजाएँ दी गईं, वहीं पर्याप्त सबूतों के अभाव में सावरकरजी को दोषमुक्त कर रिहा कर दिया गया।

सावरकरजी का निधन 26 फरवरी, 1966 को मुंबई में हो गया। उनकी शवयात्रा उनके निवास-स्थान 'सावरकर सदन' से चली। उसमें हजारों लोग शामिल हुए। उनकी अंत्येष्टि सम्मानपूर्वक की गई।

□

काकोरी षड्यंत्र केस के चार शहीद

महात्मा गांधी के असहयोग आंदोलन की विफलता के परिणामस्वरूप देश के अनेक भागों में क्रांतिकारी गतिविधियाँ पुनः प्रारंभ होने लगी थीं। हिंदुस्तान रिपब्लिकन एसोसिएशन, जिसके सर्वोच्च कमांडर चंद्रशेखर आजाद थे, ने अपनी गतिविधियों का संचालन पुनः प्रारंभ कर दिया। इन गतिविधियों के संचालन हेतु धन की आवश्यकता थी। इसलिए गाँवों इत्यादि में छोटी-मोटी डकैतियों द्वारा धन जुटाने की कोशिश की गई, किंतु इस प्रयास में कुछ विशेष सफलता नहीं मिली। एसोसिएशन ने निर्णय लिया कि जनसाधारण के घरों से डकैती द्वारा धन-संग्रह करने का काम बंद होना चाहिए; भविष्य में सरकारी खजाना लूटकर ही धन-संग्रह किया जाए।

रेल द्वारा जो सरकारी खजाना भेजा जाता था, उसे लूटने की योजना उपरोक्त निर्णय को कार्यरूप देने के लिए बनाई गई। उत्तर प्रदेश में लखनऊ और सहारनपुर के बीच रेल द्वारा सरकारी खजाना प्रतिदिन भेजा जाता था। निर्णय लिया गया कि इस खजाने को ही लूटा जाए। इस कार्य को अंजाम देने हेतु दस सदस्यों का एक दल गठित किया गया, जिसके नेता पंडित रामप्रसाद बिस्मिल बनाए गए। इस दल के अन्य सदस्य थे—सर्वश्री राजेंद्र नाथ लाहिड़ी, ठाकुर रोशन सिंह, अशफाक उल्ला खाँ, शचींद्रनाथ बख्शी, मुकंदी लाल, मन्मथनाथ गुप्त, चंद्रशेखर आजाद, बनवारी लाल तथा केशव। 9 अगस्त, 1925 को यह ट्रेन शाहजहाँपुर से रवाना होकर लखनऊ जा रही थी। ये सभी दस व्यक्ति शाहजहाँपुर से इस ट्रेन में सवार हो गए। इन सभी के पास पिस्तौलें, रिवॉल्वर इत्यादि के अलावा हथौड़े वगैरह भी थे, जिनको डकैती के समय उपयोग में लाया जाना था। शाहजहाँपुर और

लखनऊ के बीच में लखनऊ से एक स्टेशन पूर्व काकोरी नाम का एक छोटा-सा गाँवं पड़ता है। जब यह ट्रेन इस गाँव के पास से गुजर रही थी तो चलती ट्रेन जंजीर खींचकर रोक दी गई और ये सभी (दस) व्यक्ति ट्रेन से बाहर कूद पड़े। ट्रेन के केबिन में लोहे के बक्स में खजाना रखा हुआ था। पिस्तौल दिखाकर गार्ड को डिब्बे में ही लेटे रहने का आदेश दिया गया। एक अन्य सदस्य ने इंजन के ड्राइवर के पास जाकर उसे रिवॉल्वर दिखाकर निष्क्रिय कर दिया। इस दल के दो सदस्य इस ट्रेन के दोनों तरफ चिल्ला-चिल्लाकर सवारियों को खबरदार कर रहे थे कि कोई भी व्यक्ति ट्रेन से बाहर न निकले। अगर कोई बाहर निकला तो उसे गोली मार दी जाएगी। एक यात्री ट्रेन से बाहर निकला तो उसे गोली से मार दिया गया। शेष सभी यात्री चुप्पी साधे अपनी-अपनी जगह पर बैठे रहे। इस ट्रेन में कुछ सशस्त्र सिपाही भी यात्रा कर रहे थे, लेकिन उनमें से किसी ने भी बाहर निकलने की हिम्मत नहीं की। दल के चार अन्य सदस्य खजानावाले बक्से को हथौड़ों से तोड़ने में लग गए। इसी बीच एक अन्य ट्रेन लखनऊ से बहुत तेजी से चलती हुई इस घटना-स्थल के पास से गुज़र गई।

इन चारों लोगों के सामूहिक प्रयास से लोहे के बक्से को हथौड़ों से तोड़ दिया गया। उस बक्से में खजाने से भरे हुए थैले को लेकर ये सभी व्यक्ति रात के अँधेरे में जंगल में घुसकर लापता हो गए। इस सारी कार्यवाही में लगभग 10 मिनट का समय लगा था। ये सभी पैदल चलकर लखनऊ पहुँच गए और योजना के अनुसार अपने-अपने स्थानों पर जा छिपे। रुपए निकालकर उन खाली थैलों को उन्होंने जंगल में ही बरसाती नाले में फेंक दिया।

इस डकैती से पूरे देश में सनसनी फैल गई। लॉर्ड हार्डिंग बम कांड, जो सन् 1912 में हुआ था, के पश्चात् से यह पहला इतना बड़ा कांड हुआ, जिसमें सरकारी खजाना चलती रेलगाड़ी से लूट लिया गया।

उन दिनों बनारस क्रांतिकारी गतिविधियों का मुख्य केंद्र था। उत्तर प्रदेश की पुलिस को शीघ्र ही उन लोगों का पता चल गया, जिनका इस घटना में हाथ था। यद्यपि इस घटना से केवल दस व्यक्ति ही संबद्ध थे, लेकिन पुलिस ने चालीस से अधिक व्यक्तियों को भिन्न-भिन्न स्थानों से पकड़ा और उन्हें घोर शारीरिक यातनाएँ दीं (चंद्रशेखर आजाद को नहीं पकड़ा जा सका)। शाहजहाँपुर निवासी बनारसी लाल और इंदु भूषण मित्र

गिरफ्तार होने के तुरत पश्चात् मुखबिर हो गए। बनवारी लाल तथा गोपीमोहन इकबाली गवाह बन गए। गिरफ्तार हुए सभी व्यक्तियों के खिलाफ डकैती और कत्ल के अभियोग में लखनऊ के सेशन कोर्ट में मुकदमा चलाया गया। यह मुकदमा एक वर्ष से अधिक समय तक चला। सरकार की ओर से पं० जगत्नारायण मुल्ला इस मुकदमे की पैरवी कर रहे थे और अभियुक्तों की ओर से पं० गोविंद वल्लभ पंत, चंद्रभानु गुप्त, मोहन लाल सक्सेना आदि कई विख्यात वकील थे। मुकदमे की समाप्ति पर जज महोदय ने पंडित रामप्रसाद बिस्मिल, अशफाक उल्ला खाँ, राजेंद्र लाहिड़ी और ठाकुर रोशन सिंह को फाँसी की सजा दी। श्री मन्मथनाथ गुप्ता को 14 साल; योगेशचंद्र चटर्जी, मुकुंदी लाल, गोविंदचरण कार, राजकुमार सिंह तथा रामकृष्ण खत्री को दस-दस साल; विष्णुशरण दुब्लिश और सुरेशचंद्र भट्टाचार्य को सात-सात साल; भूपेंद्रनाथ सान्याल, रामदुलारे द्विवेदी और प्रेमकृष्ण खन्ना को पाँच-पाँच साल तथा प्रणवेश चटर्जी को चार साल की सजा दी गई। शचींद्र नाथ बख्शी को कालापानी की सजा दी गई। इस फैसले के विरुद्ध अपील की गई तो कुछ की सजाएँ बढ़ा दी गईं और कुछ की कम कर दी गईं, मगर जिन चारों को फाँसी की सज़ा दी गई थी, उनकी सजा कायम रखी गई। परिणामस्वरूप पंडित रामप्रसाद बिस्मिल, राजेंद्रनाथ लाहिड़ी, अशफाक उल्ला खाँ और ठाकुर रोशन सिंह को विभिन्न जेलों तथा तारीखों में फाँसी दे दी गई।

पं० रामप्रसाद बिस्मिल को गोरखपुर जेल में 19 दिसंबर, 1927 को फाँसी दी गई। फाँसी के पूर्व वाली शाम को जब उन्हें दूध पीने के लिए दिया गया तो उन्होंने यह कहकर दूध पीने से इनकार कर दिया कि अब तो मैं माता का ही दूध पिऊँगा।

वे एक शायर भी थे। उन्होंने अपनी माँ को एक पत्र लिखा, जिसमें उन्होंने देशवासियों के नाम एक संदेश भेजा। 19 दिसंबर को जब फाँसी-घर की ओर उन्हें ले जाया जा रहा था तो वे 'वन्दे मात्‌रम' और 'भारत माता की जय' का उद्‌घोष कर रहे थे। फाँसी के तख्ते पर चढ़ने से पूर्व उन्होंने यह शेर पढ़ा—

मालिक तेरी रजा रहे और तू ही तू रहे,
बाकी न मैं रहूँ, न मेरी आरजू रहे।

फाँसी के तख्ते पर खड़ा होकर उन्होंने घोषणा की–"मैं ब्रिटिश साम्राज्य का विनाश चाहता हूँ" और फिर वे फाँसी के फंदे से झूल गए।

अशफाक उल्ला खाँ को भी उसी दिन, अर्थात् 19 दिसंबर, 1927 को फैजाबाद में फाँसी दी गई। वे बहुत खुशी के साथ कुरान शरीफ का बस्ता कंधे पर टांगे कलमा पढ़ते हुए फाँसी के तख्ते के पास गए। फाँसी के तख्ते को उन्होंने चूमा और उपस्थित लोगों से कहा, "मेरे ऊपर जो इल्ज़ाम लगाया गया है, वह गलत है। खुदा के यहाँ मेरा इनसाफ होगा।" इसके उपरांत उनके गले में फाँसी का फंदा डाल दिया गया और वे खुदा का नाम लेते हुए इस दुनिया से कूच कर गए।

वे भी एक अच्छे शायर थे। मरने से पहले उन्होंने अपने एक शेर में कहा–

तंग आकर हम भी उनके जुल्म के बेदाद से,
चल दिए सूए अदम जिंदाने फैजाबाद से।

ठाकुर रोशन सिंह को 19 दिसंबर, 1927 को इलाहाबाद में फाँसी दी गई। जब वे फाँसी-घर की ओर जा रहे थे तो उनके हाथ में 'गीता' थी। वे मुसकारते हुए जा रहे थे। फाँसी के तख्ते पर चढ़ते ही 'वन्दे मात्रम' का नारा उन्होंने लगाया और 'ओऽम्' का स्मरण करते हुए फाँसी के फंदे पर झूल गए। उनका दाह-संस्कार आर्य-समाजी विधि के अनुसार किया गया। मरने के पहले उन्होंने कहा था–

जिंदगी जिंदादिली को जान ऐ रोशन,
वरना कितने मरे और पैदा होते जाते हैं।

राजेंद्रनाथ लाहिड़ी

इन्हें 17 दिसंबर, 1927 को घोंडा जेल में फाँसी दी गई। फाँसी से पहले उन्होंने कहा कि इस देश की बलिवेदी को हमारे रक्त की आवश्यकता है। मृत्यु क्या है ? जीवन की दूसरी दिशा के अतिरिक्त और कुछ नहीं।

इसलिए मनुष्य मृत्यु से दुःख और भय क्यों माने ? मृत्यु उतना ही स्वाभाविक है, जितना प्रातःकालीन सूर्य का उदय होना।

इस प्रकार भारत माता के चारों सपूत देश को आजाद कराने की खातिर अपने प्राणों की बलि देकर भारतवासियों से जुदा हो गए। जब तक सूर्य और चांद आकाश में विद्यमान रहेंगे, तब तक इन चारों शहीदों के नाम उनकी अमर गाथा के रूप में भारतवासियों को स्मरण रहेंगे।

जो वतन पर मिट गए, उन शहीदों को सलाम।

□

शहीद ऊधम सिंह, जिन्होंने जलियाँवाला बाग-कांड का बदला लिया

पंजाब में बैसाखी का त्योहार बड़े ही हर्षोल्लास के साथ मनाया जाता है। इसी दिन 13 अप्रैल, 1919 को राष्ट्रीय कांग्रेस के आह्वान पर तत्कालीन केंद्रीय असेम्बली में पारित रॉलेट बिल, जो जनमत के विरोध के बावजूद पारित किया गया था, का विरोध आम सभाओं द्वारा करने का निर्णय लिया गया था। इस बिल का उद्देश्य भारत की आजादी प्राप्त करने हेतु चल रही गतिविधियों को कुचलना था। इस बिल के विरोध में 6 अप्रैल, 1919 को 'काला दिवस' के रूप में मनाने का निर्णय लिया गया था। उक्त निर्णय के तहत इस दिन पूरे देश में हड़ताल करना और स्थान-स्थान पर सार्वजनिक सभाएँ आयोजित करना भी शामिल था। इसी क्रम में 13 अप्रैल को जलियाँवाला बाग (अमृतसर) में एक सभा का आयोजन किया गया, जिसमें पंजाब के प्रमुख कांग्रेसी नेता डॉ० सैफुद्दीन किचलू व डॉ० सत्यपाल उपस्थित होनेवाले थे, परंतु उन्हें सभा से पहले ही गिरफ्तार कर लिया गया। पंजाब के तत्कालीन गवर्नर सर माइकल ओ डायर को यह आयोजन स्वीकार्य नहीं था। उसने अमृतसर के स्थानीय प्रशासन को आदेश दिया कि अमृतसर में इस बिल के विरोध में सभी प्रकार की गतिविधियों को सख्ती से कुचल दिया जाए। जनरल कमांडिंग ऑफिसर डायर को यह भी आदेश दिया गया कि जलियाँवाला में आयोजित सभा को किसी भी हालत में होने नहीं दिया जाए। स्थानीय प्रशासन ने जनरल डायर को सूचित किया कि जलियाँवाला बाग में सभा शुरू हो चुकी है, जिसमें हजारों लोग महिलाओं व बच्चों सहित उपस्थित हैं।

जनरल डायर ने गोरखा रेजिमेन्ट की एक टुकड़ी, जिसमें 200

सिपाही थे, जलियाँवाला बाग की ओर प्रस्थान किया और जलियाँवाला बाग के भीतर पहुँचकर सिपाहियों को आदेश दिया कि वे पंक्तिबद्ध खड़े हो जाएँ। सभा में जो लोग उपस्थित थे, वे यह समझने में असमर्थ रहे कि सिपाहियों को क्यों बुलाया गया है। जनरल डायर ने इकट्ठी भीड़ को किसी प्रकार की कोई पूर्व चेतावनी दिए बगैर सिपाहियों को आदेश दिया कि सभा में उपस्थित लोगों पर गोलियाँ चलाकर उन्हें मार डालो। जनरल डायर के हुक्म की तामील करते हुए सिपाहियों ने दनादन गोलियाँ चलानी शुरू कर दीं। सभा में भगदड़ मच गई और लोग गोलियों की मार से बचने के लिए चारों ओर भागने लगे। जलियाँवाला बाग, जो चारों ओर से मकानों से घिरा हुआ था, से बाहर निकलने का एक ही रास्ता था, जिसे फौज ने रोक रखा था। इसलिए जनसमूह अपने को गोलियों की मार से बचाने में असमर्थ रहा। बाग के बीच में एक कुआँ भी था। भाग रहे अनेक लोग इस कुएँ में भी गिरकर मर गए। एक अनुमान के अनुसार, इस घटना में 800 से अधिक लोग मारे गए और हजारों जख़्मी हो गए। जख़्मी लोगों को किसी प्रकार की कोई मेडिकल सहायता नहीं दी गई। यहाँ तक कि घायलों को पीने के लिए पानी भी नहीं दिया गया। इस घटना के प्रतिक्रियास्वरूप पूरे पंजाब में मार्शल लॉ लगा दिया गया और सभी बड़े-बड़े नेताओं को गिरफ्तार कर बगैर मुकदमा चलाए जेलों में डाल दिया गया। महात्मा गांधी इस घटना की जाँच हेतु अमृतसर जाना चाहते थे, लेकिन उन्हें वहाँ जाने से रोक दिया गया। जलियाँवाला बाग के इस अमानुषिक हत्याकांड की घोर निंदा भारत में ही नहीं, बल्कि इंग्लैंड में भी की गई, जिसकी गूँज लंदन की संसद् में भी पहुँची। तब ब्रिटिश सरकार को भी इस घटना की जाँच के आदेश देने के लिए विवश होना पड़ा।

ऊधम सिंह इस प्रसंग से अत्यंत निकट से जुड़े हुए थे, क्योंकि उन्होंने यह हत्याकांड स्वयं देखा था। इस बर्बरतापूर्ण घटना का मानसिक प्रभाव उनपर इतना अधिक पड़ा कि उन्होंने उसी समय यह निर्णय लिया कि वे इस 'खून का बदला खून से' अवश्य लेंगे।

ऊधम सिंह का जन्म 26 दिसंबर, 1899 को तत्कालीन पटियाला रियासत के सुनाम कसबे में हुआ था। उनके पिता का नाम टहल सिंह था। वह रेलवे में चौकीदारी की नौकरी करते थे। उनके बड़े भाई का नाम साधु सिंह था। इनके घर की आर्थिक स्थिति बहुत कमजोर थी। पिता प्रायः

बीमार रहते थे। इसलिए वे सभी सुनाम छोड़कर अमृतसर चले आए थे। अमृतसर में जब पिता की मृत्यु हुई तो ये दोनों भाई बहुत छोटी आयु के थे और कोई भी व्यक्ति इनकी देखभाल करने के लिए नहीं था। अतः दोनों भाइयों को अनाथालय में दाखिल कर दिया गया। वहीं रहकर उन्होंने कुछ दस्तकारी का काम सीखा और कुछ शिक्षा भी प्राप्त की। ऊधम सिंह ने दसवीं श्रेणी का इम्तहान पास किया। अमृतसर में रहते हुए ही वह लकड़ी के एक ठेकेदार के संपर्क में आए। वह उन्हें अपने साथ वहाँ ले गया। अफ्रीका से ऊधम सिंह अमेरिका चले गए, जहाँ उन्होंने अपनी मेहनत से कुछ पैसे कमा लिये। अमेरिका में रहते हुए ही उनका पत्र-व्यवहार सरदार भगत सिंह से हुआ। उन्हीं की प्रेरणा से वे भारत वापस चले आए। आते समय वह कुछ पिस्तौलें, रिवॉल्वर इत्यादि भी अपने साथ ले आए। वे इन हथियारों सहित लाहौर पहुँचने में किसी प्रकार सफल हो गए। वहाँ पहुँचने पर एक तलाशी के दौरान पुलिस ने इन हथियारों को उनसे बरामद कर लिया। इस अभियोग में उन्हें चार साल की सजा हुई।

उन्हें सन् 1932 में जेल से रिहा कर दिया गया। वे अमेरिका से जिस जहाज पर वापस आ रहे थे, उस जहाज में एक अमेरिकी महिला भी यात्रा कर रही थी। उस महिला ने उनके साथ शादी करने का प्रस्ताव रखा, जिसे उन्होंने स्वीकार कर लिया। भारत वापस आकर उन्होंने अपने केश व दाढ़ी-मूँछें कटवा दीं। उन्होंने अपना नाम भी बदल लिया और नया नाम 'राम मुहम्मद आजाद' रख लिया। कुछ समय पश्चात् उनका विवाह-संबंध टूट गया।

भारत में रहते हुए ही ऊधम सिंह ने लंदन जाने का निर्णय लिया। उन्होंने एक छद्म नाम से पासपोर्ट प्राप्त कर लिया। वह सन् 1933 में भारत छोड़कर इंग्लैंड चले गए। इंग्लैंड पहुँचने पर जलियाँवाला बाग-कांड के नायक माइकल ओ डायर का वध करके अपने कार्य को व्यावहारिक रूप देने के लिए वह उपयुक्त अवसर की तलाश करते रहे। इंग्लैंड के अन्य शहरों में वह घूमे-फिरे भी, मगर उन्हें अपने निर्णय को कार्यरूप देने का कोई अवसर नहीं मिला।

सन् 1940 में एक दिन जब वे लंदन में थे तो अचानक उन्हें यह जानकारी मिली कि कैक्सटन हॉल में एक सभा 13 मार्च को आयोजित की जा रही है, जिसमें ओ डायर भी उपस्थित रहेगा। ऊधम सिंह किसी प्रकार

उस सभा में प्रवेश करने में सफल हो गए। वे ओ डायर के ठीक सामने एक कुरसी पर बैठ गए। थोड़ी देर बाद ओ डायर सभा को संबोधित करने के लिए खड़ा हुआ। भारत के बारे में अभी वह कुछ अपशब्द ही बोल पाया था कि ऊधम सिंह ने खड़े होकर अपनी पिस्तौल से गोलियाँ चलाकर उसे तत्काल भून डाला। होम सेक्रेटरी लॉर्ड जेटलैंड, जो उक्त सभा में उपस्थित थे, भी घायल हो गया। सभा में उपस्थित लोगों ने ऊधम सिंह को पकड़कर पुलिस के हवाले कर दिया।

ऊधम सिंह के इस सफल प्रयास की हार्दिक प्रशंसा पूरे भारत में की गई। सैकड़ों निर्दोष व्यक्तियों की हत्या का बदला आखिर ऊधम सिंह ने ले ही लिया और अपने उस निर्णय को कार्यरूप दिया, जो उन्होंने 13 अप्रैल, 1919 को जलियाँवाला बाग में लिया था।

ओ डायर की हत्या के अभियोग में लंदन की एक विशेष अदालत में ऊधम सिंह पर मुकदमा चलाया गया। उन्होंने वीरतापूर्वक अदालत के समक्ष अपने सिर को ऊँचा करके इस हत्या के आरोप को स्वीकार करते हुए कहा, "अपने इस कार्य के लिए मुझे गर्व है। सैकड़ों निर्दोष भारतीयों की हत्या के मुख्य अपराधी ओ डायर को मारकर मैंने राष्ट्रीय अपमान का बदला लिया है।"

हत्या के इस अपराध के लिए उन्हें फाँसी की सज़ा दी गई।

12 जून, 1940 को भारत माता के इस सपूत को लंदन की एक जेल में फाँसी दे दी गई।

शहीद ऊधम सिंह जिंदाबाद!

□

लाहौर षड्यंत्र केस के तीन शहीद भगत सिंह, सुखदेव व राजगुरु

भगत सिंह और उनके दो साथियों को फाँसी दी गई, जिसके परिणामस्वरूप आजादी की लड़ाई अपनी मंजिल की ओर कोसों आग बढ़ गई। इनकी शहादत से देश में ऐसी अभूतपूर्व जागृति पैदा हुई कि हजारों नौजवान आजादी के लिए अपनी आहुति देने हेतु सर पर कफ़न बाँधकर मैदान में आ निकले। अंग्रेज सरकार समझती थी कि इन तीनों को फाँसी देकर वह आजादी की भावनाओं को कुचलने में सफल हो जाएगी, लेकिन उसकी यह भ्रांति वास्तविकता से बहुत दूर थी। पिछले कुछ वर्षों में क्रांतिकारी गतिविधियाँ इतनी तीव्रता से आगे बढ़ीं कि उन्होंने देश के जागरूक वर्ग पर अपना प्रभावशाली असर छोड़ा। राष्ट्रीय क़ांग्रेस के नेता भी ऐसी आशा नहीं करते थे कि इन शहादतों के कारण जनसाधारण में उनकी इज्ज़त पर भी प्रश्नसूचक चिह्न लग जाएगा ? यदि वे ऐसा समझते तो महात्मा गांधी सहित राष्ट्रीय कांग्रेस के नेता इन लोगों को फाँसी के फंदे से बचाने के लिए ऐसे कदम अवश्य उठाते, जिनसे विवश होकर अंग्रेज सरकार को फाँसी की सजा को कार्यरूप देने की हिम्मत नहीं होती।

लाहौर षड्यंत्र केस, जिसमें तीन को फाँसी की सजा दी गई थी, का संक्षिप्त विवरण इस प्रकार हैं–

सन् 1928 के प्रारंभ में ब्रिटिश सरकार द्वारा गठित 'साइमन कमीशन' भारत आया। इस कमीशन का देशव्यापी बहिष्कार किया गया। जिन नगरों में यह क़मीशन गया, वहाँ हड़तालें हुईं, कमीशन को काले झंडे दिखाए गए और सार्वजनिक सभाएँ इत्यादि आयोजित कर इस कंमीशन के विरोध में व्यापक जनमत प्रदर्शित किया गया। इसी क्रम में जब यह कमीशन लाहौर

पहुँचा तो पंजाब-केसरी लाला लाजपत राय के नेतृत्व में एक विशाल प्रदर्शन आयोजित किया गया, जिसमें हजारों लोग शामिल हुए। पुलिस ने इस प्रदर्शन को तितर-बितर करने के लिए जबरदस्त लाठी-चार्ज किया। इस लाठी-चार्ज का प्रमुख निशाना लाला लाजपत राय को बनाया गया। लाठियों की मार के कारण कुछ दिनों के पश्चात् लालाजी की मृत्यु हो गई। यह एक ऐसा हादसा था, जिसने पंजाब के नौजवानों को बेचैन कर दिया।

क्रांतिकारी संगठन 'हिंदुस्तान सोशलिस्ट रिपब्लिकन आर्मी', जिसके सर्वोच्च कमांडर चंद्रशेखर आजाद थे, ने इस राष्ट्रीय अपमान का बदला लेने का निर्णय लिया। जिस अंग्रेज पुलिस ऑफिसर सांडर्स की लाठी की मार से लालाजी गंभीर रूप से घायल हुए थे, उसे मारने की योजना बनाई गई। इस योजना को कार्यान्वित करने के लिए क्रांतिकारियों का एक दल गठित किया गया, जिसमें चंद्रशेखर आजाद के अतिरिक्त भगत सिंह, सुखदेव, राजगुरु, जयदेव कपूर, शिव वर्मा इत्यादि शामिल थे। यह एक बड़े पुलिस अधिकारी की हत्या करने की योजना थी। इसलिए इस योजना के हर पहलू पर बारीकी से अध्ययन किया गया और किसको क्या काम करना है—इसके लिए उनका कार्यक्षेत्र भी निर्धारित किया गया, ताकि इस योजना पर पूरी सफलता के साथ काम किया जा सके।

लालाजी की मृत्यु के ठीक एक महीने पश्चात्, अर्थात् 17 दिसंबर को इस योजना को व्यावहारिक रूप देने का निश्चय किया गया। पुलिस सुपरिन्टेन्डेन्ट का कार्यालय डी.ए.वी. कॉलेज के ठीक सामने पड़ता था। इस योजना में जिन्हें भाग लेना था, वे सब डी.ए.वी. कॉलेज के आसपास के स्थानों पर तैनात कर दिए गए। राजगुरु को भार दिया गया था कि जब सांडर्स अपने कार्यालय से बाहर निकले तो वे गोली चलाने का संकेत देंगे।

जब सांडर्स अपने ऑफिस से बाहर निकलकर अपनी मोटर साइकिल पर सवार होनेवाला था, तब राजगुरु ने संकेत दिया। इस संकेत के मिलते ही भगत सिंह ने सांडर्स पर गोलियाँ चलाकर उसे वहीं मार गिराया। भगत सिंह को पकड़ने के लिए हेड कांस्टेबल चानन सिंह ने उसका पीछा करने की कोशिश की। तब चंद्रशेखर आजाद ने गोलियों से चानन सिंह को भी मार गिराया। तब सभी संबंधित व्यक्ति घटना-स्थल से भागने में सफल हो गए।

इस हत्याकांड से पूरे देश में सनसनी फैल गई। सभी अखबारों ने इस खबर को प्रमुता से प्रकाशित किया। अंग्रेज सरकार इस घटना से परेशान हो गई। इस घटना से संबंधित अभियुक्तों को पकड़ने के लिए व्यापक प्रयास किए जाने लगे। आहिस्ता-आहिस्ता अनेक जगहों से कुछ लोग पकड़े गए। इस षड्यंत्र में शामिल होने का अभियोग जिन क्रांतिकारियों पर लगाया गया, उनमें सर्वश्री सुखदेव, किशोरीलाल, शिव वर्मा, गया प्रसाद, जितेंद्रनाथ दास, जयदेव कपूर, भगत सिंह, बटुकेश्वर दत्त, कमलानाथ त्रिवेदी, जितेंद्र सान्याल, आशाराम, देशराज, प्रेमदत्त, महावीर सिंह, सुरेंद्र पांडे, अजय घोष, विजय कुमार सिंह, राजगुरु तथा कुंदन लाल थे। इन सभी पर सांडर्स के कत्ल का षड्यंत्र रचने और उसे कार्यरूप देने का अभियोग लगाया गया। इसके लिए तीन न्यायाधीशों की एक विशेष अदालत गठित की गई। उससे पूर्व चंद्रशेखर आजाद, दुर्गावती, सुशीला दीदी, वैशम्पायन, लेखराम, सुखदेव राज, हंसराज, सीताराम, प्रेमनाथ, संपूर्ण सिंह, छैलबिहारी लाल, यशपाल व प्रकाशवती को फरार घोषित कर दिया गया।

भगत सिंह तथा उनके साथियों की योजना थी कि इस मुकदमे के माध्यम से 'हिंदुस्तान सोशलिस्ट रिपब्लिकन आर्मी' के उद्देश्य और उसकी कार्यशैली का प्रचार कर देश के लोगों का ध्यान आकर्षित किया जाए। जब इनको अदालत लाया जाता तो ये सभी अभियुक्त 'इंकलाब जिंदाबाद', 'ब्रिटिश साम्राज्य मुर्दाबाद' आदि नारे लगाया करते थे और क्रांतिकारी गीत भी गाते थे। अदालत की कार्यवाही सभी समाचार-पत्रों में मुख्य रूप से प्रकाशित की जाती थी। जन-साधारण अदालत की इन खबरों को बहुत ही दिलचस्पी से पढ़ता था, क्योंकि उनकी सहानुभूति भगत सिंह और उनके साथियों के साथ थी। कुछ समय पूर्व भी भगत सिंह और बटुकेश्वर दत्त ने केंद्रीय असेम्बली में बम फेंककर पूरे देश का ध्यान आकर्षित किया था। कभी-कभी ये सभी अभियुक्त भूख हड़ताल भी करते थे, जिस कारण इनको अदालत में प्रस्तुत करने में पुलिस को बहुत कठिनाई होती थी। यदाकदा इन अभियुक्तों और पुलिस के बीच अदालत में ही झगड़ा हो जाता था, जिस कारण अदालत की कार्यवाही को अनेक बार स्थगित करना पड़ता था।

इन जटिल परिस्थितियों के निराकरण हेतु भारत सरकार ने एक ऑर्डिनेंस जारी किया, जिसके द्वारा अभियुक्तों की अनुपस्थिति में भी

अदालत की कार्यवाही जारी रह सकती थी। इस प्रकार अदालत की कार्यवाही जारी रख मुकदमा समाप्त किया गया। अदालत द्वारा मुकदमा का फैसला सुनाने के लिए 7 अक्टूबर, 1930 का दिन निर्धारित किया गया। अदालत का फैसला सुनाने के लिए अभियुक्तों को कचहरी में उपस्थित करना पुलिस के लिए संभव नहीं था, क्योंकि अधिकारियों को डर था कि यदि अभियुक्तों को जेल से अदालत लाया जाएगा तो हजारों लोग सड़कों पर निकल आएँगे। उन उत्तेजित लोगों को नियंत्रण में रखना संभव नहीं हो सकेगा। इसलिए जेल में जाकर ही मुकदमा का फैसला सुनाया गया। इस फैसले के अनुसार—भगत सिंह, सुखदेव व राजगुरु को फाँसी की सजा दी गई। विजय कुमार सिंह, महावीर सिंह, किशोरी लाल, शिव वर्मा, गया प्रसाद, जयदेव तथा कमलानाथ त्रिवेदी को आजीवन कालापानी की सजा; कुंदन लाल को सात वर्ष और प्रेमदत्त को तीन वर्ष की कैद की सजाएँ दी गईं। जितेंद्रनाथ दास का निधन मुकदमे की सुनवाई के दौरान ही 63 दिनों की भूख-हड़ताल के कारण हो गया था। बटुकेश्वर दत्त को पर्याप्त सबूत न होने के कारण बरी कर दिया गया। दो मुखबिर–जयगोपाल और हंसराज वोहरा को माफी दे दी गई।

उपरोक्त फैसले के विरोध में अगले दिन (8 अक्टूबर को) सभी प्रमुख शहरों में हड़ताल रही। सार्वजनिक सभाएँ आयोजित की गईं, जिनमें इस फैसले के विरोध में प्रस्ताव पारित किए गए। इस फैसले के खिलाफ प्रिवी कौंसिल में अपील की गई। वह निरर्थक रही। अभियुक्तों ने वाइसराय से 'दया करने की प्रार्थना' करने से इनकार कर दिया और कहा कि हमें फाँसी देने की बजाय तोप से उड़ा दिया जाए।

भगत सिंह, सुखदेव व राजगुरु को 23 मार्च, 1931 को सायं 7 बजे लाहौर जेल में फाँसी दे दी गई। फाँसी तो जेल कानून के नियमों के अनुसार प्रातःकाल के समय ही दी जाती है, लेकिन इन्हें प्रातःकाल के बजाय सायंकाल समय दी गई। जब वे फाँसीघर की ओर जा रहे थे तो उन्होंने 'इंकलाब जिंदाबाद' के नारे बुलंद किए। उस समय पूरी जेल में कई हज़ार कैदी बंद थे। उन्होंने भी उनके नारे का जवाब 'इंकलाब जिंदाबाद' के नारों से ही दिया। इनके नारों की आवाज की गूँज पूरे लाहौर शहर में फैल गई और हजारों लोग जेल के आसपास जमा होकर इन शहीदों की जय-जयकार करने लगे। उग्र प्रदर्शन से बचने के लिए पुलिस ने रातो-रात

इन तीनों के शव लाहौर जेल से हटाकर फिरोजपुर शहर में सतलज नदी के किनारे ले जाकर जला दिया। जब लाहौर निवासियों को अधिकारियों के इस षड्यंत्र का पता चला तो हजारों लोग सतलज के किनारे पहुँच गए और जहाँ शवों को जलाया गया था, वहाँ उनको श्रद्धांजलि देने लगे। इतना ही नहीं, उस पवित्र स्थान से एक-एक मुट्ठी मिट्टी उठाकर उनकी स्मृति के रूप में अपने साथ ले गए। उस स्थान पर अब इन शहीदों के सम्मान में एक विशाल स्मारक स्थापित किया गया है, जहाँ प्रतिवर्ष इन शहीदों को श्रद्धांजलि अर्पित की जाती है।

भगत सिंह का जन्म 21 सितंबर, 1907 को जिला लायलपुर (अब पाकिस्तान में) के बंगा गाँव में हुआ था। इनके पिता का नाम सरदार किशन सिंह, इनकी माताजी का नाम श्रीमती विद्यावती था और चाचा का नाम सरदार अजीत सिंह था। इनके पिता और चाचा–दोनों ही महान क्रांतिकारी थे। अंग्रेज-विरोधी गतिविधियों के कारण वे अनेक बार जेल भी गए। भगत सिंह के दादा भी क्रांतिकारी विचारधारा से निकट से जुड़े हुए थे। यद्यपि वे सिख थे, तथपि आर्य समाज के विचारों से प्रभावित थे।

भगत सिंह बचपन से ही उग्र स्वभाव के थे और क्रांतिकारी गतिविधियों से बहुत निकट से जुड़ गए थे। उनके पिता उनका विवाह करना चाहते थे, किंतु उन्होंने विवाह करने से इनकार कर दिया, क्योंकि उनका उद्देश्य गृहस्थी बसाना नहीं, बल्कि भारत को अंग्रेजों की गुलामी से आजाद कराना था। लाहौर से वे कानपुर चले गए थे, जहाँ उन्होंने 'प्रताप' अखबार के कार्यालय में काम किया। केंद्रीय असेम्बली में उन्होंने बटुकेश्वर दत्त के साथ दो बम फेंके थे, जिसमें उन्हें कालापानी की सजा हुई थी। लाहौर षड्यंत्र केस में उन्हें फाँसी की सजा दी गई थी। 23 मार्च, 1931 को सायं 7 बजे इन्हें लाहौर जेल में फाँसी दे दी गई।

सुखदेव का जन्म 15 मई, 1907 को लुधियाना में हुआ था। इनके पिता का नाम श्री रामलाल व माता का नाम श्रीमती रल्ली देई था। जब ये तीन वर्ष के थे, तभी इनके पिता का निधन हो गया था, तब इनका लालन-पालन इनके ताया श्री चिंतराम थापर ने किया। वे अपने भतीजे सुखदेव को अपने पुत्र के समान ही मानते थे।

श्री चिंतराम और सुखदेव के विचारों में बहुत अंतर था। चिंतराम राष्ट्रीय कांग्रेस से जुड़े हुए थे, जबकि सुखदेव क्रांतिकारी विचारों से प्रभावित थे। सुखदेव को पंजाब में क्रांतिकारी गतिविधियाँ संचालित करने के लिए पंजाब का संगठनकर्ता मनोनीत किया गया था। वह बम बनाने की कला में सिद्धहस्त माने जाते थे। पंजाब के संगठनकर्ता के रूप में वे अपनी निजी जरूरत के लिए बहुत कम खर्च करते थे, लेकिन अपने अन्य साथियों की जरूरतों को पूरा करने के लिए भरसक प्रयास करते थे। जब वे लाहौर जेल में थे, तब उन्होंने जेल से गांधीजी के नाम एक पत्र लिखकर भेजा था, जिसमें अपना नाम नहीं लिखा था। इस पत्र के द्वारा उन्होंने गांधी-इर्विन पैक्ट का विरोध किया था। गांधीजी से पत्र का उत्तर मिलने से पूर्व ही उन्हें 23 मार्च, 1931 को लाहौर जेल में फाँसी दे दी गई। गांधीजी ने उत्तर में जो पत्र लिखा था, उसे 'नवजीवन' पत्रिका में प्रकाशित किया गया था।

राजगुरु का पूरा नाम शिवराम हरि राजगुरु था। यद्यपि उनका परिवार महाराष्ट्र का रहनेवाला था, तथापि उनका जन्म बनारस में हुआ था, जो उस समय क्रांतिकारी गतिविधियों का गढ़ माना जाता था। वे चंद्रशेखर आजाद के विश्वासपात्र माने जाते थे और निशानेबाजी में सिद्धहस्त थे। वे इकहरे जिस्म के थे, मगर उनके शरीर से ऐसा लगता था कि वे व्यायाम करने के बहुत शौकीन थे। जीवन के प्रारंभ में उनकी परवरिश कट्टर हिंदुओं के मध्य हुई थी, लेकिन उनके विचारों में शनैः-शनैः परिवर्तन हुआ और सन् 1927 के प्रारंभ में वे क्रांतिकारी विचारों से प्रभावित होकर पूरी तरह से क्रांतिकारी गतिविधियों से जुड़ गए थे। उन्हें 30 सितंबर, 1929 को पूना में गिरफ्तार कर लाहौर जेल भेजा गया और लाहौर षड्यंत्र केस का एक प्रमुख अभियुक्त बनाया गया। भगत सिंह और सुखदेव के साथ 23 मार्च, 1931 को सायं 7 बजे उन्हें फाँसी दे दी गई।

□

बलिदान की अमर गाथा जलियाँवाला बाग

भारत में रॉलेट ऐक्ट 21 मार्च, 1919 से लागू किया गया। इसने 'डिफेंस ऑफ इंडिया ऐक्ट' की जगह ली, क्योंकि यह ऐक्ट प्रथम विश्वयुद्ध समाप्त होने के साथ ही समाप्त हो गया था। रॉलेट ऐक्ट में ऐसी विशेष अदालतों की व्यवस्था की गई थी, जिनके निर्णयों के विरुद्ध अपील नहीं हो सकती थी। मुकदमे की कार्यवाही बंद कमरे में होती थी, जिसमें गवाह पेश करने की भी इजाजत नहीं थी। प्रांतीय सरकारों को अन्य अधिकारों के अलावा ऐसी असाधारण शक्तियाँ प्रदान की गई थीं कि वे किसी की भी तलाशी ले सकती थीं, उसे गिरफ्तार कर सकती थीं या जमानत माँग सकती थीं।

स्पष्ट है कि वह समय अंग्रेजों की बदहाली का दौर था। जनता की इच्छा को चुनौती देने का उससे प्रतिकूल समय और नहीं हो सकता था। युद्ध समाप्त होने के साथ-साथ उसके आर्थिक दुष्परिणाम विकराल रूप में सिर उठाने लगे थे। अकेले पंजाब ने ही अपने योगदान के रूप में विश्वयुद्ध के लिए 3,00,000 लड़ाकू सैनिक और 60,000 अन्य व्यक्ति युद्ध से संबंधित विभिन्न सेवा-कार्यों के लिए दिए थे। दूसरी ओर महात्मा गांधी भी सन् 1915 में दक्षिण अफ्रीका से लौट आए थे, उन्होंने कांग्रेस का नेतृत्व सँभाल लिया था। रॉलेट ऐक्ट का प्रतिरोध करने के लिए उन्होंने पहले कदम के रूप में जनता का आह्वान करते हुए प्रतिज्ञा लेने को कहा—"जब तक ये कानून वापस नहीं लिये जाते, तब तक आप सभ्यतापूर्वक इन्हें मानने से इनकार कर दें।" फिर उन्होंने 6 अप्रैल, 1919 को देश भर में हड़ताल करने का आह्वान किया। उस दिन गांधीजी के आह्वान पर देश भर में सभी

आर्थिक गतिविधियाँ ठप हो गईं। उक्त हड़ताल को आशातीत सफलता मिली। महात्मा गांधी ने इस सफलता का वर्णन इन शब्दों में किया–"एक सिरे से दूसरे सिरे तक पूरे भारत में, पूरे शहरों और गाँवों में हड़ताल रही। यह वास्तव में एक अभूतपूर्व दृश्य था।"

लाहौर, अमृतसर और पंजाब के अन्य शहरों तथा गाँवों में हड़ताल की सफलता से प्रांत का बदमिजाज और अक्खड़ लेफ्टिनेंट गवर्नर माइकेल ओ डायर बौखला गया।

जिस दिन प्रांत के नेताओं को बाहर निकाला गया था, उसी दिन गांधीजी को गिरफ्तार कर लिया गया। वह पंजाब के लोगों के निमंत्रण पर पंजाब जा रहे थे। तभी पलवल स्टेशन पर उन्हें हिरासत में ले लिया गया। इस बात से क्रुद्ध होकर अमृतसर के लोग सड़कों पर निकल आए और इस आदेश को रद्द करने की माँग को लेकर डिप्टी कमिश्नर के बंगले की ओर भीड़ के रूप में जाने लगे। इस भीड़ का सामना फौजी टुकड़ी से हुआ। उसने भीड़ को रोकने की कोशिश की। घुड़सवार पुलिस हरकत में आ गई। गोलीबारी शुरू कर दी गई। मरनेवालों और जख्मी होनेवालों की संख्या बेशुमार थी।

इन गतिविधियों से माइकेल ओ डायर घबरा गया। उसने नगर को सेना के हाथों में सौंप दिया। 11 अप्रैल की रात को नगर का भार ब्रिगेडियर जनरल डायर ने सँभाल लिया और शहर में मीटिंगों तथा जुलूसों पर प्रतिबंध लगा दिया।

जब यह सब हो रहा था, तभी (13 अप्रैल को) बैसाखी का दिन आया, जो पंजाब में फसल पकने का प्रमुख त्योहार तो है ही, सिखों का भी यह पवित्र दिन है, क्योंकि इसी दिन सन् 1699 में सिखों के दसवें गुरु, गुरु गोविंद सिंहजी ने खालसा पंथ की स्थापना की थी। इसलिए उस दिन लोग किसी भी प्रकार का बंधन मानने की मनःस्थिति में नहीं थे। यह घोषणा कर दी गई कि 13 अप्रैल को दोपहर बाद स्वर्ण मंदिर के निकट जलियाँवाला बाग में एक आम सभा होगी। यह मुख्यतः इस बात का प्रतीक थी कि लोग अधिकारियों का विरोध करना चाहते थे और इस आयोजन द्वारा वे अपने अधिकारों की रक्षा करना चाहते थे।

जलियाँवाला बाग शहर के मध्य में स्थित है। कुल मिलाकर यह एक ऐसे खुले बाड़े जैसा है, जो चारों ओर से ऊँची-ऊँची इमारतों से घिरा हुआ

है। कहा जाता है कि उस समय विरोध-सभा में भाग लेने के लिए वहाँ 25,000 से अधिक स्त्री-पुरुष और बच्चे एकत्र हो गए थे।

सभा शुरू हुए अभी थोड़ा ही समय हुआ था कि जनरल डायर अपनी हथियारबंद सैनिक टुकड़ी सहित वहाँ पहुँच गया और भीड़ को तितर-बितर करने के लिए अपने सैनिकों को उस भीड़ पर अंधाधुंध गोलियाँ चलाने का आदेश दे दिया। वहाँ से निकलने के एकमात्र तंग रास्ते को उसने अवरुद्ध कर रखा था। असली बात यह थी कि वह लोगों में आतंक पैदा करना चाहता था।

प्रत्यक्षदर्शियों ने उस बीभत्स हत्याकांड का हृदय-विदारक वर्णन किया। जैसे ही मशीनगनों से गोलियाँ बरसनी शुरू हुईं, लाशों और जख्मियों के अंबार लग गए। क्योंकि बाहर निकलने का एकमात्र रास्ता बंद कर दिया गया था, अतः वहाँ बुरी तरह भगदड़ मच गई थी। गोलियों से बचने के लिए जब लोग इधर-उधर दौड़े तो बहुत सी स्त्रियाँ और बच्चे उनके पैरों तले कुचल गए, किंतु स्त्रियों और बच्चों की चीख-चिल्लाहट गोलियों की धाँय-धाँय की आवाज में दब गई। जनरल डायर के वफादार सैनिकों ने गोलियाँ चलानी तभी बंद कीं, जब उनका गोला-बारूद खत्म हो गया।

तत्पश्चात् मृतकों और घायलों को वहीं छोड़कर डायर अपने सैनिकों सहित वहाँ से चलता बना। जख्मियों की देखभाल की कौन कहे, वहाँ उन्हें पानी देनेवाला भी कोई नहीं था। सरकारी आँकड़ों के अनुसार, 379 लोग घटनास्थल पर ही मारे गए और उनसे तीनगुना जख्मी हुए। गैर-सरकारी सूत्रों के अनुसार, मरनेवालों की संख्या चार अंकों में थी।

जलियाँवाला बाग के इस हत्याकांड से ही लोगों की विपत्ति का अंत नहीं हुआ। शहर में कर्फ्यू लगा दिया गया और बिजली-पानी की आपूर्ति बंद कर दी गई। जिन लोगों पर सरकार को संदेह था, उन्हें कोड़ों की सजा दी गई। उपद्रवों के दौरान जिस जगह दो अंग्रेज स्त्रियों पर हमला किया गया था, उस जगह से गुजरनेवाले प्रत्येक व्यक्ति को पेट के बल रेंगकर जाना पड़ता था।

इस निर्मम हत्याकांड का समाचार सुनकर समूची दुनिया दहल गई। महाकवि रवींद्रनाथ ठाकुर ने अपनी 'सर' की उपाधि सरकार को वापस लौटाते हुए कहा—"जिस तरह हमें अपमानित किया गया है, अब उसे देखते हुए सरकार से मिले सम्मान के तमगे हमारे लिए लज्जा का विषय बन गए

हैं। इसलिए मैं अपनी ओर से अपने देशवासियों की खातिर, उन सब विशेष सम्मानों से वंचित होना चाहता हूँ, क्योंकि मेरे देशवासियों को इतना महत्त्वहीन समझा गया और उनसे ऐसा अपमानजनक व्यवहार किया गया, जिसे मानवोचित नहीं कहा जा सकता।"

मांटेग्यू-चेम्सफोर्ड सुधारों से संबंधित सर एडविन मांटेग्यू ने डायर की निंदा करते हुए वायसराय को लिखा–"डायर का आदेश इतना वहशी और अनुचित था कि उससे मेरा क्रोध भड़क उठा है। मैं यह बात स्वीकार नहीं कर सकता कि अन्यत्र डायर ने जो सेवाएँ की हैं, उनके कारण उसकी इस काररवाई को माफ कर दिया जाए। मैं इस बात से बहुत व्यग्र हूँ कि यदि उसे यह आदेश देने की कोई सजा नहीं दी गई तो इसके नतीजे बहुत गंभीर होंगे।"

कांग्रेस ने सरकार द्वारा नियुक्त जाँच समिति का बहिष्कार किया और अपनी ओर से एक उच्चस्तरीय समिति गठित की। इसके सदस्य थे–महात्मा गांधी, एम.आर. जयकर, सी.आर. दास और अब्बास तैयबजी। उस समिति की जाँच से पता चला कि–

1. पंजाब में सरकार को उखाड़ फेंकने का कोई षड्यंत्र नहीं रचा गया था।
2. मार्शल लॉ लागू करने का कोई न्यायोचित कारण नहीं बताया गया।
3. जलियाँवाला बाग-हत्याकांड पूरी तरह बेकसूर और निहत्थे लोगों, जिनमें बच्चे भी थे, पर किया जानेवाला एक अमानवीय अत्याचार था, जिसकी क्रूरता का उदाहरण अन्यत्र नहीं मिलता।

नोट : उपरोक्त विवरण भारत सरकार के सूचना और प्रसारण मंत्रालय द्वारा प्रकाशित एक पम्फ्लेट से लिया गया है।

□

चंपारण-सत्याग्रह

बिहार में चंपारण जिले को यह सौभाग्य प्राप्त है कि दक्षिण अफ्रीका से वापस आकर महात्मा गांधी ने सर्वप्रथम सत्याग्रह-आंदोलन वहीं प्रारंभ किया और वहाँ उन्हें सफलता भी प्राप्त हुई थी। वहाँ अंग्रेजों ने नील बनाने के अनेक कारखाने खोल रखे थे। ऐसे अंग्रेजों को 'निहले' कहा जाता था। उन्होंने इस जिले की काफी जमीन पर कब्जा कर अपनी कोठियाँ बना ली थीं। ये लोग अपने खेतों में तो नील पैदा करवाते थे, साथ ही पूरे जिले के किसानों को मजबूर भी करते थे कि वे एक बीघे के पीछे तीन कट्ठे में नील की खेती अवश्य करेंगे। इस प्रकार पैदा की हुई नील को ये निहले मनमाने दामों में खरीदते थे। इस प्रथा को 'तीनकठिया प्रथा' कहा जाता था। इस प्रथा के कारण चंपारण के किसानों का भयंकर शोषण इन गोरे निहले द्वारा हो रहा था। फलतः इन निहलों के खिलाफ चंपारण के किसानों में व्यापक असंतोष फैल चुका था। 'तीनकठिया प्रथा' के अतिरिक्त ये निहले आसपास के गाँवों की भोली-भाली जनता को डरा-धमाकर उनका शोषण अनेक प्रकार से करके उन्हें अपमानित भी करते थे। उनके चौकीदार उन लोगों को मारते-पीटते भी थे। राजकुमार शुक्ल, जो स्वयं एक किसान थे, इस अत्याचार की कहानी का वर्णन करने के लिए गांधीजी के पास गए। उन्होंने गांधीजी से विनती की कि वे चंपारण में आकर इस अत्याचार तथा अपमान की स्थिति का अध्ययन स्वयं करें। राजकुमार शुक्ल के सतत प्रयत्नों से ही राष्ट्रीय कांग्रेस के सन् 1916 के लखनऊ अधिवेशन में एक प्रस्ताव पारित कर चंपारण के किसानों के प्रति सहानुभूति व्यक्त की गई थी।

राजकुमार शुक्ल के साथ गांधीजी 10 अप्रैल, 1917 को पटना पहुँचे और वहाँ से उसी रात्रि मुज़फ्फरपुर के लिए रवाना हो गए। अपने पटना

प्रवास में गांधीजी पटना के नामी वकील बाबू राजेंद्र प्रसाद से मिलना चाहते थे, लेकिन वे उस समय पटना में उपस्थित नहीं थे। गांधीजी अपने मित्र श्री मजरुल हक, जो प्रतिष्ठित बैरिस्टर तो थे ही, गवर्नर की कौंसिल के सदस्य भी थे, से मिले और नील की खेती से जुड़ी हुई समस्यों के बारे में चर्चा की। 15 अप्रैल को गांधीजी मोतिहारी पहुँचे। वहाँ से 16 अप्रैल को चंपारण के लिए जब वे प्रस्थान कर रहे थे, तभी मोतीहारी के एस.डी.ओ. के सामने उपस्थित होने का सरकारी आदेश उन्हें दिया गया। उस आदेश में यह भी लिखा हुआ था कि वे तुरत यह क्षेत्र छोड़कर वापस लौट जाएँ।

गांधीजी ने उस आदेश का उल्लंघन कर चंपारण की अपनी यात्रा जारी रखी। इस आदेश की अवहेलना करने के आरोप में उनपर मुकदमा कायम किया गया। चंपारण पहुँचने पर गांधीजी ने वहाँ के जिलाधीश को लिखकर सूचित किया कि वे तब तक चंपारण नहीं छोड़ सकते, जब तक नील की खेती से संबंधित उनकी जाँच का काम पूरा नहीं हो जाता। सरकारी आदेश की अवहेलना करने के अपराध में गांधीजी सब-डिविजनल मजिस्ट्रेट की अदालत में उपस्थित हुए तो वहाँ पहले से ही हजारों लोगों की भीड़ उनके दर्शन करने लिए जमा हो गई थी। मजिस्ट्रेट मुकदमे की कार्यवाही स्थगित करना चाहता था, मगर गांधीजी ने उसे ऐसा करने से रोक दिया और कहा कि सरकारी आदेश के उल्लंघन का अपराध वे स्वीकार करते हैं। गांधीजी ने एक संक्षिप्त बयान भी दिया, जिसमें उन्होंने चंपारण में आने के अपने उद्देश्य को स्पष्ट किया। उन्होंने कहा कि वे अपनी अंतरात्मा की आवाज पर चंपारण के किसानों की सहायता करने के लिए आए हैं और उन्हें मजबूर होकर सरकारी आदेश का उल्लंघन करना पड़ा है। इसके लिए जो भी दंड दिया जाएगा, उसे भुगतने के लिए वे तैयार हैं।

गांधीजी का यह बयान महत्त्वपूर्ण है, इसलिए इसे यहाँ प्रस्तुत किया जा रहा है–

अदालत को मैं संक्षेप में यह बतलाना चाहता हूँ कि नोटिस द्वारा जो आज्ञा मुझे दी गई, उसकी अवज्ञा मैंने क्यों की ? मेरी समझ में यह स्थानीय अधिकारियों और मेरे मध्य में मतभेद का प्रश्न है। मैं इस देश में राष्ट्रीय तथा मानव-सेवा करने के विचार से आया हूँ। मुझसे बहुत आग्रह किया गया था कि यहाँ आकर उन रैयतों की सहायता करूँ, जिनके साथ कहा

जाता है कि नीलवर साहब अच्छा व्यवहार नहीं करते, पर जब तक मैं सब बातें अच्छी तरह नहीं देख लेता, तब तक उन लोगों की कोई सहायता नहीं कर सकता था। इसलिए मैं, यदि हो सके तो अधिकारियों और नीलवर की सहायता से सब बातें जानने के लिए आया हूँ। मैं किसी दूसरे उद्देश्य से यहाँ नहीं आया हूँ। मुझे यह विश्वास नहीं होता कि यहाँ मेरे आने से किस प्रकार शांतिभंग या प्राणहानि हो सकती है। मैं कह सकता हूँ कि ऐसी बातों का बहुत कुछ अनुभव मुझे है। अधिकारियों को जो कठिनाइयाँ होती हैं, उनको मैं समझता हूँ और मैं यह भी मानता हूँ कि उन्हें जो सूचना मिलती है, वे केवल उसी के अनुसार काम कर सकते हैं। कानून माननेवाले व्यक्ति की तरह मेरी प्रवृत्ति यही होनी चाहिए थी और ऐसी प्रवृत्ति हुई भी कि मैं इस आज्ञा का पालन करूँ, पर मैं उन लोगों, जिनके कारण मैं यहाँ आया हूँ, के प्रति अपने कर्तव्य का उल्लंघन नहीं कर सकता था। मैं समझता हूँ कि मैं उन लोगों के बीच में रहकर ही उनकी भलाई कर सकता हूँ। इस कारण मैं स्वेच्छा से इस स्थान से नहीं जा सकता। दो कर्तव्यों के परस्पर विरोध की दशा में मैं केवल यही कर सकता था कि अपने हटाने की सारी जिम्मेवारी शासकों पर छोड़ दूँ। मैं भली-भाँति जानता हूँ कि भारत के सार्वजनिक जीवन में मेरी जैसी स्थितिवाले लोगों को आदर्श प्रस्तुत करने में बहुत ही सचेत रहना पड़ता है। मेरा दृढ़ विश्वास है कि जिस स्थिति में मैं हूँ, उस स्थिति में प्रत्येक प्रतिष्ठित व्यक्ति को वही काम करना चाहिए, जो इस समय करने का निश्चय मैंने किया है और वह यह है कि बिना किसी प्रकार का विरोध किए आज्ञा न मानने का दंड सहने के लिए तैयार हो जाऊँ। मैंने यह बयान इसलिए नहीं दिया है कि जो दंड मुझे मिलनेवाला है, वह कम किया जाए, पर इस बात को दिखलाने के लिए कि मैंने सरकारी आज्ञा की अवज्ञा इस कारण से नहीं की है कि मुझे सरकार के प्रति श्रद्धा नहीं है, बल्कि इस कारण से कि मैंने उससे भी उच्चतर आज्ञा-अपनी विवेकबुद्धि की आज्ञा—का पालन करना उचित समझा है।"

मजिस्ट्रेट द्वारा फैसला सुनाने से पूर्व ही बिहार के लेफ्टिनेन्ट गवर्नर ने हस्तक्षेप कर गांधीजी के विरुद्ध मुकदमा वापस लेने का आदेश दिया। इस प्रकार गांधीजी ने चंपारण में सर्वप्रथम सविनय अवज्ञा का ज्वलंत उदाहरण

पेश किया। सरकार द्वारा गांधीजी को यह भी आश्वासन दिया गया कि जिस उद्देश्य के लिए गांधीजी चंपारण आए हैं, उसके लिए सरकार की ओर से सभी प्रकार की सहायता उन्हें उपलब्ध रहेगी।

चंपारण में गांधीजी ने किसानों की समस्या का व्यापक अध्ययन किया, जिसमें उन्हें बाबू राजेंद्र प्रसाद, आचार्य जे.बी. कृपलानी, बाबू ब्रजकिशोर प्रसाद, अनुग्रह नारायण सिंह, मौलाना मजरुल हक, हसन इमाम, धरनीधर प्रसाद इत्यादि अनेक गण्यमान्य व्यक्तियों की सहायता भी प्राप्त हुई।

गांधीजी और उनके सहयोगियों की सक्रियता और वहाँ के किसानों के उत्साह को देखकर सरकारी व्यवस्था असमंजस में पड़ गई। उच्च अधिकारियों और खासकर लेफ्टिनेन्ट गवर्नर सर एडवर्ड गेट ने स्थिति की गंभीरता को समझा। उसने चंपारण की स्थिति को और अधिक बिगड़ने नहीं देने की तत्परता दिखलाई और समस्या के हल की तलाश में रचनात्मक कदम उठाने की दिशा में पहल की।

बिहार सरकार की ओर से नील की खेती से जुड़ी समस्याओं के निदान हेतु एक उच्चस्तरीय कमेटी गठित की गई, जिसके एक सदस्य महात्मा गांधी भी मनोनीत किए गए थे। इस कमेटी की रिपोर्ट को सभी पक्षों द्वारा स्वीकार किया गया और बदनाम 'तीन कट्ठा प्रथा' समाप्त कर दी गई और अनेक सहूलियतें किसानों को प्रदान की गईं। इस प्रकार निहलों के विरुद्ध यह आंदोलन सफलतापूर्वक समाप्त हुआ। इससे चंपारण के किसानों में आत्मविश्वास जगा और अन्याय के विरुद्ध लड़ने के लिए उनमें एक नई शक्ति पैदा हुई।

चंपारण-सत्याग्रह का एक दूसरा अहम पहलू है गांधीजी को अनेक निष्ठावान सहयोगियों की प्राप्ति। चंपारण में बिहार या बिहार से बाहर के जिन लोगों ने सक्रियता से गांधीजी को सहयोग दिया, वे ही लोग आगे चलकर हिंदुस्तान के बड़े नेता सिद्ध हुए।

चंपारण-सत्याग्रह इस देश में प्रथम अहिंसात्मक आंदोलन था, जो सफल हुआ और भारत की आजादी के संघर्ष की दिशा में एक महत्त्वपूर्ण प्रयोग साबित हुआ। महात्मा गांधी के नेतृत्व के प्रति जनसाधरण में विश्वास का श्रीगणेश चंपारण से ही हुआ था।

□

बारदोली-सत्याग्रह (1928)

सन् 1928 में जब साइमन कमीशन भारत में आया, तब उसका राष्ट्रव्यापी बहिष्कार किया गया था। इस बहिष्कार के कारण भारत के लोगों में आजादी के प्रति अदम्य उत्साह पैदा हो रहा था। ठीक इसी समय, जब कमीशन भारत में ही था, तब बारदोली का सत्याग्रह भी प्रारंभ हो गया था। बारदोली गुजरात प्रदेश के सूरज जिले का एक प्रमुख तालुका है। सत्याग्रह प्रारंभ करने का कारण यह था कि इस जिले के किसान जो वार्षिक लगान दे रहे थे, उसमें अचानक 30 प्रतिशत की वृद्धि कर दी गई थी और बढ़ा हुआ लगान 30 जून, 1927 से ही लागू होना था। इस बढ़े हुए लगान के प्रति किसानों में आक्रोश होना स्वाभाविक था। मुंबई राज्य की विधानसभा ने भी इस वृद्धि-लगान का विरोध किया था। किसानों का एक शिष्टमंडल उच्चाधिकारियों से मिला, मगर उसका कोई असर नहीं हुआ। अनेक जनसभाओं द्वारा भी लगान बढ़ाने का विरोध कर प्रस्ताव पारित किए गए, लेकिन इन सभी प्रयासों का कोई असर सरकार पर नहीं हुआ। तत्कालीन सेंट्रल असेम्बली के अध्यक्ष श्री विट्ठलभाई पटेल ने भी वाइसराय महोदय को एक पत्र लिखकर अनुरोध किया कि इस बढ़े हुए लगान को वापस लिया जाना चाहिए।

इन सब प्रयासों का जब कोई असर मुंबई सरकार पर नहीं हुआ, तो विवश होकर इस वृद्धि-लगान के विरोध में सत्याग्रह करने का निर्णय लिया गया। किसानों की एक विशाल सभा 4 फरवरी, 1928 को बारदोली में आयोजित की गई, जिसमें सर्वसम्मति से निर्णय लिया गया कि बढ़ा हुआ लगान किसी भी अवस्था में नहीं दिया जाएगा। जो सरकारी कर्मचारी लगान लेने के लिए आएँगे, उनके साथ असहयोग किया जाएगा। इन कर्मचारियों के लिए गाँववालों की ओर से जो बैलगाड़ी, भोजन इत्यादि की

व्यवस्था की जाती थी, वह भी नहीं की जाएगी। इस सत्याग्रह के आयोजन की जिम्मेवारी श्री वल्लभभाई पटेल को सौंपी गई, जिसे उन्होंने गांधीजी से परामर्श के पश्चात् स्वीकार कर लिया। इस क्षेत्र के ग्रामवासियों ने जो निर्णय लिया, उसमें वह अटल रहे। लगान वसूल करने के लिए जब सरकारी कर्मचारी आते थे तो वे लगान नहीं मिलने पर किसानों के जानवरों को उठाकर ले जाते थे। किसानों की चल-अचल संपत्ति भी कुर्क की जाने लगी। इस अत्याचार के विरोध में श्री विट्ठलभाई पटेल ने वाइसराय को पुनः पत्र लिखकर धमकी दी कि अगर सरकार ने यह अत्याचार बंद नहीं किया तो वे केंद्रीय असेम्बली के अध्यक्ष पद से इस्तीफा दे देंगे।

बारदोली-सत्याग्रह के समर्थन में महात्मा गांधी की अपील पर 12 जून, 1928 को पूरे देश में 'बारदोली दिवस' मनाया गया। उस दिन देश के कोने-कोने में सार्वजनिक सभाएँ आयोजित की गईं। बारदोली की घटनाओं के समाचार पूरे देश में तेजी से फैले। समाचार-पत्रों व मजदूर संगठनों के नेताओं ने भी सरकार से अनुरोध किया कि किसानों पर बढ़े हुए लगान का बोझ कम किया जाए। एक सभा में भाषण करते हुए राष्ट्रीय कांग्रेस के तत्कालीन अध्यक्ष डॉ० एम.ए. अन्सारी ने कहा, "बारदोली का सत्याग्रह जमाने से चली आई गुलामी से मुक्ति की दिशा में आजादी की पलटन का हराबल दस्ता हैं।"

इस सत्याग्रह में बहुत से लोगों को गिरफ्तार किया गया। इस पूरे दमन के उपरांत भी किसान अपनी माँगों पर डटे रहे। वे किसी प्रकार भी पीछे हटने के लिए तैयार नहीं थे। अन्य प्रदेशों की किसान सभाओं ने भी बारदोली सत्याग्रह का समर्थन किया। उन्होंने केंद्रीय सरकार को चेतावनी दी कि यदि बढ़ा हुआ लगान तुरत वापस नहीं लिया गया तो वे भी अपने-अपने प्रदेशों में लगानबंदी अभियान चलाएँगे। वल्लभभाई पटेल ने बड़ी सुझ-बूझ और दृढ़ता से इस सत्याग्रह का संचालन किया।

अंत में वाइसराय की सलाह को स्वीकार करते हुए मुंबई की सरकार ने बढ़े हुए लगान के आदेश को रद्द करने की घोषणा की तथा किसानों की जमीन-जायदाद, मवेशी इत्यादि, जो कुक किए गए थे, उनको वापस लौटाने के आदेश दिए। गिरफ्तार किए गए लोगों को रिहा करने के भी आदेश जारी किए गए।

किसानों की इस सफलता पर पूरे देश में खुशी की लहर दौड़ गई। 11 व 12 अगस्त 'विजय दिवस' के रूप में मनाया गया। उस दिन सरदार विट्ठल भाई पटेल के नेतृत्व की भूरी-भूरी प्रशंसा की गई। एक बड़ी सभा, जिसमें गांधीजी भी उपस्थित थे, में पटेल का सम्मान करते हुए उनको 'सरदार' की पदवी से विभूषित किया गया। वल्लभभाई पटेल उसके बाद 'सरदार पटेल' के नाम से प्रसिद्ध हुए।

आजादी के उपरांत सरदार पटेल को भारत का 'लौहपुरुष' कहा जाने लगा। राष्ट्र के प्रति उनकी सेवाओं के लिए उन्हें मरणोपरांत 'भारत रत्न' की उपाधि से विभूषित किया गया।

□

खेड़ा-सत्याग्रह (1917)

गुजरात प्रदेश के खेड़ा जिले में सन् 1917 में बहुत अधिक वर्षा होने के कारण फसल बरबाद हो गई थी। इससे भयंकर अकाल पड़ने लगा। पशुओं के लिए चारे का भी अभाव हो गया। चारों ओर भुखमरी फैलने लगी। इससे विवश होकर खेड़ा जिले के किसानों ने माँग की कि इस वर्ष उनसे मालगुजारी वसूल नहीं की जाए। श्री अमृतलाल ठक्कर, श्री मोहनलाल पंड्या, शंकरलाल पारीख आदि नेताओं ने कमिश्नर को एक प्रतिवेदन देकर उनका ध्यान किसानों की बदहाली की ओर आकर्षित किया। गुजरात सभा के अध्यक्ष की हैसियत से गांधीजी ने भी संबंधित अधिकारियों को पत्र लिखकर और तार भेजकर प्रार्थना की कि मालगुजारी की वसूली को स्थगित रखा जाए, किंतु अंग्रेज नौकरशाही कुछ भी सुनने के लिए तैयार नहीं थी।

तब गांधीजी ने खेड़ा जिले के किसानों को सत्याग्रह करने की सलाह दी। इस सत्याग्रह में वल्लभभाई पटेल, उनके बड़े भाई विट्ठलभाई पटेल, (जो बाद में केंद्रीय असेम्बली के अध्यक्ष बने), शंकरलाल बैंकर, श्रीमती अनुसूया बहन, इंदुलाल याज्ञिक, महादेव देसाई आदि नेताओं ने सक्रिय सहयोग दिया। सत्याग्रह प्रारंभ करने से पूर्व गांधीजी ने यह शपथ लेने के लिए सत्याग्रहियों से कहा–"क्योंकि हमारे गाँवों में फसल एक चौथाई से भी कम हुई है, इसलिए हम लोगों ने सरकार से निवेदन किया था कि मालगुजारी की वसूली अगले साल तक रोक दी जाए, पर सरकार ने हमारा निवेदन स्वीकार नहीं किया। इसलिए हम लोग प्रतिज्ञा करते हैं कि हम इस साल सरकार को पूरी या बकाया मालगुजारी नहीं देंगे। इसके लिए सरकार जो भी कदम उठाएगी, हम खुशी के साथ उस दंड को भुगतेंगे। भले ही हम लोगों की जमीन जब्त कर ली जाए, पर हम लोग

सरकार को मालगुजारी देकर अपने आत्मसम्मान को चोट नहीं पहुँचाएँगे। यदि सरकार किस्त की वसूली रोकने पर राजी हो जाए, तब हम लोगों में से वे लोग, जो मालगुजारी दे सकते हैं, पूरी मालगुजारी या बकाया मालगुजारी दे देंगे। हम लोगों में से जो माल-गुजारी दे सकते हैं, वे भी इसलिए मालगुजारी रोके हुए हैं कि जो गरीब किसान मालगुजारी नहीं दे सकते हैं, वे मजबूर होकर मालगुजारी देने के लिए कहीं अपना सामान न बेच डालें अथवा कर्ज में न पड़ जाए। ऐसे गरीबों की दशा को ध्यान में रखकर ही धनी किसानों का भी कर्तव्य है कि वे सरकार को मालगुजारी नहीं दें।"

किसानों के लिए संघर्ष का यह तरीका बिलकुल नया था। गांधीजी ने गाँव-गाँव घूमकर किसानों को हर हालत में शांति रखने का उपदेश दिया। उन्होंने किसानों को सरकारी अफसरों से नहीं डरने का सबक सिखाया। गांधीजी के व्यक्तित्व का यह असर था कि किसानों ने शांति और निर्भीकता के साथ इस संघर्ष में दृढ़ता दिखाई। सरकारी दमन-चक्र चलता रहा। कुछ सत्याग्रही गिरफ्तार किए गए तथा बहुत से किसानों के मवेशी और चल संपत्ति जब्त की गई। इन कठिनाइयों के उपरांत भी लोगों ने दृढ़ता का परिचय दिया। अंत में सरकार को मजबूर होकर किसानों से समझौता करना पड़ा।

इस सत्याग्रह के दौरान गुजरात के किसानों को अपनी छुपी हुई शक्ति का प्रदर्शन करने का अवसर मिला। उन्होंने यह सीखा कि त्याग एवं बलिदान के द्वारा वे अपना कल्याण कर सकते हैं। खेड़ा सत्याग्रह ने न केवल गुजरात, बल्कि देश के अन्य क्षेत्रों में भी भविष्य के लिए सत्याग्रह का पथ प्रशस्त किया।

□

चटगाँव शस्त्रागार-कांड–1930

बंगाल हमेशा से ही क्रांतिकारी गतिविधियों का एक प्रमुख केंद्र रहा है। यही कारण था कि अंग्रेजों ने हिंदुस्तान की राजधानी कोलकाता से हटाकर दिल्ली को नई राजधानी बनाने का निर्णय लिया था। चटगाँव तत्कालीन बंगाल प्रदेश का एक महत्त्वपूर्ण भाग था, (जो अब बँगलादेश का भाग है)। भारत की क्रांतिकारी गतिविधियों के इतिहास में चटगाँव शस्त्रागार कांड एक विशेष महत्त्व रखता है। इस कांड में सबसे अधिक नौजवान शहीद हुए, जिसमें कुछ महिलाएँ भी शामिल थीं।

12 मार्च, 1930 को गांधीजी ने अपनी ऐतिहासिक दांडी-यात्रा शुरू की, जिसके फलस्वरूप पूरे देश में एक तूफान उठ खड़ा हुआ था। ब्रिटिश शासन काँप उठा था। जनता की शक्ति के सामने गांधीजी को बहुत दिनों तक गिरफ्तार नहीं किया गया, किंतु अंत में मजबूर होकर सरकार को गांधीजी को गिरफ्तार करना ही पड़ा। जब यह आंदोलन पूरे जोर-शोर से देश भर में चल रहा था, ठीक उसी समय 18 अप्रैल को यह (चटगाँव-शस्त्रागार) कांड भी हुआ था। इस कांड से जुड़े क्रांतिकारियों की यह योजना थी कि सशस्त्र संघर्ष द्वारा चटगाँव को अंग्रेजों से मुक्त कराया जाए। चटगाँव में राष्ट्रवादी क्रांतिकारियों का संगठन 'चटगाँव रिपब्लिकन आर्मी' पहले से ही मौजूद था। यह संगठन जनसाधारण के बीच अपना प्रचार नियमित रूप से करता था और चटगाँव तथा उसके आसपास के गाँवों में इसके अनेक सशक्त केंद्र थे। इन्होंने चटगाँव क्षेत्र में बम तथा अन्य विस्फोटक सामग्री तैयार करने का कारखाना भी लगा रखा था। इस संगठन के सबसे बड़े नेता सूर्यसेन थे, जिन्हें लोग स्नेहवश 'मास्टर दा' कहा करते थे।

18 अप्रैल, 1930 को रात्रि के 10 बजे सूर्यसेन ने अपने चुने हुए साथियों सहित फौजी वर्दी पहनकर रिवॉल्वरों, बंदूकों तथा बमों से लैस

होकर चटगाँव के शस्त्रागार पर हमला किया। एक अफसर को मार कर उन्होंने पाँच सौ रायफलों पर कब्जा कर लिया। उनके दूसरे जत्थे ने टेलीफोन एक्सचेंज कर कब्जा पर चटगाँव क्षेत्र का संबंध बाहर से काट दिया और तीसरे जत्थे ने पुलिस बैरक पर कब्जा कर लिया। रेल-यातायात में बाधा डालने के उद्देश्य से तार-व्यवस्था को भंग कर दिया गया।

इस अचानक आक्रमण से चटगाँव का अंग्रेजी प्रशासन अस्त-व्यस्त हो गया। रिपब्लिकन आर्मी के सदस्य और उनके समर्थक 'वन्दे मातरम' गाते हुए शहर के केंद्र में जमा हुए और चटगाँव की मुक्ति की घोषणा की। इन क्रांतिकारियों ने चटगाँव के सभी प्रमुख थानों पर कब्ज़ा कर सड़कों की नाकाबंदी कर दी और कई दिनों तक शहर पर अपना कब्जा बनाए रखा, किंतु इन क्रांतिकारियों की योजना में एक कमी रह गई थी। उन्होंने सभी महत्त्वपूर्ण स्थानों पर कब्जा कर लिया था, किंतु दुर्भाग्य से चटगाँव बंदरगाह इनकी योजना से वंचित रह गया था। अंग्रेज अधिकारी नगर छोड़कर बंदरगाह के पास खड़े जहाज में चले गए और वहाँ से उन्होंने तार द्वारा ढाका तथा कोलकाता से संबंध स्थापित कर लिया। शीघ्र ही ब्रिटिश गोरे सिपाहियों की एक पलटन समुद्र के रास्ते चटगाँव पहुँच गई।

चटगाँव शहर पर पुनः कब्जा करने के लिए इन गोरे सिपाहियों ने 23 अप्रैल को उसके चारों तरफ घेरा डालना शुरू किया। चटगाँव में मार्शल लॉ लगा दिया गया, जिसके कारण क्रांतिकारियों को रसद इत्यादि मिलनी कठिन हो गई। इन क्रांतिकारियों ने पहले ही शस्त्रागार को आग लगा दी थी। चारों ओर से घिर जाने के कारण सूर्यसेन अपने साथियों सहित चटगाँव शहर छोड़कर आसपास के गाँवों में फैल गए। क्रांतिकारियों और गोरी फौज की मुठभेड़ में 49 क्रांतिकारी शहीद हो गए। शहर के बीच में जलालाबाद नाम की एक छोटी सी पहाड़ी थी, जिसपर क्रांतिकारी नेता आनंद सिंह अपने दल के साथ डटे हुए थे। गोरी फौज द्वारा इस पहाड़ी पर कब्जा करने के लिए दोनों ओर से गोलियाँ चलाई जाने लगीं। इन क्रांतिकारियों ने घंटों डटकर मोर्चा लिया, जिसमें गोरी फौज के बहुत से सिपाही मारे गए और सेना को पीछे धकेल दिया गया। दूसरे दिन इन क्रांतिकारियों का मुकाबला करने के लिए बहुत अधिक संख्या में सिपाही भेजे गए। एक बार फिर डटकर मुकबला किया गया, लेकिन अंत में अंग्रेजी फौज ने जलालाबाद की पहाड़ी पर कब्जा कर लिया। इस लड़ाई के

पश्चात् फौज की गोलियों से बचकर क्रांतिकारी इधर-उधर भागने में सफल हुए। अनेक क्रांतिकारी, जो निकट के गाँवों में छुप गए थे, को शनैः-शनैः पुलिस ने अपने जासूसों की सहायता से पकड़कर उनपर बगैर कोई मुकदमा चलाए उन्हें गोलियों से मार दिया। ऐसे शहीदों के नाम व उनकी गिनती करना भी मुश्किल था। इनकी संख्या पचास से भी अधिक होगी। इन सबकी आयु लगभग 20 वर्ष थी। जिन गाँवों में ये क्रांतिकारी छुपे हुए थे, उनमें से अनेक गाँवों को आग लगा दी गई।

तीन महीने की लगातार कोशिशों के पश्चात् पुलिस केवल 32 क्राांतिकारियों को गिरफ्तार करने में सफल हो सकी, लेकिन सूर्यसेन को गिरफ्तार करने में पुलिस विफल रही।

गिरफ्तार क्रांतिकारियों को एक विशेष अदालत के सम्मुख 24 जुलाई, 1931 को प्रस्तुत किया गया। 1 मार्च, 1932 को अदालत द्वारा फैसला सुनाया गया, जिसमें सर्वश्री आनंद सिंह, गणेश घोष, लोकनाथ बल, अंबिका चक्रवर्ती, सुखेंद्र दस्तीदार, लालमोहन सिंह, आनंद गुप्त, फणींद्र नंदी, सुबोध चौधरी, सहायराम दास, फकीर सेन, सुबोध राय और रणधीर दास गुप्ता को आजीवन कालापानी की सजाएँ दी गईं। अन्य अभियुक्त, जिन्हें अदालत ने छोड़ दिया था, को पुलिस द्वारा तुरत बंगाल रेग्युलेशन ऐक्ट-1818 के तहत गिरफ्तार कर नजरबंद कर दिया गया।

प्रमुख अभियुक्त सूर्यसेन, जिनकी गिरफ्तारी पर 10 हजार रुपए का इनाम घोषित किया गया था, को तथा तारकेश्वर दस्तीदार को 16 फरवरी, 1932 को गिरफ्तार कर लिया गया। उनके साथ ही एक अन्य प्रमुख अभियुक्त कुमारी कल्याणी दत्त को भी गिरफ्तार कर लिया गया। सूर्यसेन और तारकेश्वर दस्तीदार को फाँसी की सजा सुनाई गई। उन्हें 12 जनवरी, 1934 को चटगाँव जेल में फाँसी दे दी गई। कल्याणी दत्त को आजीवन कारावास की सजा दी गई।

इस प्रकार चटगाँव शस्त्रागार कांड का अंत हुआ। यह कांड विफल ही रहा, किंतु इसने आजादी के इतिहास में प्रमुख स्थान प्राप्त कर क्रांतिकारी आंदोलन को एक महत्त्वपूर्ण स्थान प्रदान किया।

□

भारतीय कम्युनिस्ट पार्टी और मेरठ षड्यंत्र केस

अक्तूबर, 1917 में रूस में बोल्शेविक क्रांति हुई, जिसका नेतृत्व लेनिन ने कियां था। इस क्रांति से समूचे संसार में एक अभूतपूर्व राजनीतिक हलचल हुई। तमाम पूँजीवादी देश इस क्रांति से बेचैन हो गए। प्रथम विश्वयुद्ध की समाप्ति पर पूरे विश्व की अर्थ-व्यवस्था डाँवाँडोल हो गई थी। चार साल के लगातार युद्ध की समाप्ति के पश्चात् चारों ओर त्राहि-त्राहि मची थी। युद्ध की समाप्ति पर बदहाली की अवस्था में जब रूसी सिपाही अपने देश की ओर वापस लौटे तो उन्हें वहाँ अराजकता का सामना करना पड़ा। इस स्थिति का लाभ उठाकर रूस की बोल्शेविक पार्टी ने इन फौजी सिपाहियों की सहायता से रूस के सम्राट ज़ार के समस्त परिवार की हत्या कर राजतंत्र पर कब्जा कर लिया और 'सर्वहारा वर्ग' का राज्य स्थापित कर लिया। रूस के मजदूरों-किसानों ने इस क्रांति का स्वागत खुले दिल से किया। तब प्रथम बार कार्ल मार्क्स का सपना साकार हुआ और 'सर्वहारा वर्ग' की 'तानाशाही' सरकार स्थापित हुई।

इस क्रांतिकारी परिवर्तन का प्रभाव सभी देशों में हुआ। विभिन्न देशों में जो क्रांतिकारी कार्यकर्ता पूंजीवादी शासन को हटाकर समाजवादी व्यवस्था स्थापित करना चाहते थें, वे सभी सक्रिय हुए। भारत में भी इस क्रांति का प्रभाव पड़ना स्वाभाविक था। यहाँ के क्रांतिकारियों ने भी रूसी क्रांति का स्वागत किया और भारत में भी ऐसी ही क्रांति के प्रयास प्रारंभ हुए। प्रमुख रूप से इन क्रांतिकारियों ने मजदूर संगठनों की स्थापना कर शोषित वर्गों के संगठन बनाने प्रारंभ किए। इस बोल्शेविक क्रांति के दर्शनार्थ अनेक

लोग भारत से रूस गए, जिनमें प्रमुख रूप से राजा महेंद्र प्रताप, डॉ० भूपेंद्रनाथ दत्त, मौलाना अब्दुलरब पेशावरी, तीरुमल आचार्य, मौलाना बरकतुल्ला, शौकत उस्मानी, दिलीप सिंह गिल आदि थे। ये मास्को जाकर लेनिन व अन्य कम्युनिस्ट नेताओं से भी मिले।

यह कहना मुश्किल है कि भारत में कम्युनिस्ट पार्टी की स्थापना कब हुई। एक रिपोर्ट के अनुसार, भारत की कम्युनिस्ट पार्टी की स्थापना हिंदुस्तान से बाहर ताशकंद में सन् 1920 में हुई थी। प्रारंभ में इस पार्टी के प्रमुख सदस्य एम.एन. राय तथा उनकी पत्नी एवलिन ट्रेंट राय, ए.एन. मुखर्जी, मुहम्मद अली, एन.एम. प्रतिवादी भयंकर, तीरुमल आचार्य तथा मुहम्मद शफीक सिद्दीकी थे। इन्होंने इस पार्टी से ऐसे कार्यकर्ताओं को जोड़ने का प्रयास किया, जो भारत छोड़कर अफगानिस्तान, तुर्की इत्यादि में जा बसे थे और जहाँ वे खानाबदोशी का जीवन जी रहे थे। इस संगठन को रूस की बोल्शेविक सरकार की ओर से सभी प्रकार की सहायता मिली थी।

भारत में भी अनेक स्थानों पर कम्युनिस्ट विचारधारा के लोग सक्रिय थे। इनमें से मुख्य रूप से कोलकाता में मुजफ्फर अहमद व काज़ी नजरूल इस्लाम, मुंबई में श्रीपाद अमृत डांगे व आर.एस. नींबकर, लाहौर में गुलाम हुसैन इत्यादि सक्रिय थे। क्रांतिकारी नेता चंद्रशेखर आजाद ने भी अपने दल का नाम 'हिंदुस्तान सोशलिस्ट रिपब्लिकन एसोसिएशन' रखा, जिसका ध्येय भारत में अंग्रेजी सरकार को हटाकर उसके स्थान पर एक समाजवादी व्यवस्था की स्थापना करना था। एक रिपोर्ट के अनुसार, सन् 1926 में प्रथम बार भारत के विभिन्न भागों में फैले हुए कम्युनिस्ट कानपुर में जमा हुए, जहाँ उन्होंने विधिवत् भारतीय कम्युनिस्ट पार्टी की स्थापना की घोषणा की। कम्युनिस्ट पार्टी की कार्यशैली के अनुसार, मजदूरों व अन्य श्रमिकों को संगठित कर एक ऐसा शक्तिशाली संगठन स्थापित करना था, जिसके द्वारा रूस जैसी क्रांति मजदूरों व श्रमिकों की सहायता से भारत में आयोजित कर 'सर्वहारा वर्ग' की सरकार बनाई जाए। निस्संदेह पूंजीवादी अंग्रेज सरकार इनकी गतिविधियों पर कड़ी नजर रखी हुई थी। इनके मार्ग में अनेक प्रकार के रोड़े भी अटकाने का प्रयास किया गया। ऐसे प्रयासों के अंतर्गत अनेक श्रमिक नेताओं को गिरफ्तार कर उनपर मुकदमा चलाने की योजना भी बनाई गई।

मेरठ षड्यंत्र केस

उपरोक्त षड्यंत्र केस में जिन कम्युनिस्ट नेताओं को अभियुक्त बनाया गया, वे थे—1. फिलिप स्पार्ट 2. बेंजामिन फ्रांसिस ब्रेडले (ये दोनों ब्रिटिश कम्युनिस्ट पार्टी के सदस्य थे और भारत में श्रमिक संगठनों से जुड़े हुए थे), 3. अयोध्या प्रसाद (बंगाल के मजदूर नेता), 4. शौकत उस्मानी (मुंबई से प्रकाशित उर्दू पत्रिका के संपादक), 5. पूरनचंद जोशी (आगरा व अवध के कम्युनिस्ट नेता), 6. गौरी शंकर (आगरा व अवध मजदूर-किसान पार्टी के नेता), 7. लक्ष्मण राव कदम (झाँसी म्युनिसिपल वर्क्स यूनियन के संगठक), 8. विश्वनाथ मुखर्जी (संयुक्त प्रांत आगरा व अवध के मजदूर नेता), 9. चौधरी धर्मवीर सिंह (एम.एल.सी. व मजदूर नेता), 10. धरनीकांत गोस्वामी (बंगाल के मजदूर व किसान नेता), 11. शिवनाथ बनर्जी (रेल कर्मचारी यूनियन के नेता), 12. गोपाल बैशाक (सोशलिस्ट यूथ कांग्रेस के अध्यक्ष व ढाका निवासी), 13. मुजफ्फर अहमद (कानपुर बोल्शेविक षड्यंत्र केस के सजायाफ्ता), 14. शमशुल हुदा (बंगाल ट्रांसपोर्ट वर्क्स यूनियन के सचिव), 15. किशोरी घोष (सचिव, फेडरेशन ऑफ ट्रेड यूनियंस), 16. गोपेंद्र चक्रवर्ती (ईस्ट इंडिया रेलवे यूनियन के नेता), 17. राधा रमण मित्र (मजदूर नेता), 18. श्रीपाद अमृत डांगे (सचिव, गिर्नी कामगार यूनियन), 19. सच्चिदानंद विष्णु घाटे (ट्रेड यूनियन नेता), 20. एस.एच. झाबवाला (रेलवे मेन्स फेडरेशन के संगठक सचिव, मुंबई), 21. ढुंडिराज ठेंगदी (ऑल इंडिया कांग्रेस कमेटी के सदस्य), 22. केशव नीलकंठ जोगलेकर (जी.आई.पी. रेलवे मेन्स यूनियन के संगठक सचिव), 23. शांताराम सांवलाराम मिरजकर (सहायक सचिव, गिर्नी कामगार यूनियन, मुंबई), 24. रघुनाथ शिवनाथ नींबकर (बॉम्बे ट्रेड्स यूनियन कौंसिल के सदस्य) 25 डॉ० गंगाधर मुरेश्वर अधिकारी (मुंबई), 26. मोतीराम गजानंद देसाई (समाजवादी पत्र 'स्पार्क' के संपादक), 27. अर्जुन आत्माराम अलवे (गिर्नी कामगार यूनियन के अध्यक्ष) 28. गोविंद रामचंद्र कसले (गिर्नी कामगार यूनियन के पदाधिकारी), 29. सोहन सिंह जोश (अध्यक्ष, ऑल इंडिया मजदूर व किसान कॉन्फ्रेन्स), 30. मीर अब्दुल मजीद (मंत्री, पंजाब कीरती किसान पार्टी), 31. केदारनाथ सहगल (ऑल इंडिया यूथ लीग के सदस्य व पंजाब कांग्रेस पार्टी के सदस्य), 32. एच.एल. हचिंसन ('न्यू स्पार्क' के संपादक) और 33. अमीर हैदर खाँ (मास्को में शिक्षाप्राप्त व अमेरिका में गदर पार्टी के संगठक)।

उपरोक्त सभी अभियुक्तों पर भारत में कानून द्वारा स्थापित सरकार को सशस्त्र संघर्ष द्वारा उखाड़ फेंकने का आरोप लगाया गया। उपरोक्त सूची से स्पष्ट है कि ब्रिटिश साम्राज्यवादियों ने कम्युनिस्ट आंदोलन को समाप्त करने के उद्देश्य से इसके सभी प्रमुख नेताओं को गिरफ्तार कर जेल में डाल दिया था। हिंदुस्तान की श्रमिक जनता के इन नेताओं को मेरठ के जिला मजिस्ट्रेट की अदालत के कटघरे में खड़ा कर इन्हें अभियुक्त के रूप में प्रस्तुत किया गया। इन सबकी गिरफ्तारी से पूरे देश व विदेशों में सनसनी फैल गई। इन सबको कानूनी सहायता पहुँचाने के लिए जगह-जगह डिफेंस कमेटियाँ कायम की गईं और इनको आर्थिक सहायता देने के लिए कुछ धन-संग्रह भी किया गया। ऐसी ही एक डिफेंस कमेटी के अध्यक्ष मोतीलाल नेहरू व मंत्री जवाहरलाल नेहरू थे तथा दिल्ली में डॉ० मुख्तार अहमद अन्सारी को कार्यवाहक अध्यक्ष मनोनीत किया गया। मेरठ की विशेष अदालत में जब इस मुकदमे की सुनवाई होती थी, तब अभियुक्तों की पैरवी करने के लिए अदालत का कक्ष वकीलों से खचाखच भरा रहता था। इन वकीलों में प्रमुख रूप से पटना के देवकीप्रसन्न सिन्हा, कोलकाता के क्षितीशचंद्र चक्रवर्ती, मुंबई के एम.सी. छागला, लखनऊ के चंद्रभानु गुप्त तथा दिल्ली के बैरिस्ट्रर फरीद-उल हक अन्सारी थे।

तीन वर्षों की अदालती कार्यवाही के पश्चात् 14 जनवरी, 1933 को अदालत द्वारा फैसला सुनाया गया, जिसमें उपरोक्त 33 अभियुक्तों में से 27 को कड़ी सजाएँ, मुजफ्फर अहमद को आजीवन कालापानी की सजा; डांगे, स्पार्ट, घाटे, जोगलेकर तथा नींबकर को बारह-बारह साल के कालापानी की सजा तथा ब्रेडले, मिरजकर और उस्मानी को दस-दस वर्ष के कालापानी की सजा मजीद, घोष और गोस्वामी को सात-सात साल की सजा; कालापानी अयोध्या प्रसाद, अधिकारी जोशी और देसाई को पाँच-पाँच साल के कालापानी की सजा; चक्रवर्ती, बैशाक, हचिंसन, मित्र, झाबवाला और सहगल को चार-चार साल का कठोर कारावास तथा हुदा, अलवे, कसले, गौरीशंकर और कदम को तीन-तीन साल के कठोर कारावास की सजा दी गई। डॉ० विश्वनाथ मुखर्जी, शिवनाथ बनर्जी तथा किशोरीलाल घोष रिहा कर दिए गए। फैसला सुनाने से पहले ही दुंडीराज का देहांत हो गया था। इस फैसले के खिलाफ हाईकोर्ट में अपील की गई। अभियुक्तों की ओर से डॉ० हृदयनाथ काटजू वकील नियुक्त किए गए। हाईकोर्ट का फैसला 3 अगस्त,

1933 को सुनाया गया। कई को निर्दोष मानकर रिहा कर दिया गया। कुछ को दोषी मानकर जितने दिन वे कारागार में रहे, उतना समय पर्याप्त मानकर उन्हें रिहा कर दिया गया। मुजफ्फर अहमद, डांगे उस्मानी वगैरह की सजा घटाकर तीन साल, दो साल, एक साल के कारावास की कर दी गई। उपरोक्त फैसले का व्यापक स्वागत किया गया।

मेरठ षड्यंत्र केस की समाप्ति के उपरांत कम्युनिस्ट पार्टी को देश के विभिन्न भागों में अपनी गतिविधियाँ तेज करने का अवसर मिला। वह श्रमिक वर्ग की एक प्रमुख पार्टी के रूप में देश में फैली। कम्युनिस्ट पार्टी ने छात्रों के बीच प्रवेश करने हेतु अखिल भारतीय स्टूडेंट्स फेडरेशन की स्थापना की, जिसके द्वारा पार्टी ने अपने व्यापक संघर्ष के लिए युवा वर्ग का उपयोग किया। इसी प्रकार पार्टी ने मध्यम वर्ग की महिलाओं में प्रवेश करने के लिए अनेक सांस्कृतिक संगठन स्थापित किए। पार्टी ने मजदूर संगठनों का एक केंद्रीय संगठन 'ऑल इंडिया ट्रेड यूनियन कांग्रेस' स्थापित किया, जिसके द्वारा अखिल भारतीय स्तर पर व्यापक मजदूर व श्रमिक आंदोलन प्रारंभ किए जा सके। कम्युनिस्ट पार्टी ने लाल रंग का झंडा, जिसपर हथौड़ा व दराँती के चिह्न अंकित किए हुए थे, स्वीकार कर अपनी अलग पहचान बनाई। भारतीय कम्युनिस्ट पार्टी की नीतियाँ प्रायः रूस की कम्युनिस्ट पार्टी की नीतियों से प्रभावित रहती थीं। इस कारण कम्युनिस्ट पार्टी की गतिविधियों को जितना समर्थन मिलना चाहिए था, उतना समर्थन इसे कभी प्राप्त नहीं हुआ। सन् 1942 में 'भारत छोड़ो' आंदोलन के दौरान साम्राज्यवादी ब्रिटिश सरकार की सहायता कर इस पार्टी ने जो रोल अदा किया, उससे इस पार्टी की साख को काफी क्षति पहुँची थी।

□

'बंग-भंग' के विरोध में व्यापक आंदोलन (1905-1910)

लॉर्ड कर्जन को सन् 1899 में भारत का नया गवर्नर जनरल नियुक्त किया गया था। लॉर्ड कर्जन साम्राज्यवादी तथा तानाशाही प्रवृत्तियों से ग्रस्त थे। जब वे भारत आए तो उन्होंने प्रारंभ से ही 'बाँटो और राज करो' की नीति अपनाई। इस नीति का अनुसरण करते हुए उन्होंने बंगाल को दो भागों में विभाजित करने की योजना ब्रिटिश सरकार के सम्मुख रखी, जिसे ब्रिटिश सरकार की अनुमति प्राप्त हो गई। बंगाल में हिंदू और मुसलमान—दोनों मिल-जुलकर रहते थे। धार्मिक आधार पर कभी कोई मतभेद नहीं हुआ था। नई नीति के अनुसार, बंगाल को हिंदूबाहुल्य और मुसलिमबाहुल्य क्षेत्रों में बाँटा गया। हिंदूबाहुल्य क्षेत्र की राजधानी कोलकाता तथा मुसलिमबाहुल्य क्षेत्र की राजधानी ढाका बनाई गई। अंग्रेजों की आशा के विपरीत इस विभाजन का व्यापक विरोध सभी क्षेत्रों में किया गया। बंग-भंग की योजना की रूप-रेखा सर्वप्रथम सन् 1903 में लॉर्ड कर्जन द्वारा प्रस्तुत की गई थी। सन् 1903 से लेकर राष्ट्रीय कांग्रेस के सभी अधिवेशनों में प्रस्ताव पारित कर इस योजना को रद्द करने की माँग की गई।

बंगाल में बंग-भंग की योजना के खिलाफ प्रतिवाद सन् 1903 से ही प्रारंभ हो गया था। बंगाल के हर नगर और सैकड़ों गाँवों में विरोध-सभाएँ आयोजित की गईं। सिर्फ पूर्वी बंगाल में ही दो महीने के अंदर 500 से अधिक विरोध-सभाएँ हुईं। इस योजना के खिलाफ अनेक पुस्तकें और पर्चे छापकर बाँटे गए। 6 जुलाई, 1905 को इस योजना को विधिवत् लागू करने की घोषणा की गई, जिस कारण पूरे बंगाल में असंतोष की आग भड़क उठी। सुरेंद्र नाथ बनर्जी ने सरकार को चेतावनी दी कि देश इस

अन्याय को चुपचाप बरदाश्त नहीं करेगा और इसके विरुद्ध जबरदस्त आंदोलन छेड़ा जाएगा।

विरोध का यह आंदोलन पूरे देश में प्रारंभ हुआ। सन् 1857 के स्वतंत्रता-संग्राम के पश्चात् ऐसा विशाल विरोध-आंदोलन पहले कभी नहीं हुआ था। केवल बंगाल में ही दो हजार से अधिक जनसभाएँ हुईं, जिनमें लाखों लोगों ने भाग लेकर अपना जबरदस्त समर्थन दिया। हिंदू और मुसलमान–दोनों ही इन जनसभाओं में शामिल हुए। बंगाल में उस समय प्रकाशित होनेवाले समाचार-पत्रों ने भी इस योजना का विरोध किया था। जब राष्ट्रीय नेताओं ने देखा कि ब्रिटिश सरकार बंग-भंग की योजना को भारत पर लादने पर तुली हुई है तो उन्होंने 'बायकाट' और 'स्वदेशी' का नारा बुलंद किया तथा निर्णय लिया कि लोगों को ब्रिटिश माल का बहिष्कार करना चाहिए। इस योजना के विरोध में सरकारी अधिकारियों तथा सरकारी संस्थाओं से संपर्क तोड़ने का निर्णय भी लिया गया। दिनाजपुर के महाराजा जिस जनसभा के अध्यक्ष थे, उसे संबोधित करते हुए लालमोहन घोष ने सुझाव दिया कि सभी ऑनरेरी मजिस्ट्रेटों, जिला बोर्डों, म्युनिसिपल कमेटियों तथा पंचायतों के सदस्य एक साथ इस्तीफा दे दें और 12 महीने तक इस योजना के विरोध में शोक मनाया जाए। पूरे बंगाल में नगर-नगर और गाँव-गाँव 'वन्दे मातरम्' का उद्घोष कि गया। 'वन्दे मातरम्' का उद्घोष 'जनवाणी' बन गया।

कोलकाता के विद्यार्थियों की पहल पर सभी कॉलेजों और स्कूलों की सभा में विदेशी वस्तुओं के बहिष्कार की शपथ ली गई। 7 अगस्त को कोलकाता के टाउन हॉल में एक विशाल जन-सभा आयोजित की गई, जिसमें बड़े-बड़े नेताओं के अतिरिक्त विभिन्न जिलों के प्रतिनिधि भी उपस्थित थे। पाँच हजार से अधिक विद्यार्थियों का विशाल जुलूस कॉलेज स्क्वायर से चलकर इस सभा में शामिल हुआ। 2 बजे दोपहर से ही कोलकाता की सड़कों पर लोग निकल आए। हजारों लोगों के हाथों में काले झंडे थे। उन झंडों पर 'बंगाल नहीं बँटेगा–एक ही रहेगा', 'बंग-भंग नहीं होने देंगे' और 'वन्दे मातरम्' लिखा हुआ था। तमाम नगर में पूरी हड़ताल रही। टाउन हॉल में इतनी भीड़ थी कि एक के बजाय तीन-तीन सभाओं का प्रबंध करना पड़ा।

1 सितंबर, 1905 को सरकार ने घोषणा कि की बंग-भंग की योजना

16 अक्टूबर से लागू कर दी जाएगी। बंगाल की जनता ने इसे अपना अपमान समझा। सरकार की चुनौती को स्वीकार कर सभी वर्गों व श्रेणियों के लोग इसके विरुद्ध मैदान में कूद पड़े। विद्यार्थियों और शिक्षकों ने नंगे पैर स्कूल जाना शुरू किया। मोचियों, दर्जियों तथा धोबियों ने अपनी-अपनी सभाओं में यह फैसला लिया कि वे अंग्रेजों के जूतों की मरम्मत नहीं करेंगे, विदेशी कपड़ों को नहीं धोएँगे तथा विदेशी कपड़ों की सिलाई नहीं करेंगे।

बहिष्कार का यह आंदोलन देश के सभी प्रदेशों में प्रारंभ हुआ। इस आंदोलन को लाल-बांल-पाल का भी व्यापक समर्थन मिला। इस त्रिमूर्ति ने अपने-अपने प्रदेश में विदेशी माल के बहिष्कार के व्यापक आंदोलन प्रारंभ किए। विदेशी वस्तुओं के बहिष्कार के प्रभाव अपना रंग दिखाने लगा। विदेशी माल का आयात बहुत कम हो गया। विदेशी माल के आयात से जो कस्टम व चूँगी से आय होती थी, उसमें भारी कमी आने लगी। इस बहिष्कार का असर इंग्लैंड के कारखानों में भी पड़ना शुरू हुआ। फलतः उन कारखानों के मालिकों को अपने माल का उत्पादन कम करने के लिए विवश होना पड़ा। इस कमी के कारण उनके मालिकों एवं मजदूरों में व्यापक चिंता फैलने शुरू हुई। अतः उन्होंने भी ब्रिटिश सरकार पर जोर डालना प्रारंभ किया कि बायकाट से उत्पन्न हुई स्थिति के हल के लिए कोई कारगर कदम उठाने चाहिए, ताकि इंग्लैंड की आर्थिक स्थिति को बिगड़ने से रोका जा सके। उपलब्ध आँकड़ों के अनुसार, इस बायकाट के कारण विदेशी नमक का आयात एक लाख चालीस हजार मन कम हो गया। तीन करोड़ गज से अधिक विदेशी कपड़ा कम आयात किया गया तथा अन्य वस्तुओं के आयात में भी भारी कमी आनी शुरू हुई।

उस आंदोलन को दबाने के लिए अंग्रेज सरकार ने जितने भी कदम उठाए, वे विफल साबित हुए। इस आंदोलन के समर्थन में कोलकाता में 16 नवंबर को एक ऐतिहासिक सम्मेलन आयोजित किया गया। उसमें गुरुदास बनर्जी, सतीशचंद्र मुखर्जी, हरींद्रनाथ दत्त, आशुतोष चौधरी, राजबिहारी घोष, रवींद्रनाथ ठाकुर, तारकनाथ पालित, चित्तरंजन दास, अब्दुल रसूल, नीलरत्न सरकार, बृजेंद्रनाथ शील, लालमोहन घोष, सुरेंद्रनाथ बनर्जी, विपिनचंद्र पाल, मोतीलाल घोष, सुबोधचंद्र मलिक आदि नेता मंच पर उपस्थित थे। उस सभा में बायकाट के कार्यक्रम को चलाने के लिए प्रचुर मात्रा में धन भी इकट्ठा किया गया। सरकारी स्कूलों और कॉलेजों का भी बायकाट प्रारंभ

हुआ। उन स्कूलों और कॉलेजों में जो विद्यार्थी शिक्षा प्राप्त कर रहे थे, उनके लिए गैर-सरकारी स्कूल और कॉलेज खोले गए। अरविंद घोष, जो बड़ौदा रियासत में 750 रुपए की नौकरी करते थे, ने वहाँ से इस्तीफा देकर नेशनल कॉलेज के प्रिंसिपल का पद-भार स्वीकार किया, जहाँ से वे केवल 75 रुपए मासिक वेतन लेते थे। अंग्रेज सरकार ने वन्दे मातरम् का नारा लगाने पर पाबंदी लगाने का प्रयास किया, किंतु उसका यह प्रयास सर्वथा विफल रहा। राष्ट्रीय कांग्रेस में दो धड़े हो गए, जिन्हें 'मॉडरेट' और 'नेशनलिस्ट' धड़ों की संज्ञा दी गई। लाल-बाल-पाल तीनों ने देश के विभिन्न भागों की यात्रा कर बंग-भंग के विरोध में व्यापक जन-समर्थन जुटाया। अरविंद घोष को गिरफ्तार किया गया। बाल गंगाधर तिलक को नजरबंद किया गया विपिनचंद्र पाल ने यूरोप के अनेक नगरों की यात्रा कर बंग-भंग की योजना से उत्पन्न हुई स्थिति से वहाँ के लोगों को अवगत कराया।

24 जून, 1908 को सरकार ने बाल गंगाधर तिलक पर राजद्रोह का मुकदमा चलाया। उन्हें 6 वर्ष के कारावास और एक हजार रुपए जुर्माने की सजा दी गई। पुलिस ने जन-असंतोष को दबाने के लिए लाठियों-गोलियों का सहारा लिया, जिसमें 15 लोग मारे गए और सैकड़ों घायल हो गए।

अंत में ब्रिटिश सरकार को बंग-भंग की योजना को वापस लेने के लिए विवश होना पड़ा। जॉर्ज पंचम, जो एडवर्ड सप्तम की मृत्यु के पश्चात् नए सम्राट् बने थे, के सम्मान में 12 दिसंबर, 1910 को दिल्ली में एक विराट् दरबार का आयोजन किया गया। उसी दरबार में जॉर्ज पंचम ने घोषणा की किं बंग-भंग की योजना रद्द की जा रही है। साथ ही उन्होंने यह घोषणा भी की कि भारत की राजधानी कोलकाता से हटाकर दिल्ली लाई जाएगी। छह वर्ष के कठिन संघर्ष के पश्चात् इस राष्ट्रीय आंदोलन को अंततः सफलता प्राप्त हुई, लेकिन बंगालवासियों को इसकी भारी कीमत चुकानी पड़ी।

इस आंदोलन से पूरे भारत में एक नई राजनैतिक चेतना का उदय हुआ, जो कालांतर में भारत की आजादी के संघर्ष की दिशा में एक महत्त्वपूर्ण कदम साबित हुआ।

□

असहयोग आंदोलन, 1920-1922

प्रथम विश्वयुद्ध सन् 1918 में समाप्त हुआ। भारत के लोगों को विश्वास था कि युद्ध के पश्चात् भारत को आजाद करने की दिशा में ब्रिटिश सरकार कुछ पहल अवश्य करेगी, किंतु हुआ इसके विपरीत ही। युद्ध में हुए बेहिसाब खर्च के कारण भारत आर्थिक दृष्टि से बहुत कमजोर हो गया था। दैनिक उपयोग की वस्तुओं की कमी हो रही थी और उनके दाम बढ़ रहे थे। युद्ध-सामग्री इत्यादि बनाने के लिए खोले गए कारखाने बंद किए जा रहे थे और उन कारखानों में काम कर रहे मजदूरों की छँटनी कर दी गई थी, फलतः बेरोजगारी बढ़ रही थी। हजारों मजदूर इधर-उधर काम की तलाश में दौड़-धूप कर रहे थे, लेकिन उन्हें किसी प्रकार का कोई काम नहीं मिल रहा था। इस अवस्था में भारत के लोगों में बेचैनी होना स्वाभाविक था। जगह-जगह अंग्रेज सरकार के विरोध में प्रदर्शन इत्यादि भी होने लगे थे। इन गतिविधियों को कुचलने के लिए अंग्रेज सरकार ने केंद्रीय असेम्बली में रॉलेट बिल पेश किया, जिसका व्यापक विरोध किया गया, किंतु अंग्रेज सरकार ने अपने पिट्ठू सदस्यों की सहायता से इस बिल को पास कराकर लागू भी कर दिया।

राष्ट्रीय कांग्रेस, महात्मा गांधी और अन्य नेताओं ने इस बिल का विरोध करने के लिए 6 अप्रैल, 1919 की तिथि निर्धारित की और घोषणा की कि उस दिन पूरे देश में हड़ताल रहेगी और सब कारोबार बंद रहेंगे। इस हड़ताल को विफल करने के लिए पुलिस द्वारा लाठियाँ और गोलियाँ भी चलाई गईं। राजधानी दिल्ली में यह हड़ताल जबरदस्त सफल रही। स्वामी श्रद्धानंद के नेतृत्व में एक बहुत बड़ा जुलूस निकाला गया। इस जुलूस को तितर-बितर करने के लिए लाठियों और बंदूकों का सहारा लिया गया। स्वामी श्रद्धानंद ने बुलंद आवाज में सिपाहियों को ललकार कर कहा

कि यदि गोलियाँ चलानी हैं तो सबसे पहले मुझपर चलाओ। उसके पश्चात् किसी अन्य पर गोली चलेगी। स्वामीजी की इस ललकार के फलस्वरूप पुलिस उनके सामने से हट गई और जुलूस को आगे जाने दिया। इसी दिन एक अन्य प्रदर्शन में दिल्ली में ही चार लोग पुलिस की गोलियों से शहीद हो गए थे।

ऐसा ही विरोध-दिवस 13 अप्रैल को अमृतसर के जलियाँवाला बाग में एक आम सभा आयोजित कर मनाया गया, जहाँ जनरल डायर ने जघन्य हत्याकांड किया।

जलियाँवाला बाग के इस कांड के विरोध में पूरे देश में व्यापक प्रदर्शन किए गए, महात्मा गांधी, जो अमृतसर जाकर स्थिति का अवलोकन करना चाहते थे, भी अमृतसर पहुँचने से पहले ही पलवल रेलवे स्टेशन पर गिरफ्तार कर वापस भेज दिए गए। इस नरसंहार के मामले की गूँज लंदन की संसद् में भी सुनाई दी।

इस अमानुषिक अत्याचार के विरोध में राष्ट्रीय कांग्रेस ने महात्मा गांधी के आह्वान पर असहयोग आंदोलन प्रारंभ करने की घोषणा की। इस असहयोग आंदोलन का नेतृत्व महात्मा गांधी, मौलाना मुहम्मद अली और मौलाना शौकत अली कर रहे थे। उन्होंने इस आंदोलन को सफल बनाने की दृष्टि से 'खिलाफत' के विषय को भी इसके साथ जोड़ा। इस कारण हिंदू-मुसलिम एकता को अपूर्व शक्ति मिली। इस एकता के फलस्वरूप हिंदू नेताओं द्वारा मसजिदों में भाषण करवाए गए। दिल्ली की जामा मस्जिद में स्वामी श्रद्धानंद को भाषण देने के लिए आमंत्रित किया गया। उन्हें उस स्थान पर बैठाया गया, जो केवल जामा मसजिद के बड़े इमाम साहब को जुम्मे की नमाज़ के बाद खुतवा देने के लिए सुरक्षित रहता था।

महात्मा गांधी का मानना था कि समाज में फैली बुराइयों से यदि असहयोग किया जाए तो वे स्वतः ही समाप्त हो जाएँगी। इसी प्रकार हिंदुस्तान में अंग्रेजी राज्य के कारण जो बुराइयाँ फैली हुई हैं, यदि भारतवासी अंग्रेज सरकार से असहयोग करेंगे तो अंग्रेज स्वयं ही भारत छोड़कर इंग्लैंड वापस जाने के लिए विवश हो जाएँगे। गांधीजी का यह भी कहना था कि यदि असहयोग आंदोलन एक वर्ष शांतिपूर्ण ढंग से चले तो भारत एक वर्ष की अवधि में ही स्वतंत्र हो जाएगा। असहयोग आंदोलन को सफल बनाने

की दिशा में देशवासियों को निम्नलिखित बातों पर अमल करने की सलाह दी गई थी–

(1) अंग्रेज सरकार द्वारा जिन भारतवासियों को पदवी इत्यादि दी गई थीं, उनको वापस किया जाए।

(2) अंग्रेज सरकार द्वारा आयोजित समारोहों का बहिष्कार किया जाए।

(3) अंग्रेज सरकार की सहायता से चल रहे स्कूल, कॉलेज इत्यादि का बहिष्कार छात्रगण करें और इन सरकारी स्कूलों-कॉलेजों के स्थान पर राष्ट्रीय स्कूलों व कॉलेजों की स्थापना की जाए, जिनमें ऐसे विद्यार्थियों को प्रवेश दिया जाए।

(4) सरकारी अदालतों का बहिष्कार किया जाए और आपसी झगड़ों को निबटाने के लिए पंचायती अदालतों की स्थापना की जाए।

(5) विदेशी कपड़े और अन्य विदेशी वस्तुओं का बहिष्कार किया जाए।

(6) अंग्रेज सरकार द्वारा स्थापित कौंसिलों का बहिष्कार किया जाए और चुने हुए सदस्य इस्तीफा देकर वहाँ से बाहर आ जाएँ।

उपरोक्त कार्यक्रमों में से परिषदों के बहिष्कार का विरोध कुछ नेताओं ने किया, जिनमें चित्तरंजन दास, लाला लाजपत राय, श्रीमती एनी बेसेन्ट, विपिनचंद्र पाल, मदन मोहन मालवीय और मुहम्मद अली जिन्ना प्रमुख थे। मौलाना मुहम्मद अली व मौलाना शौकत अली ने सभी कार्यक्रमों का प्रबल समर्थन किया और बहुत लंबी बहस के पश्चात् गांधीजी द्वारा प्रस्तुत सभी कार्यक्रम स्वीकार किए गए।

दिसंबर, 1920 में राष्ट्रीय कांग्रेस का वार्षिक अधिवेशन, जो नागपुर में हुआ था, में उपरोक्त समस्त कार्यक्रम कार्यान्वित करने हेतु स्वीकार किए गए। उस अधिवेशन के अध्यक्ष विजय राघवाचार्य थे।

असहयोग का कार्यक्रम कांग्रेस द्वारा स्वीकार किए जाने के पश्चात् अंग्रेज सरकार की ओर से दी गई पदवियों को उन्हें वापस लौटाने का क्रम शुरू हुआ। ऐसे व्यक्तियों में कविवर रवींद्रनाथ ठाकुर भी थे, जिन्होंने 'सर' की उपाधि वापस की थी। लोग सरकारी समारोहों और उत्सवों का बहिष्कार करने लगे। छात्रों ने बहुत बड़ी संख्या में सरकारी स्कूल और कॉलेज छोड़ दिए। राष्ट्रीय शिक्षा के लिए विद्यापीठों की स्थापना हुई, जिनमें काशी

विद्यापीठ, बिहार विद्यापीठ, तिलक महाराष्ट्र विद्यापीठ, अलीगढ़ मुसलिम जामिया स्कूल आदि शामिल थे। जिन वकीलों ने अदालतों का बहिष्कार किया, उनमें पंडित मोतीलाल नेहरू, देशबंधु चित्तरंजन दास, बाबू राजेंद्र प्रसाद, आसिफ अली बैरिस्टर और राजगोपालाचारी प्रमुख थे।

जब असहयोग आंदोलन प्रचंड रूप से चल रहा था, तब इंग्लैंड के राजकुमार 17 नवंबर, 1921 को विलायत से चलकर मुंबई पहुँचे। ब्रिटिश शासकों ने उनके स्वागत की तैयारी बहुत बड़े स्तर पर कर रखी थी, लेकिन मुंबई की जनता ने उस दिन पूर्ण हड़ताल रखी और विरोध में जुलूस निकाले। मजदूर वर्ग ने भी इन विरोध-प्रदर्शनों में भाग लिया। पुलिस और प्रदर्शनकारियों के बीच जगह-जगह भिड़ंत भी हुई। चार दिनों के पश्चात् कारखाने और बाजार खुले। इन विरोध-प्रदर्शनों में लगभग 30 आदमी मारे गए, 400 से अधिक लोग घायल हुए और 200 से भी ज्यादा लोगों को गिरफ्तार कर लिया गया। राजकुमार मुंबई के पश्चात् जहाँ भी गए, वहाँ उनका स्वागत हड़तालों और विरोध-प्रदर्शनों द्वारा किया गया। 14 सितंबर को मौलाना मुहम्मद अली को मद्रास जाते हुए गिरफ्तार कर लिया गया। कुछ दिनों पश्चात् मौलाना शौकत अली को भी मुंबई में पकड़ लिया गया। सन् 1921 के दिसंबर के अंत तक मोतीलाल नेहरू, चित्तरंजन दास व उनकी पत्नी बसंती देवी, लाला लाजपत राय, डॉ० सैफुद्दीन किचलू, डॉ० सत्यपाल आदि प्रसिद्ध नेता गिरफ्तार कर लिये गए। जब यह असहयोग आंदोलन चल रहा था, तब राष्ट्रीय कांग्रेस का वार्षिक अधिवेशन अहमदाबाद में 27 दिसंबर, 1921 को प्रारंभ हुआ। इस सम्मेलन के अध्यक्ष पद के लिए देशबंधु चित्तरंजन दास चुने गए थे, लेकिन जेल में उनके बंद होने के कारण दिल्ली के हकीम अजमल खाँ ने अध्यक्ष पद ग्रहण किया। सरोजनी नायडू ने चित्तरंजन दास का भाषण पढ़कर सुनाया। उक्त अधिवेशन का प्रमुख प्रस्ताव स्वयं गांधीजी द्वारा प्रस्तुत किया गया था। उस प्रस्ताव द्वारा इस दृढ़ निश्चय की घोषणा की गई कि जब तक स्वराज प्राप्त नहीं हो जाता, तब तक यह आंदोलन चलता रहेगा। उपलब्ध आँकड़ों के अनुसार, पूरे देश में तब लगभग एक लाख व्यक्ति गिरफ्तार किए गए, जिनमें महिलाएँ भी शामिल थीं।

जब यह आंदोलन तीव्र गति से आगे बढ़ रहा था, तभी अचानक चौरी-चौरा कांड हो गया। इससे गांधीजी बहुत व्यथित हुए। उन्होंने असहयोग

आंदोलन स्थगित करने का आदेश दिया। जिस परिस्थिति में असहयोग आंदोलन स्थगित किया गया, उसका प्रभाव देशवासियों, विशेष रूप से युवा वर्ग पर अनुकूल नहीं पड़ा। उन्होंने गांधीजी के इस आदेश का विरोध भी किया। गांधीजी ने अपनी पत्रिका 'नवजीवन' में इस आंदोलन से संबंधित तीन लेख लिखे, जिनको अंग्रेज सरकार ने विद्रोहात्मक घोषित कर 22 मार्च, 1922 को गांधीजी को गिरफ्तार कर लिया और अहमदाबाद में उनपर मुकदमा चलाया। गांधीजी को 6 साल कारावास की सजा दी गई। लेकिन ब्रिटिश सरकार ने उन्हें 2 वर्ष में ही रिहा कर दिया।

रिहाई के पश्चात् गांधीजी पुनः अपनी रचनात्मक गतिविधियों में व्यस्त हो गए, जिनमें प्रमुख रूप से खादी के प्रचार व विकास, हिंदू-मुसलिम एकता, हरिजन-सेवा, बुनियादी तालीम आदि कार्यक्रम सम्मिलित थे। इन्हीं कार्यक्रमों के द्वारा भावी संघर्ष की तैयारी की जा रही थी। यह दो संघर्षों के बीच पड़ाव का समय था। अगला संघर्ष सन् 1929-30 में 'नमक कानून भंग' आंदोलन के रूप में पुनः प्रारंभ हुआ।

□

गांधी-इर्विन पैक्ट

नमक-कानून तोड़ने के लिए की गई दांडी-यात्रा के बाद हुई गांधीजी की गिरफ्तारी और रिहाई के पश्चात् अंग्रेज सरकार एवं गांधीजी के बीच एक समझौता हुआ, जिसे 'गांधी-इर्विन पैक्ट' नाम दिया गया। इस समझौते पर 5 मार्च, 1931 को दोनों पक्षों की ओर से दस्तखत किए गए। इस समझौते के अंतर्गत देश के विभिन्न भागों में पकड़े गए हजारों सत्याग्रहियों को रिहा किया गया। इस रिहाई के अतिरिक्त कुछ अन्य मुद्दों पर भी समझौता हुआ और यह भी निर्णय लिया गया कि दूसरी गोलमेज कॉन्फ्रेंस में शामिल होने के लिए कांग्रेस अपना प्रतिनिधि लंदन भेजेगी। दुर्भाग्य से 'गांधी-इर्विन पैक्ट' में सत्याग्रहियों की रिहाई पर तो लॉर्ड इर्विन और गांधीजी में समझौता हुआ, लेकिन भगत सिंह, सुखदेव और राजगुरु को लाहौर षड्यंत्र केस के अंतर्गत दी गई फाँसी की सजा के विषय में कोई चर्चा इस पैक्ट में नहीं की गई। इस समझौते के तुरत बाद ही इन तीनों देशभक्तों को फाँसी के तख्ते पर चढ़ा दिया गया, जिस कारण पूरे देश में भयंकर आक्रोश उत्पन्न हुआ। गांधीजी और कांग्रेस–दोनों को ही इन तीनों शहीदों को फाँसी दिए जाने का दोषी माना गया। जनसाधारण की यह मान्यता थी कि गांधीजी और कांग्रेस यदि भगत सिंह और उनके दो साथियों को फाँसी नहीं दिए जाने के मुद्दे पर दृढ़ता दिखाते तो अंग्रेज सरकार कदापि इनको फाँसी देने का साहस नहीं करती। गांधीजी और कांग्रेस की इस गफलत को राष्ट्र ने कभी क्षमा नहीं किया।

'गांधी-इर्विन पैक्ट' के उपरांत कांग्रेस वर्किंग कमेटी की हुई बैठक में गोलमेज कॉन्फ्रेंस में भाग लेने के लिए गांधीजी को अपना एकमात्र प्रतिनिधि मनोनीत किया गया। गांधी-इर्विन पैक्ट पर दस्तखत करने के तुरत पश्चात् लॉर्ड इर्विन के स्थान पर लॉर्ड विलिंगडन को नया वायसराय नियुक्त कर भारत भेजा गया। लॉर्ड विलिंगडन अपने सख्त मिजाज के कारण कुख्यात

थे, जबकि लॉर्ड इर्विन उदारवादी विचार रखते थे। 19 अगस्त, 1931 को गांधीजी राजपूताना जहाज द्वारा मुंबई से लंदन के लिए रवाना हो गए। गांधीजी के साथ उनके सचिव महादेव देसाई और मीरा बहन भी थीं। जिस जहाज पर गांधीजी ने लंदन के लिए प्रस्थान किया, उसपर ही पंडित मदनमोहन मालवीय, श्री घनश्याम दास बिरला तथा अन्य कुछ प्रतिनिधि भी यात्रा कर रहे थे। जहाज पर भी गांधीजी की दिनचर्या वैसी ही रही, जैसी सामान्य दिनों में रहती थी। वह जहाज के 'डैक' पर बैठकर चर्खा कातते थे। 12 सितंबर, 1931 को गांधीजी लंदन पहुँचे। लंदन में गांधीजी के निवास के लिए जो व्यवस्था ब्रिटिश सरकार की ओर से की गई थी, वहाँ न ठहरकर वे पूर्वी लंदन की एक ऐसी बस्ती में रहे, जहाँ अधिकतर मलिन श्रेणी के अंग्रेज निवास करते थे।

लंदन पहुँचने पर भी गांधीजी का पहनावा वही था, जो भारत में रहता था। लंदन की कड़ाके की सर्दी के बावजूद वे केवल चप्पल पहने रहते थे, टाँगे नंगी रहती थीं, लँगोटी पहनते थे और केवल एक चादर से शरीर को ढके रहते थे।

दूसरी गोलमेज कॉन्फ्रेंस का उद्घाटन इंग्लैंड के तत्कालीन प्रधानमंत्री रेमजे मैकडोनल्ड ने किया। वहाँ गांधीजी ने अपने भाषण में भारत को तुरत स्वतंत्र करने की माँग रखी। अंग्रेज सरकार द्वारा जो ज़ुल्म भारतीयों पर किए जा रहे थे, उसका भी वर्णन उन्होंने संक्षेप में किया।

गांधीजी के अतिरिक्त जो अन्य प्रतिनिधि कॉन्फ्रेंस में उपस्थित थे, वे निहित स्वार्थों से बँधे हुए थे। कॉन्फ्रेंस में राजे-महाराजे थे, नवाब थे, पूँजीपतियों के प्रतिनिधि थे और ऐसे लोग भी शामिल थे, जो जात-पाँत, विभिन्न धर्मों व अन्य वर्गों का प्रतिनिधित्व करते थे। कॉन्फ्रेंस में गांधीजी ने अपने को नितांत अकेला ही पाया। शिष्टाचार के नाते सम्राट् जॉर्ज पंचम ने कॉन्फ्रेंस में आए प्रतिनिधियों को एक स्वागत समारोह में आमंत्रित किया। उस समारोह में सम्राट् जॉर्ज पंचम की भेंट गांधीजी से हुई। जॉर्ज पंचम ने गांधीजी से कहा कि भारत में उनकी सरकार के विरुद्ध कोई बगावत बरदाश्त नहीं की जाएगी। गांधीजी ने शिष्टाचार के नाते केवल इतना ही कहा कि इस समारोह में मैं आपसे किसी प्रकार की बहस में पड़ना उचित नहीं समझता। वे जॉर्ज पंचम के आगे से हटकर मोटर में बैठ अपने विश्राम-स्थान पर वापस आ गए।

जब गांधीजी लंदन में ही थे, तभी मैनचेस्टर व लंकाशायर के मिल मजदूरों ने उन्हें बुलाकर उनका स्वागत किया, यद्यपि इन नगरों की अनेक मिलें भारत में विदेशी कपड़े के बहिष्कार के कारण बंद हो चुकी थीं, और ये मजदूर बेकार हो गए थे। गांधीजी ने इस बहिष्कार का कारण बताया तो ये मजदूर गांधी से सहमत हुए और उन्होंने उनके सम्मान में "हुर्रे", "हुर्रे" के नारे लगाकर हवा में अपनी टोपियाँ उछालीं और तालियाँ बजाईं। ये मजदूर बहुत दूर चलकर गांधीजी को मोटर में बैठाने आए।

जैसी आशंका थी, वैसा ही हुआ। उक्त कॉन्फ्रेंस का कोई सार्थक नतीजा नहीं निकला। गांधीजी 28 दिसंबर, 1931 को भारत वापस आ गए। इसके पूर्व, यानी जब गांधीजी लंदन में ही थे, तब लॉर्ड विलिंगडन को अपनी मनमानी करने का पूरा अवसर मिल गया। गांधीजी के भारत पहुँचने से पहले ही उसनें जवाहरलाल नेहरू इत्यादि सभी बड़े नेताओं को गिरफ्तार कर पुनः जेलों में डाल दिया और अनेक ऑर्डिनेंस जारी कर तमाम भारत में 'ऑर्डिनेंस राज' कायम कर दिया। कांग्रेस को गैर-कानूनी संस्था घोषित कर उसके सभी दफ्तरों पर पुलिस ने कब्जा कर लिया और ताले लगा दिए। गांधी-इर्विन पैक्ट की धज्जियाँ उड़ा दी गईं। गांधीजी ने लॉर्ड विलिंगडन से भेंट करने का प्रयास किया, लेकिन विलिंगडन ने उनसे मिलने से इनकार कर दिया और उन्हें भी गिरफ्तार कर पूना जेल में नजरबंद कर दिया। लॉर्ड विलिंगडन के 'ऑर्डिनेंस राज' का विरोध कर रहे एक लाख से अधिक व्यक्ति गिरफ्तार किए गए।

जब गांधीजी पूना जेल में थे, तभी ब्रिटिश सरकार ने दलित वर्गों को अलग से प्रतिनिधित्व दिए जाने हेतु 'कम्यूनल एवार्ड' घोषित किया, जिसका तात्पर्य यह था कि मुसलमानों के समान दलितों को भी अपने प्रतिनिधि अलग से चुनने का हक होगा। इस प्रकार पूरे देशवासियों को तीन विपरीत वर्गों में विभाजित किया गया–हिंदू, मुसलमान और दलित। 'बाँटो और राज करो' की नीति की दिशा में यह एक और महत्त्वपूर्ण कदम था। गांधीजी ने ब्रिटिश सरकार के इस फैसले के विरोध में 20 सितंबर, 1932 से पूना जेल में आमरण अनशन शुरू कर दिया। फलस्वरूप पं० मदनमोहन मालवीय व डॉ० अम्बेडकर सहित अनेक नेताओं ने गांधीजी से पूना में भेंट की और एक आपसी समझौता हुआ, जिसे 'पूना पैक्ट' कहा गया। इस पैक्ट के अंतर्गत दलित वर्गों को केंद्रीय असेम्बली और प्रांतीय सभाओं में एक निश्चित

संख्या में प्रतिनिधित्व दिया गया, लेकिन चुनाव-व्यवस्था पूर्व जैसी ही रही। इस आपसी फैसले को ब्रिटिश सरकार ने भी अपनी स्वीकृति प्रदान की और 'कम्यूनल एवार्ड' को रद्द घोषित किया तथा गांधीजी को पूना जेल से छोड़ दिया।

अब गांधीजी ने पूरे देश का भ्रमण कर दलित वर्गों की समस्याओं की ओर समस्त हिंदुओं का ध्यान आकर्षित किया। जगह-जगह मंदिरों में हरिजनों के प्रवेश पर लगी पाबंदियाँ हटाई गईं। अनेक कांग्रेसी नेता, जो जेलों में पड़े हुए थे, की रिहाई के लिए भी आंदोलन शुरू हुए। लॉर्ड विलिंगडन का कहना था कि जब तक कांग्रेस अपने संघर्ष को वापस नहीं लेगी, तब तक इन नेताओं को रिहा नहीं किया जाएगा। अंततः मई, 1934 में अखिल भारतीय कांग्रेस कमेटी की एक विशेष बैठक पटना में आयोजित की गई, जिसमें इस संघर्ष को वापस लेने की दिशा में एक प्रस्ताव पारित किया गया। यह संघर्ष तीन वर्षों तक चला। एक लाख से अधिक व्यक्ति गिरफ्तार किए गए। हजारों किसानों की जमीनें जब्त की गईं और जिन सत्याग्रहियों पर जेल के अतिरिक्त जुर्माने किए गए थे उनके द्वारा जुर्माना नहीं दिए जाने की अवस्था में उनके घर इत्यादि कुर्क कर लिये गए। यह ऐसा व्यापक संघर्ष था, जिसमें पाँच हजार से अधिक महिलाओं को भी गिरफ्तार किया गया था।

राजनैतिक परिस्थिति में अनेक महत्त्वपूर्ण परिवर्तन होने के कारण लॉर्ड विलिंगडन को वापस बुलाकर उनके स्थान पर लॉर्ड लिनलिथगो को नया वायसराय नियुक्त कर भारत भेजा गया। लॉर्ड लिनलिथगो ने महात्मा गांधी से भेंट की और नया गवर्नमेन्ट ऑफ इंडिया ऐक्ट-1935 लागू किया गया। आगे चलकर 1937 में विधानसभाओं के लिए जो चुनाव आयोजित किए गए, उसमें कांग्रेस पार्टी को जबरदस्त विजय प्राप्त हुई। उसे 11 प्रांतों में से 8 प्रांतों में अपनी सरकारें बनाने का अवसर मिला। तीन प्रांत, जिनमें कांग्रेस को बहुमत नहीं मिला, वे थे—पंजाब, बंगाल और सिंध।

इस प्रकार लंबे संघर्ष के पश्चात् राष्ट्रीय कांग्रेस और सरकार के बीच आपसी सहयोग का नया अध्याय आरंभ हुआ, लेकिन यह सहयोग अनेक कठिनाइयों के उपरांत केवल दो वर्ष ही चला। उसके पश्चात् सन् 1939 में पुनः संघर्ष प्रारंभ हो गया।

□

स्वाधीनता-संघर्ष में महिलाओं का योगदान

विश्व में भारत ही एक ऐसा देश है, जिसकी स्वतंत्रता के लिए पुरुषों के साथ महिलाओं ने भी कंधे से कंधा मिलाकर अपना पूरा योगदान दिया है। अनेक महिलाओं ने विभिन्न क्रांतिकारी गतिविधियों में अपने प्राणों की परवाह किए बगैर भाग लिया। स्वतंत्रता-संग्राम में सबसे अधिक महिलाएँ तब कूदीं, जब महात्मा गांधी ने स्वतंत्रता-संग्राम को अपना नेतृत्व प्रदान किया। उन्होंने विशेष रूप से महिलाओं का आह्वान करते हुए कहा कि भारत देश उनका भी उतना ही है, जितना पुरुषों का। इसकी आजादी प्राप्त करने के लिए महिलाओं को उतनी ही कुर्बानी करनी होगी, जितनी पुरुष कर रहे हैं। गांधीजी के इस आह्वान को स्वीकार करते हुए हजारों महिलाएँ अपने घर की चारदीवारी से बाहर निकलकर सड़कों पर निकल पड़ीं। जिन महिलाओं ने अपने घर की ड्योढ़ी से बाहर कभी कदम भी नहीं रखा था वे भी मैदान में निकलीं और उन्होंने स्वतंत्रता-संग्राम को महत्त्वपूर्ण नेतृत्व प्रदान किया। एक अनुमान के अनुसार, सत्याग्रह इत्यादि कार्यक्रमों में भाग लेने के लिए विभिन्न स्तरों पर 15 हजार से अधिक महिलाएँ जेल गईं। उन्होंने जेलखानों को 'आराधना–गृह' का नाम दिया। गांधीजी ने महिलाओं को 'अभयदान' दिया। ऐसी महिलाएँ न लाठियों से डरीं, न पुलिस की गोलियों से। हम इस अध्याय में ऐसी ही कुछ वीर महिलाओं का संक्षिप्त विवरण प्रस्तुत कर रहे हैं—

श्रीमती ऐनी बेसेंट

इनका जन्म 1 अक्तूबर, 1847 को लंदन में हुआ था, यह एक आइरिश महिला थीं, लेकिन भारतीय दर्शन व संस्कृति से प्रभावित होकर भारत

आईं। इन्होंने भारत के स्वतंत्रता-संग्राम से अपने आपको निकट से जोड़ा और सन् 1917 में राष्ट्रीय कांग्रेस की प्रथम महिला अध्यक्ष निर्वाचित हुईं। इन्होंने सन् 1919 में 'होमरूल लीग' की स्थापना की। कांग्रेस अधिवेशनों में वे हमेशा ही पूर्ण स्वराज्य की माँग उठाती रहीं। ये कांग्रेस के भीतर गरम दल की प्रमुख नेता थीं। इन्होंने सन् 1916 में बनारस में हिंदू विश्वविद्यालय की स्थापना में अपना महत्त्वपूर्ण योगदान दिया था। 86 वर्ष की आयु में 20 सितंबर, 1933 को मद्रास में उनका निधन हो गया।

कु० प्रीतिलता

यह एक सुप्रसिद्ध क्रांतिकारी महिला थीं। इनका जन्म 8 मई, 1911 को चटगाँव (अब बंगलादेश में) हुआ था। इन्होंने चटगाँव शस्त्रागार कांड में भाग लिया था। ये इस कांड में गंभीर रूप से जख्मी हो गई थीं, इन्हें अंग्रेज सिपाहियों ने चारों ओर से घेर लिया था। इन्होंने सिपाहियों के हाथ में पड़ने की बजाएँ साइनाइड 'जहर' की पुड़िया मुँह में रखकर आत्महत्या कर ली। इनका निधन तत्काल उसी स्थल पर 24 सितंबर, 1922 को हो गया।

मैडम भीकाजी कामा

यह भारत की प्रथम क्रांतिकारी महिला थीं। इन्होंने विदशों में निष्कासित जीवन व्यतीत करते हुए भारत की आजादी की लड़ाई को जीवित रखा। इनका जन्म 24 सितंबर, 1861 को मुंबई में एक पारसी परिवार में हुआ था। विदेशों में रहते हुए ये अन्य क्रांतिकारियों (प्रमुख रूप से श्यामजी कृष्ण वर्मा, लाला हरदयाल, वीर सावरकर आदि) के साथ सक्रिय रहीं। सन् 1907 में जर्मनी में अंतरराट्रीय समाजवादी सम्मेलन में भारत का प्रतिनिधित्व करते हुए इन्हें राष्ट्रीय ध्वज फहराने का गौरव प्राप्त हुआ। इंग्लैंड में इन्हें अपराधी घोषित कर वहाँ से निकल जाने का हुक्म दिया गया। ये इंग्लैंड से चलकर फ्रांस आ गईं। वहाँ से इन्होंने अपनी क्रांतिकारी गतिविधियों को जारी रखा। वहाँ से ये मुंबई वापस आईं। 13 अगस्त, 1936 को एक अस्पताल में इनका निधन हो गया।

कस्तूरबा गांधी

यह राष्ट्रपिता महात्मा गांधी की पत्नी थीं। इनका जन्म सन् 1869 में

पोरबंदर में हुआ था। ये महात्मा गांधी के साथ दक्षिण अफ्रीका गई थीं। वहाँ रहते हुए इन्होंने गांधीजी के कार्यक्रमों में उनका साथ दिया। दक्षिण अफ्रीका से गांधीजी के साथ भारत वापस आने के बाद स्वतंत्रता-संग्राम के कार्यक्रमों में भाग लेकर इन्होंने जेल-यात्राएँ कीं। अंतिम बार 9 अगस्त, 1942 को इन्हें गिरफ्तार कर महात्मा गांधी के साथ आगा खाँ जेल में नजर बंद कर दिया गया। वहीं 22 फरवरी, 1944 को बंदीजीवन में ही इनका निधन हो गया।

कमला देवी चट्टोपाध्याय

यह सुप्रसिद्ध स्वतंत्रता-सेनानी व समाज-सेविका थीं। इनका जन्म 3 अप्रैल, 1903 को मंगलौर (कर्नाटक) में हुआ था। राष्ट्रीय कांग्रेस द्वारा स्वतंत्रता-संग्राम के लिए चलाए गए सभी आंदोलनों में इन्होंने भाग लिया और जेल गईं। आजादी के उपरांत सोशलिस्ट पार्टी की स्थापना में इनका प्रमुख हाथ था।

कु० कल्पना दत्त

इनका जन्म चटगाँव (अब बँगलादेश में है) में हुआ था। इन्होंने एम.ए. तक शिक्षा प्राप्त की थी। चटगाँव शस्त्रागार कांड में इन्होंने सूर्यसेन के नेतृत्व में भाग लिया था, किंतु उस समय इन्हें गिरफ्तार करने में पुलिस असमर्थ रही। सन् 1933 में कड़े संघर्ष के उपरांत इन्हें सूर्यसेन के साथ गिरफ्तार किया जा सका। इन्हें 12 फरवरी, 1934 को आजीवन कारावास की सजा दी गई।

सरोजिनी नायडू

यह सुप्रसिद्ध कवयित्री व प्रथम श्रेणी की राष्ट्रीय नेता थीं। इन्हें अपनी ओजस्वी कविताओं के कारण 'भारत कोकिला' कहा जाता था। इनका जन्म 13 फरवरी, 1879 को हैदराबाद में हुआ था। ये राष्ट्रीय कांग्रेस के वार्षिक अधिवेशन, जो सन् 1925 में कानपुर में हुआ, की अध्यक्षा चुनी गई थीं। ये ऐतिहासिक दांडी-यात्रा में गांधीजी के साथ थीं। गांधी-इर्विन पैक्ट के अंतर्गत जब गांधीजी दूसरी गोलमेज कॉन्फ्रेंस में भाग लेने के लिए लंदन गए थे, तब ये भी उनके साथ लंदन गई थीं। राष्ट्रीय कांग्रेस द्वारा

जितने भी आंदोलन हुए थे, उन सभी में इन्होंने भाग लिया और अनेक बार जेल-यात्राएँ कीं। सन् 1942 में जब गांधीजी को आगा खाँ पैलेस में नजरबंद किया गया था, तब ये भी वहाँ उनके साथ थीं। भारत की स्वतंत्रता के उपरांत ये ऐसी प्रथम महिला थीं, जिन्हें किसी प्रदेश (उत्तर प्रदेश) का गवर्नर नियुक्त किया गया था।

विजयलक्ष्मी पंडित

ये राष्ट्रीय नेता पंडित मोतीलाल नेहरू की पुत्री थीं। इनका जन्म सन् 1900 में इलाहाबाद में हुआ था। ये सदैव ही स्वतंत्रता-संग्राम में सक्रिय रहीं। इन्होंने नमक-सत्याग्रह में भाग लिया और विदेशी कपड़े की दुकानों पर धरने दिए। सन् 1937 में जब प्रांतीय सरकारों की स्थापना हुई तो इन्होंने उत्तर प्रदेश के मंत्रिमंडल में पहली भारतीय महिला के रूप में मंत्री पद का भार ग्रहण किया। वे सन् 1932 से लेकर सन् 1942 तक तीन बार जेल गईं।

डॉ० सुशीला नैयर

इनका समस्त परिवार ही आजादी के आंदोलन से निकट से जुड़ा हुआ था। इनके बड़े भाई श्री प्यारेलाल नैयर गांधीजी के सचिव रहे थे। सुशीला नैयर प्रायः अपने भाई के साथ सेवाग्राम आश्रम में रहती थीं। 9 अगस्त, 1942 को गांधीजी और कस्तूरबा गांधी के साथ इन्हें भी गिरफ्तार कर आगा खाँ पैलेस में नजरबंद कर दिया गया था, जहाँ वे 21 महीने रहीं। इन्होंने सेवाग्राम में 'कस्तूरबा हेल्थ सोसाइटी' की स्थापना की, जिसके द्वारा इन्होंने आसपास के गाँवों के निवासियों के लिए उपचार का प्रबंध किया। सेवाग्राम में ही इन्होंने गांधीजी की स्मृति में 'महात्मा गांधी इन्स्टिच्यूट ऑफ मेडिक़ल साइंसेज' की भी स्थापना की थी। इनका निधन 3 जनवरी, 2001 को सेवाग्राम में हुआ। वहीं इनकी अंत्येष्टि कर दी गई।

कु० खुर्शीद बेन नौरोजी

यह राष्ट्रीय कांग्रेस के अग्रणी नेता दादाभाई नौरोजी की पोती थीं। इनका जन्म सन् 1894 में हुआ था। इन्होंने शिक्षा विदेशों में प्राप्त की थी।

ये आजादी के आंदोलन में आठ बार जेल गईं। इनका निधन 72 वर्ष की आयु में सन् 1966 में मुंबई में हुआ।

राजकुमारी अमृत कौर

यह सुप्रसिद्ध स्वतंत्रता सेनानी और महात्मा गांधी की निकट सहयोगिनी थीं। इनका जन्म 2 फरवरी, 1889 को कपूरथला (पंजाब) में हुआ था। इनके पिता राजा हरनाम सिंह थे। राजकुमारीजी ने अनेक वर्षों तक गांधीजी के निजी सहायक के रूप में काम किया था। गांधीजी के नेतृत्व में स्वतंत्रता-संग्राम के सभी कार्यक्रमों में ये सक्रिय रहीं और जेल-यात्रा की। स्वतंत्रता-प्राप्ति के उपरांत प्रथम केंद्रीय मंत्रिमंडल ये स्वास्थ्य मंत्री रही थीं।

लेडी अब्दुल कादिरी

इनका जन्म सन् 1883 में लाहौर में हुआ था। इन्होंने सन् 1920-22 में 'खिलाफत आंदोलन' और 'सविनय अवज्ञा आंदोलन' में प्रमुख रूप से भाग लिया था। इनका कार्यक्षेत्र उत्तर प्रदेश में लखनऊ था।

अरुणा आसिफ अली

राष्ट्रीय नेता श्री आसफ अली इनके पति थे। इन (अरुणाजी) का जन्म सन् 1906 में हुआ था। इन्होंने लाहौर और नैनीताल में शिक्षा प्राप्त की थी। सन् 1930-32-34 में नमक-सत्याग्रह और असहयोग आंदोलन में भाग लेकर इन्होंने जेल-यात्राएँ की थीं। सन् 1942 के 'भारत छोड़ो' आंदोलन में इनका योगदान विशेष रूप से वर्णनीय है। 9 अगस्त, 1942 को मुंबई में जब सभी बड़े नेताओं को पकड़कर जेल में डाल दिया गया था, तब भूमिगत होकर इन्होंने राष्ट्रीय संघर्ष को गतिशील बनाए रखा। इनकी गिरफ्तारी के लिए सरकार ने 5 हजार रु. का इनाम घोषित किया था, लेकिन ये अंत तक पुलिस के हाथ नहीं आईं। इसीलिए इन्हें '1942 की हीरोइन' कहा जाता है। जब 26 जनवरी, 1946 को अंग्रेज सरकार ने इनके विरुद्ध वारंट रद्द करने की घोषणा की, तभी ये बाहर आईं।

अमतुस्लाम बेन

इनका जन्म मुंबई में हुआ था। गांधीजी के सभी प्रमुख रचनात्मक कार्यक्रमों से ये निकट से जुड़ी रहीं। ये सन् 1942 के आंदोलन में गांधीजी

और रेहाना बहन के साथ सक्रिय रहीं। सन् 1946 में नोआखली के सांप्रदायिक दंगों के समय भी ये शांति-यात्रा में गांधीजी के साथ रहीं।

दुर्गाबाई देशमुख

ये सुप्रसिद्ध स्वतंत्रता-सेनानी और समाज-सेविका थीं। इनका जन्म सन् 1909 में आंध्र प्रदेश में हुआ था। इन्होंने एल.एल.बी. तक की शिक्षा प्राप्तं की थी। गांधीजी के निकट संपर्क में आने पर इन्होंने अपने विवाह के समय के विदेशी वस्त्र भी जला दिए थे। अपने विवाह में उपहारस्वरूप मिले कीमती आभूषण को भी इन्होंने गांधीजी को अर्पण कर दिया था। राष्ट्रीय कांग्रेस के अंतर्गत आयोजित आंदोलनों में ये तीन बार जेल गई थीं। इनका निधन 9 मई, 1981 को हैदराबाद में हुआ।

दुर्गा भाभी

इनका जन्म 7 अक्टूबर, 1907 को लाहौर (अब पाकिस्तान में है) में हुआ था। इनके पति सुप्रसिद्ध क्रांतिकारी नेता श्री भगवती चरण वोहरा थे। दुर्गा भाभी ने अनेक क्रांतिकारी गतिविधियों में सक्रिय भाग लिया। ये क्रांतिकारियों के छिपने के लिए गुप्त स्थानों की व्यवस्था करती थीं। ये चंद्रशेखर आजाद, भगत सिंह, यशपाल आदि क्रांतिकारी नेताओं की गतिविधियों से निकट से जुड़ी हुई थीं।

कु० बीना दास

इस प्रसिद्ध क्रांतिकारी का जन्म 24 अगस्त, 1911 को बंगाल में हुआ था। इन्होंने बी.ए. तक की शिक्षा प्राप्त की थी। 6 फरवरी, 1932 को इनके कॉलेज में एक समारोह आयोजित हुआ था। उक्त अवसर पर इन्होंने बंगाल के गवर्नर स्टैनले जैकसन पर गोली चला दी, लेकिन गवर्नर बच गए। तब इन्हें पकड़ लिया गया। इन्हें 9 वर्ष की कड़ी कैद की सजा दी गई। सन् 1942 के आंदोलन में भी ये सक्रिय रहीं। तब ये गिरफ्तार नहीं की जा सकीं।

श्रीमती जानकी देवी बजाज

इनके पति प्रसिद्ध देशभक्त, उद्योगपति व गांधीजी से अत्यंत निकट

से जुड़े सेठ जमनादास बजाज थे। ये गांधीजी तथा अपने पति की प्रेरणा से स्वतंत्रता-संग्राम में कूद पड़ीं। अपने घर की सभी विदेशी वस्तुओं को इन्होंने जला डाला। सरकार-विरोधी भाषणों के कारण उन्हें पकड़कर कुछ समय तक जेल में रखा गया था।

श्रीमती सुचेता कृपलानी

ये राष्ट्रीय कांग्रेस के वरिष्ठ नेता आचार्य जे०बी० कृपलानी की पत्नी थीं। ये सन् 1942 के 'भारत छोड़ो' आंदोलन में श्रीमती अरुणा आसफ अली के साथ सक्रिय रहीं। तब ये भी भूमिगत रहकर आंदोलन का संचालन करती रहीं। इनका जन्म सन् 1908 में अंबाला में हुआ था। इन्होंने दिल्ली विश्वविद्यालय से एम.ए. की परीक्षा पास की थी। आजादी पाने के उपरांत ये अनेक बार लोकसभा के लिए निर्वाचित हुईं। ये अक्टूबर, 1963 से 1967 तक उत्तर प्रदेश की मुख्यमंत्री भी रहीं। आजादी मिलने के पश्चात् देश के विभिन्न भागों में जो सांप्रदायिक दंगे भड़क उठे थे, उनसे पीड़ित परिवारों को राहत पहुँचाने का काम इन्होंने किया था।

कमांडर स्वामी लक्ष्मीनाथन

ये आजाद हिंद फौज की 'रानी झाँसी रेजीमेन्ट' की कमांडर थीं। नेताजी सुभाषचंद्र बोस ने आजाद हिंद फौज में भाग लेने के लिए महिलाओं को भी आमंत्रित किया था। जब आजाद हिंद फौज हारकर पीछे हट रही थी, तब अंग्रेजों ने एक घेरा डालकर इन्हें पकड़ लिया और एक महीने तक नजरबंद रखा। आजादी पाने के उपरांत इनका विवाह आजाद हिंद फौज के कर्नल सहगल से हुआ।

मीरा बेन (मिस मेडलीन स्लेड)

यह गांधीजी की विदेशी शिष्या थीं, इनका जन्म 22 नवंबर, 1873 को लंदन में हुआ था। गांधीजी के बारे में रोम्यां रोला द्वारा लिखित पुस्तक से प्रेरणा प्राप्त कर इन्होंने इंग्लैंड में ही चरखा चलाना, जमीन पर सोना तथा मांस-सेवन का त्यागकर भारतीय भाषाओं का अध्ययन शुरू किया। ये गांधीजी का संदेश पाकर भारत आईं और गांधीजी के साथ उनकी पुत्री तुल्य बनकर आश्रमों में रहीं और भारत की आजादी के हर आंदोलन में

भाग लेती रहीं। ये सन् 1942 के भारत छोड़ो आंदोलन में भी सक्रिय रहीं। स्वतंत्रता-संग्राम में ये दो बार जेल भी गईं। आजादी मिलने के उपरांत ये ऑस्ट्रिया चली गईं, जहाँ 20 जुलाई, 1982 को इनका निधन हो गया।

मृदुला साराभाई

इनका जन्म सन् 1911 में अहमदाबाद में हुआ था। इनके पिता अहमदाबाद के बड़े उद्योगपति सेठ अंबालाल साराभाई थे। इनकी माता का नाम सरला साराभाई था। यह समस्त परिवार गांधीजी से प्रेरणा प्राप्त कर स्वतंत्रता-संग्राम में सक्रिय रहा।

मृदुला साराभाई सन् 1927 से लेकर सन् 1942 तक के सभी आंदोलनों में सक्रिय रहीं। इन्होंने अनेक बार जेल-यात्रा की। भारत के विभाजन के फलस्वरूप हुए सांप्रदायिक दंगे से पीड़ित परिवारों के पुनर्वास में ये सक्रिय रहीं।

लाडो रानी जुत्शी

इनका जन्म सन् 1882 में हुआ था। इनकी कर्मभूमि लाहौर (अब पाकिस्तान में है) रही। इन्होंने सन् 1919 में गांधीजी की गिरफ्तारी के विरोध में राजनैतिक क्षेत्र में प्रवेश किया। इन्होंने पंजाब की महिलाओं को एकत्र कर शराब और विदेशी कपड़े की दुकानों पर धरने आयोजित किए। सन् 1930 के नमक-कानून सत्याग्रह के अंतर्गत ये एक साल तक लिए जेल में भी रहीं। सन् 1932 में निषेधाज्ञा भंग करने के अपराध में इन्हें 18 महीने के कारावास की सजा दी गई। इनकी तीनों पुत्रियाँ भी स्वतंत्रता-संग्राम में भाग लेकर इनके साथ ही जेलों में रहीं।

बहन सत्यवती

ये दिल्ली की सुप्रसिद्ध नेत्री तथा अग्रणी स्वतंत्रता-सेनानी थीं। इनका जन्म 1906 में दिल्ली में हुआ था। इनकी माता का नाम श्रीमती वेदकुमारी था, जो स्वामी श्रद्धानंद की पुत्री थीं। अपनी माँ से प्रेरणा प्राप्त कर ये राष्ट्रीय आंदोलन व समाज-सुधार कार्य में भाग लेने लगी थीं। ये सन् 1930 से लेकर 1942 तक के आंदोलनों में निरंतर अग्रणी रूप में सक्रिय

रहीं। खराब स्वास्थ्य के उपरांत भी ये अनेक बार जेल गईं। सन् 1930 के नमक सत्याग्रह में 6 महीने की तथा 1932 में निषेधाज्ञा भंग करने के अपराध में दो वर्ष की सजा इन्होंने काटी। यद्यपि ये टी.बी. की बीमारी की शिकार हो गई थीं, फिर भी ये राष्ट्रीय आंदोलनों में सक्रिय रहीं। सन् 1940-41 के व्यक्तिगत सत्याग्रह में इन्हें दो बार गिरफ्तार किया गया। ज्यों ही ये रिहा हुईं, 1942 में भारत छोड़ो आंदोलन में भाग लेने के कारण इन्हें पुनः गिरफ्तार कर लाहौर जेल में भेज दिया गया। दिल्ली में जितनी भी महिलाओं ने स्वतंत्रता-संग्राम में भाग लिया, उन सभी को घरों की चारदीवारी से बाहर निकालने का श्रेय बहन सत्यवतीजी को ही जाता है। टी.बी. की गंभीर बीमारी के कारण सन् 1945 में इनकी मृत्यु हो गई।

सरला बहन (कुमारी केथरीन हेलीमन)

इनका जन्म 5 अप्रैल, 1900 को लंदन में हुआ था। यद्यपि ये इंग्लैंड में रहती थीं, तथापि ये समाजसेवा के लिए सन् 1938 में भारत आईं। यह गांधीजी के अनेक कार्यक्रमों से जुड़ी रहीं। सन् 1942 के 'भारत छोड़ो' आंदोलन में सक्रिय रहीं। इन्हें गिरफ्तार कर जेल भेज दिया गया। रिहा होने के उपरांत जीवनपर्यंत ये पहाड़ी क्षेत्र अल्मोड़ा में सक्रिय रहीं। इस क्षेत्र में रचनात्मक गतिविधियों को प्रोत्साहन देने के लिए इन्होंने 'कौसानी महिला आश्रम' की स्थापना की। 40 वर्षों तक निरंतर समर्पित भाव से सेवा करने के उपरांत 8 जुलाई, 1962 को कौसानी में ही इनका निधन हो गया।

रानी गाइंडिल्यू

ये सुप्रसिद्ध क्रांतिकारी महिला थीं। इनका जन्म 26 जनवरी, 1915 को नगालैंड में हुआ था। इन्हें 'जॉन ऑफ आर्क' कहा जाता था। जब ये केवल 17 वर्षीय की थीं, तभी इन्होंने अपने हजारों अनुयायियों के साथ अंग्रेजों के विरुद्ध गुरिल्ला युद्ध छेड़कर कई बार अंग्रेजों को पराजित किया। 17 अक्तूबर, 1942 को इन्हें अंग्रेजों द्वारा गिरफ्तार कर लिया गया और गंभीर यातनाएँ दी गईं और आजीवन कारावास का दंड भी दिया गया। जब प्रांतीय शासन प्रारंभ हुआ, तब अनेक स्वतंत्रता-सेनानियों को छोड़ा गया, किंतु जवाहरलाल नेहरू के प्रयत्न के बावजूद इन्हें रिहा नहीं किया गया। स्वतंत्रता-प्राप्ति के पश्चात् ही इन्हें जेल से रिहाई मिली।

तत्पश्चात् ये लोकप्रिय नगा नेता के रूप में अपने क्षेत्र की सामाजिक व राजनैतिक गतिविधियों में सक्रिय रहीं।

सुशीला दीदी

ये प्रसिद्ध क्रांतिकारी महिला थीं। इनका जन्म 5 मार्च, 1905 को गुजरात में हुआ था। इन्होंने जालंधर के राष्ट्रीय कन्या विद्यालय से बी.ए. तक की शिक्षा प्राप्त की थी। अपने अध्ययन-काल से ही ये चंद्रशेखर आजाद, भगत सिंह, भगवती चरण वोहरा व दुर्गा भाभी के निकट संपर्क में आईं। 'काकोरी कांड' व 'लाहौर षड्यंत्र कांड' के कैदियों के विरुद्ध जो मुकदमे चलाए गए थे, उनके खर्च हेतु इन्होंने अपने आभूषणों को भी दान कर दिया था। दिल्ली में वायसराय लॉर्ड इर्विन की ट्रेन उड़ाने की जो योजना बनाई गई थी, उसमें भी ये दिल्ली आईं और इस ट्रेन के आवागमन से संबंधित सूचना इस कांड से संबंधित क्रांतिकारियों तक पहुँचाई। सन् 1932 में इन्हें गिरफ्तार कर 6 महीने का कारावास दिया गया। ये अनेक क्रांतिकारी गतिविधियों से जुड़ी रहीं। आजादी पाने के उपरांत इन्होंने श्याम मोहन से विवाह किया। इनकी मृत्यु 13 जनवरी, 1963 को दिल्ली में हुई।

हमें खेद है कि स्वतंत्रता-आंदोलन में जो और अनेक महिलाएँ सक्रिय रहीं, उनका विवरण स्थानाभाव के कारण हम नहीं दे पा रहे हैं। अपनी इस विवशता के लिए हम क्षमाप्रार्थी हैं। इन सभी महिलाओं को भारतवासियों की ओर से सादर प्रणाम।

□

अमेरिका में स्थापित गदर पार्टी व लाला हरदयाल

भारत की स्वतंत्रता के लिए निरंतर सशस्त्र संघर्ष करने का मुख्य श्रेय 'गदर पार्टी' के सदस्यों को जाता है। इस पार्टी की स्थापना 10 मई, 1913 को अमेरिका में हुई थी। 'गदर पार्टी' का इतिहास हजारों देशभक्तों तथा सैकड़ों बलिदानों का इतिहास है। इस इतिहास का पूरा ज्ञान किसी एक व्यक्ति के लिए संभव नहीं है। अब तो शायद ही ऐसा कोई व्यक्ति जीवित हो, जिसने इस संघर्ष में भाग लिया था।

19वीं शताब्दी के अंत में जिन कारणों से पंजाब के किसान विदेशों की ओर जाने के लिए विवश हुए, उनमें अधिकतर आर्थिक कारण ही थे। कनाडा और अमेरिका जानेवाले किसानों में अधिक संख्या पंजाब के निवासियों की थी। ऐसे किसानों की पहली टोली 19वीं सदी के अंत में अमेरिका महाद्वीप गई थी। इनमें से बहुत कम ऐसे लोग थे, जो अंग्रेजी बोल व लिख सकते थे। इन्होंने अमेरिका और कनाडा पहुँचकर रेलों की पटरियाँ बनाने, ट्राम लाइनों की मरम्मत करने, भवन-निर्माण करने तथा खेती के धंधे करने का काम शुरू किया। अमेरिका में ऊँची शिक्षा प्राप्त करने हेतु भारतीय विद्यार्थियों ने भी वहाँ जाना शुरू किया। अमेरिका में रहते हुए उन भारतवासियों ने अपने को संगठित करने का प्रयास भी शुरू किया। अपने कठिन परिश्रम के कारण इन लोगों ने आर्थिक दृष्टि से पर्याप्त उन्नति की। जो लोग अमेरिका में बस गए थे और आर्थिक उन्नति प्राप्त कर चुके थे, उन्होंने अपने रिश्तेदारों, मित्रों इत्यादि को भी अमेरिका में बुलाया। धीरे-धीरे

अमेरिका के विभिन्न भागों में कुछ गुरुद्वारों का निर्माण भी प्रारंभ हुआ और इन लागों में राजनैतिक चेतना प्रारंभ हुई। इस राजनैतिक चेतना का मुख्य श्रेय लाला हरदयाल और उनके साथियों को जाता है। लालाजी दिल्ली के निवासी थे। उच्च शिक्षा प्राप्त करने हेतु वे भारत से इंग्लैंड गए, जहाँ वे मैडम कामा, श्री श्यामजी कृष्ण वर्मा व सावरकरजी के निकट संपर्क में आए। इंग्लैंड से वे सन् 1911 में अमेरिका चले गए। वहाँ भारतवासियों से उनका निकट का संपर्क बना और 'गदर पार्टी' की स्थापना हुई। 'गदर पार्टी' की स्थापना से पहले भी अनेक स्थानों पर कुछ अन्य भारतीय संस्थाएँ कार्यरत थीं, लेकिन शनैः-शनैः उन सभी का विलय 'गदर पार्टी' में हो गया। 'गदर पार्टी' का कार्यालय सैनफ्रांसिस्को में रखा गया, क्योंकि वहीं अधिकतर भारतवासी व हरदयालजी रहते थे। जिस मकान में यह कार्यालय शुरू किया गया, उसका नाम 'युगांतर आश्रम' रखा गया।

अमेरिका में इस भेदभाव की नीति से भारतीयों के हृदय पर गहरा आघात लगता था। भाई परमानंद, रामचंद्र पेशावरी, करतार सिंह सराबा इत्यादि ने इस अपमान के निवारण हेतु अंग्रेजों के विरुद्ध संघर्ष करने के लिए भारतीयों को प्रेरित किया। इनके प्रयत्नों के फलस्वरूप 'गदर पार्टी' की स्थापना संभव हो सकी, जिसके लिए श्री मुंशीराम, करीम बख्श, नवाब खाँ, केशर सिंह, बलवंत सिंह, करतार सिंह सराबा, भाई भगवान सिंह, मौलवी बर्कत उल्ला खाँ आदि को विशेष प्रयत्न करने पड़े। 'गदर पार्टी' के एक संस्थापक सदस्य पं० जगतराम भारद्वाज के अनुसार, 'गदर पार्टी' की स्थापना 10 मई, 1913 को अमेरिका के सैनफ्रांसिस्को शहर के बाहर वुड स्ट्रीट के छोटे से मकान में हुई। 'गदर पार्टी' में शुरू में नौ जवान ही शामिल थे, जो अमेरिका और कनाडा में कृषि तथा बागवानी के कार्यों में संलग्न थे। इन चंद सरफरोशों ने अपनी मातृभूमि की गुलामी की जंजीरों को काटने की सौगंध खाई और अपना सर हथेली पर रखकर देश की आजादी के लिए कुरबानी देने भारत की ओर चल पड़े। वास्तव में इनके हौसले आसमान को छू रहे थे। 'गदर पार्टी' ने अपनी गतिविधियों के प्रचार हेतु 'गदर' नामक एक पत्रिका का प्रकाशन शुरू किया। यह पत्रिका सभी प्रमुख भारतीय भाषाओं में प्रकाशित होती थी और हजारों की संख्या में भारतीय लोगों तक पहुँचाई जाती थी। इस पत्रिका का पहला अंक नवंबर, 1913 में प्रकाशित हुआ। लाला हरदयाल इसके संस्थापक संपादक थे।

उनके पश्चात् इसके संपादन का दायित्व करतार सिंह सराबा को सौंपा गया। सराबा उच्च शिक्षा प्राप्त करने के लिए बर्कली विश्वविद्यालय में भरती हुए थे, लेकिन 'गदर पार्टी' की स्थापना के पश्चात् उन्होंने आगे पढ़ना छोड़कर अपना सारा समय 'गदर पार्टी' को प्रभावशाली बनाने और 'गदर' पत्रिका के नियमित प्रकाशन में लगाया, जिसकी गूँज पूरे अमेरिका व कनाडा में शीघ्र ही होने लगी। इससे प्रेरणा प्राप्त कर हजारों हिंदुस्तानी 'गदर पार्टी' के सक्रिय सदस्य बने। उन्होंने तन-मन-धन से भारत की आजादी के लिए अपने आपको पूर्णतया समर्पित किया। प्रारंभिक काल में पंजाब से जो किसान अमेरिका गए थे, उनमें से अधिकतर सिख थे, जिन्हें 'बाबा' भी कहा जाता था।

सन् 1914 में प्रथम विश्वयुद्ध प्रारंभ हुआ। 'गदर पार्टी' के नेताओं ने निर्णय लिया कि यह एक ऐसा उपयुक्त समय है, जब सशस्त्र संघर्ष द्वारा भारत को आजाद कराने का प्रयास करना चाहिए। उसके लिए उन्होंने तैयारी शुरू कर दी। गदर पार्टी के नेताओं ने अन्य ऐसे लोगों से भी संपर्क करने प्रारंभ किए, जो अमेरिका के अतिरिक्त अन्य देशों में बसे हुए थे। लाला हरदयाल ऐसे सभी व्यक्तियों से संपर्क करने के लिए अमेरिका से चलकर यूरोप के अनेक देशों में गए। उनके स्थान पर श्री सोहन सिंह भकना ने 'गदर पार्टी' के संचालन का भार सँभाला। वे एक योग्य नेता थे। अमेरिका आने से पहले वे अनेक वर्ष 'कूका आंदोलन' से भी जुड़े रहे थे (इस आंदोलन का प्रारंभ नामधारी सिखों के गुरू बाबा रामसिंहजी द्वारा पंजाब में हुआ था)। श्री केसर सिंह 'ठठगढ़' गदर पार्टी के उपाध्यक्ष तथा भाई संतोष सिंह महामंत्री चुने गए थे। ये सब देशभक्ति के रंग में पूरी तरह रंगे हुए थे। पंडित कांशी राम 'गदर पार्टी' के खजांची थे। मौलवी बर्कत उल्ला खाँ, जो एक प्रोफेसर थे, ने 'गदर' पत्रिका में धुआँधार लेखों द्वारा अंग्रेजों के विरोध में जबरदस्त वातावरण निर्मित किया था। सशस्त्र संघर्ष के लिए 'गदर पार्टी' के कार्यकर्ता बहुत बड़ी संख्या में पिस्तौलें, रिवॉल्वर, बंदूकें इत्यादि जमा करने लगे। उन्होंने उन हथियारों को भारत पहुँचाने के लिए एक जापानी जहाज 'कामागाटामारु' की व्यवस्था की, जिसका प्रबंध बाबा गुरुदित्ता सिंह द्वारा किया गया था। यह जहाज 23 जुलाई, 1914 को वैनकोवर (कनाडा) से चलकर याकोहामा (जापान) व हांगकांग होता हुआ बज-बज घाट, कोलकाता बंदरगाह में पहुँचा। उस जहाज में बहुत से

हथियार रखे गए थे। उसी जहाज में अनेक प्रमुख भारतीय नेता भारत पहुँचने के लिए यात्रा कर रहे थे। उस जहाज के कोलकाता पहुँचने से पहले ही इसकी सूचना ब्रितानवी सरकार को मिल गई थी। सेना और पुलिस ने इस जहाज़ को चारों ओर से घेर लिया। इस संघर्ष में 18 क्रांतिकारी नेता मारे गए, मगर बहुत से भाग निकलने में सफल हो गए और अन्य सबको गिरफ्तार कर लिया गया।

अमेरिका के अतिरिक्त जापान में रह रहे भारतीय निवासियों ने भी रासबिहारी बोस से प्रेरणा प्राप्त कर भारत पहुँचने और इस सशस्त्र संघर्ष में भाग लेने का निर्णय लिया। इस संघर्ष के लिए पंडित जगत राम को नेता बनाया गया। उन्होंने भारत पहुँचने के लिए 'कोरिया' नामक जहाज की व्यवस्था की। वह जहाज 29 अगस्त, 1914 को सैनफ्रांसिस्को से रवाना हुआ। वे भी श्री केसरसिंह 'ठठगढ़' और श्री ज्वालासिंह ठट्टियाँ व अन्य साथियों सहित भारत की ओर रवाना हुए। इन सभी के पास बहुत बड़ी मात्रा में हथियार थे। यह जहाज अनेक स्थानों पर रुकता हुआ भारत की ओर बढ़ रहा था। उसी जहाज में याकोहामा से श्री परमानंद झाँसीवाले, श्री निधान सिंह चुग्धा, इंद्र सिंह, सुर सिंह और प्यारा सिंह लंगेरी भी शामिल हुए। ब्रिटिश सरकार को अपनी खुफिया एजेंसियों की मार्फत 'गदर पार्टी' की गतिविधियों की पूरी जानकारी मिलती रहती थी। भारत में वापस आनेवाले क्रांतिकारियों की संख्या लगभग 8 हजार तक पहुँच गई। भारत पहुँचने पर अनेक क्रांतिकारियों ने फौजी छावनियों में संपर्क स्थापित कर सिपाहियों को अंग्रेजों के विरुद्ध संघर्ष करने के लिए तैयार किया। संघर्ष की तारीख 21 फरवरी, 1915 निश्चित की गई, लेकिन इस योजना की जानकारी अंग्रेज सरकार को एक सप्ताह पूर्व ही मिल गई थी, जिसके कारण लगभग एक हजार लोगों को गिरफ्तार कर पंजाब की विभिन्न जेलों में भेज दिया गया। वहाँ उनपर लाहौर में अनेक मुकदमे चलाए गए।

सिंगापुर में विद्रोह

जब 'कोरिया' जहाज अमेरिका से चलकर हिंदुस्तान की ओर जा रहा था, तब यह कुछ दिन सिंगापुर में ठहरा। सिंगापुर अंग्रेजों के अधिकार में था। उसकी सुरक्षा के लिए कुछ गोरे अफसरों के अतिरिक्त लगभग 300 भारतीय सैनिकों का दस्ता भी वहाँ रहता था। वहाँ 'गदर पार्टी' के नेता

भाई संतोष सिंह पहले से ही इन सिपाहियों में विद्रोह की भावना फैला रहे थे। उन्होंने 'कोरिया' पर यात्रा कर रहे नेताओं से संपर्क कर उन्हें भारतीय सैनिकों की एक सभा को संबोधित करने का आग्रह किया, जिसे स्वीकार कर पं० परमानंदजी ने अपने भाषण में अंग्रेजों के खिलाफ विद्रोह करने के लिए सिपाहियों को उत्तेजित किया, इसके परिणामस्वरूप इन विद्रोही सैनिकों ने अनेक अंग्रेज अफसरों को जान से मार डाला और सिंगापुर द्वीप पर अधिकार कर वहाँ स्वतंत्र भारत का झंडा फहरा दिया। कुछ दिनों के पश्चात् अंग्रेजों ने अपनी मदद के लिए 'बेतार के तार' द्वारा जोहोर के सुलतान से प्रार्थना की, जिसे स्वीकार कर सुलतान ने तुरत फौज़ी सहायता भेजी और अंग्रेजों ने सिंगापुर को पुनः अपने अधिकार में ले लिया।

इस विद्रोह के फलस्वरूप 33 अंग्रेज ऑफिसर व उनके वफादार नागरिक मारे गए। विद्रोही नेताओं में से 2 को फाँसी दे दी गई तथा 38 सिपाहियों को गोलियों से उड़ा दिया गया व 125 सिपाहियों को आजन्म कारावास की सजा देकर भारत वापस भेज दिया गया। इस प्रकार यह सैनिक-विद्रोह विफल कर दिया गया।

कालापानी की सजाएँ

गदर पार्टी ने भारत पहुँचकर सशस्त्र संघर्ष की ज़ो योजना बनाई थी, वह अंततः विफल हो गई। इस विफलता के पश्चात् करतार सिंह सराबा, श्री वी.जी. पिंग्ले, डॉ० मथुरा सिंह, भाई भाग सिंह, भाई वतन सिंह, श्री मेवा सिंह, गंडा सिंह, श्री बलवंत सिंह, श्री बंता सिंह, श्री रंगा सिंह, बाबू हरनाम सिंह, श्री सोहनलाल पाठक, भाई वीर सिंह, उत्तम सिंह, अरुण सिंह आदि 19 देश-भक्तों को फाँसी के तख्ते पर लटका दिया गया। जिन्हें फाँसी की सजा नहीं दी गई, उनमें से 94 लोगों को आजीवन कारावास की सजा देकर कालापानी भेज दिया गया। इनमें प्रमुख थे पंडित परमानंद झाँसीवाले, बाबा सोहन सिंह भकना, सरदार पृथ्वी सिंह, भाई भगवान सिंह, बाबा गुरमुख़ सिंह, बाबा विशाखा सिंह, बाबा ज्वाला सिंह, भाई संतो सिंह, बाबा सोहन सिंह, कैसर सिंह 'ठठगढ़' आदि। पं० जगत्राम भारद्वाज तथा अन्य 6 क्रांतिकारियों को प्रारंभ में फाँसी की सजा सुनाई गई थी। उनकी सजा आजीवन कारावास में तब्दील कर कालापानी भेजा दिया गया। ऐसा लाला लाजपतराय द्वारा कानूनी रूप से इन सजाओं का विरोध् करने के

कारण हुआ था। लगभग एक हजार व्यक्तियों को पकड़कर उनके गाँवों में नजरबंद कर दिया गया।

'गदर पार्टी' अंग्रेज सरकार का तख्ता तो नहीं पलट सकी, लेकिन इस पार्टी के जांबाज़ 'गदरी बाबाओं' ने भारत व भारत के बाहर आजादी का बिगुल बजाने में सफलता अवश्य प्राप्त की।

□

'अगस्त क्रांति'-1942 : जब दिल्ली धू-धू जल रही थी

राष्ट्रीय कांग्रेस का एक विशेष अधिवेशन 7 व 8 अगस्त, 1942 को मुंबई में आयोजित किया गया। उस सम्मेलन के अध्यक्ष मौलाना अबुल कलाम आजाद थे। उस विशेष अधिवेशन में हुई गरमागरम बहस के पश्चात् 'भारत छोड़ो' प्रस्ताव पारित किया गया था। यह प्रस्ताव पंडित जवाहरलाल नेहरू ने प्रस्तुत किया, जिसका अनुमोदन सरदार वल्लभ भाई पटेल और अन्य नेताओं द्वारा किया गया था। 8 अगस्त की रात्रि में महात्मा गांधी ने अधिवेशन को संबोधित करते हुए इस प्रस्ताव की विस्तार व्याख्या की और कहा कि अंग्रेजों को तुरत भारत छोड़कर इंग्लैंड वापस चले जाना चाहिए। इस प्रस्ताव को कार्यरूप देने के लिए उन्होंने भारत के लोगों के सामने तीन बातें प्रमुख रूप से प्रस्तुत कीं। पहली—'करो या मरो, दूसरी—'अंग्रेजों भारत छोड़ो' तथा तीसरी—'आज से हर भारतवासी अपने को स्वतंत्र समझे। भारत आजाद कराने के लिए अब वह अपना नेता स्वयं है। उसे अन्य किसी नेतृत्व की आवश्यकता नहीं है'।

जब गांधीजी अपना भाषण दे रहे थे, तब मूसलधार बारिश हो रही थी। फिर भी सम्मेलन में उपस्थित 50 हजार से अधिक लोगों ने महात्मा गांधी के इस संदेश को सुना। सम्मेलन समाप्त होने के बाद जब हजारों लोग सम्मेलन-स्थल से अपने घरों की ओर लौट रहे थे, तब वे सब दो ही नारे लगा रहे थे—'अंग्रेजों भारत छोड़ो' और 'करो या मरो'। इन पंक्तियों के लेखक को भी इस सम्मेलन में उपस्थित रहने का सौभाग्य प्राप्त हुआ था।

9 अगस्त की सुबह गांधीजी सहित सभी प्रमुख नेताओं को गिरफ्तार कर जेलों में डाल दिया गया। ब्रिटिश सरकार द्वारा अचानक की गई इन

गिरफ्तारियों के विरोध में पूरे देश में व्यापक प्रतिक्रियाएँ प्रारंभ हुईं। जगह-जगह रेल-पटरियाँ उखाड़ी गईं, डाकखाने जलाए गए, आवागमन की व्यवस्था भंग की गई, थानों और कचहरियों पर हमले किए गए। ऐसा लगा कि अब भारत से ब्रिटिश सरकार को उखाड़ फेंकने के लिए भयंकर युद्ध प्रारंभ हो गया है। जनसाधारण में ऐसी धारणा थी कि अंग्रेजों को भारत से बाहर खदड़ने के लिए किसी की हत्या तो नहीं करनी है, लेकिन अन्य सभी साधनों से अंग्रेजी सरकार का अंत किया जाना चाहिए।

दिल्ली भी इन हलचलों से प्रभावित हुई। 9 अगस्त की सुबह दिल्ली के सभी प्रमुख कांग्रेसी नेता लाला देशबंधु गुप्ता, मौलाना नुरुद्दीन बिहारी, मीर मुश्ताक अहमद, मौलाना इमदाद साबरी, श्रीमती मेमोबाई, लाला हनुमंत साहा, डॉ० युद्धवीर सिंह, बैरिस्टर फरीद-उल हक अन्सारी आदि गिरफ्तार कर लिये गए। जो थोड़े-बहुत नेता गिरफ्तार नहीं किए जा सके, वे गिरफ्तारी से बचने के लिए इधर-उधर हो गए। फिर भी कांग्रेसी कार्यकर्ता टोलियाँ बनाकर शहर में घूमते रहे। दिल्ली में पूरी हड़ताल रही। सब कारोबर बंद हो गए, मिल मजदूरों ने भी हड़ताल की, जिस कारण मिल बंद हो गए और सभी प्रकार के आवागमन भी ठप हो गए। दिल्ली प्रांतीय कांग्रेस कमेटी के दफ्तर पर पुलिस ने कब्जा कर लिया। वहाँ ताले लगा दिए गए। 10 अगस्त को एक बहुत बड़े जुलूस का आयोजन किया गया। जिसका नेतृत्व दिल्ली की वीरांगना नेत्री श्रीमती पार्वती देवी डिडवानिया व प्रसिद्ध पत्रकार श्री गोपीनाथ 'अमन' ने किया। इस जुलूस को तितर-बितर करने के लिए पुलिस ने लाठी-चार्ज किया, जिसमें अनेक लोग घायल हो गए।

कांग्रेस के जो नेता भूमिगत हो गए थे, उन्होंने यह निर्णय लिया कि 11 अगस्त की सुबह 9 बजे चांदनी चौक में घंटाघर के नीचे प्रदेश कांग्रेस कमेटी के उपाध्यक्ष हकीम खलील-उर रहमान राष्ट्रीय झंडा फहराएँगे। यह खबर पूरे शहर में आग की तरह फैल गई। निर्धारित समय पर पुलिस ने चारों ओर से घंटाघर को घेर लिया; ताकि हकीम साहब वहाँ नहीं पहुँच पाएँ। इन सबके बावजूद सैकड़ों की संख्या में कांग्रेस कार्यकर्ता घंटाघर के आसपास जमा हो गए और हकीम साहब के आने का इंतजार करने लगे। समय आहिस्ता-आहिस्ता बीत रहा था। 9 बजनेवाले थे, लेकिन निर्धारित कार्यक्रम के अनुसार राष्ट्रीय झंडा फहराने के लिए हकीम साहब उपस्थित नहीं थे। प्रतीक्षा करते कांग्रेसी कार्यकर्ताओं और आम लोगों में घबराहट

फैलने लगी। सबके सामने प्रश्न यह था कि इतनी बड़ी संख्या में पुलिस की मौजूदगी में हकीम साहब घंटाघर तक पहुँचेंगे कैसे ?

उन दिनों परदानशीं औरतों या मरीजों के लिए डोलियों का प्रबंध रहता था। उपस्थित लोगों ने देखा कि ऐसी ही एक डोली फव्वारे की ओर से चली आ रही है। पुलिस और उपस्थित लोगों ने यह समझा कि इस डोली में कोई परदानशीं औरत आ रही है। इसलिए पुलिस ने इस डोली को रोकने का कोई प्रयास नहीं किया। घंटाघर के ठीक नीचे वह डोली रूक गई। उसमें से परदा हटाकर हकीम साहब बाहर निकल आए। उनके हाथ में राष्ट्रीय झंडा था। डोलीवाले हकीम साहब को उतारकर कहीं चले गए। हकीम साहब ने उन्हें पहले से ही सबकुछ समझा दिया था कि घंटाघर पहुँचकर उन्हें क्या करना है। हकीम साहब को देखकर चारों ओर के कांग्रेसी कार्यकर्ता और आम लोग हकीम साहब को घेरकर खड़े हो गए। पुलिस भौंचक्का हो यह सब देखती रही। हकीम साहब ने एक मेजपर खड़े होकर 'भारत छोड़ो' आंदोलन की सार्थकता पर एक अत्यंत ही जोशीला भाषण दिया। उस भाषण के बाद लोगों ने अंग्रेजों के खिलाफ नारे बुलंद किए। कुछ क्षण पश्चात् हकीम साहब झंडा लिये हुए फतेहपुरी मसजिद की ओर बढ़े तो उनके पीछे हजारों लोगों की भीड़ चल पड़ी। मसजिद के बाहर बहुत बड़ी संख्या में मौजूद पुलिस ने हकीम साहब को गिरफ्तार करने की कोशिश की, लेकिन भीड़ ने उन्हें गिरफ्तार नहीं होने दिया। पुलिस ने लोगों पर जबरदस्त लाठी-चार्ज किया तो लोगों ने जवाब में पत्थर फेंकने शुरू कर दिए। अंत में पुलिस ने हकीम साहब को गिरफ्तार कर उन्हें कोतवाली पहुँचा दिया। हजारों उपस्थित लोगों की भीड़ पुलिस की लाठियों से बचने के लिए घंटाघर की ओर वापस लौटने लगी। घंटाघर पर भी पुलिस ने इन लोगों पर लाठियाँ चलाईं। एक अंग्रेज पुलिस सार्जेंट की लाठी से एक स्वयंसेवक का सिर फूट गया और खून बहने लगा। इस घटना से भीड़ भड़क उठी। उसने घंटाघर के सामने स्थित दिल्ली म्यूनिसिपल कमेटी के कार्यालय में आग लगा दी। भीड़ ने क्रुद्ध होकर वहाँ खड़ी दो ट्रामों में भी आग लगा दी। चांदनी चौक के डाकघर पर भी हमला बोला गया।

लोगों की भीड़ को तितर-बितर करने के लिए घुड़सवार सिपाहियों का उपयोग किया गया, जिससे अनेक लोग गंभीर रूप से घायल हो गए।

तदुपरांत पूरे शहर में हंगामा प्रारंभ हो गया। सब तरफ सरकारी संपत्ति को नष्ट किया जा रहा था। लोगों की भीड़ पर पुलिस ने गोलियाँ चलाईं, जिसमें अनेक लोग मारे गए और बहुत से लोग जख्मी हुए। रेलवे स्टेशन के सामने एक पेट्रोल पंप में भी आग लगा दी गई। उस समय की दिल्ली में एकमात्र आठमंजिली ऊँची इमारत, जिसे 'पीली कोठी' के नाम से जाना जाता था और उसमें रेलवे का दफ्तर था, में भी भीड़ ने आग लगा दी। उस दफ्तर में काम कर रहे कर्मचारी बाहर निकल आए। उन्होंने भी बिल्डिंग में आग लगाने में अपना सहयोग प्रदान किया। आग बुझाने के लिए जब वहाँ दमकल पहुँची तो उसपर भी लोगों ने पथराव किया। दमकल वाले आग बुझाने में असमर्थ रहे। इस जगह पर पुलिस ने भीड़पर गोली चलाई, जिसमें दो व्यक्ति मारे गए। जिस पुलिस अफसर ने गोली चलाई थी, उसको लोगों ने घेरकर पत्थरों से वहीं मार डाला। भीड़ सब्जीमंडी की ओर बढ़ी तो वहाँ इनकम-टैक्स दफ्तर व डाकखाना जला दिए गए। डाकखाने में जो रुपए इत्यादि थे, उन्हें किसी ने लूटा नहीं, बल्कि चौराहे पर लाकर उसमें आग लगा दी गई।

दिन भर चारों ओर ऐसी ही वारदातें होती रहीं। पुलिस उनको रोकने में असमर्थ रही। पहाड़गंज, करोलबाग व दरियागंज क्षेत्रों में भी डाकखानों में आग लगा दी गई, टेलीफोन की लाइनों को तोड़ दिया गया। डर के मारे पुलिस थानों से बाहर नहीं निकल रही थी। जो पुलिस के सिपाही सड़कों पर घूम रहे थे, वे भी भागकर थानों में जा छिपे। कश्मीरी गेट क्षेत्र में जहाँ कचहरी थी, वहाँ भी व्यापक तोड़-फोड़ हुई। फलतः कचहरी बंद कर दी गई। शाम 7 बजे के पश्चात् दिल्ली नगर को अंग्रेजी फौज के सुपुर्द कर दिया गया।

11, 12 व 13 अगस्त को फौज और पुलिस ने लगभग 50 स्थानों पर गोलियाँ चलाईं। एक मोटे अंदाज के अनुसार, 150 से अधिक लोग मारे गए और 300 से अधिक व्यक्ति जख्मी हो गए। दिल्ली के देहातों में भी तोड़-फोड़ प्रारंभ हुई। नरेला के रेलवे स्टेशन को जला दिया गया। रेल-व्यवस्था को भंग करने की दृष्टि से टेलीग्राफ के खंभों को उखाड़कर फेंक दिया गया। बादली रेलवे स्टेशन पर भी हमला किया गया और उसे फूँक दिया गया। देहातों में इस आंदोलन का नेतृत्व श्री कृष्णा नायर, वैद किशनलाल, चौधरी अजीत सिंह, मास्टर प्रभुदयाल इत्यादि कर रहे थे। दिल्ली में जामा

मसजिद के सामने मटिया महल के चौराहे पर भाषण कर रहे राष्ट्रीय नेता मौलाना अहमद सईद को भी गिरफ्तार कर लिया गया और उनके घर में ही उन्हें नजरबंद कर दिया गया। जो नेता भूमिगत हो गए थे, उन्हें भी पुलिस ने गिरफ्तार कर लिया, जिनमें बहन सरस्वतीजी, बृजकिशन चांदीवाला, श्री प्रेमजस राय इत्यादि शामिल थे। एक जुलूस का नेतृत्व कर रहे श्री राधारमण को भी गिरफ्तार कर लिया गया। लगातार दो दिनों तक दिल्ली धू-धूकर जलती रही। उसकी लपटें दूर-दूर तक दिखाई देती थीं। तमाम शहर के चौराहों पर अंग्रेजी फौज के दस्ते मशीनगनों के साथ बिठा दिए गए। शहर की ऊँची-ऊँची इमारतों पर भी बंदूकधारी सिपाही पहरा दे रहे थे। लगभग एक सप्ताह के बाद शहर में व्यवस्था पुनः स्थापित होने लगी। सैकड़ों लोग गिरफ्तार कर जेलों में पहुँचा दिए गए। दिल्ली के मजदूरों और विद्यार्थियों ने अपनी हड़ताल जारी रखी। कारखाने बंद रहे। स्कूल व कॉलेज भी हफ्तों बंद रहे।

श्रीमती अरुणा आसिफ अली व श्री जुगल किशोर खन्ना, जो भूमिगत हो गए, इस संघर्ष का नेतृत्व कर रहे थे। लाख कोशिशों के उपरांत भी पुलिस उन्हें गिरफ्तार नहीं कर सकी। एक वर्ष के पश्चात् खन्नाजी को पुलिस गिरफ्तार कर पाई, लेकिन अरुणाजी तो अंत तक गिरफ्तार नहीं की जा सकीं।

आजादी के संघर्ष में दिल्ली का अपूर्व योगदान रहा है। इसे दिल्ली का सौभाग्य ही कहा जाएगा कि दिल्ली को स्वामी श्रद्धानंद, हकीम अजमल खाँ, डॉ० मुख्तार अहमद अंसारी, बैरिस्टर आसिफ अली, लाला शंकरलाल, बहन सत्यवती जी, लाला देशबंधु गुप्ता आदि उच्च कोटि के नेताओं का मार्गप्रदर्शन मिला, जिनके कुशल नेतृत्व में दिल्ली की कीर्ति चारों दिशाओं में फैली और उसे आजादी के इतिहास में गौरवपूर्ण स्थान प्राप्त हुआ।

□

कूका आंदोलन

नामधारी आंदोलन के प्रणेता बाबा राम सिंह का जन्म 3 फरवरी, 1816 को हुआ था। उनके पिता का नाम सरदार जस्सा सिंह था। पारिवारिक वातावरण सिख मर्यादा और धार्मिक भावना से परिपूर्ण था। बाबा राम सिंह कुछ समय तक अपने पिता के धंधे बढ़ईगिरी में लगे रहे। 21 साल की उम्र में वे लाहौर गए। वहीं वे सिख फौज में भर्ती हो गए।

महाराजा रणजीत सिंह की मृत्यु के बाद लाहौर-दरबार अंग्रेजों की कुटिल चालों का केंद्र बन गया था, जिसे बाबा राम सिंह अच्छी तरह समझ रहे थे। एक सैनिक अभियान की वजह से बाबा राम सिंह को सन् 1841 में हजरों जाना पड़ा, जहाँ पर उनकी मुलाकात बाबा बालक सिंह से हुई। सिख धर्म के प्रति उनकी अटूट आस्था से वे बहुत ही प्रभावित हुए। सिख राज की दुर्दशा तथा बदहाली का भी बहुत प्रभाव उनके मन पर पड़ा। फौज की नौकरी छोड़कर वे अपने गाँव भैंणी आ गए। वे सिख धर्म के प्रचार और सामाजिक सुधार के कार्य में लग गए।

भारतीय स्वतंत्रता-संग्राम, जिसे 'सन् 1857 का गदर' भी कहा जाता है, के आरंभ होने के एक महीने पहले 14 अप्रैल को बाबा राम सिंह ने अपने गाँव भैंणी में एक सभा का आयोजन किया था।

सरदार नाहर सिंह, एम.ए. लिखते हैं–

"सभा का आयोजन विशेष उद्देश्य और लक्ष्य के लिए किया गया था। इस सभा में आसपास के गाँवों से मेहनती किसान, खेत मजदूर, दर्जी, बढ़ई, चमड़े का काम करनेवाले अछूत इकट्ठे हुए थे। इनमें से कोई व्यक्ति संपन्न नहीं था। वे ईमानदार और साधारण मेहनती ग्रामीण लोग थे।"

उस सभा में बाबा राम सिंह ने धार्मिक प्रवचन के अलावा अपने राजनैतिक कार्यक्रम–विदेशी राज्य के साथ असहयोग तथा विदेशी वस्तुओं

के बहिष्कार की भी बात कही, जिसका अंतिम लक्ष्य स्वतंत्रता की प्राप्ति तथा पंचायती राज्य की स्थापना था। उन्होंने उसी दिन भैंणी में अपने कार्यालय में तिकोना सफेद झंडा भी फहराया।

सर लेपेल ग्रिफिन, जो उस समय पंजाब के मुख्य सचिव थे, अपनी 1892 में प्रकाशित अंग्रेजी पुस्तक 'रंजीत सिंह' में लिखते हैं—

'लुधियाना जिले के एक बढ़ई राम सिंह का महत्त्व बहुत ही अधिक बढ़ गया था। उसके अति निष्ठावान अनुयायी बहुत बड़ी संख्या में थे, जिन्हें 'कूका' कहा जाता था। उनकी अपनी विशेष वेश-भूषा, गुप्त सांकेतिक शब्द और राजनैतिक संगठन था।"

"जब उनकी संख्या बढ़ गई तो उनकी महत्त्वाकांक्षा में भी वृद्धि हुई, जिसका अंतिम लक्ष्य खालसा का पुनर्जीवन तथा ब्रिटिश सरकार को उखाड़ फेंकना था।"

सरकार को जब अपने गुप्तचरों से पता लगा कि बाबा राम सिंह लोगों को अंग्रेजी साम्राज्य के विरुद्ध भड़का रहे हैं और यह प्रचार कर रहे हैं कि जल्दी ही फिरंगियों (अंग्रेजों) का राज्य खत्म हो जाएगा, तब सरकार ने बाबा राम सिंह को उनके गाँव भैंणी में ही नजरबंद कर दिया। सन् 1863 से लेकर सन् 1867 तक उनकी नजरबंदी कायम रही।

प्रतिबंध के बावजूद, नामधारी (कूका) संगठन का प्रचार और प्रसार का कार्य नहीं रुका। बाबा राम सिंह ने जगह-जगह अपने प्रतिनिधि नियुक्त किए, जिन्हें 'सूबा' कहा जाता था। नामधारी-आंदोलन पंजाब के अलावा अन्य प्रदेशों में भी फैल गया। सन् 1871 तक बाबा राम सिंह के अनुयायियों की संख्या चार लाख से भी अधिक हो गई थी। देश की आजादी के लिए बाबा राम सिंह ने सशस्त्र सैनिक टुकड़ियाँ भी संगठित करने की कोशिश की। यही नहीं, भारत की आजादी के संबंध में मदद माँगने के लिए उन्होंने अपने कुछ दूत विदेशों में भी भेजे।

बाबा राम सिंह गो-रक्षा के प्रबल समर्थक थे। इसलिए उनके अनुयायियों ने गो-हत्यारों (कसाइयों) को दंडित करना शुरू किया। कूकाओं (नामधारियों) ने अमृतसर और बाद में रायकोट (जिला लुधियाना) में गो-हत्याएँ (गोकुशी) करनेवाले कसाइयों को मार डाला। परिणामस्वरूप आठ नामधारियों को फाँसी दे दी गई। इन आठ में पटियाला का एक जमींदार ज्ञानी रतन सिंह भी था, जो कूकाओं के लिए बहुत सम्मानित व्यक्ति था और कूका (नामधारी)

उसे निर्दोष समझते थे। उपरोक्त घटनाओं के बाद बाबा राम सिंह पर फिर प्रतिबंध लगा दिया गया और उन्हें उनके गाँव भैणी में ही पुनः नजरबंद कर दिया गया। इसके बावजूद 15 जनवरी, 1872 में माघी के अवसर पर भैणी में कूकाओं का एक विशाल सम्मेलन हुआ, जिसमें फाँसी पर लटकाए गए व्यक्तियों की प्रशंसा की गई। बाबा राम सिंह ने सबको अपने-अपने घर जाने के लिए कहा, फिर भी कूकाओं के एक समूह ने मलेर कोटला के गो-हत्या करनेवाले आठ लोगों को मार डाला। इन गो-हत्यारों की हत्या के संबंध में 68 नामधारी (कूका) गिरफ्तार किए गए, जिनमें से 50 कूकाओं को 17 जनवरी, 1872 को तोपों से उड़ा दिया गया। शेष 18 लोगों को भी दो दिन कैद में रखकर तोपों से उड़ा दिया गया।

प्रसिद्ध कूका लेखक संत निधान सिंह ने कोवेन (अंग्रेज अधिकारी) द्वारा कूकाओं को तोपों से उड़ाए जाने का विवरण इस प्रकार दिया है—

"17 जनवरी कूका योद्धाओं के भाग्य का निर्णायक दिन था। जमलापुर गाँव के बगल के एक खेत में कूकाओं को एक पंक्ति में खड़ा किया गया। दूसरी तरफ सरकारी रिसाला, सेना और अधिकारी थे। कोवेन के आदेश से 9 तोपें खड़ी की गईं। उसने कूकाओं को तोप से उड़ाने का आदेश दिया। कूका योद्धा तोपों को तिरस्कारपूर्वक मुसकान के साथ देख रहे थे। वहाँ पर सैकड़ों आदमी इस दृश्य को देखने के लिए इकट्ठे हो गए थे। कोवेन भी अपनी पत्नी के साथ वहाँ बैठा हुआ था।"

"इस घटना को प्रत्यक्ष देखनेवाली कूका पार्टी से संबंधित दो औरतें इंदु कौर और खेम कौर थीं। उनके कथनानुसार, कूका योद्धाओं ने तोप से बाँधे जाने से इनकार कर दिया। वे तोप से उड़ाए जाने के लिए पहला अवसर पाने के लिए आपस में झगड़ते रहे।"

"ऐसा लगता था कि गुलामी की जंजीरों को हटाने के लिए मातृभूमि के प्रेमी और गोरक्षक तोपों से उड़ाए जाने के लिए आगे जा रहे थे। सात-सात की संख्या में कूका, तोपों से उड़ाए गए। हीरा सिंह और लहजा सिंह को सबसे पहले तोपों के सामने लाया गया। तीन बार प्रयत्न करने के बाद भी जब तोप नहीं चली, तब सरदार हीरा सिंह ने कोवेन से कहा, 'मैं तुम्हारे आदेश की शक्ति देखना चाहता था। अब मेरे सत गुरू का आदेश देखो। तोप चलाओ।' तोपची ने तोप चलाई, सातों कूका योद्धाओं के शरीर चिथड़े होकर हवा में उड़ गए।"

"जब खेम कौर का 12 वर्षीय इकलौता पुत्र बिशन सिंह तोप के

सामने लाया गया तो कोवेन की पत्नी उसका मासूम चेहरा देखकर द्रवित हो गई। उसने बालक को क्षमा करने के लिए कोवेन से कहा। कोवेन ने कहा कि अगर यह लड़का अपने को बाबा राम सिंह का अनुयायी न होने की बात कहे, तो इसे क्षमा किया जा सकता है।"

"इस बात पर वह बालक अति उत्तेजित हो गया। उसने कोवेन की दाढ़ी पकड़ ली। उसने तब तक दाढ़ी नहीं छोड़ी, जब तक उसके हाथों को खंड-खंड काटकर अलग नहीं किया गया।"

"इंदु कौर और खेम कौर भी शहीद होना चाहती थीं, लेकिन उन्हें पटियाला के अधिकारी को सौंप दिया गया। बाद में उन्हें पटियाला राज्य में रिहा कर दिया गया।"

अंततः बाबा राम सिंह को गिरफ्तार कर लिया गया। पहले उन्हें इलाहाबाद में रखा गया। बाद में उन्हें देशनिकाला करके रंगून (बर्मा) भेज दिया गया। बाबा राम सिंह के अलावा उनके सूबा (प्रतिनिधि) भी गिरफ्तार कर लिये गए। रूर सिंह, मुलुक सिंह तथा पहाड़ा सिंह अंसीरगढ़ किले में रखे गए। पहाड़ा सिंह की मृत्यु 2 मार्च, 1882 को बंदी अवस्था में ही हो गई। हुकुम सिंह और मान सिंह चुनार किले में कैद किए गए। जवाहर सिंह, लाखा सिंह, ब्रह्मा सिंह मौलमीन (बर्मा) में कैद करके रखे गए। साहिब सिंह तथा काहन सिंह अदन भेजे गए।

13 साल की नजरबंदी के बाद 29 नवंबर, 1885 को बाबा राम सिंह का देहांत हो गया।

ब्रिटिश सरकार नामधारियों से सदैव सतर्क रहती थी। परिणामस्वरूप सन् 1872 से लेकर सन् 1921 तक बराबर उनकी निगरानी की जाती रही।

बाबा राम सिंह ऐसे पहले व्यक्ति थे, जिन्होंने राष्ट्रीय स्वतंत्रता-संग्राम को रचनात्मक दिशा दी।

प्रसिद्ध लेखक सरदार खुशवंत सिंह 'सिखों का इतिहास' (History of Sikhs) में बाबा राम सिंह के संबंध में लिखते हैं–

"बाबा राम सिंह पहले व्यक्ति थे, जिन्होंने अंग्रेज सरकार से असहयोग करने और स्वदेश में बनी वस्तुओं के उपयोग तथा सरकारी स्कूलों, सरकारी अदालतों, सरकारी डाक-सेवाओं के बहिष्कार तथा हाथ से बुने हुए कपड़ों (खद्दर) के प्रयोग की बात सन् 1860 के दशक में प्रतिपादित की थी और जिसे 60 वर्ष के बाद महात्मा गांधी ने अपना लिया।"

□

‘गुरु का बाग’ हत्याकांड तथा अकाली आंदोलन

जब मुगल शासकों से संघर्ष में सिख उलझे हुए थे और उस समय सिख होना ही मौत को निमंत्रण देना था, तब महत्त्वपूर्ण गुरुद्वारों का प्रबंध उदासी पंथ के अनुयायियों को सौंप दिया गया था। वे पूरे खालसापंथी नहीं थे और केश रखना उनके लिए अनिवार्य नहीं था। इस तरह गुरुद्वारों का प्रबंध करते हुए भी वे शासकों के क्रूर दमन से बचे रहते थे। स्मरण रहे कि उदासी पंथ नानक के पुत्र पृथ्वी चंद्र ने चलाया था। उनके माननेवाले ‘उदासी’ कहलाने लगे।

मुगल शासन की समाप्ति के बाद भी उदासी गुरुद्वारों के प्रबंधक और पुरोहित बने रहे। धीरे-धीरे उनके पद पुश्तैनी हो गए। गुरुद्वारों की जमीन-जायदाद गुरुद्वारों के प्रबंधकों के नाम दर्ज हो गई और गुरुद्वारों की जागीर, जमीन, जायदाद उनकी निजी संपत्ति हो गई। वे गुरुद्वारों में सिख धर्म के विपरीत आचरण करने लगे। गुरुद्वारे बदमाशी और अय्याशी के अड्डे बन गए।

सबसे पहले ‘सिंह सभा’ ने गुरुद्वारों में अछूतों के प्रवेश-निषेध का विरोध किया और बड़े-बड़े गुरुद्वारों में हिंदू देवी-देवताओं की मूर्तियों की पूजा का भी विरोध किया। सिंह सभा के दबाव से सन् 1905 में हरिमंदिर साहब गुरुद्वारा (अमृतसर) से हिंदू देवी-देवताओं की मूर्तियाँ हटा ली गईं। साल भर बाद अमृतसर गुरुद्वारा के प्रबंधक का देहांत हो गया। सिंह सभा ने तत्कालीन डिप्टी कमिश्नर पर दबाव डाला कि प्रबंधक की नियुक्ति के बारे में सिख-समुदाय के प्रतिनिधियों की भी सलाह ली जाए।

गुरुद्वारों की संपत्ति के संबंध में सन् 1912 में नया मोड़ आया। नई राजधानी बनाने के लिए जब सरकार ने नई दिल्ली में स्थित गुरुद्वारा रकाबगंज की भूमि अधिगृहीत की तथा गुरुद्वारे की पुरानी दीवार को ढहा दिया, तब सिखों के एक वर्ग ने गुरुद्वारा की संपत्ति पर महंत के अधिकार को चुनौती दी, लेकिन सन् 1914 में विश्वयुद्ध छिड़ने के कारण बात आगे नहीं बढ़ी।

सरकार सिखों को नाराज नहीं करना चाहती थी, इसलिए गुरुद्वारा रकाबगंज की अधिगृहीत भूमि सरकार द्वारा लौटा दी गई और वहाँ की ढहाई गई दीवार पुनः निर्मित कर दी गई, किंतु सिख इससे संतुष्ट नहीं हुए। वे तो सभी गुरुद्वारों की संपत्ति पर सिखों का अधिकार चाहते थे। दीवानी मुकदमों के झंझटों से बचने के लिए सिखों ने संघर्ष का रास्ता अपनाने का फैसला किया।

आंदोलन को गति देने के लिए 15 नवंबर, 1920 को 'अकाल तख्त' से घोषणा की गई कि 175 सदस्यों की एक समिति का गठन किया गया है, जो सभी सिख गुरुद्वारों तथा पवित्र स्थानों का प्रबंध सँभालेगी। सुंदर सिंह मजीठिया, अटारी के हरवंश सिंह तथा भाई जोध सिंह क्रमशः अध्यक्ष, उपाध्यक्ष तथा मंत्री नियुक्त हुए। इसके साथ ही उत्साही सिखों ने 'अकाली दल' का गठन किया। 'अकाली दल' का उद्‌देश्य था महंतों को गुरुद्वारों से निकालने के लिए सिखों को प्रशिक्षित करना। पंजाबी भाषा गुरुमुखी में एक समाचार-पत्र 'अकाली' का प्रकाशन भी प्रारंभ किया गया।

सिखों के दबाव में गुरुद्वारों के महंत सिखों की चुनी हुई गुरुद्वारा प्रबंधक समितियों को संपत्ति का प्रबंध सौंपने के लिए सहमत भी होने लगे।

सबसे पहले गुरुद्वारा बाबे दी वेर (स्यालकोट) में सन् 1918 में आंदोलन प्रारंभ हुआ। भाई जवाहर सिंह आंदोलन में शहीद हुए, किंतु संघर्ष रुका नहीं। अंत में 5 अक्टूबर, 1920 को सिखों की विजय हुई और बाबे दी वेर गुरुद्वारे पर उनको आधिपत्य प्राप्त हुआ। गुरुद्वारा तरन-तारन के महंत और अकाली जत्था के टकराव में हिंसा हुई। दो अकाली मौत के शिकार हुए और एक दर्जन से अधिक अकाली घायल हुए। तरन-तारन की घटना ने अकाली आंदोलन को एक निर्णायक नई दिशा दी।

ननकाना साहब (अब पाकिस्तान में) सिखों का बहुत ही महत्त्वपूर्ण तीर्थस्थान है। वहीं गुरुनानक का जन्म हुआ था। इसलिए वहाँ के गुरुद्वारे की विशेष महत्ता थी। गुरुद्वारे के नाम काफी जमीन और जायदाद थी। उस समय गुरुद्वारे का प्रबंधक उदासी महंत नारायण दास था।

जिसके कुकृत्य और भ्रष्ट आचरण से सिख बहुत ही उत्तेजित थे। उन्होंने बलपूर्वक महंत को निकालने की घोषणा की। महंत ने सिखों के इस इरादे के संबंध में सरकार को सूचित किया और संरक्षण की माँग की। इसके अलावा उसने अपनी सुरक्षा के लिए 400 गुंडों को भाड़े पर रख लिया।

लक्ष्मण सिंह धारोवालिया के नेतृत्व में अकालियों का एक जत्था 20 फरवरी, 1921 को गुरुद्वारे में प्रवेश कर गया और गुरुद्वारे का फाटक बंद कर दिया। इसके बाद महंत नारायण दास के गुंडों ने तलवारों, कुल्हाड़ियों और बंदूकों से जत्थे पर हमला किया। मृत और मरणासन्न स्वयंसेवकों को खींचकर एक लकड़ी के ढेर पर लाया गया और आग लगा दी गई। पुलिस और स्थानीय सिखों के आने से पहले ही 130 अकालियों के शरीर जलकर राख हो गए।

इस दर्दनाक हादसे की खबर जंगल में लगी आग की तरह फैल गई। तत्काल अकालियों के जत्थे ननकाना साहब आने शुरू हो गए। लाहौर का कमिश्नर भागा-भागा आया और ननकाना साहब गुरुद्वारे की चाबियाँ और प्रबंध तत्काल शिरोमणि गुरुद्वारा प्रबंधक समिति के प्रतिनिधियों को सौंप दिया। अकालियों के इस आंदोलन को राष्ट्रीय कांग्रेस का भी समर्थन मिला।

जलियाँवाला बाग हत्याकांड के बाद पंजाब में अंग्रेजों के खिलाफ जनता का आक्रोश अपनी चरम सीमा पर था। उस समय शिरोमणि गुरुद्वारा प्रबंधक कमेटी के अध्यक्ष बाबा खड़क सिंह थे। स्वर्ण मंदिर की चाबियाँ उन्हीं के पास रहती थीं। अमृतसर के डिप्टी कमिश्नर ने गुरुद्वारे की चाबियाँ 7 नवंबर, 1921 को खड़क सिंह से लेकर अपने कब्जे में कर लीं। इसके विरोध में 26 नवंबर, 1921 से अकालियों ने अपनी गिरफ्तारियाँ देनी शुरू की। बाबा खड़क सिंह के अलावा 200 से अधिक सिख गिरफ्तार किए गए। तब आंदोलन जोर पकड़ने लगा। परिणामस्वरूप सरकार ने 1 जनवरी, 1922 को गुरुद्वारे की चाबियाँ बाबा खड़क सिंह को पुनः सौंप दी। पूरे देश ने इस सफलता को देश के स्वतंत्रता-संग्राम की पहली विजय माना।

अमृतसर से लगभग 20 किलोमीटर की दूरी पर स्थित 'गुरु का बाग' गुरुद्वारा गुरु अर्जुन देव की स्मृति में निर्मित किया गया था। इस गुरुद्वारे से सटी हुई गुरुद्वारा की कुछ जमीन थी, जिसपर कीकर और बबूल के पेड़ थे। गुरुद्वारा में लंगर के लिए उन पेड़ों की लकड़ी काम आती थी। गुरुद्वारा के महंत ने सन् 1921 के अगस्त माह के प्रथम सप्ताह में शिकायत दर्ज कराई कि गुरुद्वारा की जमीन से अकाली बबूल की लकड़ी काट रहे हैं। पुलिस ने अकालियों को गिरफ्तार कर लिया। अकालियों ने सरकारी आदेशों की अवहेलना करके 'गुरु का बाग' गुरुद्वारा में बैठक की। पुलिस ने बल-प्रयोग करके बैठक भंग कर दी और सिख नेताओं को गिरफ्तार कर लिया, जिसमें मेहताब सिंह और तारा सिंह प्रमुख थे।

शिरोमणि गुरुद्वारा प्रबंधक समिति ने विरोध में आंदोलन का फैसला किया। परिणामस्वरूप सत्याग्रह की घोषणा की गई। एक सीमा से आगे जाने पर पुलिस अहिंसक अकाली सत्याग्रहियों पर लाठी बरसाती थी, बूटों और घूँसों से प्रहार करती थी। पुलिस और अहिंसक अकाली सत्याग्रहियों के बीच यह टकराव 29 दिनों तक चलता रहा। भारत की जनता और उसके शीर्षस्थ नेता यह सब देख रहे थे। अंततः भारतीय राष्ट्रीय कांग्रेस ने अकालियों का समर्थन किया। पुलिस के अत्याचारों की जाँच के लिए सी. एफ. एंड्रूज के आग्रह पर पंजाब के लेफ्टिनेन्ट गवर्नर सर एडवर्ड मैकलागन 13 सितंबर को स्वयं गुरु के बाग में आए। उन्होंने सत्याग्रहियों की पिटाई बंद करने का आदेश दिया। पुलिस घटना-स्थल से हट गई। इसके बाद सभी सत्याग्रही छोड़ दिए गए। गिरफ्तार होनेवाले अकालियों की संख्या 5605 थी, जिनमें से 936 इतने घायल हुए थे कि उन्हें इलाज के लिए अस्पताल में रखा गया। कांग्रेस ने एक प्रस्ताव पास करके अकालियों के अद्‌भुत साहस और धैर्य की प्रशंसा की।

अकालियों ने 'गुरु का बाग' गुरुद्वारा तथा गुरुद्वारे की ज़मीन पर अधिकार कर लिया। यह दूसरी निर्णायक विजय थी।

जैतो का मोर्चा

ब्रिटिश सरकार द्वारा महाराजा नाभा के प्रति दुर्व्यवहार करने के खिलाफ आक्रोश प्रकट करने के लिए शिरोमणि गुरुद्वारा प्रबंधक कमेटी ने

9 सितंबर, 1923 को 'नाभा दिवस' मनाने का निर्णय लिया। परिणामस्वरूप नाभा के सिखों ने अपने स्थानीय गुरुद्वारों में गुरुग्रंथ के अखंड पाठ का आयोजन किया। जैतो ग्राम के गंगसर नामक गुरुद्वारा में अखंड पाठ में पुलिस ने बाधा डाली। अखंड पाठ करनेवाले व्यक्ति को गिरफ्तार कर लिया गया। पुलिस के इस कृत्य को सिखों ने अपने धर्म का अपमान समझा। धार्मिक कर्म में पुलिस के हस्तक्षेप के खिलाफ नया मोर्चा खुल गया। अखंड पाठ को जारी रखने के लिए प्रतिदिन 25 अकालियों के जत्थे गंगसर गुरुद्वारा पहुँचने लगे। शिरोमणि गुरुद्वारा प्रबंधक समिति तथा अकालियों के जत्थों को गैर-कानूनी घोषित कर दिया गया। जैतो मोर्चा में गिरफ्तारी देनेवालों में पंडित जवाहर लाल नेहरू भी थे।

उसी समय एक दूसरा नया मोर्चा और कायम हो गया। अकालियों से पूर्व समझौते के विपरीत लाहौर जिले के भाई फेरू गुरुद्वारा का महंत गुरुद्वारा के प्रबंधन में बाधाएँ खड़ी करने लगा। यद्यपि गुरुद्वारा की सारी संपत्ति और व्यवस्था सिखों को हस्तांतरित कर दी गई थी। यहाँ भी सत्याग्रह के लिए अकालियों के जत्थे आने लगे और अपनी गिरफ्तारी देने लगे।

पंजाब पुलिस ने 'अकाल तख्त' पर हमला किया। शिरोमणि गुरुद्वारा प्रबंधक समिति के सभी दस्तावेज पुलिस ने अपने कब्जे में ले लिये तथा 62 अकालियों को गिरफ्तार कर लिया।

पंजाब पुलिस की इस काररवाई से उत्साहित होकर नाभा का अंग्रेज प्रशासक भी दमन में पीछे नहीं रहा। अकालियों की संपत्ति जब्त कर ली गई। हजारों अकालियों को उनके गाँवों में ही नजरबंद कर दिया गया तथा जैतो आनेवाले सत्याग्रहियों पर अधिक बल-प्रयोग के लिए पुलिस को अधिकृत किया गया। 21 फरवरी, 1924 को 500 अकालियों का एक जत्था जैतो आया। तितर-बितर होने से इनकार करने पर पुलिस ने उनपर गोलियाँ चलाईं। परिणामस्वरूप बहुत से लोग मारे गए। सरकारी विवरण के अनुसार, 21 लोग मारे गए तथा 31 घायल हुए। अकालियों के स्रोतों के अनुसार 100 से अधिक लोग मारे गए तथा 200 से अधिक लोग घायल हुए।

इसपर देशव्यापी प्रतिक्रिया हुई। केंद्रीय विधानसभा में 47 सदस्यों ने जैतो गोलीकांड पर बहस के लिए कार्य-स्थगन प्रस्ताव प्रस्तुत किया। इस प्रस्ताव को प्रस्तुत करनेवालों में मुहम्मद अली जिन्ना तथा पंडित मदन

मोहन मालवीय भी थे। मौलाना मुहम्मद अली की अध्यक्षता में दिल्ली में कांग्रेस कमेटी की बैठक हुई, जिसमें जैतो मोर्चा में मारे गए लोगों के प्रति सहानुभूति प्रकट की गई।

जैतो मोर्चा में गोलीकांड के बावजूद सत्याग्रह नहीं रूका। अकालियों के सत्याग्रह का प्रभाव सिख सैनिकों पर भी पड़ने लगा। परिणामस्वरूप जनरल सर विलियम वार्डवुड की पहल पर समझौता हो गया।

सिखों की धार्मिक भावनाओं को ध्यान में रखते हुए 'सिख गुरुद्वारा ऐक्ट' पंजाब विधानसभा में पारित किया गया। सभी गुरुद्वारों के प्रबंध के अधिकार को सिखों द्वारा कानूनी रूप से स्वीकार किया गया। बाद में सभी अकाली सत्याग्रही रिहा कर दिए गए।

यह निश्चित रूप से नहीं कहा जा सकता कि अकाली आंदोलन में कितने लोगों को गिरफ्तार किया गया और कितने लोम मारे गए, क्योंकि इस संबंध में सरकारी आँकड़ों और अकाली नेताओं के कथनों में सदैव भिन्नता रही, लेकिन पंजाब विधानसभा में जब गुरुद्वारा प्रबंधक विधेयक पर बहस चल रही थी, तो फिरोजपुर के तारा सिंह ने जो आँकड़े प्रस्तुत किए, उसका खंडन सरकार ने नहीं किया। तारा सिंह ने कहा था कि तरन-तारन, ननकाना साहब, गुरु का बाग, भाई फेरू और जैतो मोर्चा में 30,000 लोग गिरफ्तार किए गए, 400 लोग मारे गए, 2000 लोग घायल हुए और 15 लाख रुपए का जुर्माना हुआ (जो आज के हिसाब से लगभग 1600 करोड़ था), सेवा निवृत्त सैनिकों की पेंशन भी जब्त की गईं। इसके अलावा सेना में सिखों की भर्ती बंद कर दी गई।"

गुरुद्वारों और अपने अन्य धार्मिक स्थानों को पाखंडी मठाधीशों से मुक्त कराने का सिखों का आंदोलन भारतीय स्वतंत्रता-संग्राम के इतिहास का एक स्वर्णिम अध्याय है, जो कभी भी भुलाया नहीं जा सकता।

□

सरहदी गांधी खान अब्दुल गफ्फार खाँ और सुर्खपोश खुदाई खिदमतगार

गांधीजी के जितने भी साथी थे, प्रायः उन सभी ने गांधीजी को अहिंसा के मौलिक प्रश्न पर अकेला ही छोड़ दिया था, किंतु केवल खान अब्दुल गफ्फार खाँ इस विषय पर उनके साथ अंत तक रहे। हिंसा से जो बरबादी होती थी, उसे उन्होंने बहुत निकट से अपने प्रदेश सीमा प्रांत (अब पाकिस्तान में है) में देखा था। इस प्रदेश में 'खून के बदले खून' के उसूल पर खानदानों में पुश्त-दर-पुश्त खून का बदला खून से लिया जाता था। इसलिए उनका विश्वास था कि जब तक 'खून के बदले खून' के उसूल पर पठान कौम चलेगी, तब तक इस कौम में किसी प्रकार की सामाजिक, आर्थिक व राजनैतिक उन्नति संभव नहीं है। इस तथ्य को दृष्टि में रखते हुए ही उन्होंने गांधीजी द्वारा प्रतिपादित अहिंसा के उसूल पर अपनी तमाम जिंदगी अमल किया। उन्होंने अपने जीवन के संबंध में कोई लिखित सामग्री नहीं छोड़ी है। उनके साथियों द्वारा उनके बारे में जो कहा गया है, उसे ही स्वीकार कर उनके संबंध में लिखने का प्रयास किया गया है।

खान अब्दुल गफ्फार खाँ का जन्म सन् 1890 में पेशावर (अब पाकिस्तान में है) के नजदीक उत्तमंजई गाँव में हुआ था। जन्म की तारीख का कोई पता नहीं है। उनके पिता का नाम खान बेहराम खाँ तथा बड़े भाई का नाम डॉ० खान साहब था। वे अपने पिता की चौथी संतान थे। उनका परिवार अपने क्षेत्र का एक धनी जमींदार परिवार था। उन्होंने मैट्रिक तक की शिक्षा प्राप्त की थी, जबकि उनके बड़े भाई डॉ० खान साहब ने लंदन जाकर डॉक्टरी की उच्च शिक्षा प्राप्त की थी।

खान अब्दुल गफ्फार खाँ का विवाह सन् 1912 में हुआ। उनके दो

पुत्र पैदा हुए। पहले पुत्र ग़नी का जन्म सन् 1913 में और दूसरे पुत्र वली का जन्म सन् 1915 में हुआ था। पहली पत्नी के निधन के पश्चात् उनका एक और विवाह हुआ, लेकिन दूसरी पत्नी भी अधिक समय तक जीवित नहीं रही। खान अब्दुल गफ्फार खाँ का प्रारंभिक सार्वजनिक जीवन शिक्षा के प्रसार-प्रचार से प्रारंभ हुआ। उन्होंने शिक्षा के माध्यम से सामाजिक सेवा का कार्य प्रारंभ किया। अपनी निःस्वार्थ सेवा के कारण पठानों (पख्तूनों) ने उन्हें 'बादशाह खाँ' कहना शुरू कर दिया।

बादशाह खाँ का राजनैतिक जीवन तब शुरू हुआ, जब 'रॉलेट ऐक्ट' के विरोध में 6 अप्रैल, 1919 को उत्तमंजई में एक आम सभा उनके द्वारा आयोजित की गई। वे स्वयं उसके प्रमुख वक्ता थे। उन्हें अपने भाषण के कारण गिरफ्तार कर लिया गया और 6 महीने कारावास की सजा दी गई। उनके अतिरिक्त अन्य लोगों को भी गिरफ्तार किया गया। उन्हें भी सजाएँ दी गईं। उत्तमंजई गाँव में सभा आयोजित करने के अपराध में गाँववालों पर 30 हजार रुपए का दंड निर्धारित किया गया। लेकिन एक लाख रुपए से अधिक की उगाही की गई। उनके पिता बेहराम खाँ को भी दंड की राशि अदा न करने के जुर्म में तीन महीने जेल में रखा गया। इस अवसर पर पिता-पुत्र–दोनों साथ-साथ, एक ही जेल में रहे।

दिसंबर, 1920 में राष्ट्रीय कांग्रेस का वार्षिक सम्मेलन नागपुर में आयोजित किया गया था। उस सम्मेलन में खान अब्दुल गफ्फार खाँ भी शामिल हुए। वहाँ वे पंडित मदन मोहन मालवीय, चित्तरंजन दास, मुहम्मद अली जिन्ना, लाला लाजपत राय, पंडित मोतीलाल नेहरू, मौलाना मुहम्मद अली, मौलाना शौकत अली तथा मौलाना अबुल कलाम आजाद के संपर्क में आए। उस सम्मेलन में वे विशेष रूप से गांधीजी की ओर आकर्षित हुए। नागपुर का अधिवेशन उनके लिए राजनीति के क्षेत्र में एक शिक्षण-स्थल साबित हुआ। उन्होंने नागपुर अधिवेशन से वापस आने के पश्चात् सन् 1921 में अपने गाँव उत्तमंजई में 'आजाद हाई स्कूल' की स्थापना की तथा अन्य रचनात्मक कार्यक्रम भी प्रारंभ किए। विद्यालय को खुले हुए अभी केवल 6 महीने ही हुए थे कि पेशावर के चीफ कमिश्नर सर जॉन मैफ़े ने उनके पिता खान बेहराम खाँ को बुलाकर इस बात के लिए उनपर दबाव डाला कि वे अपने पुत्र पर अधिकारपूर्वक जोर डालकर इस स्कूल को बंद

करा दें। साथ यह भी धमकी दी गई कि यदि ऐसा नहीं किया गया तो बाप-बेटे–दोनों को इसका फल भुगतना पड़ेगा।

पिता ने इन बातों का ब्योरा अपने पुत्र को दिया, लेकिन उन्होंने अपने पिता की बात स्वीकार नहीं की और कहा कि शिक्षा का काम कोई समाज-विरोधी काम नहीं है। इसलिए वे चीफ कमिश्नर का आदेश स्वीकार नहीं करेंगे। उनके इस आचरण के कारण उन्हें पुनः दिसंबर, 1921 में गिरफ्तार कर 3 वर्ष के लिए जेल भेज दिया गया। उन्हें चक्की पीसने का काम दिया गया। वहाँ उन्हें जो रोटियाँ खाने के लिए दी जाती थीं, उनमें मिट्टी मिली रहती थी। जो दाल व सब्जी दी जाती थी, वह इतनी बेस्वाद होती थी कि भूखी बिल्ली भी उसे नहीं छूती थी।

सन् 1924 में जब खान अब्दुल गफ्फार खाँ को जेल से छोड़ा गया, तब उनका शरीर टूट चुका था और वे बहुत दुर्बल हो चुके थे, परंतु उनकी आत्मा अपराजित थी। जब उनकी माँ का प्राण निकलने लगा तो उनकी जुबान पर एक ही रट थी—"गफ्फार कहाँ है ?" जब वे जेल में थे, तभी उनकी माता का देहांत हो गया था, लेकिन इस घटना को उनसे एक वर्ष तक छिपाया गया।

सीमा प्रांत में 98 प्रतिशत पठान पढ़े-लिखे नहीं थे। इसलिए उनके लिए किसी प्रकार की कोई लिखित सामग्री बेकार रहती थी। अतः खान अब्दुल गफ्फार खाँ ने गाँव-गाँव पैदल घूमना शुरू किया, ताकि वे पठानों को अपनी बात समझा सकें। उन दिनों पख्तून भाषा का कोई समाचार-पत्र नहीं छपता था। केवल वही समाचार-पत्र सीमा प्रांत में पहुँचते थे, जो पंजाब से उर्दू और अंग्रेजी भाषा में प्रकाशित होते थे। इसलिए सन् 1928 में खान अब्दुल गफ्फार खाँ ने पख्तून भाषा में एक मासिक पत्रिका 'पख्तून' का प्रकाशन प्रारंभ किया। वे इस पत्रिका के द्वारा पठानों में राजनैतिक और सामाजिक विषयों की चर्चा कर उनमें चेतना पैदा करते थे। 'पख्तून' पत्रिका अफगानिस्तान में भी पहुँचती थी। वहाँ के बादशाह शाह अमानउल्ला खाँ को यह पत्रिका बहुत प्रिय लगती थी।

दिसंबर, 1928 में खान अब्दुल गफ्फार खाँ अपने कुछ सहयोगियों के साथ खिलाफत कॉन्फ्रेंस में भाग लेने के लिए कोलकाता गए। खिलाफत कॉन्फ्रेंस के साथ-साथ कोलकाता में राष्ट्रीय कांग्रेस का अधिवेशन भी हो रहा था। खिलाफत कॉन्फ्रेंस में जो कार्यवाही चल रही थी, उससे खान

अब्दुल गफ्फार खाँ इतने क्षुब्ध हुए कि उसके पश्चात् वे फिर कभी खिलाफत कॉन्फ्रेंस में शरीक नहीं हुए।

'खुदाई खिदमतगार' संगठन की स्थापना

सन् 1924 में रिहाई के पश्चात् उन्होंने दो वर्ष का समय सीमा प्रांत और अफगानिस्तान से लगे विभिन्न कबाइली क्षेत्रों का दौरा करने में लगाया। उनकी लगभग 12 साल की समाज-सेवा और राजनैतिक सरगर्मियों के कारण इन क्षेत्रों के निवासी उनके चारों ओर एकत्र होने लगे। उन्होंने अनेक स्थानों पर स्कूल खोले। उसी अवधि में उन्होंने मिस्र और तुर्किस्तान की यात्रा भी की। 'पख्तून' मासिक पत्र में अधिकतर वे स्वयं ही लिखते थे। इस पत्रिका के पाठक भी अब उनके कार्यक्रमों में भाग लेने लगे। अपने कार्यक्रम को व्यापक आधार देने के लिए उन्होंने 'खुदाई खिदमतगार' (स्वयं सेवकों) का संगठन स्थापित किया। 'खुदाई खिदमतगार' बनने से पूर्व हर व्यक्ति को यह शपथ अनिवार्य रूप से लेनी पड़ती थी–

"खुदा को किसी प्रकार की खिदमत की जरूरत नहीं है। इसलिए मैं हर इनसान की खिदमत बगैर किसी भेदभाव के करूँगा। मैं किसी प्रकार की हिंसा नहीं करूँगा और न ही बदला लेने की भावना से कोई काम करूँगा। मैं हर उस व्यक्ति को क्षमा करूँगा, जो मेरे विरुद्ध द्वेष-भावना से कोई काम करेगा। मैं किसी ऐसे काम में भाग नहीं लूँगा, जिसका उद्देश्य आपसी या पारिवारिक दुश्मनी होगा। मैं हर पख्तून को अपना भाई व साथी समझूँगा। मैं हर प्रकार की सामाजिक बुराइयों से परहेज़ करूँगा। मैं सेवा के लिए किसी प्रकार की कोई उज़रत की अपेक्षा नहीं करूँगा, सादगी भरी जिंदगी जीने की कोशिश करूँगा और हर प्रकार की कुर्बानी करने के लिए हमेशा तैयार रहूँगा।"

'खुदाई खिदमतगार' संस्था सन् 1929 में स्थापित की गई और अगले दो वर्षों में इसके सदस्यों की संख्या एक लाख से ऊपर पहुँच गई। इस संस्था का खर्च जनसाधारण से छोटी-छोटी राशि जमा करके चलाया जाता था। सन् 1930 में 'नमक कानून भंग' सत्याग्रह प्रारंभ हुआ, जिसमें सीमा प्रांत के लोगों ने बढ़-चढ़कर हिस्सा लिया। सन् 1929 में लाहौर में आयोजित राष्ट्रीय कांग्रेस के अधिवेशन (जिसके अध्यक्ष पंडित जवाहरलाल नेहरू थे) में भाग लेने के लिए बादशाह खाँ के नेतृत्व में 500 से अधिक पठानों का एक जत्था लाहौर गया था।

जब गढ़वाली फौज ने गोली चलाने से इनकार किया

प्रांतीय कांग्रेस द्वारा 23 अप्रैल, 1930 की तिथि निर्धारित की गई। उस दिन प्रातःकाल से ही अंग्रेज सरकार ने बहुत बड़ी संख्या में कांग्रेसी कार्यकर्ताओं को गिरफ्तार कर लिया था, ताकि शराब की दुकानों पर उनके धरने का कार्यक्रम सफल नहीं हो सके। इस दिन पूरे शहर में हड़ताल रही। पूर्वनिश्चित कार्यक्रम के अनुसार, शराब की दुकानों के समक्ष धरने का कार्यक्रम प्रारंभ हुआ, जिसमें सैकड़ों नागरिकों ने भाग लिया। स्थानीय अंग्रेज डिप्टी कमिश्नर ने इस कार्यक्रम को भंग करने के उद्देश्य से फौज बुलाई। इस फौजी दस्ते में गढ़वाली सिपाही थे और इस दस्ते का नेतृत्व हवलदार मेजर चंद्र सिंह गढ़वाली कर रहे थे। डिप्टी कमिश्नर ने फौजी दस्ते को हुक्म दिया कि जो लोग बैठे हुए हैं, उनपर गोली चलाओ। हवलदार मेजर चंद्र सिंह ने गोली चलाने से इनकार कर दिया और कहा कि हम निहत्थे नागरिकों पर गोली नहीं चलाएँगे। डिप्टी कमिश्नर ने फिर दो बार हुक्म दिया कि फौरन गोली चलाओ, मगर फिर भी गढ़वाली फौजी सिपाहियों ने गोली चलाने से इनकार कर दिया। इसपर गढ़वाली पलटन को वापस छावनी जाने का हुक्म दिया गया। इस हुक्म की तामील करते हुए गढ़वाली फौजी दस्ते के सिपाही वापस छावनी चले गए। इन फौजी सिपाहियों पर फौजी अदालत में मुकदमा चलाया गया। उनमें से अधिकतर को आजीवन कारावास की सजा दी गई। फौजी अदालत के अध्यक्ष ने जब चंद्र सिंह से पूछा कि तुमने गोली चलाने से क्यों इनकार किया ? तब उन्होंने उत्तर दिया, “हम अपने निहत्थे देशवासियों पर गोली नहीं चलाएँगे, क्योंकि हम केवल भारत के शत्रुओं से युद्ध करने के लिए भर्ती हुए हैं। यदि आप चाहें तो हमें तोप के गोलों से उड़ा सकते हैं।”

इन गढ़वाली पलटन द्वारा गोलियाँ चलाने से इनकार करने के उपरांत डिप्टी कमिश्नर ने अंग्रेजी फौज बुलाई और उनसे गोलियाँ चलवाकर सैकड़ों निहत्थे लोगों को मरवा डाला। सैकड़ों लोग जख्मी भी हो गए। तमाम पेशावर शहर में कर्फ्यू लगा दिया गया। जो नागरिक जख्मी हो गए थे, उनके इलाज का भी कोई इंतजाम नहीं किया गया। जलियाँवाला बाग कांड के पश्चात् यह दूसरा उतना ही भयंकर हत्याकांड था। सीमा प्रांत के सभी कार्यकर्ता गिरफ्तार कर लिये गए और उनको लंबी-लंबी सजा देकर जेलों में भेज दिया गया। बादशाह खाँ को भी उनके अन्य सहयोगियों

सैयद आग़ा खान बादशाह, रहीम बख्श ग़जनवी, अली गुल खाँ, डॉ० सी. सी. घोष, प्यारा खाँ, रोशनलाल, मौलाना अब्दुल रहीम पोपलज़ई, अब्दुल रहमान सिदि्दकी, अब्दुल रहमान रिया, गुलाम रब्बानी सेठी तथा अल्लाह बख्श वर्की के साथ गिरफ्तार कर जेल भेज दिया गया। तीन वर्षों के पश्चात् जब जेल से उनकी रिहाई हुई, तब उन्हें सीमा प्रांत से निष्कासित भी कर दिया गया।

सीमा प्रांत में कांग्रेसी मंत्रिमंडल

सन् 1937 में नए भारतीय कानून– 1935 के अंतर्गत पूरे देश में आम चुनाव कराए गए, जिसमें कांग्रेस की भारी विजय हुई। सीमा प्रांत में भी कांग्रेस को विजय प्राप्त हुई और डॉ० खान साहब के नेतृत्व में कांग्रेसी मंत्रिमंडल का गठन किया गया। सीमा प्रांत में कांग्रेस की विजय का मुख्य श्रेय बादशाह खाँ को जाता था। गांधीजी प्रथम बार 1 मई, 1938 को सीमा प्रांत में गए। वे वहाँ लगभग एक सप्ताह तक रहे। इस अवधि में उन्होंने अनेक सभाओं को संबोधित किया। पेशावर में जो सभा हुई, उनमें लगभग पचास हजार लोग उपस्थित थे। दूसरी बार गांधीजी अक्टूबर, 1938 में पुनः सीमा प्रांत गए और वहाँ लगभग एक महीने तक रहे। इस अवधि में उन्होंने सीमा प्रांत के प्रायः सभी जिलों का दौरा किया। जहाँ भी वे गए, उनका भरपूर स्वागत किया गया। इन दोनों यात्राओं में बादशाह खाँ बराबर उनके साथ रहे।

सीमा प्रांत में कांग्रेसी मंत्रिमंडल की स्थापना का स्वागत वहाँ की जनता की ओर से किया गया, लेकिन अंग्रेजी नौकरशाही इस मंत्रिमंडल के खिलाफ थी। उसका कारण यह था कि अंग्रेजी नौकरशाही को अब इस प्रांत में अपनी मनमानी करने का मौका नहीं मिल सकेगा। अंग्रेजी नौकरशाही इस प्रांत के धनाढ्य लोगों की सहायता से सब प्रकार से पठानों का शोषण करने में लगी हुई थी। खान अब्दुल गफ्फार खाँ ने जब से अपना सार्वजनिक जीवन प्रारंभ किया, तब से उन्होंने इस शोषण के खिलाफ आंदोलन प्रारंभ किया था। इसका नतीजा यह हुआ कि आम जनता में राजनैतिक जागृति पैदा हुई। बादशाह खाँ ने जो 'खुदाई खिदमतगार' संगठन स्थापित किया था, उसकी जड़ें भी जनमानस में गहराई से प्रवेश कर रही थीं। ये खुदाई खिदमतगार जनता की सेवा निष्पक्ष भाव से बगैर किसी भेदभाव के कर रहे

थे। कांग्रेसी मंत्रिमंडल ने साधारण जनता के लाभ के लिए अनेक कार्यक्रम प्रारंभ किए। अंग्रेज नौकरशाही ने मुसलिम लीग को न्योता दिया कि वह सीमा प्रांत में भी अपनी गतिविधियाँ प्रारंभ करे, जिससे कांग्रेस को कमजोर किया जाए। मुसलिम लीग के नेता मुहम्मद अली जिन्ना भी यहाँ आए, जिनका स्वागत अंग्रेज नौकरशाही के सहयोग से किया गया, लेकिन इन सबके बावजूद मुसलिम लीग की जड़ें इस प्रांत में नहीं जम सकीं।

सन् 1939 के सितंबर महीने में दूसरा विश्वयुद्ध प्रारंभ हुआ। ब्रिटिश सरकार ने बगैर किसी सलाह-मशविरे के हिंदुस्तान को लड़ाई की आग में झोंक दिया, जिसके विरोध में राष्ट्रीय कांग्रेस की सरकारें जिन प्रांतों में बनी हुई थीं, उन सभी में मंत्रिमंडलों ने त्याग-पत्र दे दिए, जिनमें सीमा प्रांत की सरकार भी शामिल थी। कांग्रेस सरकार के इस्तीफा देने से पुनः गवर्नरी राज स्थापित हो गया और कांग्रेस मंत्रिमंडल द्वारा जनता की भलाई के लिए चालू किए गए कार्यक्रम रद्द कर दिए गए।

व्यक्तिगत सत्याग्रह

भारतीय कांग्रेस ने भारत को जबरदस्ती युद्ध में घसीटे जाने के कारण इसका विरोध प्रारंभ किया और निर्णय लिया कि कांग्रेस के चुने हुए नेता और कार्यकर्ता व्यक्तिगत सत्याग्रह में भाग लेंगे। गांधीजी ने इस सत्याग्रह के लिए सर्वप्रथम आचार्य विनोबा भावे को चुना, जिन्हें पुलिस ने गिरफ्तार कर जेल भेज दिया। विनोबाजी के पश्चात् पंडित जवाहरलाल नेहरू ने सत्याग्रह किया। उन्हें भी जेल भेज दिया गया। पंडित जवाहरलाल नेहरू के पश्चात् सरदार वल्लभ भाई पटेल, मौलाना अबुल कलाम आजाद, डॉ० राजेंद्र प्रसाद, आचार्य जे.बी. कृपलानी तथा अन्य नेताओं को भी गिरफ्तार कर जेलों में भेज दिया गया। इस प्रकार पूरे देश में लगभग 25 हजार लोगों को गिरफ्तार किया गया। इनमें से अधिकतर सत्याग्रहियों को एक-एक वर्ष की सजा दी गई और उनपर जुर्माने भी किए गए। इस सत्याग्रह में खान अब्दुल गफ्फार खाँ भी भाग लेना चाहते थे, लेकिन उनकी खराब सेहत के कारण गांधीजी ने कहा कि सीमा प्रांत की विशेष स्थिति के कारण कांग्रेसी कार्यकर्ताओं को इस सत्याग्रह में भाग लेने की आवश्यकता नहीं है। जिन क्षेत्रों में वे रचनात्मक कार्य कर रहे हैं, उसे ही अधिक मजबूती से जारी रखना चाहिए।

गांधीजी के इस आदेश को स्वीकार करते हुए सीमा प्रांत में व्यक्तिगत सत्याग्रह प्रारंभ नहीं किया गया।

राष्ट्रीय कांग्रेस का विशेष अधिवेशन, जो 7 व 8 अगस्त, 1942 को मुंबई में आयोजित किया गया था, उसमें 'भारत छोड़ो' आंदोलन प्रस्ताव पारित किया गया। उस सम्मेलन में बादशाह खाँ उपस्थित नहीं थे। 9 अगस्त से पूरे देश में व्यापक स्तर पर 'भारत छोड़ो' आंदोलन प्रारंभ हुआ। लोगों ने अंग्रेजी राज के विरुद्ध अपना आक्रोश व्यक्त करते हुए जगह-जगह रेल की पटरियाँ उखाड़ दीं, डाकखाने जलाए, टेलीफोन के खंभे उखाड़ दिए और सभी प्रकार के यातायात की व्यवस्था भंग करने के प्रयास किए। क्योंकि सब नेता गिरफ्तार कर लिये गए थे, इसलिए जनता ने जो उचित समझा, वही उसने अंग्रेजी राज की व्यवस्था ठप करने के लिए प्रयास किया। सीमा प्रांत में खान अब्दुल गफ्फार खाँ को तुरत गिरफ्तार नहीं किया गया। इस कारण तोड़फोड़ के ये कार्यक्रम वहाँ प्रारंभ नहीं किए गए। सीमा प्रांत के कार्यकर्ताओं ने जब ऐसी तोड़फोड़ करने के कार्यक्रमों में भाग लेने के लिए आज्ञा माँगी तो बादशाह खाँ ने कहा कि ऐसे काम भी किए जा सकते हैं, बशर्ते जो लोग तोड़फोड़ के कार्यक्रमों में भाग लें, उन्हें गिरफ्तारी से बचने के लिए वहाँ से भागना नहीं होगा, ताकि निर्दोष लोग नहीं पकड़े जा सकें और पुलिस के अत्याचार के शिकार नहीं बनें।

इस कारण सीमा प्रांत 'भारत छोड़ो' आंदोलन के अंतर्गत ऐसे तोड़फोड़ के कार्यों से बचा रहा, लेकिन खान अब्दुल गफ्फार खाँ के आदेशानुसार सितंबर महीने में खुदाई खिदमतगारों की बड़ी-बड़ी टोलियों ने पूर्णतया अहिंसक रहते हुए सरकारी दफ्तरों और अदालतों पर धावे बोल दिए। पूर्व मुख्यमंत्री डॉ० खान साहब ने पूर्व मंत्री काजी अताउल्ला के साथ पेशावर के सरकारी दफ्तर के सामने सत्याग्रह कर दफ्तर बंद करा दिया। दफ्तर के कर्मचारी बाहर आ गए। डॉ० खान साहब और उनके सहयोगियों को गिरफ्तार कर लिया गया। 4 अक्टूबर को विभिन्न जिलों में खुदाई खिदमतगार अपने-अपने शिविर से बाहर निकल पड़े और 'इंकलाब जिंदाबाद' के नारे लगाते हुए जिलों की अदालतों में प्रवेश करने की कोशिश की। पुलिस ने इन खुदाई खिदमतगारों को पीटा और तब तक पीटती रही, जब तक वे बेहोश होकर गिर नहीं पड़े। सारी अदालतों को एक पखवारे के लिए बंद

कर दिया गया। जब ये अदालतें पुनः खुलीं, तब भी पूर्वतः उनके सामने ऐसे ही प्रदर्शन होते रहे। सैकड़ों खुदाई खिदमतगारों को गिरफ्तार कर जेलों में भेज दिया गया।

27 अक्टूबर को बादशाह खाँ स्वयं खुदाई खिदमतगारों के एक दल के साथ चारसद्दा से पैदल रवाना हुए। इन लोगों का कार्यक्रम मर्दान की जिला अदालत के सामने धरना देना था। पुलिस ने इन लोगों को बहुत बुरी तरह से लाठियों से पीटना शुरू किया, जिस कारण बादशाह खाँ की पसलियों की दो हड्डियाँ टूट गईं। उनके पूरे कपड़े खून से सन गए। वहाँ सबको गिरफ्तार कर मर्दान जेल भेज दिया गया, जहाँ से उन्हें हरिपुर जेल में भेज दिया गया।

पूरे देश में 'भारत छोड़ो' आंदोलन का दमन क्रूरता से किया ज़ा रहा था। सन् 1942 के अंत तक 60 हजार से अधिक लोग गिरफ्तार कर लिये गए थे। केवल सीमा प्रांत में ही 6 हजार से अधिक लोगों को पकड़कर जेलों में भेज दिया गया था।

सन् 1945 के अंत तक सभी गिरफ्तार लोगों को छोड़ दिया गया था, लेकिन खान अब्दुल गफ्फार खाँ जेल में ही रहे। इस बीच अंग्रेज सरकार और मुसलिम लीग ने मिलकर अनेक स्थानों पर हिंदू-मुसलिम झगड़े कराने की कोशिश की, लेकिन उन्हें कोई विशेष सफलता नहीं मिली। जहाँ कहीं भी ऐसे झगड़े कराने की कोशिश की जाती थी, वहाँ खुदाई खिदमतगार पहुँचकर उसे विफल कर देते थे।

सीमा प्रांत में कांग्रेस का मंत्रिमंडल पुनः गठित

सन् 1945-46 में केंद्रीय असेम्बली और विभिन्न प्रांतों में पुनः चुनाव कराए गए। उन चुनावों के फलस्वरूप केंद्रीय असेम्बली में कांग्रेस को बहुमत मिला तथा जिन प्रांतों में कांग्रेस की पहली सरकारें बनी हुई थीं, उन सभी प्रांतों में (सीमा प्रांत सहित) कांग्रेस को पुनः सफलता प्राप्त हुई। डॉ० खान साहब पुनः सीमा प्रांत के मुख्यमंत्री बने और खान अब्दुल गफ्फार खाँ को तुरंत रिहा कर दिया गया।

सन् 1945 में दूसरा विश्वयुद्ध समाप्त हो चुका था। इस युद्ध में 'मित्र राष्ट्रों' की विजय हुई थी। देश का राजनैतिक वातावरण तेजी से बदल रहा था। युद्ध के पश्चात् ब्रिटेन में जो चुनाव हुए थे, उसमें विंस्टन चर्चिल की

कंजर्वेटिव पार्टी की पराजय हुई और उसके स्थान पर लेबर पार्टी, जिसके नेता मिस्टर क्लेमेंट एटली थे, की विजय हुई। लेबर पार्टी की सरकार ने सर स्टफर्ड क्रिप्स की अध्यक्षता में एक शिष्टमंडल भारत भेजा, ताकि भारत और इंग्लैंड के बीच राजनैतिक विवाद को हल करने का प्रयास किया जाए। उस शिष्टमंडल को विशेष सफलता नहीं मिली, क्योंकि मुसलिम लीग के अध्यक्ष मुहम्मद अली जिन्ना पाकिस्तान की माँग को मनवाने के लिए अड़े हुए थे। अनेक स्थानों पर भयंकर हिंदू-मुसलिम झगड़े प्रारंभ हो गए, जिसमें सैकड़ों निर्दोष लोग मारे गए। सीमा प्रांत में भी झगड़े करवाए गए, किंतु वहाँ कांग्रेसी मंत्रिमंडल और खान अब्दुल गफ्फार खाँ की उपस्थिति के कारण ऐसे झगड़े उतने भयंकर रूप में नहीं हुए, जितने अन्य प्रांतों में हुए थे। मुसलिम लीग ने अंग्रेज गवर्नर की सहायता से सीमा प्रांत में भी अपने पैर जमाने प्रारंभ किए, जिसमें उसे सफलता भी मिलने लगी।

पाकिस्तान का निर्माण

अंत में ब्रिटिश सरकार ने लॉर्ड माउंटबेटन को भारत भेजा, इस निर्देश के साथ कि निश्चित तारीख तक कांग्रेस और मुसलिम लीग के बीच देश की आजादी के प्रश्न को लेकर बने मतभेद को दूर कर हिंदुस्तान को स्वतंत्र घोषित किया जाए। लॉर्ड माउंटबेटन देश के सभी नेताओं से मिले, किंतु कोई ऐसा हल नहीं निकला, जिसपर ये दोनों–राष्ट्रीय कांग्रेस और मुसलिम लीग सहमत हो सकें। अंत में हिंदुस्तान को आजाद करने से पूर्व इसे दो भागों–भारत और पाकिस्तान में बाँटने की घोषणा की गई। कांग्रेस ने विवशतापूर्वक इस विभाजन को स्वीकार किया। दिल्ली में हुई कांग्रेस वर्किंग कमेटी की विशेष बैठक में बँटवारे की योजना स्वीकार की गई। उस मीटिंग में खान अब्दुल गफ्फार खाँ भी उपस्थित थे। बँटवारे की योजना के अनुसार, सीमा प्रांत को पाकिस्तान का एक भाग घोषित किया गया था। यद्यपि वहाँ कांग्रेस पार्टी का मंत्रिमंडल स्थापित था, जो पाकिस्तान के निर्माण का सर्वथा विरोधी था। बादशाह खाँ ने कांग्रेस वर्किंग कमेटी में कहा, "कांग्रेस ने हिंदुस्तान के विभाजन को स्वीकार कर सीमा प्रांत के पठानों को भेड़ियों के सुपुर्द कर दिया है।" उस मीटिंग में महात्मा गांधी उपस्थित नहीं थे, जो भारत-विभाजन के सर्वथा विरुद्ध थे।

देश के विभाजन के परिणामस्वरूप सीमा प्रांत के कांग्रेसी मंत्रिमंडल

ने त्याग-पत्र दे दिया और उसके स्थान पर मुसलिम लीग की सरकार बनी, जो खान अब्दुल गफ्फार खाँ और उनके साथियों के सर्वथा विरोध में थी। सीमा प्रांत में मुसलिम लीग की सरकार ने खान अब्दुल गफ्फार खाँ और उनके साथियों पर भयंकर अत्याचार करने प्रारंभ किए। उनको हर प्रकार से बेइज्जत करने के प्रयास किए गए और उनपर पाकिस्तान-विरोधी होने का बेबुनियाद इल्ज़ाम लगाकर उन्हें अनेक बार गिरफ्तार किया गया।

खान अब्दुल गफ्फार खाँ अपने जीवन में 30 वर्षों तक जेलों में रहे। प्रारंभिक 15 वर्ष तो हिंदुस्तान को आजाद कराने के लिए हुए संघर्ष में गिरफ्तार किए गए और आखिरी 15 वर्षों में पाकिस्तान की सरकार ने उन्हें अनेक बार गिरफ्तार कर जेलों में रखा तथा शारीरिक व मानसिक रूप से भयंकर यातनाएँ दीं। सन् 1968 में जब गांधीजी की जन्म-शताब्दी मनाई जा रही थी, तब भारत सरकार के विशेष आग्रह पर खान अब्दुल गफ्फार खाँ ने भारत आना स्वीकार किया। वे भारत में आए, मगर यहाँ के हालात देखकर मायूस हो गए और फिर यहाँ से अफगानिस्तान वापस लौट गए।

खान अब्दुल गफ्फार खाँ राष्ट्रीय कांग्रेस के शताब्दी-समारोह में उपस्थित होने के लिए पुनः सन् 1985 में भारत आए, किंतु तब वे बहुत अस्वस्थ रहने लगे थे। इस कारण शताब्दी-समारोह, जो मुंबई में हुआ था, में भाग लेकर वे दिल्ली लौट आए और इलाज के लिए ऑल इंडिया इन्स्टिट्च्यूट ऑफ मेडिकल साइंसेंज में दाखिल हुए, जहाँ विशेषज्ञों द्वारा उनका इलाज प्रारंभ हुआ। कुछ स्वास्थ्य-लाभ प्राप्त करने के उपरांत वे अफगानिस्तान वापस लौट गए। अफगानिस्तान से वे पेशावर गए, जहाँ 20 जनवरी, 1988 की सुबह उनका देहांत हो गया। बादशाह के निधन की खबर सुनते ही भारत के तत्कालीन प्रधानमंत्री श्री राजीव गांधी अपने कुछ अन्य सहयोगियों के साथ तुरत पेशावर पहुँचे, जहाँ उन्होंने भारत की ओर से खान अब्दुल गफ्फार खाँ के प्रति अपनी श्रद्धांजलि अर्पित की तथा उनके पार्थिव शरीर पर फूल-मालाएँ अर्पित कीं। भारत सरकार की ओर से देश में पाँच दिनों का शोक मनाने की घोषणा की गई।

खान अब्दुल गफ्फार खाँ की वसीयत के अनुसार, उनके शव को जलालाबाग (अफगानिस्तान) ले जाया गया, जहाँ उन्हें ससम्मान दफनाया गया। पाकिस्तान में उनके निधन की खबर को समाचार-पत्रों में बहुत ही

हलके ढंग से प्रकाशित किया गया। उनके निधन पर पाकिस्तान सरकार की ओर से कोई शोक प्रकट नहीं किया गया। यद्यपि अफगानिस्तान सरकार की ओर से चार दिनों तक शोक मनाने की घोषणा की गई। पेशावर से जलालाबाग का फासला दो सौ किलोमीटर है। इस तमाम रास्ते में, जहाँ से बादशाह खाँ की शव-यात्रा गुजरी, हजारों पख्तूनों ने उनके प्रति श्रद्धांजलिस्वरूप बंदूकों से हवा में गोलियाँ चलाकर अपने नेता खान अब्दुल गफ्फार खाँ के प्रति शोक व्यक्त किया।

खान अब्दुल गफ्फार खाँ और उनके सैकड़ों-हजारों सहयोगियों की याद में हम भारतनिवासी सदैव ही नतमस्तक रहेंगे। जब वे यहाँ आए थे, तब भारत सरकार ने उन्हें 'भारतरत्न' से अलंकृत कर उनके प्रति पूरे देश का आदर प्रदर्शित किया था।

□

कांग्रेस सोशलिस्ट पार्टी और आचार्य नरेंद्र देव

कांग्रेस सोशलिस्ट पार्टी की स्थापना

जब 'नमक कानून भंग' तथा 'सविनय अवज्ञा आंदोलन' चल रहा था और हजारों लोग जेलों में बंद थे; तब कुछ ऐसे लोग भी विभिन्न जेलों में बंद थे, जो अपने को 'समाजवादी' मानते थे। ऐसे लोगों में प्रमुख रूप से जयप्रकाश नारायण, अशोक मेहता, एम.एल. दांतवाला, एन.जी. गोरे, अच्युत पटवर्धन, मीनू मसानी, सी.के. नारायणस्वामी तथा चार्ल्स मेसकरनहस नासिक सेंट्रल जेल में बंद थे। इन लोगों ने राष्ट्रीय आंदोलन के बारे में अपनी शंकाएँ व्यक्त कीं और राष्ट्रीय आंदोलन को समाजवादी दिशा देने के उद्देश्य से राष्ट्रीय कांग्रेस के अंतर्गत ही एक 'समाजवादी पार्टी' बनाने का निर्णय लिया। अन्य जेलों में भी कुछ ऐसे व्यक्ति थे, जो इस दिशा में ऐसा ही सोच रहे थे। उन्होंने भी इस पहल का स्वागत किया।

असल में पिछले अनेक वर्षों से कुछ सोशलिस्ट ग्रुप विभिन्न प्रांतों में इसी दिशा में कार्यरत थे। जयप्रकाश नारायण की पहल पर सन् 1931 में 'बिहार सोशलिस्ट पार्टी' का गठन किया गया था, जिसके अध्यक्ष प्रो० अब्दुल बारी थे और गंगा प्रसाद सिन्हा, फूलन प्रसाद वर्मा तथा राहुल सांकृत्यायन उसके मंत्री थे। ऐसे ही समाजवादियों के कुछ ग्रुप दिल्ली, मुंबई, पंजाब तथा उड़ीसा में भी सक्रिय थे। इन सबके प्रयासों से मार्च, 1934 में 'अखिल भारतीय समाजवादी पार्टी' की स्थापना हुई, जिसका ध्येय भारत में समाजवादी प्रजातांत्रिक राज्य की स्थापना था। इसके सदस्य मुख्य रूप से साम्यवादी विचारधारा के थे और कांग्रेस पार्टी की

नीतियों से प्रायः उनकी असहमति रहती थी, जबकि समाजवादी विचारधारा के लोग प्रजातांत्रिक व्यवस्था में विश्वास रखते थे।

उसके विपरीत कम्युनिष्ट पार्टी सर्वहारा वर्ग पर आधारित प्रजातांत्रिक तानाशाही पर विश्वास रखती थी। इस बुनियादी भेद के कारण दोनों पार्टियों की नीतियों में काफी असमानता रहती थी। दूसरा बड़ा फर्क यह था कि समाजवादी विचारधारा के लोग राष्ट्रीय कांग्रेस में रहकर ही आजादी के लिए संघर्ष को अपना सहयोग दे रहे थे। उसके विपरीत कम्युनिस्ट पार्टी स्वतंत्र रूप से वर्ग-संघर्ष के लिए श्रमिक वर्ग को संगठित करने में विश्वास रखती थी। 'कांग्रेस सोशलिस्ट पार्टी' की स्थापना में जवाहरलाल नेहरू का पूरा सहयोग था। गांधीजी भी कांग्रेस सोशलिस्ट पार्टी की स्थापना का स्वागत करते थे, विशेष रूप से इसलिए कि कांग्रेस सोशलिस्ट पार्टी के माध्यम से राष्ट्रीय कांग्रेस का आधार अधिक व्यापक होगा, क्योंकि राष्ट्रीय कांग्रेस में कांग्रेस सोशलिस्ट पार्टी के प्रयासों से अधिक-से-अधिक संख्या में मजदूर और किसान कांग्रेस में प्रवेश करेंगे।

कांग्रेस सोशलिस्ट पार्टी का प्रथम सम्मेलन 17 मई, 1934 को पटना में आचार्य नरेंद्र देव की अध्यक्षता में हुआ, जिसमें बड़ी संख्या में विभिन्न प्रदेशों के समाजवादी कार्यकर्ता शामिल हुए। उस सम्मेलन में निर्णय लिया गया कि अखिल भारतीय कांग्रेस सोशलिस्ट पार्टी की स्थापना की जाए और जयप्रकाश नारायण को इसका संगठन मंत्री नियुक्त किया जाए। इस संस्था का विधान बनाने के लिए एक कमेटी नियुक्त की गई। उसमें आचार्य नरेंद्र देव अध्यक्ष, जयप्रकाश नारायण मंत्री तथा प्रो० अब्दुल बारी, डॉ० राममनोहर लोहिया, डॉ० अब्दुल अली तथा प्रो० एन.जी. रंगा सदस्य बनाए गए। अक्टूबर, 1934 में जो मुंबई में आयोजित पार्टी के अधिवेशन में इस कमेटी द्वारा प्रस्तुत विधान, कार्यक्रम इत्यादि स्वीकार किए गए। अधिवेशन में कार्यक्रम-संबंधी निम्नलिखित मुद्दों पर प्रस्ताव पारित किया गया—

(1) समस्त प्रमुख उद्योगों का समाजीकरण किया जाएगा। (2) देश की आर्थिक प्रगति के लिए राज्य द्वारा योजना बनाई जाएगी। (3) समस्त विदेशी व्यापार राज्य द्वारा किया जाएगा। (4) सहकारिता पर आधारित खेती का प्रबंध किया जाएगा व विभिन्न क्षेत्रों के लिए सहकारी समितियाँ स्थापित की जाएँगी, जिनमें सामूहिक रूप से कृषि समितियाँ भी शामिल

होंगी। (5) तमाम राजा-महाराजाओं, जमींदारों के शोषण को समाप्त करने के लिए बगैर कोई मुआवजा दिए व्यंवस्था की जाएगी। (6) भूमि किसानों को देने के लिए जमीन का पुनः बँटवारा किया जाएगा। किसानों और मजदूरों पर जो कर्ज़ है, उसे समाप्त किया जाएगा।

पटना कॉन्फ्रेंस के उपरांत जयप्रकाश नारायण और अन्य नेताओं ने देश के विभिन्न प्रांतों का दौरा किया और अनेक स्थानों पर कांग्रेस सोशलिस्ट पार्टी की शाखाएँ स्थापित की। कांग्रेस सोशलिस्ट पार्टी ने प्रमुख रूप से किसानों और श्रमिक वर्गों में अपनी जड़ें जमानी शुरू कीं, जिसमें उन्हें सफलता भी मिली। अखिल भारतीय स्तर के अनेक श्रमिक संगठनों के कार्यकर्ता इस पार्टी में आए और जिन संस्थाओं में कम्युनिस्ट पार्टी का आधिपत्य था, उन्हें कमजोर किया। कम्युनिस्ट पार्टी ने कांग्रेस सोशलिस्ट पार्टी को अपना प्रतिद्वंदी माना। फलतः कम्युनिस्ट पार्टी और कांग्रेस सोशलिस्ट पार्टी में अनेक स्थानों में संघर्ष प्रारंभ हुआ। एक समय ऐसा भी आया, जब इन दोनों पार्टियों में आपसी सहयोग की भावना का विकास हुआ, किंतु वह केवल नीति मात्र ही था, उसके पीछे सहयोग की भावना का नितांत अभाव था। कम्युनिस्ट पार्टी भारत से बाहर रूस से प्रेरणा प्राप्त कर अपना कार्यक्रम निर्धारित करती थी। उसके विपरीत कांग्रेस सोशलिस्ट पार्टी राष्ट्रीय भावना पर आधारित अपने कार्यक्रम को निश्चित कर उसे कार्यरूप देने का प्रयास करती थी। इस मौलिक मतभेद के कारण ही आपसी प्रतिद्वंद्विता स्पष्ट रूप से दिखाई देती थी।

□

आजाद हिंद फौज और भारतीय स्वतंत्रता-संग्राम—1943-45

नेताजी सुभाषचंद्र बोस के मन में किशोरावस्था में ही भारत को स्वतंत्र कराने की लगन पैदा हुई। जब वे 14 वर्ष के थे, तब अपनी माता को पत्र लिखकर उन्होंने पूछा था, "माँ, क्या भारत में कोई ऐसा लाल पैदा नहीं हुआ, जो इसकी गुलामी को काट सके ?" वही एक ऐसे नेता थे, जिनको सैनिक शिक्षा हसिल करने की उमंग बचपन में ही पैदा हुई थी। वे ही एक ऐसे नेता थे, जिन्होंने सन् 1857 के बाद सन् 1943 में अंग्रेजों की स्वामीभक्त भारतीय सेना को देशभक्त सेना में तब्दील कर दिया। यह एक सर्वमान्य जगविख्यात तथ्य है कि यदि नेताजी आजाद हिंद फौज बनाकर इम्फाल और कोहिमा का युद्ध नहीं करते तो भारत वर्ष 15 अगस्त, 1947 को स्वतंत्र नहीं होता। अतः यह आवश्यक है कि आधुनिक पीढ़ी को इम्फाल और कोहिमा युद्ध की सही जानकारी से अवगत कराया जाए।

2 जुलाई, 1943 को नेताजी सिंगापुर पहुँचे और आजाद हिंद फौज के पुनर्गठन में जुट गए, क्योंकि उनके पास समय का अभाव था और ध्येय महान था। अंग्रेजों के नेतृत्व में हिंदुस्तानी फौज 15 फरवरी, 1942 को जापान की फौज के सामने आत्मसमर्पण कर चुकी थी। यह एक पराजित सेना थी, जो अपना मनोबल खो चुकी थी। मनोबल खो चुकी सेना को पुनः लड़ाई के लिए तैयार करना असंभव होता है, लेकिन नेताजी ने उसी हारी हुई सेना को एक क्रांतिकारी और बलिदानी सेना में बदल दिया।

नेताजी ने सबसे पहले आजाद हिंद फौज का पुनर्गठन कर इसकी शाखाएँ दक्षिण पूर्वी एशिया में खोलीं तथा भिन्न-भिन्न वर्गों में बँटे 30 लाख भारतीय मूल के लोगों को एक सूत्र में बाँधा। अस्थायी आजाद हिंद

सरकार का गठन 21 अक्टूबर, 1943 को किया गया, जिसे 9 राष्ट्रों की मान्यता प्राप्त हुई थी। 22 अक्टूबर को रानी झाँसी रेजीमेन्ट का गठन किया गया और अगले दिन (23 अक्टूबर को) इंग्लैंड और अमेरिका के विरुद्ध युद्ध की घोषणा की गई। बाद में नेताजी ने जापान, चीन, फिलिपिन्स, वियतनाम आदि देशों की यात्रा भी की।

19 दिसंबर, 1943 को आजाद हिंद सरकार के मंत्रिमंडल की बैठक में अनेक महत्त्वपूर्ण निर्णय लिये गए, जैसे—सैनिकों की पेंशन, वीरता के लिए पदक, हिंदुस्तानी राष्ट्रीय भाषा, राष्ट्रीय उद्घोष जय हिंद, राष्ट्रीय तिरंगा ध्वज (जिसपर छलाँग लगाता हुआ चीता चिह्नित था) मुद्रा डाक-टिकट तथा राष्ट्रीय नारा 'दिल्ली चलो' इत्यादि। भारतीय आजाद हिंद सरकार के कार्यालय को 10 दिसंबर, 1943 को जापान से स्थानांतरित कर अंडमान और निकोबार द्वीप लाया गया तथा जनरल लोकनाथन को राज्यपाल नियुक्त किया गया। रंगून में आजाद हिंद बैंक की स्थापना की घोषणा की गई।

स्वतंत्रता-युद्ध आरंभ

4 फरवरी, 1944 को अराकान में युद्ध के मोर्चे पर आजाद हिंद फौज ने पहली गोली चलाई और युद्ध में सफलता प्राप्त की। कर्नल बिसरा और मेहर दास को 'सरदारे जंग' के वीरता पदक से सम्मानित किया गया। 18 मार्च, 1944 को आजाद हिंद फौज ने बर्मा की सीमा से भारत की पवित्र भूमि को साष्टांग प्रणाम करके चूमा तथा मिट्टी को माथे पर लगाकर प्रतिज्ञा की कि जब तक भारत माता को स्वतंत्र नहीं करा लेंगे, चैन से नहीं बैठेंगे।

फरवरी और मार्च में आजाद हिंद फौज की सुभाष ब्रिगेड नंबर एक बटालियन ने कर्नल पी.एस. रतूड़े के नेतृत्व में अराकान सेक्टर में छिंदबिंद नदी पारकर अंग्रेजों की मेढक पिकिट पर कब्जा कर लिया और जनरल के 350 जवानों को संगीनों से मारकर यमलोक पहुँचा दिया। मेढक की पिकिट मेजर सूरजमल की कमान को सौंपी गई। यहाँ जापान की सेना की टुकड़ी मेजर सूरजमल की कमान में रही। जापान के इतिहास में ऐसा पहली बार हुआ कि जापानी फौज के सिपाही किसी विदेशी कमांड में रहे हों।

आजाद हिंद फौज के 'गांधी' और 'आजाद' ब्रिगेड इम्फाल और कोहिमा के रास्तों पर आगे बढ़े और अंग्रेजी सेना को इम्फाल तथा कोहिमा

में आश्रय लेने के लिए विवश किया। मई, 1944 तक आजाद हिंद फौज ने कोहिमा को अंग्रेजी सेना से मुक्त कराकर वहाँ के राजमार्ग को काटकर इम्फाल का घेरा मजबूत कर लिया। जब इम्फाल का पतन कुछ घंटों में ही होनेवाला था, तभी दुर्भाग्य से मानसून वर्षा प्रारंभ हो गई और आजाद हिंद फौज तथा जापान की शाही फौज की हवाई सेवा के अभाव में यातायात और सप्लाई के रास्ते कट गए। जवानों के लिए भोजन-सामग्री और गोला-बारूद नहीं पहुँच सका। आजाद हिंद फौज के जवान भूख, मलेरिया और पेचिस की बीमारी से मरने लगे। विवश होकर फौज को पीछे हटने का आदेश दिया गया।

जब आजाद हिंद फौज के तीन ब्रिगेड सुभाष, गांधी और आजाद ब्रिगेड तथा जापान की तेरहवीं सेना पीछे हट रही थी, तब अंग्रेजों की वायु-सेना और प्रकृति की वर्षा, मलेरिया और पेचिस के प्रकोप से आजाद हिंद फौज और जापानी फौज के हजारों सैनिक बमबारी, भुखमरी और बीमारी के कारण इम्फाल और कोहिमा के युद्ध में वीरगति को प्राप्त हुए। जापानी फौज की नई टुकड़ियों ने और आजाद हिंद फौज के नेहरू ब्रिगेड नंबर एक और दो इंफेन्टरी ने मध्य बर्मा में अंग्रेजों की सेना को रोका तथा उनको बहुत क्षति पहुँचाई।

अप्रैल, 1945 में अंग्रेजी फौज की चौदहवीं आर्मी जनरल विलियम स्लिम की कमान में पूरी तैयारी के साथ आगे बढ़ने लगी। दुश्मन की वायु-सेना ने हमारे मोर्चों पर दिन-रात भारी बमबारी की। दुश्मन के तोपखाने ने भी अपनी ओर से हमारे मोर्चे पर खूब गोलाबारी की। हमें रसद, असला तथा वायुसेना की कमी के कारण दुश्मन को इरावदी नदी पार करने से नहीं रोक सके। अंततः अप्रैल, 1945 में हमारी हार हो गई। नेताजी 24 अप्रैल, 1945 को रंगून छोड़कर सिंगापुर के लिए रवाना हो गए। उनके साथ बची-खुची आजाद हिंद फौज के जवान और रानी झाँसी रेजिमेन्ट की वीरागनाएँ भी नेताजी के साथ सिंगापुर की ओर चलीं।

प्रशांत महासागर में भी युद्ध की स्थिति अच्छी नहीं थी। जापान पीछे हट रहा था। अप्रैल, 1945 से अगस्त, 1945 तक युद्ध की स्थिति हमारे प्रतिकूल रही। 14 अगस्त, 1945 को अमेरिका ने नागासाकी और हिरोशिमा पर अणु बम गिराकर जापान को आत्मसमर्पण करने के लिए मजबूर किया।

यद्यपि इम्फाल और कोहिमा के युद्ध में आजाद हिंद फौज की हार

हुई, मगर आजाद हिंद फौज के रणबांकुरों ने युद्ध-भूमि में अपने प्राण न्योछावर करने में जो अद्भुत वीरता दिखाई, उसने अंग्रेजी भारतीय सेना के जवानों के दिल और दिमाग पर देशभक्ति, त्याग तथा बलिदान की एक अमिट छाप छोड़ दी। आजाद हिंद फौज के बलिदानियों ने उनका मन बदल दिया। उन्हें अंग्रेज सरकार के वफ़ादार सैनिक से देशप्रेमी सैनिक बना दिया। जब आजाद हिंद फौज के सैनिक, जिनका कौमी नारा था 'चलो दिल्ली', दिल्ली के लाल किले में एक बंदी के रूप में पहुँचे तो अंग्रेजी भारतीय सेना के सैनिकों ने अपने कैदी भाईयों का साथ दिया और अंग्रेज सरकार से माँग की कि जर्मनी और जापान के विरुद्ध अंग्रेज लड़ रहे थे तथा आजाद हिंद फौज के वीर सैनिक भूखे, प्यासे, नंगे, बीमार अपने देश भारतवर्ष की आजादी के लिए लड़े। इनमें और आपमें कोई फर्क (भेद) नहीं है। दोनों अपनी-अपनी आजादी के लिए लड़े। अतः आजाद हिंद फौज के सैनिकों को कोई दंड नहीं दिया जाए। लाल किले और दूसरे स्थानों में बंद आजाद हिंद फौज के सैनिकों की रिहाई की माँग को लेकर जगह-जगह उनकी हिमायत में प्रदर्शन होने लगे। जनवरी, 1946 में मुंबई कराची में केवी का विद्रोह हुआ और पूरे देश में कन्याकुमारी से कश्मीर तक तथा मणिपुर से महाराष्ट्र तक हिंदू-मुसलमान, सिख, ईसाई, मद्रासी, बंगाली, पंजाबी, गुजराती, राजस्थानी–सबने आजाद हिंद फौज का साथ देकर इनको कैद से छुड़ाने की माँग की तो अंग्रेज सरकार घबरा गई और कभी पार्लियामेंटरी डेलीगेशन तो कभी कैबिनेट मिशन भेजकर अतिशीघ्र भारत छोड़ने की योजना बनाने लगी।

नेताजी कहा करते थे कि जो आजादी मूल्य (खून) चुकाकर ली जाती है, वह आजादी सुदृढ़ और स्थायी होती है। राष्ट्रीय निर्माण का जो काम नेताजी ने चंद दिनों में किया, वह काम कांग्रेस साठ वर्षों में भी नहीं कर सकी। आजाद हिंद फौज का एक नारा, एक अभिनंदन, एक राष्ट्रीय गान, एक लंगर (खान-पान) तथा एक वेशभूषा थी। सब अपने आपको 'हिंदुस्तानी' कहते थे। कोई हिंदू, मुसलमान, सिख, ईसाई नहीं था; कोई मद्रासी, बंगाली, पंजाबी नहीं था; सब देश पर बलिदान होने के लिए तैयार थे। सब एक जगह मिलकर रहते थे।

□

नेताजी सुभाष का गुप्त रूप से विदेश गमन

29 जनवरी, 1939 को त्रिपुरी अधिवेशन के पश्चात् नेताजी सुभाषचंद्र बोस ने कांग्रेस के अध्यक्ष पद से त्यागपत्र दे दिया और विदेश में जाकर भारतवर्ष की स्वतंत्रता के लिए सशस्त्र संघर्ष करने का मन बना लिया। सन् 1936 में यूरोप-यात्रा में उन्होंने यह ज़ान लिया था कि द्वितीय विश्व युद्ध होनेवाला है। अतः उन्होंने लाला शंकरलाल को जापान भेजा। इसी बीच 1 सितंबर, 1939 को जर्मनी ने पोलैंड पर आक्रमण कर दिया और 3 सितंबर, 1939 को इंग्लैंड ने जापान के विरुद्ध युद्ध की घोषणा कर दी। लाला शंकरलाल जापान से खाली हाथ लौटे। जापान में रूसी दूत ने उनसे बातचीत करने से इनकार कर दिया था।

नेताजी ने 'पंजाब कीर्ति किसान सभा' के सदस्यों से संपर्क किया और उनके माध्यम से रूस जाना चाहा। नेताजी के बाहर जाने की भनक अंग्रेज सरकार को लग गई। सरकार उन्हें बंदी बनाना चाहती थी, लेकिन नेताजी ने सरकार को उसी की नीति से मात दी और होलवेल स्मारक का आंदोलन छेड़ दिया। शीघ्र ही नेताजी भी बंदी बना लिये गए। जेल में नेताजी ने 27 नवंबर, 1940 को आमरण अनशन आरंभ कर दिया। जब उनका स्वास्थ्य बिगड़ गया तो सरकार ने उन्हें जेल से तो 5 दिसंबर, 1940 को मुक्त कर दिया, मगर उन्हें उनके घर में ही बंदी के रूप में रखा।

घर में रहकर नेताजी ने 'कीर्ति किसान सभा' के सदस्यों से मिलकर बाहर बच निकलने की योजना को अंतिम रूप दिया। 6 दिसंबर, 1940 से उन्होंने अपने आपको एक कमरे में बंद कर लिया और लोगों से मिलना-जुलना बंद कर दिया। इस बीच उन्होंने दाढ़ी बढ़ानी शुरू कर दी। गुरुवार

16 जनवरी, 1941 को उन्होंने अपने भतीजे शिशिर बोस को अपनी योजना बताई और उन्हें कोलकाता से गोमो कार से पहुँचाने को कहा। उन्होंने शिशिर बोस को गोमो जाने और आने की यात्रा वांडरर कार (जो अभी भी नेताजी म्यूजियम में संरक्षित है) में पूर्व यात्रा कर लेने को कहा। डॉ० शिशिर बोस ने ऐसा ही किया।

निश्चित तिथि को, अर्थात् 17 जनवरी, 1941 की रात को जब घर के सब सदस्य सो गए तो रात्रि के 11 बजे शिशिर बोस ने घर के पिछले दरवाजे के पास कार लगाई। नेताजी जियाउद्दीन पठान की वेशभूषा में नीचे उतरे और कार की पिछली सीटपर बैठ गए। उन्होंने कार का पिछला दरवाजा बिना बंद किए हाथ से पकड़े रखा, ताकि सुननेवालों को यह सुनाई दे कि कार का एक ही दरवाजा बंद हुआ है। शिशिर बोस ने अगला दरवाजा जोर से बंद किया और सीढ़ियों से पैरों की आवाज करते हुए उतरे। पहले कार को कुछ दूर तक दक्षिण दिशा में ले जायया गया और फिर काफी दूर निकलने के बाद गोमो के रास्ते को पकड़ा। एक घंटे की यात्रा के पश्चात् चाचा-भतीजे ने शिवाजी, मावरकर तथा नेपोलियन के निकल भागने की बातें कीं। सुबह 8.30 बजे वे बरारी पहुँचनेवाले थे, जहाँ शिशिरजी के बड़े भाई रहते थे। अतः नेताजी को घर आने से पहले एक सुरक्षित स्थान पर उतारना था, ताकि नौकर-चाकर यह देखें कि डॉ० शिशिर बोस वहाँ अकेले आए हैं। कुछ देर बाद नौकर ने आकर मेरे भाई को बताया कि कोई अनजान व्यक्ति उनसे मिलना चाहता है। मैंने भाई साहब को 17 जनवरी, 1941 को ही बता दिया था कि सभी वार्तालाप अंग्रेजी भाषा में ही करना है। अजनबी को अंदर लाया गया और मेहमानों के कमरे में उन्हें ठहरा दिया गया। नौकरों को बता दिया गया था कि मेहमान (अतिथि) को रात की गाड़ी पकड़नी है। अतः उन्हें खाना जल्दी खिला देना। हमने भी बाहर मित्रों के घर जाने का बहाना किया। नेताजी हमारे कमरे में हमसे विदा लेने के लिए आए और घर से बाहर अकेले पैदल निकल गए। हम तीनों भी कुछ देर पश्चात् कार लेकर बाहर चले गए। नेताजी को गोमो स्टेशन से दिल्ली कालका डाक गाड़ी पकड़नी थी। बरारी से गोमो 30 किलोमीटर है। आधी रात के बाद जब हम गोमो पहुँचे तो गाड़ी के आने का समय हो चुका था। नेताजी के पास तीन सामान थे।

कुली को बुलाया गया। अंतिम वाक्य जो नेताजी ने कहे, वे थे, "I am off you go back."

गोमो से पेशावर

गोमो से पेशावर तक नेताजी ने अकेले यात्रा तय की। यह यात्रा ऐसी अनेक यात्राओं से अधिक साहसी और जोखिम भरी थी। गोमो से दिल्ली तक उन्होंने प्रथम श्रेणी में यात्रा की और 18 जनवरी की रात में वे दिल्ली पहुँचे। दिल्ली से उन्होंने फ्रंटीयर मेल पकड़ी और 19 जनवरी, 1941 की शाम को पेशावर छावनी पहुँचे। वहाँ उतरकर उन्होंने कुली किया और तांगा से ताजमहल होटल पहुँचे। वहाँ कमरा लिया और अपना नाम जियाउद्दीन बताया। अगले दिन वे किराए के एक मकान में चले गए। उनके पेशावर पहुँचने के पहले भगतराम तलवार अपने मित्रों–अकबर शाह, मियो मुहम्मद शाह और अब्दुल मजीद खान से विचार-विमर्श करके काबुल की सुरक्षित यात्रा की रूप-रेखा बना चुके थे। इस विकट और कठिन यात्रा के लिए भगतराम तलवार ने अपनी सेवाएँ सहर्ष दीं। वह 21 जनवरी, 1941 को पहली बार नेताजी से मिले। भगतराम ने आम मार्ग छोड़कर कठिन और अधिक बीहड़ मार्ग अपनाया–पेशावर से जमशेद, खजूरी मैदान, ब्रिटिश सैनिक कैंप अफरीदी और शिनवारी कबीलों का क्षेत्र था। फिर अफगानिस्तान के क्षेत्र में गरहड़ी-काबुल-पेशावर मार्ग पर भट्टी कोट-जलालाबाद-अड्डा शरीफ से पुनः जलालाबाद लौटे और फिर काबुल के लिए 22 जनवरी को पेशावर से कार द्वारा एक गाईड के साथ। गाईड को रास्ते में छोड़ा और जलालाबाद से अर्क में दोनों 27 जनवरी को काबुल पहुँचे। चूँकि नेताजी पश्तो भाषा नहीं जानते थे, अतः उन्होंने गूँगे-बहरे का नाटक बड़ा सुंदर ढंग से किया। वे मलेशिया में कमीज-सलवार, पिशोरी चप्पल, चमड़े की जैकिट, कुला और लूँगी की पगड़ी में अपने गौर वर्ण और सुंदर चेहरे से सोलह आने पठान लगते थे। भगतराम ने उनके छोटे भाई के रूप में रहमत खाँ की भूमिका निभाई। अड्डा शरीफ जलालाबाद से लगभग साढ़े चार किलोमीटर दूर वे 25 जनवरी, 41 को तांगा से पहुँचे। यहाँ प्रार्थना करने के पश्चात् वे लालमन गए, जहाँ हाजी मुहम्मद आमीन से मिलकर आगे की यात्रा की जानकारी ली। पुनः जलालाबाद लौटे और वहाँ के ट्रक में सवार होकर

काबुल के लिए प्रस्थान किया। हाजी मुहम्मद आमीन ने उन्हें सूचित किया कि यदि कोई पूछताछ करे तो अपने आपको नवाब साहब के आदमी बताएँ। नवाब साहब एक धार्मिक नेता हैं और अंग्रेजों के आदमी जाने जाते हैं। 27 जनवरी को लगभग 11 बजे सुबह काबुल पहुँचकर एक सराय में ऊपर की मंजिल में एक कमरा उन्होंने किराए पर लिया। जब वे दोपहर बाद बाजार में कुछ चीजें ले रहे थे तो समाचार मिला कि सुभाष बाबू कोलकाता से गायब हैं।

काबुल में अज्ञातवास

31 जनवरी को शहर में जाकर रूसी दूतावास की खोज में लगे। पर पुलिस का कड़ा पहरा देखकर उन्हें निराशा हुई। एक दिन जब वे जर्मन दूतावास जा रहे थे तो रूसी दूत की कार को देखा, रोका और फारसी में बताया कि नेताजी हैं, मगर रूसी दूत थोड़ी देर चुप रहे और फिर बिना कुछ कहे चले गए।

जर्मन दूतावास से संपर्क

2 फरवरी, 1941 को नेताजी जर्मन दूतावास के अंदर जाने में सफल हुए। वहाँ एक अधिकारी से उनकी बातचीत हो सकी। उसने उन्हें (नेताजी को) शीघ्रातिशीघ्र जर्मनी भेजने का वचन दिया।

इसी बीच काबुल पुलिस का एक सिपाही इनके पीछे पड़ गया। अंततः थोड़ी देर बाद उन्होंने उससे छुटकारा पाया और श्री उत्तमचंद मल्होत्रा, जो भगतराम तलवार का पुराना जानकार और दूर का रिश्तेदार था, के घर जाकर पनाह ली। उत्तमचंद मल्होत्रा 'नौजवान भारत सभा' के कार्यकर्ता थे। वे सन् 1930 में भगतराम तलवार के साथ पेशावर जेल में रहे थे। 8 फरवरी, 1941 को भगतराम उत्तमचंदजी से उनकी दुकान में मिले और 8 फरवरी, 1941 को नेताजी व अपने लिए आश्रय माँगा। उत्तमचंद मल्होत्रा राजी हो गए और 9 फरवरी, 1941 को रहमत खाँ तथा जियाउद्दीन (तलवार और सुभाष बाबू) श्री उत्तमचंद के घर पहुँच गए और उनके मकान में रहकर हरयोमरू के माध्यम से इटालियन और जर्मन दूतावास से संपर्क बनाए रखा। बड़ी आशा और निराशा के बीच कई सप्ताह नेताजी बड़े दुःखी रहे। इटालियन दूतावास ने उनका पासपोर्ट

Orlando Mozatta के नाम से बनवाया, क्योंकि रंग-रूप से वे सिसली (इटली) के नागरिक लगते थे। आखिर 17 मार्च, 1941 को शुभ समाचार मिला। इटली और जर्मनी से उन्हें लेने तीन व्यक्ति आए। 17 मार्च, 1941 को नेताजी का दोपहर का खाना और सायंकाल की चाय मियाँ हाजी के निवास पर हुई। शाम को सिगनोरा करोनी के निवास पर नेताजी पहुँच गए। उनका सामान पहले ही वहाँ पहुँचा दिया गया था। उत्तमचंद मल्होत्रा और उनके परिवार का आभार व्यक्त करते हुए उन्होंनें बड़े भावविभोर होकर कृतज्ञता दर्शाते हुए विदा ली। नेताजी के अंतिम वाक्य मल्होत्राजी के लिए थे "Be very careful"

18 मार्च, 1941 को नेताजी काबुल से सुबह 9 बजे दो जर्मनों और एक इटालियन की कार से रूस की सीमा के लिए रवाना हो गए। रात मुहम्मद खुमारी में गुजारी, जो काबुल और रूसी सीमा के मध्य में है। अगले दिन 19 जनवरी, 1941 को वे समरकंद पहुँचे। वहाँ से रेल द्वारा 20 मार्च, 1941 को वे मास्को के लिए रवाना हुए। 27 मार्च, 1941 को वे मास्को पहुँचे। रात भर मास्को में रहे और 28 मार्च, 1941 को विमान द्वारा बर्लिन पहुँचे। वहाँ उनका भव्य स्वागत हुआ। वहाँ उन्हें एस्प्लैनेड होटल में ठहराया गया। भगतराम तलवार ने भी उसी दिन, अर्थात् 18 मार्च, 1941 को काबुल से कोलकाता के लिए प्रस्थान किया। 31 तारीख को कोलकाता पहुँचकर नेताजी के बड़े भाई श्री भरतचंद्र बोस को शुभ समाचार दिया और दो लेख तथा एक पत्र नेताजी की ओर से दिए। सरल बाबू ने उन्हें भविष्य में विक्टोरिया गार्डन में मिलने के लिए कहा।

नेताजी 28 मार्च, 1941 से 8 फरवरी, 1943 तक यूरोप में रहे और इंडियन लीजन को गठित किया। युद्ध के दौरान उनसे कहा गया कि वे दक्षिण पूर्व एशिया में पहुँचकर सिंगापुर में आजाद हिंद फौज का नेतृत्व सँभाले। अतः 1943 से 16 मई, 1943 तक उन्हें एक और जोखिम भरी समुद्री यात्रा करनी पड़ी, जो इतिहास में अद्वितीय है।

जय हिंद !

□□□